夏天糖

田耳作品系列

田　耳 著

长江出版传媒　　长江文艺出版社

目 录 —— Contents

001 楔子

013 一、吃糖的男人

026 二、砂桥

043 三、佴城往事

061 四、裸照

075 五、江标

094 六、夏天糖

114 七、老树开花

130 八、去莞城

146 九、涤青

160 十、新生活

181 十一、铃兰

197 十二、美人在侧

216 十三、多事之秋

238 十四、响水凼

255　十五、案件

273　十六、编剧

290　十七、人海茫茫

305　十八、幽谷百合

323　十九、短暂的夏天

楔　　子

　　四五年前，有一段时间，我反复来往于莞城和俚城之间。那时候我父母正在闹离婚，本来我也懒得管了，但涤生老说你还是回去看看，你就这一对父母。涤生是我老板，他都这么关心，我不好意思无动于衷，我点点头，他立即叫秘书小涂买火车票给我……是啊，我想跟涤生说，我就这一对父母，你两对？他的父母我也熟，当时我跟涤青虽还没结婚，但心里已将范医生默认为岳老子了，这话就没说出口。

　　大家都邻里邻居过来的，都在俚城伏波祠后面的中医院宿舍住过。范医生说我跟涤青青梅竹马，但涤青大我四岁，我就记得她喜欢对我和涤生颐指气使的样子；我跟涤生倒是随时玩在一起形影不离，但两人都是男的，这种关系也不好说是青梅竹马。那一年俚城到广州的飞机还没有开通，现在俚城界田垅的飞机场，前身是"文革"前期即遭废弃的军用机场，俚城年轻人去那里学车学摩托，用不着师傅教，怎么开车都翻不了。那时往来莞城和俚城只有坐火车，费时整整 24 小时零

12分钟。我其实享受在火车上的慢节奏,这节奏适于我随意地想一点事情,让回忆无边漫游,同时又没人在你耳边唠叨或是吵架。

说我父母正在离婚,这个正在进行时持续了三十多年,不会再让我有半点吃惊。我很早就对离婚这个词形成了条件反射,一开始我甚至以为这是我的名字,它那么随时随地被我父母挂在嘴边,一听到它,我就扯着脑袋四处张望,寻找声音的来源,张开嘴等着有东西吃。但吃的东西总是等不来,接下来我往往听见的是吵架和砸东西的声音。我父母这么多年就是这样斗争过来的。我迟迟不结婚显然跟童年的经历有关。一个从小就误以为自己名叫离婚的人,怎么可能轻易地被婚姻套牢?

那次坐火车回佴城,我想得多的还是父母那些往事。

我父亲顾丰年,男,离婚那年69岁,现年73岁,中学高级教师,大学时学的是数学专业,理化也能教教,最拿手的却是养蟋蟀打架。我叫顾崖,而父亲养过一尾蟋蟀,曾经打遍佴城无敌手,他就给它赐名顾小崖,另有一小名叫满崽。有一晚打架连赢三场,这让父亲赚下了三条翻盖白沙烟。当晚父亲喝顾小崖的庆功酒,喝哕了,不知怎么哕进了蟋蟀罐子。顾小崖吃他哕出来的东西,第二天一早口吐白沫手脚冰凉,没得救了,我父亲起码有半年魂不守舍,逢人就说我那个满崽死得冤枉,爸爸对不起你呀。

我母亲肖桂琴,女,现年56岁,以前干个体户,现在叫作企业家,业务范围很广,以前剥过蛇,到福建贩过水货,现在开餐馆搞建材公司承包建筑工程,甚至还包括修长城——不是指打麻将,是正儿八经地修长城。不是孟姜女哭垮过的那道长城,那道长城轮不着她修,她年岁也不够。她修过的这道长城在我们佴城境内。

据说我是两岁的时候弄懂了离婚是怎么回事,在此之前只知道那些卿卿哐哐的乱响是我父母吵架时砸东西……等我长到七八岁,父亲告诉我,砸东西的是肖桂琴,不是他,因为肖桂琴没文化。那时我父母吵架时砸东西的事情,已经变成段子在伏波祠一带流传开了。传出那些细节的是几个好事者,听见吵架的声音,他们就劝解说:"哥哥嫂嫂,吵架我们不劝,不要砸东西哟。人在气头上,不要冲锅碗盆碟过不去嘛。"听见这么一撩拨,我母亲当然就砸起碗来。碗砸完了,好事者又赶紧护住暖水瓶说:"砸砸碗就算了,这个不能砸,这个要好几块钱咧。"于是,暖水瓶也被砸了。那时候,屋里基本上找不到比暖水瓶更值钱的东西,要不然,凭我母亲肖桂琴的气概,照砸不误,砸出一地碎屑,两人冷静下来,坐下来,商量明天先去买哪些东西。日子照样要过下去,不能因为砸了东西就离婚。

那些好事者在外面盛传,两个人都砸东西,但顾老师有文化一点,只砸碗不砸暖水瓶。

那时涤青和涤生听见这些说法,回头就告诉我。我没看到,因为我懂事以后,父母打算吵上一架,就先冲我说:"崖崽,你去隔壁范医生家里去,我们有事。"当然,也许并不全是吵架,有时候大白天想做爱了,他们也要支开我才行。伏波祠中医院的宿舍那么逼仄,每家只有两间卧室。我七岁前和父母睡在一间,另一间墙上钉满架子,上面摆蟋蟀罐子,下面摆起一层一层蛇笼子。

涤生只大我一岁,没能力把听来的事情复述清楚。涤青大我们四岁,她可以模仿得有模有样,还模仿我母亲砸东西的动态。她模仿的动作就像在挠我胳肢窝,不笑都不行。

而我两岁时弄懂了离婚是怎么回事,这是父亲告诉我的,有板有眼。我父亲说我两岁多就问过他离婚是怎么回事,反复地问,眼睛里闪烁着求知的光芒。父亲终于被问烦了,只好告诉我:"离婚是指男的和女的过不下去了,要分开,就像我跟你妈一样。"据他说,我听后点点头,冲他说:"那好,你们先离婚,我也跟我妈离婚。"父亲承认,当时他听了这话很受安慰,也很感动,抱着我说:"好孩子,没白养。"

等我长到十来岁,就不乐意被父母一句话支开。他们叫我去范医生家里,我就说:"你们吵吧,不要管我。看你们能吵出什么花样来。"他俩一想也是,都这么多年了,哪还瞒得住?便当着我的面吵起来。我一开始看着还觉得痛苦,慢慢地学会了欣赏,歪着头当戏看。他们吵架时还照样砸东西。对抗这么多年,两人都有了斗争经验,砸东西只砸父亲的那些书本,那东西可以反复砸来砸去,用不着回头添置。有时候,隔壁涤青涤生来我家,正碰上他俩吵起来。我觉得很没面子,就会冲父母说:"别吵了,干脆你们离婚吧。我谁也不跟,你们把抚养费给我就行。"

我父亲以为我一直向着他。他有文化,在母亲面前总是有着莫名其妙的优越感。其实我心里知道,我自小也庆幸有个没文化的母亲,正因为没文化,她也给了我很多文化妈给不了的温存。我好几岁了,开裆裤都被缝上了,她还让我吃奶。我撩她衣服她会不闻不问,一边打着毛衣一边任我将乳头咂得吱吱叫。有时候发出的声音太猖狂,她也忍不住说:"轻点轻点,饿死鬼哎,又没人和你抢。"虽然母亲没少打我,江湖人送她绰号"铁匠娘",但我更能记住的是她温存的那一部分。父亲当然看不得这种情景,冲我骂道:"真是丢人现眼,像什么话嘛。"母亲听不得这话,她冲父亲说:"你不要在那里装人,你吃得人家就吃不得?"

隔壁的涤生就没有这样的运气,他到我家,看到我那么轻易就将母亲的乳头吃在嘴里,还嘬出咂咂的声音,哪能不眼热?他回到家里,也要撩他母亲的衣服。他母亲胡会计是个斯斯文文的女人，像古书上写的那样，她随时是病恹恹的样子，蹙起眉头。胡会计不让涤生撩衣角，但也不会骂他，只会把他的手拍开，把自己的脸撇到一边，想让他突然省悟什么叫自觉。他却得寸进尺，继续撩。可惜他姐姐涤青总是站出来坏他好事。涤青看不得涤生这副丑态，怒从心生，把涤生揪到一边大骂他："你这个小流氓，真不要脸。你都要读小学了，装什么嫩？嗲你个大头嗲！"涤生郁闷地说："顾崖天天吃。"涤青说："好样子不学，学丑样子。他妈是搞什么的？他妈是剥蛇的。你想吃你就去当她的崽好了。"

涤青说得也没错，我妈确实是剥蛇的。她不是佴城人，是我父亲下放到广林县时找来的。

父母结婚的时候，是半边户。母亲跟着父亲来到佴城，没有工作，先是去父亲所在的学校食堂当工友，和人打架，被警告、记过直至开除了事。父亲把母亲放在家里赋闲也不是办法，她一闲下来便有百样事情风生水起，父亲只得通过亲戚的关系将母亲弄进贸易公司剥蛇。那时候佴城蛇很多，农民在地头田塍上捡到了，卖到贸易公司。我爱去贸易公司蛇库里看蛇，麻花花的蛇一网箱一网箱堆起来老高。我也爱看母亲剥蛇的麻利劲儿，她用胶皮在拇指上缠一块刀片，一锥头把蛇脑袋扎在案子上，手指轻轻一划一剥，发出豁拉的声音，轻巧得像是给蛇脱去一层袍子。蛇肉很白，剥掉皮还要扭摆一阵，扭着扭着就散架了。蛇皮都是卖去广东。剩下的蛇肉，作为生产垃圾内部处理，贸易公司里的人凭工作证买，一角八分钱一斤。那时候，蛇肉吃得太多，令我很想吃猪肉——猪肉有油。另外，蛇肉吃多了，家里老长蜈蚣，我经常被蜈蚣咬。父亲教过化学，告诉我蜈蚣毒仅仅是些草酸，虽然让人疼痛，但并无大碍，解的办法就是用碱性液体冲洗，比如淋一泡自己的童子尿。

我的膀胱比较守时，不能随时尿出来，不像有的小孩嘘几声便有尿，老嘘老有，再嘘还有。再说，蜈蚣经常咬在自己尿不到的地方。有一次竟然咬了头皮百会穴那个地方，要是拿尿去淋的话，就得事先去杂技团学一学顶碗的本事，脑门顶长眼睛似的，看见东西落下来便调整一下脑袋，稳当当地接住。母亲自有简单易行的办法，她吐一口唾沫一抹伤口，立时见效，喊得应。她一开始剥蛇被蛇咬，被剥蛇的同事抬去医院急救了几次，自此以后她体内就产生抗体，百毒不侵。

母亲虽然没文化，但那年月就懂得创收，补贴家用。光剥蛇赚不到多少工资，她和她的同事都悄悄地把蛇苗带回家养，养得多了还寻找到规律，到计生委领避孕的药拌在蛇食里让它们吃下去，让它们忘记时令变化以及发情交尾，专注于长个。长到一定程度，再让我舅舅从广林乡下进城来帮忙，将蛇一箱一箱地拎到贸易公司卖。她也懂得和收蛇把秤的师傅搞好关系，递一包烟，乌梢蛇就卖出了眼镜王蛇的价钱。

四五年前那段时间，我父母闹离很频繁，我应付差事地回去了几趟，没想到他俩真就离了。这和我父亲的性格有关，他是个心高气傲之人，能忍受老婆没文化，将她作为半边户带进城，但忍受不了她本事一天天看涨。他娶肖桂琴的时候，根本没想到这广林穷乡旮旯来的女人，竟然遗传了大把赚钱的基因。他可以贫穷，但忍受不了屈居人下。当然，更深层的原因，是他俩冤家聚头终会散的。

说起我父亲的清高，那也是很有名，他一辈子不得志，却是个大炮筒子，以敢骂领导闻名于饵城教育系统。他们中学的校长胡栓柱就好几次被他搞得下不来台。他们彼此都熟悉，都是混伏波祠这一块的。胡栓柱是胡会计的哥哥，涤生的二舅。胡栓柱不学无术，却是人混子，拿了假文凭进到学校里教书，后来他兄弟胡栓梁的小舅子混上了副市长,他也随之摇身一变,变成了中学校长。即使他当了校长,我父亲照样没把他放在眼里,在胡栓柱面前依然保持着心理优势。胡栓柱虽然书教不好,但走马上任以后,订规矩是一把好手,将日常行为规范的条款增加了一倍,第一条就是"上班不准穿短裤"。胡栓柱首先在教职工会上宣布这一条,我父亲便举手要发言。经允许,我父亲站起来,他质疑说:"胡校长,我把短裤穿在里面可不可以?"

胡栓柱说:"那叫内裤。"

"那你的内裤是短裤还是长裤?是三角形的还是人字形的?"我父亲又说,"我已经习惯穿短裤了,不穿的话,穿档风把那东西吹出风湿病关节炎,如何了事哟。"

父亲有血性,有钱不会赚,位卑不惧官,因此他注定一辈子不得志。要是他能得志,前提得是胡栓柱之流全都内裤外穿变身超人,唰唰唰一窝蜂地飞离地球。

那次,既然父母真的离了婚,我就走不开,在侔城待下来。母亲帮的忙,疏通关系让我去群艺馆上班。因为我既能写东西又会拍照片,虽然这两者拆开来,任何一样都不突出,但在侔城文化圈里,写东西的大都操不圆照相机,会照相的,往往连给摄影作品取名字都抓耳挠腮。我搞这些事没有天赋,但也有童子功的,上手早。我父亲是个老师,心气又高,死活都要让我学有专长。

小时候,父亲提前给我补理化课,见我没有生就学理科的头脑,很是失望。他总在我面前讲述他以前的辉煌成绩,得了年级第二就痛不欲生,还说他连年是全县小学生的学习榜样,经常被派出乡村学校做报告,别的孩子因为仰慕,总是抢着跟他换红领巾。那时候不作兴签字,表示敬意就互换红领巾。因为……我父亲严肃地说,红领巾是红旗的一角，是用革命烈士的鲜血染红的。

他以身垂范，但起不到立竿见影的效果。一俟段考，我死活只能拿这么点分数。父亲既然恨铁不成钢，遂就铁打铃铛，即便硬不起，也要摇得响。他每天压着我写日记，写作文。他找教语文的同事帮我改改，然后老往佴城日报寄。一开始几年没被采用，也没有任何回信。过得几年，父亲有个学生调进了佴城日报。那学生以前是数学尖子，得了一场脑炎后改投了文科，现在照样也混成了作家。靠我父亲这个弟子帮忙，我十五岁便在佴城日报副刊上发表过几组散文还有诗歌，十六岁在佴城日报发表了几帧照片，这样一来，佴城就有一些人知道了我的名字。

老一辈的人喜欢把很多事情的成败归结为遗传，或者是一些与众不同的现象。比如我在《佴城日报》发表了文章，就有人传我脑袋上生有四个旋。后来，涤生考取清华以后，伏波祠一带就有传言，说他脑门顶上有八个旋，四个正旋四个反旋。

写文章这事一开始确是父亲压着我搞的，但我慢慢地对此道有了喜爱。甚至此刻，倚赖着在佴城日报发表几个豆腐块攒起的自信心，我竟有了写一篇篇幅冗长的小说的冲动。这种冲动也是和隔壁范医生的榜样力量有关。在伏波祠一带，涤青的父亲范医生才符合我心目中知识分子的形象。

每次去他们范家，范医生要么在中医院给人把脉，要么在家里读书写字。他读的大都是线装书。晚上我去他们家，总是看见他在书桌上铺开稿纸写文章。涤青告诉我，范医生是在校注一本古代医书，关于五官科医术的典籍。原书万把字，范医生能从这万把字里折腾出几十万字，而且只能用以前的繁体字写，要不然文章会跑气。涤青还悄悄地告诉我，出版社会把范医生的书出版，出出来，书就像课本一样，每个人手里攥一本。

我看着范医生案头上累起的尺把厚的稿纸，感觉到只有坐在书桌后面不动声色地写写抄抄，才是一种体面的生存方式。我父亲斗蟋蟀我母亲剥蛇，是不能拿出来跟范医生比的，这么比较简直是以卵击石。

再过得几年，我母亲做生意逐渐铺开了，赚的钱越来越多，而范医生老是在写他的那部书，没完没了。他退休后，一天只在家里看四五个病号，赚点油盐钱，然后杜门谢客，将越来越多的时间费到写书上面。胡会计开始对他有怨言，在他面前老提起肖桂琴现在怎么怎么样了，骂他真是偷懒，每天不干正事，而且只开方子不卖药。当然，范医生依然怡然自得，若不这样，他会在我心目中垮塌掉。

有一年春节我和涤青涤生两姐弟从莞城回侔城，涤生打电话，叫我初二去他家，说这是范医生的意思。我去他家，一路上在想范医生怎么突然想着要请我吃饭？吃完那餐饭，范医生将我拉进书房，案头上依然是一摞稿纸，书依然还没写完。我依然对他充满了敬意，心想一个男人就应该干一件没完没了的事情。

"顾崖，你是聪明人，我要讲什么意思，你大概也明白。"我不明白，却点了点头。我不想在自己敬重的人面前显得愚蠢。范医生说话直来直去："那好，我就不跟你绕弯了。你和涤青都不小了，你三十一了吧？你们从小一起长大，青梅竹马，可能太熟悉了反而隔膜，有些事情上塞下阻通畅不了。那就由我这老东西把这层窗户纸捅破吧……"见我没有回应，他又说，"涤生都跟我说过，你十四五岁时就对涤青蛮有好感，是不是有这回事？"

我的脸暗自羞红。我知道涤生指的是哪桩事。我想想涤青，涤青是那么熟悉，我可以随时随地将她纤毫毕现地记起。看着范医生期待的样子,我说:"范叔,我听你的。只要涤青愿意,我能有什么意见?"

"放心,她那边我有把握,才跟你说这话。"

我没想到一辈子的事情竟然被范医生三言两语摆平。那天回到家后,我才意识到我和涤青可能成为夫妻。她在莞城谈过几个男的,可惜都无疾而终;我泡过哪些女人她也知道,在莞城,我们时常碰面,也时常把各自的朋友一起带来。那些交往的朋友来去匆匆,而我们几个倒是一直联系着。我不知道和涤青在一起生活会是怎样,躺在一张床上会是怎样。做爱呢?她是蛮有主见的人,而我恰好比较随性。我想到我们至少不会像我父母那样,三天两头吵个不停,就稍稍宽下心来。

我父母离婚那年我回到佴城,进入群艺馆工作。虽然沈馆长曾是我父亲的学生,但我知道这份工作搞到手,母亲起了关键的作用。虽然现在人们只对赚钱感兴趣,但去群艺馆或者文联谋求一个职位,你便会发现文艺积极分子竟然仍有这么多。

说是工作,实则轻松至极,没事时自行安排。除了年节的晚会和文艺活动需要我去拍拍照片,给群艺馆的剧团写写小品剧,一年办两期文艺刊物,基本上没我什么事了。不光是我,单位里别的人都一样悠闲。在佴城,我颇认识那么几个熟人,个个貌似有单位,其实一年到头难得上几天班,天天在麻将馆里或者在茶楼里碰,打牌搓将,每个人桌前摆一沓钱,一会儿你把一些钱给我,一会儿我又把一些钱还你,循环不已,久而久之那些钱都消耗在了茶水单子上。

沈馆长也不上班,他伙同一票好友,成天出没于佴城的交际场所。如果我有什么事情找他——我刚参加工作,多的是手续要办。每打他电话办手续,他就说你把文件弄好,要我签什么意见打个草稿,我帮你盖章就是。沈馆长把章子挂在屁股上,走到哪带到哪。那是颗原子章,不需要蘸印泥。我找他盖章,他可以在饭桌上帮我把字签好把章盖好,而且每一个章都力图盖得清晰圆润,他用嘴吹吹,再手一挥签上花押:沈二门。他写字有极简主义风格,乍一看还以为写的是外文。签完字,他有时拽我陪同吃饭,说既然来了,接待工作总是要做一做嘛。我想也是,既然有了单位,班总是要上一上的。沈馆长有一手绝活是弄狗肉,他弄的狗肉要剥皮,刨成肉片,像吃牛百叶一样,在汤锅里卤一下就放嘴里嚼,嘣吱嘣吱,声音脆得犹如生嚼芽白秆子。佴城出去的大画家俞淦品每次回来,点名要吃沈馆长弄的狗肉,吃完了还要将切好的狗肉片打包带走。狗肉吃多了,俞淦品画了一张"老沈烹狗图"赠给沈馆长——一饱口福之后,聊表感激之情。那画大尺幅,挂起来遮得住一面墙,画的是沈馆长赤着上身挥舞两把菜刀,与一群鲜蹦乱跳的恶狗激战正酣,画面空隙地方画了不少飘笔,那是狗毛乱飞。

沈馆长爱喝酒,喝多了就拍着我肩头兄弟兄弟地乱叫,叫得我倍感亲切。

沈馆长很少找我,反而是我找他的时候多。有一天沈馆长主动打来电话,要我帮个忙。他说:"顾崖,我舅子在鹭庄搞旅游生意,要人照些风景照片,做成广告牌挂在城里。你最近忙不忙?不忙的话你就帮我这回忙。他叫黎照里,是个爽快人,不会亏待你。"

我说:"沈馆长,你只管开口就是,我随时可以去。"我很愿意为沈馆长做些什么,投桃报李,纵有拍马屁之嫌,也是发自内心。

何况,黎照里我老早就认识。我记得他当年人长得帅,肌肉暴多,几乎要将胸肌练成乳房了。他打篮球打得很好,司职后卫,盘活全队,在整个佴城都大名鼎鼎。黎照里虽然没在单位上班,逢五一市直机关搞篮球赛,各单位总是抢着把他当外援引入。他个子不高,却能灌篮,一蹦五尺多高,身子先是拉成反弓形,再往前屈成正弓形,啪,偌大一颗球就喂进筐里去了。

他的职业是在洋广铺路拐角的地方架个摊卖散装槟榔,摊前有一块马粪纸的牌子,上书"正宗湘潭九制槟榔",底下还写了清香型、甜香型、焦香型、焦苦型,等等。

那时候,市里的篮球赛人们看着照样大呼过瘾。黎照里也会底线转身后仰跳投,看得全场人高声叫好,更不用说灌篮了。我当时还以为灌篮的动作是他发明的,前无古人。

有一年五一我照样在市中心广场看球,黎照里那年代表团市委,身披1号战袍。有一次,他灌了篮以后抓住篮筐悬在半空,撒手落地后,脚踩在了先行落地的篮球上面。脚底一打滑,俯趴着便跌在地上。跌伤了脸,伤愈后有半边脸竟慢慢萎缩掉了。即使在大太阳底下,他的脸看上去也是阴阳不定。人却是个好人,脸受了毁容性的伤,只是让雇他的团市委付医药费就完事,绝口不提误工费或者营养费,更不用说什么精神损失费。那时候,人们还耻于太计较钱,计较钱就是为人不硬扎。黎照里肯定也认为那次受伤是自己技术不好,加之没练过狗熊踩球造成的,活该。

一、吃糖的男人

　　前面写了一大堆，但真正引发我想写这个长篇的人，却还没在那里头出现。若干年前，当我有了写小说的念头，就总想着要把身边烂熟于心的那些个人写下来，比如父母、范医生一家，或者是涤青涤生的两个舅舅。没动笔之前，我觉得每个人都是一部小说。一动笔，才发现太过熟悉反倒成了阻碍——没有一定的陌生感，就找不出合适的距离去调度、处理那些人和事。他们铁板钉钉地镶嵌在你脑子里，容不得你去演绎、去变形或者去胡编乱造。打台球的朋友更能理解我的意思：当白球和目标球黏在了一起，反而找不出击球的角度了；两球之间必须留有一定的距离，才便于定位击打。

　　没想那次去鹭庄的路上我碰见的一个人，日后引发了我如此强烈的写作欲望。我喜欢这些偶然因素。据说乐于行走、漂泊无定的人心中总是存有更多偶然。

　　沈馆长叫我去帮黎照里照风景照片，我当然义不容辞，临去前一天晚上沈馆长硬是叫我出去消夜喝酒,当是壮行。第二天我睡到中午,起身往鹭庄去。鹭庄在界田垅乡,离佴城有一百多里。我去老汽车站搭车,却见老汽车站已经被人造掉了,正搞着基建。

老汽车站已经没了,现在,新的汽车站一分为四,散布在佴城四郊。我叫来一辆的士。

"去鹭庄多少钱?"

司机说:"不打表180。"

"那打表要多少?"

"不知道。"

的士司机载我到城南客运站。城南客运站很破,这里分管的线路全是去往南边各乡镇的,我一下车便瞟见里面只有破中巴和相对较新的农用车。那的士司机叫了我一声。时节已经入夏,气温开始热得让人略有回味。司机有心招徕生意。他说:"让你12块钱,168好了。看得出来,你这种人屁股嫩,坐农用车坐不惯的。"

我仔细看看他。司机一张抹布一样的糙脸,微笑中隐藏着精明。

"哦,怎么看得出来我屁股嫩?"

"你脸嫩胡子稀,屁股还能不嫩?"

"师傅你逻辑能力强,简直跟我妈差不多。但我喜欢打表。我觉得打表是每位乘客的权利,每位司机应尽的义务。"我说,"打表的话,280我也给你。"

"那我划不来,往乡里去我从来不打表。那些村级公路颠簸得太厉害,跑一里抵在城里跑五里。计价器上又打不出精神损失费。"

"我喜欢打表。看数字跳来跳去,觉得很有成就感。"

"我以前得过脑震荡,要是再震出一次,搞不好会变成习惯性脑震荡。表是死的,兄弟,我们都是活人。"司机见我善于磨蹭,估计这单生意不好做,撇撇嘴把车开走。

城南车站里四辆破中巴和十几辆农用车,车玻璃后面亮着牌子,上书行走路线。我找不见鹭庄。一问,说是要到界田垅转车。三辆农用车的路线牌上写有界田垅。我注意地看了看,有块路线牌上的字比别的两块牌上的写得好。这辆车上空空荡荡,而另一辆字写得丑的车子,已经坐了几个人。那辆车先走。我打算上这辆空车,拧开门,坐在驾驶副座上。我喜欢这个位置,这适于观察。往前看去,有堆人坐地上打牌。我正把打牌的人打量着,打牌的人里面呼啦站起个人来,朝这边走,拍拍车门冲我说:"那辆车先走。"

我说:"我坐这辆,不赶时间。你是司机吗?"

那人点点头。他年轻,并且消瘦。他说:"等一刻钟,我打几圈就走。"

"打几圈?"

"打五圈,只打五圈……等不了你就坐别人的车。"司机的牌友中断了摸牌,一个个抻长脖子像旱獭一样朝这边张望。直到司机缓缓地走过去。时间还早,司机说一刻钟后走,但说不定会是一个小时。时间的观念,在偌城乡村司机的心目中可圆可扁,任意揉捏。我早已得知他们的拖沓,遂静下心来,插上耳机听歌,甚至打算睡上一觉。

车一晃,我醒来,见司机正要发车。双排座的农用车,车头只有我和司机,后一排空着。看看手机,司机比他承诺的仅仅延时五分钟。

"这就开了?"我有些不肯相信。

"嗯。"司机已经松了离合器,车在往前面蹿。

车驶出城南客运站,我打算和司机瞎聊些什么。车头只我俩。司机只顾开车，嗯嗯啊啊地回应着。我想我是有些自讨没趣，也就不吭声了。路面去年秋后换成炒砂，一色乌黑，油光浅浅地泛满表层，纵使车辙密布仍然让人看着干净。阳光可以在前面马路上轻微跳动、飘移、游走。我盯着前面的路面看上一阵，就略微地犯起眼晕，阳光枝枝蔓蔓，千头万绪，像是河岸各种藤本植物相互缠绕在一起。

我不由得感慨地说："炒砂路面走起来还是舒服啊，比沥青路漂亮多了。"

司机这才搭腔："以前，沥青路夏天的时候淌油淌得厉害，把鸟粘住了飞不起来，车轧过去，一摊血迹。蛇死在路面上的也多。夜晚轧死的蛇是盘在路面上纳凉；白天轧死的，都是冲着那些鸟去的。"

"蛇也需要纳凉？"

司机意识到自己并没有搞清楚这问题，嗯了一声，又不说了。

路上很清静。我仍有点累，把手指交叉搁在脑后，往后一枕用余光瞟向车窗外面。整块的稻田和形单影只的树都纷纷做着倒退运动。我昏昏欲睡，路边有人招手搭车，车子急停再次将我晃醒。上来的那人脖子上挂着一台机子。一看就知道，那是佳能 EOS 400D 套机。他应该也注意到我胸前的机子。我坐在前排，他似乎把头抻长到前面瞟几眼。这个人也去鹭庄，没人请他，他自己去找找素材。

车开出去 40 来分钟，行了 70 多里，马路右侧起伏的矮山山梁上，就现出那道城墙。看见这道城墙我就忍不住有些自豪，因为一大截还是我亲娘肖桂琴修建的。

当年骑单车路过这一段时，我就注意到这一带起伏的山梁，好几个山尖上都耸着破旧的岩堡子。据说那是当地人的牛栏。但我看那些岩堡子的形状大小都差不多，便怀疑彼此应是有着某些关联。后来一个长城专家证实了我的看法,他把几个牛栏考察了一遍,得出结论说这里原是有一段长城的,那几个牛栏正是长城上的城台。这一发现引起了轰动,不但被本地网民评为佴城有史以来最大的考古发现,且在南方最大的周报头条位置发出整版消息。佴城领导拍板,花钱恢复专家所说的长城——不但恢复,还尽量多修一点,转手再卖出去。工程很大,政府将要修的长城像切香肠一样切成无数段,发包下去让建筑商竞标。我母亲打打关系,也标下来好几个工程段……

"来长城的人还多吧?"我问司机。

"呃,有,前几天我还看见一伙一只脚的残疾人拄拐杖往上面爬。"

"真是够造孽的。"

这段长城也没修多长,车子跑十来分钟就能让人看完全程,仿佛是从山海关跑到了嘉峪关。那一年,参与修长城的经历还是令我母亲颇为得意。从剥蛇皮的到承修长城,她得完成多少次华丽的转身?甘苦自知啊。回了家她就冲我父亲说:"顾丰年,看见不,真的长城我都修过了。你有文化你连抽水马桶都修不好。"父亲泼冷水:"当二道贩子,修个豆腐渣工程,得意什么啊?"

现在,经过了这段长城,我记起那些事,便想抽烟。我拿出烟递给司机一支。司机右手一摆说不要。我又掏出槟榔,现在的槟榔都是真空包装,又干又涩,远不如黎照里用老方法弄出来的好嚼。我把槟榔递到司机眼前:"吃槟榔不咯?"

司机依然摇摇头。

我有些好奇:"你什么都不沾啊,拿什么提神?"

司机说:"呃,有啊。"

他将手伸进衣兜,掏出一只圆形铁盒,再用拇指撬开盖,拈出一枚圆珠形的糖球含进嘴里。糖球在盒子里时颜色发暗,取出来后变成浅绿。

司机问我:"要不要吃糖?"

"喉糖?"

"不是,薄荷糖。"

"不要,我抽我的烟好了。"

说真的,我从没见过哪个成年男人随身带一盒薄荷糖,时不时拈一粒放进嘴里。

司机忽而又开腔了。他说他搞不懂照相也能吃饭。现在的人有钱了,相机到处都有卖的,手机里面也附带摄影功能。说到摄像,司机认为无非就是用框子(司机不知道那叫取景器)瞄好了人或者是别的东西,食指摁在快门上(快门知道的),咔嚓,就完事了。被框在框子里面的就是照片。他说:"照相,只是拿手指那么摁一下,难道还有人学不会?"

坐后面那人抢着回答,他打算用专业知识摆平这个乡村司机,说到构图、光线、色泽等,还想聊一聊摄影师必须具有的影像分析能力和影像把握能力。司机默不作声,嘴角一斜挂着些冷笑。我看得出来,后面那人不管说得有多专业,眼下只能算对牛弹琴。司机不愿意自己是什么也听不懂的牛,便只好做出鄙夷表情。我打断后面那人,用另一个方式说:"是的,要说简单了也就是咔嚓一下。但要说深了,深不见底。就像字谁都认识,但字在每个人手上发挥的作用大不一样。有的人写出了博大精深应有尽有的《红楼梦》,可有的人写得狗屁不通,还尽是错别字,标点都打不对。又好比嗓子谁都长得有一副,有的人唱歌可以婉转入云端,有的人公鸭嗓,一唱歌会把死人都吓得不敢躺地上。难道歌曲不都是拿嗓子唱的？又好比开车，你敢开到一百八十码吗？一开就只有撞墙。但有个叫舒马赫还有个叫莱科宁的外国人，人家敢把车开得比喷气式飞机还快，不但不撞墙，还摘金夺银拧开香槟到处喷……"

司机点点头，这下听懂了，又问："婉转入云端是什么意思？"

我说："这也是个比喻，说明嗓子很尖细很高，可以插到天里头。"

司机竟然把脑壳一点说他懂了。他说："拿泡沫塑料擦在玻璃上，那种声音也是又高又尖的，但是那声音谈不上好听。"

我发现这司机会钻牛角尖，只好继续解释说："除了又高又尖，还得有婉转，就是要打几个转。泡沫塑料擦在玻璃上的声音一味地尖细，不晓得打转，所以只能化作噪声。"

司机说："师傅还是你有学问，稍微一点拨，我就通窍了。"

"是你自己脑壳实在好用，我觉得自己没讲明白，但你已经听明白了。"

后面那人有些不悦，他说他是省摄协的，问我是哪一级会员。

我张口便说："国协的。"

后面那人又问："哦，你是本地人，是国字号摄鬼，我怎么不知道？"

"我在广东入的，这些年我一直待在广东。"

"你在广东哪里入的国协？我那边摄影的朋友也多。"

"莞城。"

"哦？莞城摄协副主席胡友亮我认得的，你们熟吗？"

"熟的，我跟那兄弟经常在一起喝夜酒。他喝不过我，却不信邪，老要跟我比拼，搞得每次都是我把他背死人一样背回家。"

"他好像不喝酒啊。和我们在一起，把天讲垮了他也不喝一口。"

"现在喝的，受失恋的打击，他喝酒一天比一天厉害。"

"他都快退休了，还失什么恋啊？"

"老兄，难道你不知道失恋这种鸟事从不分国界和年龄？"我从后视镜里看出来，那人将信将疑。其实我什么协都没入。如果碰到有人冲着我的尼康问级别，我一律告诉对方，国协。主要是没有世协，如果有的话，我当然也愿意往更高的级别挂靠。既然说县协都有吹牛的嫌疑了，说是世协又有什么本质区别？省协尴尬一笑，说在这山乡野地还能碰到一个国字号的摄鬼，幸会幸会。那人有争强好胜的心思，掉转舌头卖弄起自己的经历——他到处跑过，国门也跨了几个来回，采风，或者是领奖。然后他摆起了在各地奔走时遭遇的各种奇闻逸事。他在云南的夜空中拍到过一群 UFO 一会儿飞成"人"字，一会儿又飞成"一"字；在贵州拍到过几万只青蛙和铜蛤蟆因抢地盘而打死架；在黑龙江拍到过某村的人晚上睡觉都倒挂在树上……

省协歇气的时候，我发现司机在斜着眼看我，似乎希望我也说出些意外的经历。于是，我余了余嘴皮跟他们摆起一件怪事："我曾碰到过一对双胞胎兄弟。我给那对父母十块钱，拍下那一对双胞胎。一个卷毛凸脑门，一个直毛平脑门，一个翻天扁鼻孔，一个鹰钩蒜头鼻……"

省协不屑地说："这有什么奇怪？"

司机也瞟来一眼。相对于一会儿飞成"人"字一会儿飞成"一"字的 UFO，相对于晚上倒挂树上睡觉的人，两个双胞胎长得不太像仿佛是稀松平常的事。我接着说："我把照片发在网上，就有省城的大医院专门找上门去给那一对双胞胎做 DNA 检验，发现这竟然是一对同母异父的双胞胎兄弟。这说明女人厉害，在四十八小时里跟两个男人搞事，而且两次都受孕了。"

省协不屑，又说："同母异父的双胞胎不稀罕，但同父异母的双胞胎,你肯定是没有看见过。"

"同父异母的双胞胎兄弟要怎么弄,才弄得出来?你倒是说说看。"

省协一时语塞,他掐掐手指没算出来。

这时,司机突生感慨:"生孩子这事,摆在有些人身上就像玩似的,呱叽一下生了一个,呱叽一下又生了另外一个。但摆在另一些人身上,是要一命换一命地把小孩生出来。这世界就这样不公平。"

他信手拈起一件事就把感慨发挥到世界公不公平的层面上去了。如果他是北大教授倒也不稀奇,事实上他是在佴城的界田垅乡开双排座货车的司机。我听这语气滑稽,转念就想到,他是不是在感慨自身的经历?"你有孩子吗?"

"前几年才有了一个。我结婚七年,生孩子使了三四年的力气,终于弄出来,胯裆下的东西却长错了。"

"生了个……千金?"我算是弄明白了。

司机点了点头,反过来问我生了男孩还是女孩。我说还没孩子。司机有点惊讶,又问我结婚了没有。

"离了。"

他"哦"的一声。

我已三十多,还没结婚。佴城人普遍结婚早,因为"早栽树早乘凉"的观念在佴城像脚气一样蔓延着。为了不助长别人的好奇心理,我宁愿说自己离了婚。虽然同样都是单身的状况,离婚和不结婚大不一样,人们能理解离婚,但无法理解不结婚。若说是没结,别的人往往会进一步地好奇,继续发问。离婚就没什么好多问的了,问起来也不够礼貌。那时我和涤青已经毫不含糊地谈了一年,彼此还算融洽,做爱也偶有激情。我们偶尔也聊到过结婚的打算。但对她来说,比结婚更重要的,是拍出一部重量级的独立电影。一个有这种想法的艺术青年,往往会产生献身艺术的冲动,特别是喝了酒以后。一冲动,再想想结婚这种破事,实在是无足轻重的。

前面又堵上了。

刚才一路走得太顺,我就隐隐觉得不妥。乡村公路几时那么畅通过?快要到界田垅时,果然堵上了。前面已堵了很多车。然后,这车在马路上走走停停,时断时续,歇口气又前进十来米。过一会儿,这辆农用车正好驶到一个坡顶,获得居高临下的视角,我眼前开阔起来,清晰地看见前一辆车开了停了,下一辆车再接着动起来,环环相扣,接力似的进行着。

当天阳光焦毒,我爬到车顶拍了堵车的场面,再跳下车,缩到树荫底下吸烟。省协步我后尘,也想爬上车顶掐几张,但司机把他轰了下来。他说:"难道车顶是让人爬上去照相的?要是踩漏了你摔下来,你只要赔车顶的钱,我还要赔你的医药钱。你这人看样子比车顶要贵几块钱,到时我怎么划得来?"

省协指了指树荫下的我说:"他刚才难道没有爬上去?"

"他是他你是你,难道你以为你是他?"

司机嘴里蹦出来的每个字,我听得特别清楚,这才发现这哥们不知几时起已经向着我了。在朋友圈中,我说话以无逻辑见长,会让不明路数的人大伤脑筋。说话像我这样有头无脑的人,茫茫的生活当中并不好找,但眼前这司机算是一个。我忽然怀疑,我们之间是否会建立起惺惺相惜的态度?

司机走过来,在我身边坐下,打开铁盒子把最后那粒糖球扔进嘴里。他手法娴熟,让糖球在空中划出一道弧线,让光在糖球飞行的过程中不断穿透球体,产生不同的折光。最后,弧线和折光都隐没在司机嘴里。天气太热,糖球也化得快。马路一时没有疏通的迹象。我的烟壳里还有四五支烟,口袋里还有半袋青果槟榔,但他的铁盒子里已经没有糖球了。

我在想,没了糖,司机会怎么办?堵车一久,就有附近的农民顶着筐箩过来兜售纸烟、矿泉水还有油粑粑,但肯定没谁突发异想拿薄荷糖向路人兜售。卖不出去的东西都会影响成本周转,这些上路推销的小贩,会把成本精确到几块几角钱。事实上,司机早有准备。他又走进车头,从工具箱里拽出一整包糖块来。他把胶袋撕开,再揭去里面那层金属箔纸,取出糖块。里面的薄荷糖呈柱状,而且是深绿色的,和司机刚才吃的糖球显然不一样。由糖块的圆柱状不难看出来,在造糖的工厂里,定然是把糖稀先轧成细长的圆柱,再用刀切成一粒一粒。我以为司机会直接把剥出来的那粒圆柱状糖块放进嘴里。

年轻的司机却没有马上把糖吃进嘴里。取出这袋糖时,司机还拽出了一包用油布裹着的东西。他把油布打开,里面是一套工具,其中有小号钉锤、尖嘴钳、削刀、锉刀,还有几张型号不同的砂纸。

我来了兴趣,脸往那边凑去。这个司机身上总会冒出些让人意外的事。

省协趴在路边一棵矮树上咔嚓咔嚓地拍着。我看出来,省协并非真要拍堵车的情景,那并不是个好题材,而是用具体的行动向司机抗议——即使不爬上你的车顶,我照样找得到角度。

司机将糖块雕刻起来。我以为他是要雕字,却又想错了。司机先是用削刀弄出个大样,让削下的糖屑掉落在一个纸袋里面,再用锉刀慢慢打磨着糖的每一面，直至从每一个角度看去，糖块的边缘都是圆的。之后，司机用细砂纸耐心地擦拭细小的凹凸部位。当糖块逐渐被打磨成圆球，它的颜色也同时在变浅。当糖块被彻底打磨成糖球，在光照下，有了半透明的效果。司机的动作如此纯熟，定然是打磨过成千上万粒薄荷糖，也许闭着眼睛就能完成每道工序。

司机把刚削好的糖球抛起来吃进嘴里，并朝我微笑。见我一直盯着他，司机平添一分得意。

"为么要把糖削圆？"

"因为，嗯……糖就应该是圆球。要是有棱角有边，放在嘴里不小心咽下去，说不定会哽着喉咙。弄成圆球形的，就不会哽。"

理由显然是司机现找的，说话时他老是憋不住要笑。

"看不出来，你的喉咙还挺细嫩。"

司机又剥出另一块糖，重复着每道工序，糖块很快又变成糖球。他把糖球递给我。我接过糖球放进嘴里，立时口舌生津。糖球上黏着汗味，但不重。

我说："我看得手痒，也想试一试。"

司机爽快地把工具递过来，并剥出一粒糖块。我看他玩得顺溜，自己弄起来一时却找不到感觉，刀削下去总有些歪，歪来歪去，到后面再也控制不住，把糖块削得奇形怪状。

司机安慰我说："第一次能削成这样，不容易了。"

我毕竟不好意思。手上这糖块被我削得不成型，太难看，根本不能称作是糖球，我随手把它扔掉。

省协不知哪时从树上爬了下来，静静地站在一边看。我弄完之后他又手痒了，也要试一试。那表情，似乎有把握比我削得圆一点。省协眼里此时精光四溢,我看得出来,省协多么想比我弄得圆一点,再圆一点。

省协到底还是把糖块削尖了,看着有点像铅笔头。司机呵呵哈哈地笑起来,他无法想象有人能把糖块削成这个样子。一粒糖块削成圆球固然不易,但冲着圆球形却削成了铅笔头,也需要足够的想象力哟。

省协自己看着铅笔头,也羞赧地笑了起来。司机这时忽然把脸一板,严厉地说:"吃下去!"

"呃,好!"省协一怔,手腕一抖,那粒"铅笔头"便被他吃进嘴里。吞妥了,他才觉得事有不对,费劲地将铅笔头啰了出来,像误嚼了一粒管治拉稀的黄连片,一张脸都苦得稀烂。

车继续堵在马路上,司机不闲着,又削圆几粒糖,备在铁盒子里。前面的车终于动起来。他上了车去,我和省协自然也跟了上去。

鹭庄离界田垅不远,十几分钟的车程。我和省协都同意加几块钱,司机就直接把车开去鹭庄。司机收钱时,我问他要电话。我说,以后一段时间可能在界田垅四处跑,说不定会包车。司机把他的电话留给了我。

我问他姓名。他说他叫江标。问他是哪两个字,他嘴里依然含着糖,懒得说,忽然踮起脚尖在地上画字:江,标。

二、砂桥

此前我没来过鹭庄,但鹭鸶倒认得,是一种傻鸟,庄稼人也厌恶。他们在水田里面顺带放养鱼苗,鹭鸶专门偷吃田里的鱼。

我到鹭庄后,黎照里就亲自接见了我。他给整个村子围上一道篱笆,进村口弄上一道门,这样,别人进来就要买票。售票口就在村口大门边。省协在售票窗讨价一番,最终还是买了一张票进到村里。我跟卖票的小姑娘说我是专门来帮老板拍风景照的。小姑娘警惕性很高,怕我骗她,要证实一下。别看进村门就有脸盆大几堆牛粪,门票价格不菲,不比故宫便宜。

黎照里很快亲自来了,脸虽还是老样子,气色却很好,陷下去的那半边脸也泛起红光。他叫不出我名字,但也觉得我面熟。我在他摊子上买过的焦苦味的槟榔少说也有几提桶。

才三点多钟。黎照里和我握手以后,顺便看看表,再看看天色。他冲那个妹子说:"小秦(小芹?),都这个时候了,关门吧,不会有人来。今天一共卖了几张票？"妹子指了指不远处疯狂拍照的省协，说就他一个。黎照里自嘲地说："还好啊，不是颗粒无收，抵得上我以前卖半斤八两槟榔的了。"妹子搬一块菜枯饼堵住售票口，就算下班了。黎照里带我还有妹子往他的办公室去。路上我告诉他，当年我是他的粉丝，只要他出场我都围过去一丝不苟地看。黎照里说："老早就不打了。哎，这张脸就是打球时弄成的，还好看吧？我现在照镜子就当是看鬼片。"

"别那么讲。黎总，你有了钱去韩国整一整啊，那边麻子都能整成电影演员。"

"不是当老板就有钱，鹭庄的生意才开张，游客来得太少。兄弟，我告诉你实话，要继续在洋广铺路卖槟榔，都还赚钱一点。我卖槟榔在俚城还算是老字号吧？但是人总是要发展，不发展也要让别人以为你在发展，所以不能在马路边一站几十年。要不然赚的钱不够弥补你心头的失败感。你讲是啵？"我曾经的偶像此时颇多感慨，我呢只有狂点头。

还没到吃饭的时间，黎照里先带我去他的办公室坐坐，扯扯淡。我注意到卖票那妹子，倒也算得漂亮，加之特别丰满。黎照里要那妹子去倒茶，妹子看得乐呵呵，不愿意起身。黎照里不得不怒叱道："小秦（芹？），难道我在放屁吗？"那妹子这才不太情愿地挪了挪屁股。看那妹子竟然军令有所不受，我便估计黎照里和这妹子有一腿。我悄悄问他，他呵呵地一笑也不隐瞒，说："待在这鬼地方，钱又赚不到，只好到这里吃吃嫩草啊，我老婆管不着的。嫩倒是嫩，狗尾巴草黄茅尖。"过一会儿，他又拊着耳朵告诉我："再说，这里离砂桥也近啊。"

我点点头以示会意。砂桥那个地方我是知道的，它在俚城名气颇大，甚至被好事者尊为俚城的拉斯维加斯。其实这些民间的说法都不值深究，笑一笑了事。去过砂桥的人，哪又知道拉斯维加斯是什么状况？真去过美国赌城了，还来砂桥搞什么劲？

那天刚到鹭庄，也不干活，磨蹭着挨到吃晚饭的时间。省协把鹭庄转了一圈，直呼上当。黎照里票是不退，但留省协那人吃饭。很多旅客来到鹭庄逛了一圈都说上当，要是个个都给退票，黎照里就不是当老板了，那叫做好事。黎照里早就练好嘴皮子功，对付那些误撞鹭庄的游客。他跟省协说："晚上你可以睡在鹭庄，有旅社，价钱适当优惠，只收你68，你看怎么样？"省协这才气顺，吃着免费的酒菜，把脑袋点一点。黎照里把鹭庄老的村委会楼租了下来，摆几张床搞成旅社的模样。后来我才知道黎照里给旅社床位定的价本来就是68。

次日一早就来了一拨游客，我也跟去下面河谷里坐船。黎照里要我抓拍一些游客们乐在其中的表情，贴在广告上，用前脚客吸引后脚客，一般会有效果。在河谷里，明鱼虾弄撑船时不断地唱起山歌，这哥俩嗓音竟是意外地好，并且高挑，高到一定程度还打得起转。游客们吃这一套，嚷嚷着要两兄弟接着来，接着来。某女游客奋起身子往前倾，要用录音笔录下明鱼虾弄的歌声。

那天搞到后头，几个游客没有心思看鹭庄的山水景色，倒是对山歌感兴趣，围着明鱼虾弄要他俩把山歌一直唱下去。明鱼虾弄有了众星拱月的待遇，卖力地唱，但他俩唱来唱去就只会唱几首山歌，不知前面哪辈祖宗传下来的。游客们大都有些不尽兴，觉得调子是不错，嗓子也好，只是唱词太少。

晚上喝酒时黎照里又提起这事。我忽然说："说不定我能编一些新词。"

"哦，真能编的话，编一首四言八句我掏十块钱。"

"我在报纸上发表诗歌的话，一行十块钱。"我不写诗，遂瞎编。

黎照里说："这么贵？一行十块,我的妈哎,一首歌就要抵销一张门票。兄弟,别讲价了,一首我给你掏二十。我还没搞起势,你就当是帮忙。"

　　我也答应。听了明鱼虾弄两兄弟的歌声,我也想循着调式编一编词。钱不钱的我并不在乎。主要是白天听明鱼虾弄唱山歌听出些味道来,现在我竟然被激发出了创作灵感。那仿佛也不难,格式像七律,里面全是口水话,两句押一个韵就行。

　　明鱼虾弄摆出大惊小怪的样子,问我："哦,你能编？你真能编？"

　　"我试试。"酒精已经把我脑袋搞热了。当晚的壶子酒喝着烧头,让人热得快。我捋了捋调门,就编了起来："郎和姐嘛人两个,想要亲嘴隔条河。隔河亲嘴口水多,只好对面把情说……"

　　一旁的几个人一听,听出来我编得靠谱,互相点点头。

　　我接着又编："姐思郎来针引线,缝得身上补巴多。郎思姐来水推磨,推得雪花满山坡。"

　　黎照里让我抄写下来,拿给明鱼唱,明鱼唱完了连声地说："念起来合嘴,唱起来顺口。"

　　黎照里又说："都是情歌也不好,别的歌能不能编？有游客专门找虾弄,要他唱丧歌……虾弄,那天那游客怎么跟你说的？"虾弄就说："那天那个澳门来的马脸游客专要搜集丧歌,说丧歌更有文化含量。情歌嘛太简单了,不是你喜欢我就是我喜欢你。"

　　我想了想,接下来顺口又诌出一首丧歌:

　　"看见什么唱什么,看见灵魂换穿着。看见尸手洗尸脚,尸脚试鞋小大合。鬼爹见我乐呵呵,鬼妹见我害娇羞。从此鬼府添一口,耕种鬼田多双手。"

随后又抄写在纸上。黎照里看了几遍，他用肯定的语气冲我说："呃，我挺喜欢这歌词里的态度，人死了，其实是去另一个地方娶妻生子，照样耕田养家。这样好，死就是活二茬。"

我说："是啊。两首歌，你觉得好，四十块钱。"

"继续编，别给我省，编得越多越好。编上十首我给你每首加五块钱。十首歌，二百五。嫌不好听你就帮我减几块钱。"黎照里说着嘻嘻地一笑，心里不知又有了什么新的打算。

接下来几天，我在鹭庄待着舒服，甚至有些上瘾，每天拍照编山歌。这样的工作让人心生惬意，状态也好，一天能写十几首，比撒尿还来得容易。山歌写好了，第二天就听着明鱼虾弄唱给游客听，只要经他们纯天然无污染的嗓门一唱，感觉总是很地道，让我误以为不是自己写的，而是哪辈祖宗传下来的。那几天生意都不错，有一天还来了三辆大巴车，全是深圳过来的学生。

黎照里心情不错，每天晚上邀我喝酒，前两天还喝壶子酒，后面就买瓶装的了。他说："兄弟，你是个有福的人，巴不得你在我这里多住几天。"

"那要得。我喜欢在这里待。"我说，"你这个活法不错，包个村，搞搞旅游，养一个嫩妹子。我也想到周围的村子走走，有合适的村子也包下一个来搞一搞创收。"

黎照里就说："滚远点，不要跟我抢生意啊。"

有天傍晚，黎照里开来一辆吉普车，车破旧得不成样子，不晓得他是从哪里捡来的。天全黑了以后，黎照里说："走，我们砂桥去。"

"真的去？"

"出家在外的人不打诳语。"

我和明鱼虾弄上了车，黎照里就把车照砂桥开去，先到界田垅，再往伥城方向走。从界田垅去砂桥有两条路可走。鹭庄在界田垅东边，界田垅往西到了废机场有个岔路口，左拐可以去砂桥；而从界田垅往北沿长城走向，见左手边一处通车路的关隘，名叫"抚威门"，便把车穿过关隘循路走，也能到砂桥。黎照里估计穿抚威门更近一些。

我以前没去过那里，只是经常听人提起，特别是在"江洋大道"里听人提到得多。"江洋大道"是伥城最大的娱乐城——这破名字是朱泽培逼着我想出来的。因这娱乐城位于江滨路和洋广铺路夹角的地方，我就取出这么个名，他一听便拍板，就用这名！老板朱泽培舍得本钱，里面装潢设施一年一换，但刀也磨得快。有些人挨了宰心头不快，别的理由不好找，就拿妹子充借口，冲领班吼："到你这里花钱，你塞我一个砂桥货，骗钱啊！"说话的人显然认为砂桥是引车卖浆之流去的地方，而他自己档次高，"江洋大道"不应该在他面前以次充好。

过了关隘再走几分钟，前面山谷中隐约现出一些灯光。我便问："传说中的砂桥难道就要到了？"

黎照里说："呃，从现在开始就可以兴奋了，兄弟，可以把荷尔蒙准备起来了。"

虾弄问："黎总，什么是荷尔蒙？"

"这个怎么跟你说呢？"黎照里感觉有点为难，就叫坐后排的虾弄把身体尽量往前面探。虾弄听话，照做，黎照里便在他裤裆上掏了几把。他又说，"还好，不需要知道，你准备得蛮多了。"

车走进那片灯光，才看出来砂桥特别小，一些房舍散乱在道路两侧，门楣上挂着霓虹管的灯牌，每个店还牵一截线到马路边，占着路面竖起一个灯箱。每个竖的灯箱大小宽度都跟棺材差不多。除了店名,上面还有小字:停车、住宿、按摩、桑拿、保健、盒饭、炒菜、加水、洗车……相对于天空与四周山林子里涌过来的鳖黑夜色,砂桥所有的灯光都显得微弱。要是白天不亮灯,开车忽的一声驶过去,很多人都不会想到这地方竟隐藏着一片红灯区。

我转念又想:破旧、零乱、狭小,夹在这山谷中略带点荒凉的意味,岂非就是砂桥具有的情调? 一个妹子走在西湖边,被湖光山色一挤对,总是不太惹眼;同样是她,若在茫茫大戈壁上偶然撞见,就算看见背影你也会心旌荡漾。

车再往前走一阵,我隐约听见飙歌的声音。黎照里坐在车前排,像导游一样介绍说:"去年这里还没有 K 歌房,金圆美容厅搞大了,廖金悦就把以前木材站的仓库租下来,改造成 K 歌房。生意很好,但是隔音不好,有多大的声音漏多大,隔着房的人总是唱串了,你接我的下茬,我跟着你那边的调子跑,能从《北京的金山上》一路串到《青藏高原》。"

我说:"那还能有生意?"

"也日怪得很,来这里唱歌的人都不在乎,既然墙壁隔不住音,有时候大家就隔着房对起了山歌。还有就是,这儿的妹子很多。她们和城里的妹子不同,喜欢说话,也爱唱山歌。城里呢,那些妹子你想找她们说说话,她们会很不耐烦。她们总是特别忙。"

K 歌房外面看去果然是仓库模样,走进去,每间包厢都是用木板隔开的,上贴墙纸。大概贴墙纸时木板子就没干透,上面满是霉过的痕迹。灯光灰暗,沙发破旧,坐垫上打着补丁。我正倒吸一口凉气,门开了,一个老鸨子招呼进来十几个妹子。有一束地灯照亮了这些妹子的脸,竟然颇有几个长得很养人眼目。看着这些漂亮面孔,我才感觉到这看着像仓库,坐下来像难民营的 K 歌房,其实也别有一番情趣。黎照里正把妹子拉来扯去,由他安排谁归谁。明鱼虾弄显然有些不自在,大热天还搓手跺脚。黎照里阴着半张脸,妹子们都有些怕他。这情形不像是花了钱寻欢作乐,而是像一帮土匪在分配抢上山的女人,用来压寨,要不就是用来暖脚。

黎照里跟他俩打商量说:"今天主要是请顾大才子,这兄弟既能照相又能写四言八句。我提议,让他先挑!"

我说:"我就不用了,我……"

"真是不爽!"黎照里转过脸去,用眼睛找了一找,冲其中一个妹子说,"你就是铃兰?铃兰,呵呵,我听人说起过你。嗯,你过去陪陪我那位兄弟。"

黎照里给我在鹭庄安排的房间门窗松动,有东西只好随身携带。叫铃兰的女孩在我身边坐下来。我还不及看她,她就劝我喝酒。黎照里叫来了两件啤酒,一搬进来他就左右开弓,用牙齿咬下一打瓶盖。铃兰又取过来两瓶,不停地倒,不停地和我碰。和很多妹子不一样,她劝我喝,自己也不偷工减料,脖子一仰一大杯就灌下去了。在鹭庄我喝的是白酒,现在酒喝杂了,我眼前影影绰绰,但很想看清这个妹子的脸。

"妹子,你长得不错。"我大概看出来了。

听我夸她,她笑了笑,旁边陪着虾弄的妹子把脑袋凑过来跟我说:"哥哥,好好看看,岂止是不错。铃兰可是我们砂桥的桥花。"

我和她俩各喝一杯,又悄悄地问:"你自己觉得呢?"

铃兰说:"话让别人说好了,我觉得做人还是要谦虚一点。"

明鱼不会唱流行歌,虾弄唱了几首,黎照里又唱了几首,接着硬是要我唱。我一再推辞,他们还以为我谦虚,劝得更紧,开出条件说不唱歌就要跳一支孔雀舞。我权衡利弊只好唱歌，别说孔雀舞，企鹅舞我都跳不来。但唱之前，我也要先提条件。他们齐声说依从。我就说："蒙你们看得起，实在要我唱我就唱，但是，要是唱到一半谁要是切歌，我就骂他娘！"他们齐声说算数。于是我就点了一首，我唱到一半他们就晓得厉害了。既然有言在先，他们只好硬着头皮听完。

我放下话筒坐回去的时候，铃兰显得很开心，她跟我说："大哥，你真有本事，难得有人把一首整歌拆得这么七零八碎。我第一次听见，喜欢。"

我有点受宠若惊。世界之大无奇不有，竟然还撞到一个喜欢听我唱歌的人。我说："哎妹子，连这个你都喜欢，那看样子我身上没什么你不喜欢的了。"

她敬了我一杯酒，又说："我们来一首情歌对唱吧。"

她过去点一首，并插队摁了优先，电视屏上立马蹿出来卖洁尔阴那两口子。她挽着我的手一起唱。她的声音非常好听，我觉得是专业水平，不比 MV 里那个女的差。当然，再被我的嗓子一烘托，那真有点天籁的效果了。我们挨得很近，一束射灯光正好打在她脸上，我进一步看清了她。我客观地认为，她不愧为砂桥桥花。

我给她点了一首《青藏高原》，她果然唱得出来。我坐着喝酒，看着她投入忘我的样子，跟别的几个妹子截然不同。别的几个妹子嗓音都不差，但表情总是麻木不仁。她唱到最后那截高音部分，在场的人都凝神屏气，等她声音一截截爬高，一直都游刃有余，我才放下一颗悬心。一唱完，明鱼虾弄都直撅拇指。明鱼虾弄都这样认同，不啻专业的肯定。

铃兰从喝彩声中走过来，坐在我身边，问我唱得怎么样。我酝酿了一下,告诉她:"你唱歌真是让人,呃,黯然销魂。"

"黯然销魂?我的天,你是不是一个诗人?"

"听你唱歌听多了,早晚都会变成诗人。"

铃兰高兴了,她趴在我耳边告诉我:"诗人,你说话我喜欢听。你以后多来咯!"

黎照里看在眼里,皱皱眉头说:"这么快就私下交易啦?那不行,怎么对得起我这个介绍人?铃兰,你们在商量什么?"

铃兰转脸看着黎照里,想回应他,苦于找不出合适的话。她又把脸扭过来,命令似的对我说:"诗人,你总结一下,我俩说了什么。"

我嚅嚅嘴皮,突然想到这么一句:"……金风玉露一相逢,便胜却人间无数。"

铃兰听不太明白,但是听得出意境。她跪坐在沙发上,咧着嘴笑并说:"诗人,你是不是说你已经喜欢我了?一见钟情了?你说的真是比唱的还好听。"

我谦虚地说:"没有没有,只不过说的没唱的难听。"

黎照里哂了一声,说:"有钱的花钱,没钱的背诗当钱花。铃兰妹子,你要冷静啊,要多留意我这种成熟稳重型的。"

不知几时又叫来一件啤酒,黎照里照样用牙齿启瓶盖。喝到这份上,谁也没心思继续唱歌,而是放起迪厅音乐,大家群魔乱舞。天花板上有老式滚灯,光摁电门还不行,一个妹子找来一根棍子将那滚灯戳了几下,那滚灯便滴溜溜转起来。这里原是木材站的仓库,地板都是木板钉的,很多地方都朽坏了,一蹦迪两边的包房也一起摇晃。隔壁的一个胖男人敲开门想提醒我们声音闹轻一点,黎照里跟他认识。黎照里去周边几个包厢刨门,又刨出一帮子熟人。他们都开着车百里迢迢跑到砂桥找开心。这帮熟人顿生他乡遇故知的快意,纷纷端起杯子互相串门,见到我不管认不认得,也兄弟兄弟地叫唤开了。我已经喝得麻木,再往嘴里灌啤酒,没有感觉了。那妹子似乎劝过我不要再喝。

我醒来发现自己躺在一间熟悉的房子里, 光线照样从窗户探进来,我的行李和照相机照样摆在床头柜上。我坐起来,屋里还有个女人,她穿着丝光睡衣坐在床的另一头,看着电视。电视尺寸不大,旁边摆了一摞碟片。

"你醒了?"

她转过身来,我有印象,她叫铃兰。我问我衣服是谁帮着脱下来的,她冲我一笑,仿佛我多此一问。

房间里阳光充足,并杂糅着鹭庄早晨特有的清爽。她比我脑袋里残留的印象更漂亮。她朝我走近几步,把一杯水放在床头柜。我的注意力自然而然集中在她胸前,随着走动,她的乳房在丝光睡衣底下跳动,跳动的尺幅比较大。我喉咙有点咸涩,移开目光,却看见她的胸罩摆在另一侧的床头柜上,型号大概是 34D。

"老盯着我那里干什么?"

"呃!"我扭过头看她本人,问,"你怎么会在这里?这不是砂桥吧?"

铃兰说:"你喝多了,硬是拉着我不放。我有什么办法,就跟你过来。"

"我都醉成那样了,你完全可以不来。"

"诗人,既然我是桥花,我更要以身作则,起到模范带头作用。"这妹子说话不但套辞多,而且有范。

她交叉着手看着我,忽然突兀地问:"要是天上挂下来一双手,把地上所有的人都扒开,扒成两堆,就像灰堆里扒红薯一样。一堆全是贵人,一堆全是贱人,你喜欢待在哪一堆?"

"什么?"我绾好裤腿,很快意识到她出了一个脑筋急转弯的题目。我告诉她,我喜欢待在贱人堆里。

"为什么?"

"因为人全在这一边,那边鬼影都没有一个,太冷清。"

铃兰听了以后低下头去琢磨,再抬起头眼睛很亮。她说:"不愧是诗人,我想这个问题你肯定答得出来。以前人家问我,我憋了半天都不晓得怎么回答。"

既然她跟我到了鹭庄,我怀疑她会问我,做不做?意思是这个意思,话从她嘴里说出来会是怎么样?我以为自己有点担心,其实毋宁说也是在暗自期待。我明白自己是什么人,偷腥的事做过的,而且嘴贱,除了涤青,在别人面前也不怕承认。承认了,也相信灯下黑的道理,朋友们会帮我隐瞒。但铃兰没这个意思,我有点浪费表情。明鱼在门外叫我们吃早饭时,她背过去对着墙换了衣服。她是个高挑丰满的女人。涤青也高挑,却是 A 罩。

天亮透了以后落了一阵雨。吃了饭,我本想借黎照里的破车送铃兰回砂桥。她却说:"既然来到风景区,你帮我照几张相吧。"我陪着铃兰再下到山谷,到处找景。一旦在某个地方停下来,她就不断地摆动作让我拍。

拍了一阵后,她急着要看。相机自带的显示屏尺寸太小。我告诉她,可以回房间里,连接电视机放这些照片,每帧都可以充满整个荧光屏。她觉得我讲了一桩稀奇事,问真的吗真的吗?她急着往鹭庄的小旅社里赶,嫌我走得慢还伸手拽我。

回到鹭庄旅社，我用串线将相机和电视机连接起来，里面的照片就以幻灯形式逐帧跳出来。相机自带设置，换帧的时候还花样百出，有的是叠换，有的是移出，有的是漫漶着逐渐消失，下一帧照片又以斑点汇聚的形式呈现。我拍的照片铃兰还是很满意的，夸我拍得太清晰，夸今天天色不错，接着又批评我脸部特写照拍得太多。她说又不是要办身份证。

她很快翻完了刚才拍的照片，我想拔线她不同意。她说："让我看看你以前照的。"

我说不好，她兴致更高了："你老婆儿子我也认认，见面打个招呼。"

"我没有老婆。"我想，即使有，她也不会来砂桥。

"你真没有啊，要不要我帮你介绍一个姊妹？……不是砂桥的姐妹，放心好啦，是处女。"

她有口无心地说着，眼睛盯紧不断蹭出来的新照片。很快，一些裸照蹭了出来，几个妹子搔首弄姿，站在一条小溪边，浑身一丝不挂。她惊讶地哦了一声，脸上竟浮起古怪的快乐。她说："你这坏人，我还一直以为你正儿八经。原来你真会装人，还装诗人。"

"要是我真是诗人，我哪会对你这么客气。"我说，"这叫人体艺术，晓得吗？"

其实我一直不肯信所谓的人体艺术。

照片是几天前我在冷风坳拍下的，朱泽培把整条坳承包下来，照样是搞旅游，取个名叫"武陵大裂谷"。生意一直不冷不热，他就想个办法，请几个人体模特吸引游客。买票的人进去了，可以免费拍照。他花了钱，请来几个模特，还有两个说是外国的。那天他打电话叫我也去。

打电话时我还宿醉未醒，被铃声乍然吵醒心头儿多烦躁，说不去。朱泽培嗤我说："顾崖，不要不识抬举。今天买票的人好多，抬了几次价，名额照样紧，逼得我搞审核，不够格的我还踢他出去。"禁不住他劝说，我去了。既然去了，本着不拍白不拍的心态，当然也咔下不少照片。

铃兰翻完那些裸照，问我："她们，贵吗？"

我告诉她，不知道。我把串线收起来，又告诉她，回头我把照片洗一套，寄给她。问她地址写成"砂桥金圆美容厅"能不能收到。轮到她不知道了，她说她在砂桥从来没见过邮递员来送信。她又说："寄来吧，砂桥总归是个地名，能收到。"

又问她名字。她说："就写铃兰收。"

"呶，时间也不早了，你走不走？"

"催什么催？一般的男人都巴不得我多留一会儿。"她说，"你再等等，让我想事情。"

她就摆出有心事的模样，坐在窗台前面，眼睛瞟向窗外。我不晓得这个当口她突然想到什么重要的事，如此入神。过了一分零十数秒钟，她眼睛啪的一亮，想到了什么。看样子不是什么沉重的事。

她说："你看我适不适合拍那种照片？"

"哪种？"有的时候，我会明知故问。

她指一指关闭了的电视机，说："就那种……光屁股的照片。"

"呃，你的身材比她们中的几个都要好。怎么会有这种想法？"

"那有什么奇怪，她们是人我也是，她们敢我为什么不敢？"

她的观点把我搞得打了个喷嚏。我想，女人永远理解不了男人对她们身体的渴望，就像男人也永远搞不明白女人对情绪反复无常的态度。

铃兰已进入她自己的情绪,目光逸出窗外,又说:"过几年我就会老。我知道自己老起来会特别快。漂亮的人尤其不经老,有什么办法?说不定哪天早上眼睛一睁,人突然就老掉了,皮肤上全是褶。说不定那时我才想到要嫁人,有个男的他有点缺心眼,我要嫁了,他就敢娶。我告诉他,只在几年前,甚至几天前我还很年轻很漂亮,身上没有一点褶,他肯定不信,认为我是吊他胃口。他要是不信,那我岂不是从来就没年轻过?要是我照了照片,有证据,他就不敢不信了。是这样吗?"

她说的时候转过了脸,认真地看我。我觉得她对我有一种莫名其妙的信任,什么样的问题,仿佛都在我这里找到了最恰切的答案。

"这样的话,岂不是让以后爱你的那个男人很难受?看着照片里的丝光缎子,摸着现实中的橘皮褶子。"

"……顾不了那么多了。要是你觉得我还够资格拍,就给我拍几张。"她竟然轻轻地叹了口气。

"这事情,你要想清楚。"

"不想了,百分之九十的事情越想越糊涂。剩下的,只要去想就是犯糊涂。"她很坚决,陈述完自己的观点就已经解开衣服上第一枚纽扣,并抬起脸平静地看看我。我看了看屋子里的环境,简陋寒碜,墙皮斑斑驳驳,粘的有几张多少年前的宣传画。在这样一间屋子里,拍不出什么别的主旨。但我没有给她提建议。我的人生哲学就是宁可自己憋死十次,不提别人一条建议。

她脱掉外衣,要撩起圆领衫。这时候她迟疑了,把手放下去对我说:"不好意思,我还没有想好。"

我说:"那就不要勉强。很多模特第一次都是这样,以为自己敢脱,真到了时候才发现事情不是自己想的那样。"

"你总是能从别人的角度看问题。"

"不要总是夸我,我容易信以为真。"我说,"快中午了。"

"但是照片还没照。"

"你自己再好好准备准备,到时你打电话,我再过来给你拍。"我这才说,"地方也要换一换,换一个有风景的地方。你那么漂亮,背景不漂亮,不般配。"

"去长城行不行? 长城离砂桥很近的。"

"上面人那么多,你吃得消吗? 再想个别的地方,树林子、小溪,都行。"

她想想是这么回事,接着回我:"换电话吧。你多少? 你念我打过来。"

我的手机很快响起铃声。我没存她的名字,记住末尾四个数字2211,便收拾东西带她往外走。黎照里那辆破车摆在旅社门口,钥匙我已经拿到手了。我开车送她回砂桥。半路上,她问我是不是真没有老婆。我说是。她又提起介绍姊妹的事,说她认识至少有三个女孩,哪个男人能将其中任何一个骗到手,哪个终身幸福。"我们女人看女人比你们男人准,因为能看到真相。男男女女在一起的时候,总是忍不住互相装人。"我点头认可,并告诉她,老婆虽然没有,女朋友已经认识快三十年了。

"我的天,青梅竹马这种事砸到你脑壳上了。"

"好像也不对。她一直是我的主心骨,我习惯了听她安排。"我想,涤青如果听到这话,定会用慈祥的目光给予我鼓励和抚摸。

她好半天没有吭声了。我反问她有没有男朋友。

"暂时还没有。但也有两个人追我追得很紧,一个有钱,一个对我有感情,只要我点个头,都想跟我结婚。对我有感情那个花钱来看我,但是没有非分的要求。"

"是不是有什么病?"

"很壮实的一个人。"她认真地看着我,向我请教,"你看,我跟他俩中间的哪一个更好?有钱和有感情,这两样东西,最近把我脑袋都搞大了。"

"很多男人什么都拿不出来,就只有拿感情讹诈女孩的青春。"

"那你是说,找那个有钱的妥帖一点?"

"呃,感情说不准的。钱却有这点好,将它放在点钞机里可以点出张数,验出真的假的。"

话说到这里,我忽然想起来,点钞机真是铁面无私的机器。有一次涤生把我叫到他办公室,交代完事情,又掏出一双鞋垫,说是涤青给我买的。他桌子上就摆着一台点钞机,我心里突然来得一股促狭之心,把鞋垫放进去。那机子嘟的一声报警,然后一个女人的声音温柔且不失庄重地提醒你:"同志们请注意,这张是假币!"

涤生有点心疼,把鞋垫抽出来啪地扔在一边,冲我说:"你这是搞么?"

我反问:"你这台机子,验验钞就完了嘛,好像还叫你一声同志咧。"

"搞不懂了吧?这台是怀旧版的,限量发售。"涤生往椅背上一靠,又说,"听出来了吧?是用邓丽君的说话录音一个字一个字剪下来拼成的,绝版。要是换个活人说这么一句,只能甩货了。"

三、佴城往事

好吧,既然提到邓丽君,那无法不怀旧的。怀旧是个有趣的东西,事情一旦回想起来,就仿佛在少年宫照哈哈镜,形体的特征拼命放大或极度缩小,夸张到近乎人身攻击。又好比说,铃兰刚离开几天,我想记起她的模样,总要揿开照相机将照片看看;但二十年以前那个月夜,我在核桃树下看到的那些影影绰绰的画面,却随时能在头脑中翻找出来。现在的涤青三十多了,加之全身心投入她的事业,无暇保养,固然显得老相,但她留给我的那种记忆,永远比每个现役的青春期少女更为鲜活。

在鹭庄,日子过得飞快,成天爬起来拍照,坐下来编山歌,晚上吃了侃,喝足了睡,眼睛一睁又是新的一天。晚上鹭庄寂静得怕人,躺在床头非常适合胡思乱想,于是我不免遗憾照相机里没有铃兰的裸照,否则,她34D的胸脯应该可以在这黑暗中闪闪发光的。有了遗憾,我开始期待她给我打来电话,约我外拍。某晚依然在遗憾这事,涤青把电话打来了,说她正坐火车往俦城赶来。她叫我明天见面,有话要说。我说:"有话电话里说嘛。"她说:"真看不出来,现在你翅膀硬了嘛,喜欢自作主张。"我在俦城参加工作的事,还没跟她商量。她回来,说不定是兴师问罪。

没办法,我作别在鹭庄混熟的一干朋友,赶回俦城。我家早就从伏波祠搬走,住在中学宿舍,房改后那套房被父亲买了下来。我拧开门走进去,家里麻将的声音此起彼伏。离婚后,我父亲顾丰年兴趣大为改变,把几十年斗蟋蟀的爱好戒掉了。他惊讶地发现麻将牌比斗蟋蟀更容易让人上瘾,而且据说可防治老年痴呆。我回俦城工作,是为陪伴他,防他老年痴呆后一个人生活会有诸多不便,没想一桌麻将就分担了我的压力。

我在家里换一身衣服,再往伏波祠中医院宿舍去。涤青坐火车下午到,还有一段时间。范医生和胡会计两口子依然住以前的房子里,家里的家具都懒得更换。

半路上,我见顾彤开着一辆奇瑞QQ迎面而来。她是我妹妹,小我十四岁,但要说谈恋爱天生就是她的强项。早几年,她跟一个飙野狼摩托的青皮成天泡在一起。那青皮可能是惹了什么事,忽然在她生活中消失。我妹妹似乎也不晓得痛苦,她长得漂亮,又有点缺心眼,很多男人乐意打她主意。那辆QQ车,原本是一个光头在开,现在妹妹也学会了,领了驾照。父母分居后,我和顾彤也各随其主。母亲和妹妹住进城北新加坡风情社区。我这妹妹缺心眼的毛病日益严重了。父亲曾经觉得顾彤长得和谁都像就是不像自己,但事实证明顾彤越来越像父亲,小时候的一头卷毛都随着父亲长直了。父母分居后,母亲自是和父亲不联系,顾彤竟也表愚忠似的,不回来看父亲。有几次,我在马路上撞见她,她竟装作没看见,还拍拍光头的后脑勺,催他把车开快点。这妹子脑袋这么短路,我不免生气,打算要开导开导她。

我往伏波祠去的路上,正好碰见她。顾彤自己在把盘,光头没陪她。我把车拦住,并要她把脑袋探出车窗。她有点不情愿,但交通条款背过的,知道不能驾车撞人。

"彤彤,父母离婚了,我们可没离婚,对吧?"

她眨巴着眼想了想,说:"哥,我有什么地方做得不对吗?"

"他们离他们的,你在路上还是要和我打招呼。就算你嫁了光头,我还是你哥。"

她竟然笑:"哥,你一直对我很好,我哪能忘记?结婚了吗?"

看见妹妹笑了,我就发不起脾气,我说:"快了,涤青也经常念叨你,问你家彤彤今年评到三好学生了没有。"

"要是哥哪天结婚,我踊跃报名当伴娘。"

"我可不要光头当伴郎。"

"那个死猪,让他当苦力帮你背涤青嫂子上楼好了。还有,妈也好几次问我碰见你没有。你有空去看看她。前回她到莞城打你以前那个电话,说是停机,才记起来你回来上班了。你在哪里上班?你要是太忙了,我去帮你送盒饭。"

我说你要是真有孝心,有了空就打电话找我。然后侧侧身,放顾彤把车开走。她提到了母亲,我也顺竿爬想起母亲,有点牙疼。母亲曾一度是父亲嘴里的反面教材。小时候见我读书不用心,他就老是说:"崖崽,你心里要清楚,我是没什么能耐帮你搞前程,我从不和领导同流合污的。要是你自己不晓得攒劲,以后就只有像你妈那样剥蛇皮。"我一边答应一边想,亲爱的父亲,你无名无职无权无势,有什么资格去和领导同流合污呢？领导死皮赖脸搞来的好处，凭什么无缘无故切一块分给你？

作为反面教材的母亲竟然很能赚钱。她没文化，也就没顾虑，赚一块钱笑一声，赚十块就笑十声，这就是她的数学水平。母亲一赚钱父亲心态难免失衡，又教我做人要诚实，不要学我母亲投机倒把。万般皆下品，唯有读书高，云云。其实父亲心里也是想赚钱，但又想摆出一种闲逸之姿把钱轻松赚到手。

说到父亲想赚钱，他绝不会承认。我分明记得有一段时日，他甚至异想天开，要借斗蟋蟀发小财。顾小崖在世的时候，天天帮他打赢架，赚来不少香烟。晚上吃饭的时候他就会在饭桌上盘算，要是把烟打七折批给烟贩，能有多少。七折他又舍不得，于是自己抽。人一旦有了嗜好，总是赔钱。说用自己的嗜好去赚钱补贴家用，是男人骗老婆的惯伎。

他赢来的烟不好卖，大都是偃城烟厂的内部供应烟。拿烟当赌本，这是胡栓梁想出来的办法。当时他和他弟弟胡栓柱都去了偃城烟厂，内部供应的烟要多少有多少。

胡栓柱在中学当校长，成绩搞不上去，却从乡下招一大帮老师进城。据说他定的有牌价，想进他掌管的中学要交多少钱，明码实价，童叟无欺。中学老师太多，闲置着。胡栓柱哪舍得让这些人闲着，就想办一家幼儿园，但市直机关幼儿园表示抗议，说中学不能动用财政拨款的工资搞以营利为目的的幼儿园。通不过，胡栓柱就将幼儿园改成学前班，教委又不答应。领导质问："小学能办学前班，你们中学也办，学完了直接升初一？"胡栓柱什么脑袋？一计不成又生一计。学校有一片后山，宽敞，他干脆把闲置的老师全都打发去养猪，好赚外快。猪圈建起来了，为了鼓励这帮老师的干劲，他还在猪圈上用油漆刷上标语：如果不把猪养好，凭何证明能育人？标语是他自己想的，他撰写标语有天分。

胡栓柱被查处后，在公众视线消失了一阵，又低调上任，成为佴城烟厂的副厂长，分管业务。他还是老性格，一上任就想展示自己的能力，处心积虑要改革一些陈规，打上自己的印记，就像豺狗子新到一个地方便要撒尿圈占地盘。他打算从文案这一块开始上手，他调研了一番，发现所有的烟壳上都写有"吸烟有害健康"，就说这个害字不好，怎么能说我们的产品害人呢？于是他大笔一挥，将这标语改为"吸烟有利于身体不健康"。一批烟壳印出来后，全用上胡栓柱改好的标语，但还没包装上市就被上面否了。烟壳上打那几个字是总局规定，全国统一。后来胡栓柱在烟厂又出了问题，什么问题说不清楚，有五个人传是经济问题，必定就有另五个人传是作风问题。此后他被调入市糖厂，人就低调了，涤青涤生都很少听到大舅的消息。

胡栓梁有抽不完的内部供应烟，这烟都用印坏的那一批烟壳翻过来包成白包。他乐得逗我父亲开心，随便在哪个墙角翻来一只蟋蟀，就拿来和我父亲斗。有时候抓来一只母蟋蟀，也来斗。放进盆里，两只蟋蟀转几圈互相嗅嗅性别，非但斗不起来，且在众人眼皮底下搞起了性交行为。胡栓梁呵呵一笑，也认输，扔一包烟过来，说给你家公蟋蟀当营养品吧。

父亲总是赢得内部供应的烟，卖又卖不出去，只好自己抽，抽也抽不完，我也偷偷地拿去抽。我烟龄比较长，那时候就上了瘾。

我一开始抽烟时，父亲装不知道，母亲不会关注这些问题，她偶尔也抽。剥蛇剥得累了，她就冲男同事说：瘟猪瘟狗，哪个有烟发一根，醒醒神。后来有些瘾了,也到父亲的柜子里拿内供烟。我父母不管的事,涤青偏偏要管。见我抽烟,就去跟我母亲告发。我母亲呢就委托她说:"难得像你这样,懂得关心人。以后我家崖崽有什么做得不对的,你帮我教训他,打他都可以。"碰见了胡会计,两个女人扯闲话,我母亲也老是夸涤青是个懂事的孩子,她还说:"要是我家有这样的媳妇,我就算被蛇咬死也不愁了。"胡会计笑一笑,提醒说:"涤青是你家崽崽的姐姐啊。"母亲就说:"女大三抱金砖。"

"大四岁呢?"

"当然是再抱一个小把戏咯。"

胡会计就被我母亲逗笑了。我母亲把同样的话说得多了,此后我再去她家,胡会计看着我眼神也就古怪起来。当我回敬以疑问的眼神,她又扑哧地笑起来。那时候成人都懂得含蓄,我们年龄也不够,他们不会当我们的面说这话。

那年一俟范医生捅破,我和涤青半推半就确立了恋爱关系。大年十五以后,我们三人又要回莞城,临去之前由我父亲提议,两家聚在一起吃一顿饭。

那天席上,彼此都是再熟不过的人,说到这事脸上都有喜气。我母亲这才晓得这回事。

她晓得了以后就频频举杯敬酒,还跟胡会计说:"老姐,你看,我老早就知道我们要亲上加亲咯。我一直都怕我家高攀不上咧。"胡会计说:"妹子你这么说就是骂人啦,我还老跟先生灌耳朵,要他向你学习。"

当夜,两家人都喝得尽兴而归。

母亲第二天打来电话,叫我去一个地方找她,她有话跟我说。我去了,她劈头盖脸地问:"这事情怎么不给我打商量? 你们也太自作主张了。"

我很奇怪,说:"你不是一直都觉得涤青人好吗,一二十年前就想要人家给你当媳妇。"

"你说的这是什么话? 一二十年前我还在剥蛇呢,现在起了多大的变化? 你们都三十几了,涤青35有了吧? 你晓不晓得,女人到了28就是高龄产妇。"我没有吭声。她接着说:"再说她又干又瘦,人还显得老相。不是我说,我跟她站在一起,看上去年纪都差不多。她年纪大点我也不说了,但至少要会保养。女人总归是要显得年轻一点才好,不会保养的女人哪懂得过日子? "

我说:"人家卢晓庆还比你显年轻十倍哩。"

她嘟囔一句:"那个怪物。"她情绪变化大,刚才还笑人无,转眼又变成恨人有了。

是的,我妈确实越活越年轻,除了做脸护肤,可能还不停地打羊胎素。越活越年轻,难免也有些妖气。她看上去是跟涤青年龄差不太多。据此我不相信什么化妆能力是天生的之类的鬼话, 譬如打羊胎素这事,只要兜里有闲钱,腰下面有屁股,人人都享用得来。

母亲说:"这事你还是好好考虑一下。要不我再帮你介绍几个,你比一比再下结论。"

"为什么要比一比? "

"我跟你说你要听啊。我是你妈,什么事不是在为你着想? "

"不比了,就涤青,只要她也愿意! "

"你真是,我得了什么报应,当年是不是药死了儿子养活了胎盘? "我母亲没想到这事一俟摆上桌就铁板钉钉了。她又问我,"你到底喜欢她什么？"

为什么？当年核桃树下的事情，是不是原因之一？我真是不知道，也说不出来，嘴巴这东西经常不管用，但太多的人总是要不停地问你为什么。

我正往伏波祠去，半路上涤青打来电话，说她没回家，住在光哥国际小酒店。报了房号。我打个车过去，数着房号找到她。她有时候不喜欢回到家中，偷偷地回饵城，办完事情又偷偷地走。她怕胡会计跟她唠叨结婚生孩子的事情。她说她怕生孩子，这事她跟我说过好几次，并嘱咐我："不要告诉你的父母。"我说那还用说嘛，除非我找不自在。

她上次回来，只知道因我父母闹离婚。我几个月不回莞城，她才意识到有问题，叫涤生问我。涤生瞒不住，就告诉她我已在饵城上班了。

涤青刚洗了澡，头发挽成髻，身穿 T 恤，小裤头收在 T 恤下摆里，脚上趿着自备拖鞋。一看就是在外跑得多了，以宾馆为家的做派。我忍不住去抱她，分开了这么久，见面不想抱才是有问题。她凶起眼光要制止我，但我用脸贴住她的脸，把她整个脑袋撬歪一点，她的眼光就像马奇诺防线一样被德军轻易绕过去。抚摸，接吻，我揽起她的 T 恤。她乳房依然是聊胜于无的模样，但曾经让我魂牵梦萦了很多时日。她一到宾馆就洗澡，我想她也是把这事想了很久。这不，她也顺势扒掉我的衣服，刚才还凶得起的眼光转瞬就像是进了灰尘，变得迷离起来。我脱光了要重新抱起她，她突然又有了新的想法，推开我，并用双臂抱住两只小乳房。她说："不行，我这次回来是有话问你。先把事情说清楚。"

"涤青！"我吞着唾沫艰难地说，"做了再说也不迟。少说，多做，好吗？"

"不行，你先回答我的问题……"

"要是我不同意呢？你有时候也要听我一次啊。"

"不行！你这个人最喜欢得寸进尺。"

"那划拳吧。"

她想了想，说好。她摊开双手准备划拳，两只小乳房轻微晃了几下。我不由分说欺上前去狠狠地抱住了她，再不让她有喘息之机。

每次做完以后，她变得很柔软，从身体到内心都是。她蜷缩着让我抱她。在她没重新恢复强势之前，我也很珍惜地体味着这份温存。我摸着她的小乳房，她想到了什么，就说："小涂做胸了。"

"呃，涤生是个有福之人。"

"啧，你们男人都这样。要不……我也去做一做？"

难得她这么为我着想，我不免有些感动，但我知道这是个陷阱，我不能踩，稍不留神她又会是一通长篇大论。我说："不要了，就这样好。何必挨那两刀。"

"我不怕，和生孩子相比这算不得什么。"

"真不要。你想想，蓖麻秆上怎么能挂两颗柚子呢？"

"你在骂我？"

"天地良心，我夸我老婆身材好，难道听不出来？"

涤青这才开心地笑起来，赏了我一个吻并说："呃，还是你随时都让我开心得起。你真是我的弄臣。"她坐了一整天的火车，刚才做的时间还不短，她眼皮眨巴着显然累了，本来要说什么也忘了。

"累了你就睡一觉。"

"你不要动啊。"她喜欢以半坐的姿势躺在我身上。有时候她写剧本写得过分投入，晚上失眠得厉害，躺在我身上会有些效果。很快，她就睡熟了，均匀的鼾声一阵一阵喷在我胸口上。我轻轻抚摸着她，手滑到胸口，想起刚才说的话。我不会同意她手术隆胸，怕她挨刀，再者她的一对小乳房是我所有怀旧的华章部分。

她比我大四岁，这是个蛮好的差距，以前就是她带着我和涤生长大。小时候，中医院前面的院子还没有被人隔开私占，狭长的一块坪地上生长着两棵核桃树。涤青喜欢带我和涤生坐下来扮成一家人，她说她是母亲，我俩就只能是崽。她总有办法让我俩乖乖就范，家里有什么糖果，我和涤生总是一口气造掉，而涤青则攒起来，要我们跟着她玩女孩子才喜欢的游戏，她满意了再把糖果当奖品赏给我们。

我和涤生读到小学二三年级，涤青已经进到初中，那时五年制。她身子抽条挺快，细脚伶仃，一进初中就把胡栓柱的永久单车死缠烂要到手，骑着车往中学去。中学和小学紧挨着的，涤青非但自己骑，还要搭上我和涤生。我坐在大梁上，涤生坐在衣架上，涤青一车搭我俩还踩得飞快。有的周末，她带我俩往郊区去，一走老远。现在没有郊区了，全都密密匝匝耸起楼房。那时有的，俚城的四周都有广阔的郊区，长满漫过人身的衰草，蛇在草里窸窸窣窣地爬，水在草下铮铮淙淙地流。有一次见前面一滩草无风而动，我和涤生有点怕，涤青要我俩原地不动，她过去看，再折回来嘘了一声，叫我俩赶紧离开。我不晓得她那时看见了什么，问她她也不说。直到我跟她恋爱以后，有一天我忽然记起那事，便问她。当时我俩躺在一张床上，她终于解禁答案，告诉我："其实也没什么，看见一对男女，做刚才我们做过的事情。"

只要是搭在她车上，我永远坐前面横梁，涤生坐后面的衣架。有时候累了，我脑袋一偏就靠在她胸口。而现在，她爱趴在我胸口上睡觉，我想是当初我欠她的。

那时候我母亲已经悄悄养了好几年蛇,先是让舅舅帮着卖进贸易公司,后面就直接卖给外面收蛇的贩子,他们给出的钱高于牌价。她手头有了一些积累,图谋着做一些更赚钱的事情,不晓得从哪听来的消息,福建沿海一带有的生意做。她打算去一趟,有了这打算时她还不晓得是什么生意,传消息的熟人神秘兮兮,说有纪律的,去才能说,不去的话绝不说,以防走漏消息。但他又保证有得赚,起码是对赚,投一百的话回偲城就变成两百多。

母亲决定去。

那天傍晚母亲跟父亲说起这事,我也在场。她说她打算去一趟福建,父亲拨弄着蟋蟀,迟疑了一下,要母亲再说一遍。母亲说:"说十遍也是一样,我明天去福建。"

"不剥蛇皮了?"

"我辞了。临时工,有什么意思。"

父亲目瞪口呆,他看着母亲,没想到自己从乡下带回来的反面教材,竟然一声不吭做出这么大的决定。"你一个人有本事去到福建么?"父亲一直认为母亲看不懂地图,出了门也不会讲普通话跟人问路。

母亲说:"我叫三朗陪我一起去。"

三朗是我的三舅,他在广林乡下种田,我母亲嫁到偲城以后,他就视我母亲为靠山,农闲的时候就希望母亲帮他把一身力气换些油盐钱。

那天父亲又提到了离婚。离婚这词两个人都听得没知觉了,我母亲那天异常平静,她手一甩,漠然地说:"我现在要准备一下。顾丰年,离不离,等我从福建回来再说吧。"

那次到了福建,我母亲经人介绍去沿海一些渔村拿货,货是一盘盘 VHS 盒带,里面装满了资本主义的糖衣炮弹,但很多人饥渴地等着糖衣炮弹打在自己脑门子上,所以钱有得赚。要是能坐火车安全地把货带回佴城,每盘原装 VHS 盒带能卖到 120 块以上,相当于当时一个临时工一个季度的工资。广播局垄断了这一产业,他们在市广场旁边将一个大仓库改造成录像厅,架着条凳,用一台十四寸菲利普彩电播放武打片,票价从两角一场悄悄地涨到五角。为了拉客,广播局的人还将四个高音喇叭架在高空,从四个方向给佴城人民播放香港人打架的声音。香港人的拳头砸出去也是甩马鞭的脆响,反复地抽在人们耳边,不由得让人心头发寒。佴城人不知道,以为香港人一句话说得不痛快就要把别人干掉。万一有一个空投到我们这里,他想杀人,怕是半城人都会死于非命。

当时,就算港产连续剧也能赚钱,两集算是一整场。为把更多的人拉到录像厅,广播局找黄金时段切信号,把电视剧前几集免费播给大家看,把人的兴致撩高了再生生掐断。欲知后事如何,买票进场去看。

一开始部分吃嘛嘛香的单位公款购得录像机,供学习用,个别人晚上也借回去继续学习。既然开了豁口,其他大小单位纷纷打报告要求得到学习的机会,很快全都配备有录像机。那时候,要说生活有档次,首推在自家看录像。广播局租给私人的牌价是十块钱一天,若有关系可适当下浮。我母亲从福建刀口舐血一般搞来片子,大概四十块钱一本,租出去三块钱一天,用不着半个月就能回本,再往下就是净赚项。但这东西广播局管控着,把我母亲藏带子的小门面抄了两回,带子全部没收。母亲已经熟门熟路,一个人也能去福建搞货。后来,市广播局反倒主动寻求合作,因在他们那个系统,片子从上到下,层层加码,价钱已经老贵,且新片子等几个月都下不来。终于发下来时,一个好的新片还要混搭一堆残渣剩货。虽然他们人在单位要讲原则,但是严酷的市场也使他们意识到,在商言商,必须得尽量减少中间环节。母亲答应按他们抄来的单子找新片,且在价格上不加一分钱,路费算她的。这样一来,母亲就可以放起胆子打货,往外出租。母亲从福建带来的新货,有的基本上和香港同步。周影帝刘天王,不客气地说就是我母亲一个蛇皮袋拎回佴城的。

那时候我刚好能够将二八锰钢单车踩得起整圈。遇到周末和假期,我便骑着单车,干和电影院跑片员差不多的事,到点就取片子拿给我母亲,她再租给下一家。母亲租来的小门面里有一台录像机,我闲着无事,就不停地看片子。这样的事情当然也瞒着父亲。

工钱挺零碎,视我母亲心情给。有了工钱我很自豪,给涤青买过生日礼物,是一块嵌在卡通塑壳里的时钟,用七号电池驱动。父亲听胡会计说起这事,眉头一皱,说:"送什么不好,要给人家送钟。"涤青倒是蛮喜欢。

恋爱后,她问我什么时候开始喜欢她的。别的事难以启齿,我当然就从送那口钟说起。她还留着,塞在墙底下的集物箱里。

我十三岁的那个夏天,母亲又怀上了。母亲怀孕后就把 VHS 盒带一手打给我舅三朗,但试带的那只录像机留着。她很快又找到一个新的项目,就是做翻版磁带。录音机已经进入家用电器行列,录像机长时间是奢侈品,磁带的市场远比录像带大。地点也选好了,就在伏波祠中医院宿舍里面。那本是我爷爷单位分的宿舍,让我父亲这困难户用着。爷爷奶奶一直跟小叔住在城郊自建的楼房,爷爷死后奶奶搬回来住,我一家子就搬去中学宿舍。那时候涤青涤生也大了,再睡一间房不合适,涤生老睡客厅沙发也影响脊椎发育。见我奶奶一个人住,胡会计跟我父亲打商量，想租一间房，让涤青跟我奶奶一起住。

"不租，你让涤青妹子直接搬进去住。"我父亲大气地说。

范医生两口子也不肯白拿好处，就说我奶奶的饭他们管了，反正住得近。这也省了我父亲很多事。

母亲要上马新的生意，租别的地方不如使用那套宿舍。我正好暑假没事，只想多挣点工资。我还说："涤青住里面，正好搭帮手，何必再请别人？哪有我们可靠？"母亲便点了头，由我负责，人事权都下放。然后，二十台双卡录音机一下子就摆了进去。我舅钉好木架子，把双卡录音机码放得层层叠叠，比五交化的专卖柜台还要气派。

那个夏天，涤青刚考完高考，闲得无事。我把涤生也叫过来，我们三人夜以继日地在屋子里翻翻版磁带，以抢占俚城的市场。所有的机子都不用放出声，内录，全静音。母带是母亲从广州弄来的，翻版带是从俚城广播电视大学批来的教学带，块把钱一盒。那学校用录音机教学，教学带大多用一遍就废掉了，来年省直校再往下发新带子。我们做的事就是消磁，翻录，剪掉余带，贴标签，封装，全是手工操作。一台双卡机每八十分钟翻好一盘。一开始还讲求质量，耳朵里塞着耳机成天查听，怕有电大老师讲课的声音混进港台最新热销金曲里面。后来，我们只是抽查，再后来，查都不查了，封装好交出去，要有扯皮的事，就由零售老板去喷唾沫。

白天翻录，晚上我们给教学磁带消磁。消磁是一件枯燥的事情，就是将教学带放在消磁器上震，一只手压在上面，要不然磁带震几下就被弹出来。十分钟消完一盘磁带。我们三人每人一台消磁器，晚上干这活，眼也不闲着。那台录像机我搬了过来，录像带到舅舅那里选，取之不竭。有时，个别录像里夹杂一些猛料，女人的裸体偶尔在银屏上闪一闪。每次播到此类场面，涤青就说："不许看，不许看。"

有一次涤青不在，就我和涤生，我掏出一本片子，舅舅偷偷塞给我的，说女孩子在的时候千万别看。我们第一次看限制级电影，一对日后发达的影星出道之初接拍的低成本片。正看得血脉偾张，门忽然开了，涤青走了进来。正待无地自容，说来也怪，画面忽然切换了，换成一段老粤剧装武打片。

"这种片子你们也看啊。"

"就等你了，换正片。"我赶紧换片，一脑袋是汗水，换片时还不忘拍拍松下录像机，心说，录像机爷爷，没想到你这么随机应变呵。再一想，这一盘正版带，其实在香港那边就是翻录的。在香港是翻，在佴城也是翻，我心中马上多了一分心安理得。

有的晚上涤生要出去，他是理科尖子，老师免费给他开小灶。我和涤青成绩不好，所以专注于干活。有一次我在房里待闷了，往院子里走，顺便抽支烟。涤青在的时候，我不敢抽。房改后，前院就被七家人各自划割，据为私有。我爷爷这套房子前面正好有一棵核桃树，也圈进了自家围墙。父亲就着核桃树钉了一间板房，装杂物用。现在没装杂物，可以供人洗澡冲凉。中医院宿舍里没有卫生间，走到路尽头有公用厕所，想冲热水澡到底下政府食堂。

我出去抽烟，听见冲澡的声音。核桃树下的板房很幽暗。我知道是涤青在里面，奶奶白天在外面打点子牌，回来了就睡。父亲虽然懂得物理，但木工不行，那间板房上面孔眼缝隙多得是。我感到浑身一热，就像蚂蟥听不得水响。但仅此而已，当时板房里漆黑一片，什么也看不到。涤青在黑暗中摸索着擦拭自己的身体。我抽完烟要走，发现里面手电筒的光一闪而过，浑身又抖了起来。等我挨近了，手电筒又已熄灭。

那些忽闪而过的电筒光给了我惊鸿一瞥的效果，真的将眼光瞟过去，其实什么也看不清楚。

有一晚月光大亮，我先行去冲凉，见月光把板房肆意地渗透，心里就贮满期待。时间变得非常缓慢，涤生没来，涤青忠心耿耿地把手按在消磁器上，重复着枯燥的劳动。我几乎憋不住要催她出去洗个澡，要不然月光就凉了。终于，她消完一盘磁带，说我出去一下。

我嗡的一声，嘴巴忽然像是被 AB 胶粘上了，声音走鼻孔里喷出来的。

一出前门，我还尽量放慢脚步，那几步我消磨了两分钟，因为我的心也在走路，等一颗脔心堵在嗓子眼了，我才把眼睛杵到精心选定的那道缝隙上。

涤青毫无防备，还在哼着曲调。她哼歌的声音使我进一步放下心来。我借助月光看清了涤青的裸体。我第一次看见一个女人的裸体，当然，仅仅是一些剪影。她正对着我和背对着我时，那影就像两斧头劈下去的，挺直。当她侧过身，我看见了她的小乳房，和现在的大小差不多。她侧着身子抹澡，本来只见她的左乳，忽然身子一动，右乳抢到了左乳前头。有时候，两只乳房叠在一起，上下晃的时候因步调不一致而散开了……

我的肩头忽然被人一拍，于是，不可思议的事情发生了。那是我第一次遗精。太让人愉悦的事情，总是包藏着危险，我首先想到会不会是绝症？一想不可能，有这么让人飘飘欲仙的绝症，人早就死完了。于是我想，是不是得了一种独一无二的病？我来不及在乎涤生会对我怎么样，事实上，涤生也没怪我，他用指头搁在嘴前面，冲我嘘，然后他也用眼睛凑了过去。

涤青听到响动,停止哼歌,警惕地问:"谁?"

涤生说:"洗你的吧,搓衣板还怕人看啊。我们在这里歇凉。"

"在抽烟吧?"

涤生说:"反正我没有抽。"

我就装作很生气:"涤生,你不是人啊。涤青姐,我也没抽。"

涤青就笑了,说:"涤生,我洗完了,你等下也来洗一个。"

那天涤生还与我同流合污,第二天就划清界限,看着我时那眼神像改锥,戳着我。后来他跟范医生说我十三岁就喜欢上了涤青,应是指那个夜晚。一说到那个夜晚,我记忆犹新,如果不承认我是喜欢涤青,那么我便是流氓一个。涤生学理科,但对诡辩术也是精通的,晓得如何让对手陷入两难境地。

那个夏天很快过去,翻录磁带的生意交给了我么舅满狗。涤青那年什么大学也没考取,要搞关系的话那只跟侔城电大有关系,我们是生意伙伴。涤青去了一个月就不读了,想复读一年,甚至突发奇想,想一年后报考电影学院。我们也支持她,要凑钱买照相机以培养她的影像把握能力,贵的买不起便宜的她又看不上。于是我央求我妈买了一台面世不久的凤凰205—A,不能送她,只能合着用。

我怀疑她当导演的想法,是那个夏天看港产片看多了烧的。

我手机响了一下,我一看尾号竟是铃兰打来的,马上掐断。但涤青醒了。她问谁打来的,我说一个朋友。这时手机又响了一下,是短信。涤青手脚蛮快,一把把我手机抢过去拧开了看短信。铃兰短信里说:"我准备好了,你哪天有空帮我拍照片?砂桥老大。"

涤青说:"砂桥老大?你真是不晓得好歹,这一阵我管不着你了,你竟然跟青皮混在一起?……既然人家问起,你回人家。"

于是我拨通电话说："是我……哦好的好的……这两天没空,我女朋友过来了。过几天我再打你电话吧……到时联系。"

挂了电话,涤青也没了睡意,忽然想到要说的正事。她问我怎么不经她同意就回来工作了。我说工作都是父母找的,花好大的劲,我哪能不接着。

她问:"我们的事怎么办?"

"别催,我们走一步看一步吧。"我又反问,"你难道就不能一起回俚城?"

她苦笑一声,说:"你看我还能回得来吗?"

她十八岁出去漂,到电影学院进修编导,后来得到涤生支持,在莞城待了十来年,要再回俚城是有难度。她适应那里的风水气候,吃惯了粤菜莞味也就告别了俚城的辛辣,夏天冰柜里必备凉茶龟苓膏,冬天衣柜里不再看得见棉衣,唱起歌来港腔粤调灌进我耳里简直难分原版盗版,反正港产歌手的嗓音条件普遍比她强不了五分钱。

四、裸照

我不知道自己该揣着什么样的心情去砂桥。明明是帮人拍照,但我没能端正心态,走在路上,竟觉得像是去偷情。

涤青上了火车后,我打电话给铃兰,问她有没有空。她在电话那头咯咯地笑,说随时都有空,还说:"亲爱的,你快来咯。"

这三个字走别人嘴里钻出来,怎么总显得那么容易?

去的时候,我突然想开一辆车去,而不是搭车。这才意识到,我不能去母亲那里借车了,免不了有了点遗憾。虽然子女不是财产,但父母分割财产的时候还是把我和妹妹都摆在台面上分了个清白。

去到城南车站,我一眼瞥见江标的双排座农用车。照样有另一辆车排班在前,而我,照样坐到江标的车内。他照样在打牌。他当我是熟人,看见了我,便伸手打打招呼,知道我不急,会等他。前一辆车车头已经匝满人,不愿意坐后车厢的走到后头张望,我便摆出主人的姿态招徕:"上车吧,马上就走,今天人多。"很快有四个人坐到后排。看见上来

061

的人多，江标很快扔了牌，坐进驾驶室，他没有说话，腮帮子有东西滑动。车子被弄响以后，有个大个子光头佬拍拍我搁在车窗框上的手。我看看光头，他正冲我笑，脸上阳光灿烂，显然碰到了什么好事。我努力回忆他是不是熟人，依然想不起来。但我脸上还是努力地赔着笑。光头一把将车门拉开，并把嘴里的槟榔渣吐出去老远，用一张黑洞洞的嘴冲我说话。

"你，呃，你给我坐后面去。"

"呃？为什么？"

"因为我要坐前面。我十来年没走这条路了。我要坐前面好好看看，这一路都有什么变化。"光头把另一枚槟榔揉进嘴里，含混地说，"我刚从里面出来。"

"哪里面？"

"你说呢？……进去就剃光头皮的地方。"光头似乎有些得意，拍拍脑门。他提高声音再次冲我说，"你，坐到后面去。"

别的人都睁着眼睛看我的反应，在俚城这地盘上，凡有血性的男人，当然是宁愿打架也不让这个位置。但我觉得，前面和后面的椅子，用屁股坐上去感觉都差不多。我便说："好的，同志你辛苦了。"便坐到后面去，听见后面那四人整齐地发出谑笑之声。

我坐后车厢。后车厢用两块板子搭出两排座位，人也坐得不少。一个妹子显然是野马导游，她操着小学生背书的腔调跟一对年轻的情侣介绍界田垅长城。这边的长城也不便宜，虽然不够雄伟，但新修没几年，每年年底算账时还要摊折旧费。人家北边的长城年长日久，建设时动用的也不是商业成本而是国防开支，所以根本用不着摊折旧。门票贵，这些野马导游就有生意可做。他们大都住在长城脚下，靠山吃山靠长城吃长城,只要游客肯掏很少的一些钱,他们就提供木梯让游客找僻静的地方爬上去。只要爬上城,保安也没办法,要是查票就说丢了。票丢了不犯法。

车刚出城,一辆三菱吉普就呼啸着撵上来,和这辆农用车开至平行,吉普车上就有人冲江标喊:"停车,快停车!"还以为是公安局的人有行动,车一停,那个光头跳下车去,与吉普车上下来的人张开双臂深情拥抱。车上的人齐刷刷管光头叫大哥。果真是个惹不起的。

光头走了,江标下车走到后面,冲我说:"你坐前面去吧。"

车再次开动,我问他刚才那光头是谁。凭我的经验,那人肯定不是无名之辈。偁城只那么点大,地方名人总是耳熟能详的。

"那个光头好像是姓李,李什么牛,忘了。大家都只知道他绰号叫八砣,八线沟村出来的一条浑人,八年前真刀真枪杀过人的……"

我忽然想起那人是谁。那哥们八年前我见过,公捕公判大会主席台上的大檐帽发布他的罪行。那次大会,八砣干的事情让人印象最为深刻。

江标说:"他确实运气不错。他下刀子时那人已经死了。"

我记得八砣,还记起来八年前被杀那人是酒厂老关,杀人犯有三个,枪毙了两个,一个从犯判了十年。八砣是那个从犯。

"你记性不错。"

"这事情要么就冲在前头,要么就躲在家里喝咸稀饭,这当口偏偏迟到,哪能不让人奇怪?"我猜测了起来。八年前我也是这么猜测的,朋友也纷纷点头。但江标说:"不,八年前他是有心帮忙。说到义气,八砣绝不含糊。只坐八年是他的运气。"

"……你怎么知道?"

"当年他就是搭我的车往城里赶,还说给一百块钱包车费。当时他手上拿着三尺长的刀子,拼命催促我往城里开。我当时开的是拖拉机,放到最快速度,开起来就像骑在一只蚂蚱身上,一蹦三跳地往前面蹿。拖拉机不准进城,我只能把他送到城外。他下车就拖着刀往城里飞跑。到底还是晚了一脚。"

"一百块钱他给你了吗?"我总是喜欢关心别人忽略的地方。

"没有。他急着赶路,身上没带钱。他是对我那么说的,叫我在城外等他,还说是去四方坪办事,办完事就拿钱回来给我。我等了一阵,不见他来,就下车往四方坪去。走半路上就有人在传他们杀人的事情。"

"判十年,蹲了八年,今年刚回来啊。刚才你问他还那一百块钱了吗?"

江标苦笑一声,说:"刚才没想到啊,要是请你帮我取账就好了,我收十块,剩下九十块钱全让你拿都行。"

车开到抚威门,好些人下车,他们会从关隘底下走过去,再找个地方爬梯子上长城。我也下去。从那穿过去,砂桥离得并不远,走四五里就到了。

在隘口下面我看没有车,只有几个野马导游在逡巡狩猎,见有来人就围上去,争先恐后地要帮别人搞上长城。我循着方向往前面走,记起上次开车,砂桥离抚威门就几分钟车程,几里路而已。阳光强烈,行道树稀疏,我头皮有点发麻。幸好往前只走得十来分钟,路的右侧现出一块长而陡的崖壁,崖壁下面现出铃兰。再走得近些,我见她脸很白,加之鼻梁上架了一副大墨镜,被墨镜裁出来的脸尤其白。她穿一件白T恤,绵绸的,身显身段。下面随意统一条短裤。我知道她是为了方便脱下来,看样子下定了决心,准备工作做得充分。

我随着她往右一拐,便发现崖壁后面藏着一条土路。

"到外面拍?"我以为她会找一间房,关着门供我拍摄。

"我们那里哪有好房间,都是几个人挤一间。只能到外面拍。"

"你准备好了没有?前面是什么地方?"

她没有马上回答,加快步子往前面走,还回眸一笑。那是一条极窄的土路,只能单行不能会车,路的中央隆起,还长满了草。看得出来,路是废弃的样子,以前跑的多是重车。路两旁栽着杂树,阳光从树叶的缝隙漏到地面,斑斑驳驳。

"往前走要有多远?"

"到路的尽头,可能有个五六里。你能走吗?"

"试试看吧。"

我走在她后面不免心猿意马,想象着她裸的样子。

看着铃兰身体的扭动,想着些乱七八糟的事情,几里路转眼就走完了,路尽头是一家矾矿厂,厂门掩着,厂牌还歪斜挂在大门口,厂房墙皮剥落得厉害,窗户上玻璃全都掉光。不用进去就知道没人。前几年上面有政策,所有矾矿厂一律勒令关停。我问:"想要到这里拍吗?"她就说:"我疯掉了?这里比厕所还臭。绕到后面,有一条溪沟。"

绕到矾矿厂背后就听见鲜活的水响,眼前现出那条溪,水面很窄,两三脚跨得过去。溪水含矿物质较重,青色的溪石被水冲刷,矿物质附在青石表面,泛起砖红的颜色。我选定一块光滑的溪石,建议铃兰爬上去摆姿势,可以侧坐着,也可以躺在上面,怎么舒服怎么来。

她开始脱的时候,我的呼吸变得粗重。但我毕竟有了经验,知道待她脱完反而平静了。脱衣是一种情境,而裸体只是一种素材。她是那种丰满得略带夸张的身材，都说凡事过犹不及，但女人丰满这一条上，减一分太瘦，增一分永远不会太肥。她的裤头，前面印一张猪脸，后面不用说，缀着一条猪尾。

她忽然有些犹豫，跟我说："就这样好吗？"

我把相机搁到胸口，绞起手等。她没办法，只好把猪脸抹下来。她羞涩地坐在那块石头上，双脚夹得死紧。我找角度拍了几张，不断地提醒她放松一点。一般地说，这种环境下，越是提醒放松越是适得其反，她还好，随着我咔嚓声不断响起，她变得适应。一切似乎很顺利，铃兰动作放开了，溪流潺潺，天气也凑合。我正要暗自叫好，耳畔忽然传来一帮小孩杂乱的声音。扭头一看，不知几时几个小孩从不远处灌木丛中探出脸来，表情一色地兴奋异常，边笑边吞咽着唾沫。小孩们随地抓起泥巴朝我和铃兰扔来。我脸上身上还有裤管上立刻挨了好几下，拉起脸要去撵他们。他们扭头便跑，扯着嗓门喊："抓流氓，抓流氓……"铃兰挨得较多。这帮小男孩，更愿意以光着身子的铃兰为攻击目标。我去轰赶他们，他们也不慌，慢慢钻进前面更深更密的灌木林。他们身材细瘦，我则肥胖笨重，灌木林显然是他们的根据地。我正要往前追，后面传来铃兰跌下水的声音。她想爬下石头，脚一滑就跌了下去。她脸上浮现出痛苦的样子。我只有折回，帮她穿上衣裤，扶着她钻进相反一侧的灌木林。

"跌得重不重？"

"还……可以。"她一边说着，喉腔里一边发出类似母鼠下崽时的那种冷哼，微弱，却又难以自抑。她跌下去时尾骶撞在溪中一块石头上，脚踝也被石棱豁开口子，不断地往外淌血。她试着走路，异常吃力。我搀着铃兰走，她便把身体一点一点攀附在我身上。我索性把她抱起来往外走,路边的草不停地挂住脚,这一路我走得磕磕绊绊,狼狈不堪。好不容易走到矾矿厂,前后看看,当然是一辆车都没有。整条路一片死寂,路中间的草叶迎着阳光疯长。

这里到路口有五六里,我若背着她走这么远,肯定是几年来干的最重的活。我问:"这里不会来车吗?"

"是的,矾矿厂关了几年,哪来的车?"

一时走不了,我索性把她放在路边草地上,问她:"这些犄角旮旯的地方,你怎么找得到?"

"以前,这矿上的胡老板挺有钱,效益好的时候每个月都给工人发福利。他手底下的工人不要毛巾,也不要肥皂,都想要找开心。好几次,这矿上打来电话,一口叫下十来个妹子,胡老板竟然说,有多少来多少!老妈子你过来,年纪大不怕的,也算你一个人头,我这里什么胃口的老棍棍都有。他一下子把我们店子的生意都包圆了。"

她轻声地呻吟着,看看我,似乎怕我枯燥,又跟我说:"其实,我们那帮姊妹经常傍晚的时候来这条溪洗澡,从没碰到过人。刚才那帮小孩应该是来捉螃蟹的。"

我说:"这时候螃蟹还是软壳的,不能吃,捉来有什么用?"

"喂猪!"

"那你们傍晚怎么来这里?走路吗?"

"不,叫车。有个司机,我一打电话他就开车来接,来送,我们洗澡时他就在一边把风。真是一个让人放心的人,绝不会偷看一眼。"

我一听脑袋一亮,冲她说:"哦,那好啊,你现在打他电话,让他来接我们。"

铃兰摇摇头,说:"不太好吧,现在又不是傍晚。"

看着她的眼神,我知道问题不在于此。"怎么,怕他看见我跟你在一起? 你说的这个司机,就是对你有感情的那个年轻人吧?"

她没吭声,继续呻吟。这时候我想起手头有江标的电话,现在他在界田垅,应该还排不上发班。这条线路车挺多,他们一天排到一个来回就不错的了。我打给他电话,问他有没有空,我包他车。他说有,问在什么地方。我稍微作了描述,他就打断我。"那条路我知道,走到头有一家矾矿厂,后面是溪沟。你怎么会在那里?"

"一言难尽,兄弟。"我说,"别问了,先赶过来吧。"

不须谈价钱,江标就答应赶过来接人。距离本就不远,过不多久江标就将双排座农用车开到我面前。铃兰正在揉脚。刚才她在揉屁股,揉妥帖了,现在开始揉脚。江标的车子停在我俩面前。他车子上另有两人,其中一个跟他长得极像,但看人的眼神不对,老往上翻,嘴角随时挂起傻笑,还流涎。另一个略胖,看上去也有几分呆钝。

江标走下车看着铃兰,问:"怎么是你?"

铃兰已将躺姿改为坐姿,勾起脑袋揉脚,并不回答。江标又了看我,脸果然有点拉长,但也不说什么。他命令地说:"把她扶到车上去。"我抱着铃兰,想让她坐前排,但江标要我们坐后排,和他长得像的那家伙坐前排。车一开话一说,我便知道那是江标的弟弟吼阿,而另一个胖点的男人是江标的徒弟,江标"小林小林"地叫唤他。江标本想把车直接开到乡卫生院,但车开到刚才我和铃兰碰头的崖壁下,铃兰改变了主意,说:"往右往右,我回砂桥。一点都不疼了。"她还拍拍自己屁股上刚才跌伤的地方,示意江标放心。江标对她言听计从,往右走,把车开到砂桥。在金圆美容厅门口,她就下车,一串跑跳步进到里面去了。江标也不掉头,把车继续往前面开。我说:"这是要去哪里?"

"你放心,往前面开到废机场,再拐过去照样能到界田垅。"

我点点头。这一带纵不熟悉,大概的方位倒是摸得清。以界田垅为原点,往北走是抚威门,往西去是废机场,在废机场和抚威门之间拉出一条斜路,砂桥便在这条斜路上。这三个地方,被三角形的环路串联起来。我问他刚才包车多少钱。他看见前面正好有一家路边店,店招上写有"带皮牛肉"的字样。他说:"钱就免了,你管一顿饭吧。正好都饿了。"

我觉得其实是一回事。那家店叫"砂桥老牛皮饭庄",口味只是一般,但量大,价格便宜。老板在二楼隔出几个包间,坐到里面吃菜,可以叫妹子打扇捶腿。打扇捶腿的妹子长得不是很漂亮,但是价钱和这里的饭菜一样便宜,十块钱一位。江标点了几个菜。那老板端菜时顺带拉生意,问我们四个人吃是不是觉得不热闹,要不要叫几个搞气氛的妹子。说完话老板才看到吼阿,吼阿正朝他笑。吼阿笑起来的样子像《动物世界》里的海象,既显憨厚又让人发怵,笑猛了他会打喷嚏,打喷嚏的声音和别人不一样,通常情况下通常的人打出"阿切阿切"的声音,吼阿偏不。吼阿打喷嚏是"吼阿吼阿"的声音,像是鱼骨鲠了喉咙,老也喷不出来。可想而知,吼阿是他打喷嚏打出的绰号。

听见吼阿打喷嚏,老板说:"这个小兄弟想要一个,是吧?"

吼阿竟然点点头。

"他不行,他不知道女人是怎么回事。"

老板又把吼阿瞟了瞟,说:"我看他晓得,不晓得的话我喊妹子教他。"

江标说:"我弟弟脑壳小时候就摔坏了,做起事情来手上不晓得轻重。我妈想找副业,养猪,从来都养不活。买来猪苗,闪个眼的工夫,不知怎么的又被我这个弟弟弄死掉了……你用右眼睛仔细盯着他,他就会躲在你左眼睛里把猪苗弄死。老板,话说到明处——你要是叫个妹子来,我弟弟不小心把妹子身上哪块东西弄丢了,我一没有本事帮妹子复原,二没有钱赔。"老板这才死了心,撩开帘子走人。

我们几个人显然都饿了,吃饭挺快,吼阿吃得很慢,他把一只棒骨上的肉啃完以后,会把骨头拽在手上当玩具,敲敲这里敲敲那里。江标等不及,把吼阿手上的棒骨夺过来扔掉,吼他几声,他这才专心吃饭。

江标把车开到废机场,很多人在机场上勘探,说是要恢复使用,搞成民用机场。侸城旅游生意搞起来,交通暂时还跟不上,所以这块沉睡了30多年的机场又将被唤醒。江标的车往左开去界田垅,半路上把车停下来。那是一个叫槭树坳的地方,江标说:"小林,你把吼阿送到我家去。要是你师母在,告诉她我送个人去界田垅,过一会儿就回来。"

"好的师傅。"小林下了车打开前排的车门,把吼阿拽了下去。江标开着车带我继续往前走。刚走得不远,江标又将车子停下来,停在路边阴凉处。江标跟我说:"天太热,前面有个地方水很清,我要去洗个澡。你去不?"

"是要洗一洗。"我也弄得一身臭汗,刚才扶铃兰钻出灌木林子,身上还沾着草籽和木叶。我说,"不好意思,把你今天的生意给耽误了。"

"没关系,钱是赚不完的,不在乎这一天两天。"

我俩下车沿小路往河边走,河不宽,水流得也缓,老远一听水声就知道是洗澡的好地方。江标忽然偏过头来问:"你打架狠不狠?"

"为什么这么问?"

"随便问问。我觉得你打架可能打得不好,甚至不会打架。你有些虚胖。"

"这怕不是随便问问吧。"我笑了。纵是脑袋被太阳晒得发晕,我还是知道,一个人说的任何话都不会无缘无故。司机的情绪显然有了不经意的变化。

我问他:"你是不是想打我一顿?"

"我为什么要打你一顿?你说这话,意思是不是想着要打我一顿?"

碰上一个逻辑不清的,我便懒得吭声。稍过一会儿,我俩都同流合污似的,哧哧地笑起来,笑至浑身发抖。阳光此时忽然分外地好,从四面八方倾泻在我们身上,身体进一步地发黏,我俩只想找一片河滩,跳到河心泡一泡。到得河边,江标三下五除二把自己脱个精赤。马路就在不远的地方,车来车往,车上的人看得见这片河滩。但江标不在乎。河水不深,江标在水中站定以后问:"你敢把自己脱光了洗吗?"我也不甘示弱,一样地脱光衣服下到河里。河水沁凉,我把头也扎到水里,泅上一阵,再把头探出水面,感到不那么晕了。而江标很麻利地泡完了澡,坐在岸边,拿起铁皮盒子,往自个嘴里喂薄荷糖。洗完了澡,吃一粒糖,就像别的人饭后要抽烟。我眼眶里灌满了河水,看一切事物都稍微变形,隔一段距离看去,觉得江标蹲在岸边像一只青蛙。江标光着身子,口中含着糖块,走到衣堆旁找出小裤头,缓慢地穿了起来。我看见他冲着我促狭地笑起来。我忽然有一种担心,江标穿好衣服后,会抱起我的衣服,然后开着车离去。有了这种担心,我不敢怠慢,赶紧上岸,找出裤头穿了起来。

江标不声不响绕到我身后踹了一脚,只一脚,就把我踹下水。我像一块门板笨重地塌下去,江标不待我反应过来,也跳下水。河水被我俩搅出哗哗的响声,转眼间浑浊起来,水面碎乱的反光晃进彼此的眼里。

我好一会儿才反应过来:难道这就……打起来了?

我根本不会打架,江标显然也打得不好,我俩都使出无师自通的王八拳,没有章法,抡圆了胳膊朝对方劈去。男人不会打架,动作会很难看;两个不会打架的男人缠斗在一起,如果有观众在看,那观众会难受地笑起来。我很想问:"你好江标,这是为什么?"一旦想开口说话,就多挨几拳。我只好仰仗身体胖大的优势,趁江标挨近时一把抱住他。江标身体很滑,我便把手指交叉锁紧,箍住他,并把他摁倒在岸边的湿草地上。我尽量利用身体压住江标,两只手摁住江标的右手,右膝盖顶住他左手手肘。形势仿佛对我很有利。江标在下面用力挣扎,却翻不了身。我相信自己是在以逸待劳了,江标挣扎一阵就会用尽身上的力气。但江标挣扎的劲头远比我想象的要长久,绵绵不绝,反而使得我身体越绷越紧,不敢有一丝懈怠。江标用力的时候,脸上竟然在笑,我也只好冲着他笑。我俩渐渐都不再动弹。

"到此为止,行吗?"终于,我开了口。

江标却底气十足地说:"早哩。"

"兄弟,我看就这么算了吧,扯个平手。"

"不行,你竟然以为是平手?"

"那算你赢了,行么?"我压在他身上,语带央求。

"你当我是小孩,烦我就打我屁股,哄我就给我糖吃?"

我只好闭上嘴,保持这种姿势紧紧压住江标。他似乎借机休息一会儿,重新挣扎起来。河岸的泥地蓬松、绵软,当他不停扭动身体时,泥地就被他光滑的脊背挤出一道凹槽,把他越卡越紧。我注意到这情况,形势显然越来越有利于我。我正待松一口气,这时,那片岸沿突然整个塌进河里了,松散开的泥土滑进水中。江标先是像泥鳅一样滑脱出来,之后来了个鲤鱼打挺,一翻身把我压在下面。天也就在这当口迅速地暗下来,西边天上聚起了云。我这才发现自己已经没有力气,而江标的力气似乎一点也没消耗。江标先是把我脑袋摁到水里,想了想,这么做似乎不好,他并没有溺死我的念头。于是他把我摁倒在河岸的另一块泥地上,用他的脑门抵在我的脖子上,我稍一用力,他就拼命地顶我下巴,直到我呼吸变得困难。我知道自己已被他完全控制,索性放弃任何挣扎,软绵绵地任他摆布。江标感受到这一点,脑门收敛了几分力道,不再那么用力地顶我。

过了一会儿,我感觉到自己能说话了,打起商量来:"现在行了吗?"

"少放屁,再等等。"

江标脸朝下,我脸朝上,彼此都能闻见汗津津的气味。此外,我得以看清天暗下去的过程。满天晃荡的云,边廓本来还被残留的阳光勾勒着,转眼间所有的光都被吸走,云块变得漫漶不清。

我再次跟江标打商量说:"我们这么抱着,不好……要是被别人看见了,更加不好。"

"唔? 有什么不好?"

"我是说,别人会以为我们在……你知道嬲吗?"

"嬲什么嬲?"江标真不知道。

"Oh, My God!"我在心里放了个洋屁,冷静地审时度势,重新组织语言说:"别的人看见,会以为我们在做那种丑人的事。即使以前有什么误会,现在也不要让人家误会我俩是在嬲,而且是在河岸上一边晒太阳一边嬲。你说对吧?"

"你竟然还怕做出丑人的事。"

"我当然怕做出丑人的事……不管怎么样,你先把我放开。"

"少啰唆,再等等!"

往后，我俩将既有的姿势继续保持了十分钟。江标忽然松开我。他站起来，走到衣堆旁以迅雷不及掩耳的速度穿好了衣裤。我则缓慢地坐起来，看江标穿衣。两人的衣服堆成一堆。江标剔出自己的衣服，把我的衣服踢到一边。江标穿好衣服，什么话也没说，走向那辆车。

我仍然坐着，冲着他问："这是为什么？"

"你这个臭流氓，弄死你都不要理由。"江标嫌恶地朝地上唾一口唾沫，开车走掉了。

我穿好衣服，自己的东西一件都不少。我走到马路边，往来的车都亮起车头灯，暗黑的马路被光一次次豁开，转眼又重新暗下去。我很快搭上一辆过路的中巴车。坐稳后，我拧开照相机，发现相机里的储存卡被拿掉了，说不定已经扔进那条河里。江标手脚蛮快，我竟没注意到他几时下的手。

五、江标

　　大约一周后,铃兰打来电话,问我照片洗出来了没有,洗出来就寄给她,要么她哪天进城直接到我这里取。我已经想好了理由,就说那天回来的时候相机摔坏了,现在的数码机不用底片,所有的照片在那一摔之后都变成空气挥发掉了。她遗憾地哦了一声,说那你白辛苦了,以后有机会再帮我照吧。她不晓得数码机的原理,不晓得储存卡是怎么回事,被我轻易骗了过去。我松了一口气。

　　这件事就那么过去,那年夏天被我浑浑噩噩地打发着。没有了涤青的约束,我感到轻松,每天同一帮朋友吃饭喝啤酒,去朱泽培店子里唱歌。

　　涤青回来过一次,她问我什么时候跟她走。我说时机还不成熟。她不满意我的回答,她说你是不是想敷衍我,你根本就不想走了?……你是不是有别的女人?我就把所有衣兜甚至裤兜都翻了过来,挂在外面,说要是怀疑的话你就找找看吧。

075

有一天我中午起床,等着哪个朋友率先将电话打进来。在偃城这种偏远城市,谁先打电话谁掏钱照样是放之四海皆准的道理。等得一阵,正要骂几个背时鬼拉稀摆带掏钱不自觉时,一个电话就打了过来。一接,是范医生,他叫我去他那里一趟。我头皮有点发麻,估计我的所作所为传到他耳里,他要免费灌输给我一些做人的道理。一去,发现我父亲也在,两人喝着小酒说话,有张椅子是留给我的。

　　"范叔,有什么好事要说?"看出来不是要受教育,我心情放松下来。

　　范医生说:"你打算几时叫我岳父?"

　　"岳父!"我铿锵有力地叫着。父亲和范医生便笑起来。范医生说:"你们都不小了,看今年,顶多明年能不能把婚结上?"

　　我说:"我以为岳父一心只晓得写那本书,不会操这些闲心。"

　　"我的女儿我怎么不操心?"

　　我说:"我没问题,但是怎么结,在哪边结? 还有,涤青她愿不愿意?"

　　"就在这边结。涤青我会跟她说的,只要她还会掐指数数,就应该知道自己年纪不小了。"

　　我父亲又说:"刚才我们商量了一下,当务之急,还是要买一套新房子,把里面弄得像模像样。我那套宿舍太老旧,面积也不够。她现在这年纪,总是要想到家的好处。女人只要结了婚,就不怕她心多,只要孩子一生,就不怕她胡思乱想。崔崽,你反正也没什么事,多转几个楼盘。钱的事大家一起想办法。"

　　我说要得。此前我从没想到要买房子的事情,这事突然就提上了日程。

此后一段时间我去佴城转了几个楼盘,价格都差不多,两三千的样子,但总觉得不满意。直到十一月份,我在水畔名城看到一套别人意欲急转的房,是已交付两年了的毛坯房,位置好,前面是河,河对岸是山,再定睛一看,山是笔架模样,波浪一样柔和地翻卷出几个峰头。问问价格,中间人说两千八。他说有四家人到这里看房了,都在犹豫,都在问房主能不能少点。我知道佴城人有这脾气,东西看着好,也总是想把价格讲低一点;但是如果有人真的要买,说不定他们立马就跑来说,我再多加一点,要了。很多时候,明明是甩卖,转眼却变成了拍卖。

　　我跟中间人说:"我要了。如果明天就把手续办妥,我每平方米给你加20块钱。"

　　那个瓦刀脸男人说:"好的。以后房价涨了,你想转手倒出去,我免你中介费。"

　　"要得。"

　　"兄弟,你这么爽快的性格,我喜欢。"

　　我和房主半天时间办好了转让手续,我把他们的按揭接了过来。时节已是初冬,范医生跟我说现在装修不合适,要等来年四五月,开了春回了暖再装房子,装修完了摆一秋,冬天结婚正好适合造人。我准岳父脑袋里已经拉出一单清晰的日程表了。

　　过年时涤青回来,范医生跟她商量这事,动之以情晓之以理。好歹做通了思想工作以后,涤青主动来找我,要我带她去买好的房子里看看。去之后逛上一圈,看看里外及周边的环境,涤青也表示蛮喜欢那里。

　　她又说:"先不要装修,等我决定好了通知你。老人家那里,你先应付着,知道吗? 实在不行,我想这房子转手卖出去也不难。"

我照旧嗯了一声。

她年初八便去了莞城，说是有几个老板要把她写的剧本当投资项目考察。

莞城那地方有钱的人多，有钱的人一多，拉到投资的概率自是增大。把地下电影说成是投资项目，说动民营企业家们往里面扔钱，不是没有可能。

开春以后，我没按涤青的意思办，一见天气好起来，我就成天打算着怎么装修买来的房子。我打算按自己的设想装修房子，自己动手；再让我舅三朗帮我请两个广林师傅搭帮干活，同时帮我参考，那些设想是否具有可行性。

先要备料。三舅说所需建材他去想办法，其实，无非拐一道弯，由他到我母亲的店子里拿批发价。一些用于细部的饰物器具，我就打算去淘旧货。淘旧货是我的爱好。

我去淘旧货，需用车，不能跟母亲要，便只能靠一干随时扎堆喝酒的朋友。我打电话给老同学伍光洲，他是商业局一个科长。我跟他说起这事，他一口答应下来，说他们科室正好有一辆皮卡，人货两宜，周末可借我用两天。他又说："我还可以帮你安排一个司机。他今年刚来上的班，新人新手，好使唤。你只要管饭就行。"我说用不着，我自己开着方便。伍光洲乐得拿新下手当顺水人情。他说："既然是要淘旧货装修房子，碰到小件的马桶啊痰盂啊，你自己一手就能拎半打，方便得很；要是捡漏捡到一件雕花楠木床，没人帮你抬哪行？听我的，这个人好用。现在当用不用，在办公室待熟了，他反而油得快。"

盛情难却，既然伍光洲有诚意，我也就不再推辞。我问那个师傅叫什么，他说叫江有志。

周六上午我按照约定,去光哥国际小酒店门口等车。刚走到,就发现有一辆墨绿的皮卡车在那等我,一看车牌号也对。果然是新人新手好使唤,早早地到地方等我。我走过去拍拍车窗,车窗摇下来,我看见了江标。

我冲他打个招呼。我们彼此微笑,眼里有了久别重逢的喜悦。我大概有八个月没见到他了,他竟然一点都没有变。

"不是一个叫江有志的师傅吗?"

他说:"我就是江有志。"

"你不是叫江标吗?"

"你记性真不错。我叫江标,也叫江有志。"

我拉开车门坐了进去,问他:"这是怎么回事?"

江标(因袭旧例,继续叫他江标吧)不以为然地说:"这有什么好奇怪?王菲,又叫王靖雯。敬会祥(我们市委书记),本来叫作苟会祥……"

我啪地把驾驶台板一拍,搞抢答:"我晓得了,有一个是你笔名,对吧?"

"呃对,开车辗出个笔名来。"江标不由得苦笑。

往后我们也不多说话,我抽我的烟,他照样吃糖。我叫他把车开到二桥桥头旧货市场,挑了一堆旧家具,他帮着我一起搬上车,送至水畔名城。屋里面已经堆了好几捆杉木板材和粗细不一的杉木方。我打算拿杉木作为装修主材,满屋的杉木刷上桐油,环保不说,还很省钱。在莞城,我曾加入一个DIY(自己动手)协会。涤青打算抓拍些素材,成天等着看我如何DIY。但在莞城,我们只是租来的房子,家具都是房东提供的,租下时就有协议,我们甚至不能按自己的想法重新布置房间。

现在，我打算把 DIY 的精神贯彻到我自己的房间，在我的地盘里，真正做一回主人。这么想的时候我就有点激动。三舅答应帮我找两个游击木匠。我还特别提醒三舅，那两个木匠做活地道就行，不要有什么主见。有主见是好事，有主见的人一多真是恐怖的事情，我不想别人和我讨论马桶是用连体的或是分体的，陶瓷的或是不锈钢的，智能的或是电脑程控的。我已经想好了，为了增强腿部力量，用蹲坑。而我父亲，他纵然熟知抽水马桶原理，也依旧是蹲坑的铁杆拥趸。原来那只抽水马桶是房改后我母亲买来装在核桃树下板房里的，离婚分割财产时我父亲拆了下来，问母亲要不要打包带走。

江标帮我把买来的旧家具全都搬上三楼，就要走。我说一起去吃饭吧，他摇摇头，说明天还是老时间老地方。我反倒有点不好意思，问他："不太好吧，我也不怕麻烦人，但你这人太客气，烟不抽饭不吃。那么大年纪了，我总不好给你买一包糖吧？"

他一边下楼一边说："好吧，明天你就买一袋薄荷糖给我好了。不麻烦，现在我一个人在城里了，反正闲着无事。"

那天晚上又和朋友们去江洋大道聚，伍光洲来了。我问起江标的事，他说江标是今年刚分进来的。是市教育学院毕的业，按说该教育局解决工作。江标的舅舅石聚龙有点能耐，通过关系把他弄进商业局。再想多问一些情况，伍光洲也搞不清楚。

此后，江标还开车帮了我多次。备好料，我用电脑画好图纸，便率领两个广林来的年轻木匠装修房间。只半天时间，木工多用机的功能我已经熟了几样。敲墙、挖线槽、穿电线、打毛墙面、打磨杉木板面、上桐油、批墙，这些事情基本上都是我干，两个木匠喜欢磨磨洋工我也不理会，搞到后头他们还帮我端茶递水。他们说："大哥，你要是闲着没事,以后我们接了活你跟着我们一块干吧。"

"噢,好的。那你们还要多教我几手功夫,斧子刨子我还没摸过。"

姓何的师傅说:"现在都是一台木工机摆平。说实话,斧子刨子我刚入行的时候还摸过。小李和你一样,说是木匠,怕也没摸过刨子。小李,是不是?"

另一个师傅傻笑着点点头。

何师傅又说:"大哥,我看你手脚好用,是个做事的人,再摸一段时间,等到帮你把房子装完,木工机你用得不会比他差。"

"呃,那样啊。"我有点遗憾,没想到现在木匠这么好当。

我和江标一来二去成了熟人,周末要用车,我周五给他打电话,他从不推辞。他还主动跟我说:"不一定等到周末。你看好了货,哪天都可以给我打电话,我下了班,五点多钟就来帮你拖货。"我也就先行表示感谢。

随着时间的推移,房间里的格局式样逐渐水落石出,正有条不紊地朝着我的设想靠近。主卧室的床头墙,我用一整块落地玻璃和一块淡紫色的布帘就搞定了。我从案头书《两当轩集》里找来一首自己蛮喜欢的诗,请我岳父范医生写成行书字,再到广告店里让人将字刻在白色不干胶纸上。我自己再将刻好的白色书法字粘在落地玻璃上。落地玻璃贴着床的前挡板,布帘垂在后头,平时收拢。玻璃上的白字体隐进后面的白墙,但布帘一拉,诗句便一行一行蹦了出来。在厕所里,我用一架25块钱买来的竹梯焙黑了节骨,摆在蹲坑边当是毛巾架。在阳台上,我用三袋白水泥和沙铺起一层底,随意地镶一些鹅卵石,阳台的地板也就搞定。

一开始,江标帮我忙,搬好了东西转身就走。慢慢地,他乐得在我房间里多待一段时间，那天见我举起一块杉木集成板往墙面顶部镶，那两个木匠抽着烟看热闹，他便走过来帮我搭把手，托住木板下端，配合我定好位置。既然开了例，往后他帮我干活也就越来越主动，而且也是一把好手，何师傅稍加点拨，他便能用木工机割圆、刨弧形边。他不爱多说话，两个广林师傅就觉得这个城里人在他们面前摆架子，没我那么好打交道。

江标本人很快改变了两个师傅的看法。待两间卧室的地板都铺成，刷了桐油打了蜡，天气也热得让人略有回味了，我买来棕垫和席子，叫两个师傅晚上就睡在里面。晚上干完活，我买来下酒菜请他们喝啤酒，有时候江标在，叫他不要走。江标酒量一般，喝下两瓶话就多了。我知道我们这里很多人都是这样，不喝不说，一喝话就多起来，话一多，那两个师傅就觉得这人不是个老麻皮。喝了酒，我要江标别开车回去。他说声好，晚上和我睡在主卧地板上。那两个师傅睡在对面客房。

我慢慢了解了江标的一些家事。他高一时辍学回家，十年后重新获得读书的机会。这机会是他父亲以及几十位得不到转正的代课老师联合起来向市教育局争取到的。这帮老代课教师曾经在最偏远的农村磨炼出了锲而不舍、不畏艰难的品性，和教育局领导僵持四五年，对方终于松口，答应逐步解决他们子女的就业问题。所谓解决，也不可能一蹴而就，首先要给文凭，再让这些子女进入编制，才算稳妥了。江标赶上了这一拨。他当年读高一时辍学，没毕业。三年前，为缩短时间，他父亲费了九牛二虎之力帮他弄来一纸高中毕业证。要是江标拿着初中毕业证去享受这个待遇，那么将在教育学院里读五年。

他提到他父亲的名字，我觉得这名字蛮有趣。"你父亲叫江边宽？"

"是啊。我爷爷没文化，还取这么个名。他有文化，把我取个名江有志。"

"你不喜欢?"

"也不是。我喜欢单名。我们农村全是复名,前面是字辈,后面落个名。从小我就知道,城里人喜欢取单名,把字辈甩掉了,以免年纪差不多大小的人混在一起,论起字辈,这个竟是爷爷那个竟是孙子。城里人谁都不愿当孙子。"

我听得直喷,从来没想到单名复名原来差别在于这里,单名竟能上升到反抗父权族权的高度。我又问他怎么进到商业局上班。他也不隐瞒,说法和伍光洲一样,工作是他舅舅搞的关系开后门帮他弄到的。他说,毕业后他就等着教育局的分配,应是去到乡镇教中小学,如果能分到界田垅中学或是小学,那就是烧高香的事情。界田垅毕竟是偪城首屈一指的富乡重镇。虽然开车比教书挣得多,但挣不回那份体面。有一天,他舅石聚龙打电话过来,轻描淡写地说:"你准备一下,过一阵到市商业局上班。"他哦的一声,以为舅舅脑子撞墙。他舅是这几年突然发点小财的农民企业家。他估计他舅还搞不清楚到城里找个正式单位要走多少道程序,盖多少圆巴巴的印。

江标当时没把舅舅的话当一回事,估计是石聚龙和朋友喝多了,谁拍拍胸脯他就当真。江标跟我说:"那几年我多去跟教育局较劲,费尽心血才搞得一个机会。这事情一直让我觉得,即使混进城里,所有的事情都千难万险的。"他清晰地记得,和教育局领导僵持的那几年,他父亲一直病恹恹的身体忽然像打了兴奋剂,上下跑动,左右联络,时间一长,在那一伙民办教师当中竟慢慢显露出领头人的地位。参与此事的别村的代课老师时常来他家聚会,一伙人说着说着就群情激昂,抢着发言,一片嘈杂。每每这个时候,他父亲沉静地敲一下桌子,说:"兄弟们,我们不要七嘴八舌好不好? 舌头比嘴巴多,那什么意思都没法说清楚。要发言,按照先后次序嘛。唉,现在别的人闭嘴,老李,你想说什么?"在他父亲的主持下,一帮人的发言讨论才得以有效地进行下去。每次散会走人时,他父亲站到大门边,和与会者一一握手,将他们送出门,脸上分明还是一派主心骨的气色。待他父亲再回到屋里关上门,转过身来,他忽然就看见,疲态刹那间爬满他父亲的发鬓、额头、眼角,进而向整张脸扩散。

江标还跟我说,他弄不懂父母为何这么无私。仅仅因为自己是被他们偶尔生下来的,他们就成天想着把什么都留给自己。何苦来哉?

江标不相信他舅石聚龙说的是真的,但有一天石聚龙叫他去城里办手续,没几天工夫,他真就进了商业局上班,做梦一样。

听他说到这里,我也不感到奇怪,说有些事情,顺风时样样通畅,背运时喝水塞牙。问他舅舅到底是干什么的,他说三年前还只是一个农民。

石聚龙原本待在老家务农,后来那里发现了矿。早几年,有人到村里收购一种质地稀软、颜色较暗的黄泥巴,一开始十块钱一担,很快涨到了四五十,此后价格一直往上蹿。石聚龙一直嫌家里的地太薄,化肥施了几道,收成照样没见有起色。有人进村收黄泥巴,他正好在家里几亩薄地上取土,还掺了水弄得更稀软一点,去卖,人家照样收。等到弄清楚这种颜色较暗的黄泥巴里面含有钼,而钼的价格昂贵时,他已经把地里的黄泥巴挖得差不多了。石聚龙脑子活络,他就把卖得的钱当本,以更高的价去更偏的村子收黄泥巴。他父亲骂他脑仁子长蛆,坏掉了。但是石聚龙赚了钱,比他预想的还要多。几年下来,他买个真皮包包往腋下一夹,卖他黄泥巴的农民和收他黄泥巴的选矿厂老板都管他叫石老板。

我说："那他肯定要帮你。他一个农民洗净脚板穿鞋进城，根基不深，纯粹花钱去打关系那是无底洞。他需要靠得住的人，你这样的亲戚，当然他拼了命也要拽上去，扶起来。"

江标点点头，认为我说得没错。

另一次他也说起了辍学开车的事情，是因为他那个弟弟吼阿。那年他十六岁，读高一。吼阿搭别人的车去界田垅集场上玩，人多，他挂在车外面，一只手抓着篷布撑杆，一只脚踩在车厢后挡板上，车子一开，整个人都像旗帜一样飘动。半路上车拐一个急弯，把吼阿甩了出去。——那时候他弟弟还不是这个名字，跌了那跤，脑袋出了问题，打喷嚏的声音都改变了，才有了现在这个绰号。

那司机也赔钱的，不多。都是槭树坳的乡亲，再说吼阿当时不到十岁，司机也不收他钱，让他自己能挂上车就行，只是不能占座位。那年，他父亲一急也病了，母亲要料理两个病人。他没有心思读书，辍了学找个师傅学开车，想尽早赚到钱交给母亲。像他这种跑乡村线路的司机，学车自是不会去正规驾校，自己去拜一个师傅，师傅闲时把车开到废机场，点着驾驶台那些手柄脚档分别说明是干什么用的，便对徒弟说："呃，你坐过来上上手。"废机场宽阔平整，是学车的好地方。用不了几天，他便出师了。头两年都是帮师傅出车，师傅每月按收入情况给他发些生活补助。当时也没想到要办驾照，后面他自己有了车，想跑界田垅到市区的线路，这才去正规驾校，把 B 证考到手。

"你父亲不是个老师吗？ 他准你退学？ "

"他那年在床上病了几个月，管不住我，想骂我都老咳嗽，只好闭紧嘴巴。等他下得了床，我已经把界田垅的每个村都跑遍了。其实我成绩算是不错,在界田垅初中是前几名,进到市里读高中,还是比不得城里的学生。那年突然退了学,我也没什么遗憾。"

说到吼阿,他还跟我讲起一件事,是当笑话讲的。

有一年夏天,江标拉一车冬瓜送往市里。吼阿吵着要跟车进城,江标让他坐在后车厢,还巴望他能够帮着看管冬瓜。冬瓜是圆长的,容易滚动。吼阿坐在后头本来还很安静,但后来有一辆黑嘉陵摩托跟了上来。车上坐的是一个钓鱼客,他戴着帽盔,还有一副很大的墨镜。当天风大,钓鱼客还穿了一件褐色的中长皮衣。钓鱼客本来想超车过去,摩托要超小货车容易得很。这时他看见小货车后车厢里拱出一个圆鼓鼓的脑袋,朝自己微笑。钓鱼客被吼阿的情绪感染了,也回应一个笑容,并把摩托车靠得更近,想逗吼阿两句。吼阿脸上却是阴晴不定,忽然收敛起笑容,狠狠地把牙齿一咬。钓鱼客感觉到不对劲,但为时已晚。吼阿抱起个冬瓜砸向他脑袋。吼阿脑袋不灵,但手脚蛮稳当,砸得很准,正中帽盔。那是下坡路段,钓鱼客的车子蹿出去好几丈撞在一棵树上。

"……我听到后面的声音不对,赶紧刹车,才发现吼阿惹出事了。"江标说起这事还是心有余悸,又说,"那人当时根本爬不起来。而吼阿则咧开嘴笑得很开心。你拿他有什么办法?"

我问:"他是不是看过那部电影,叫《虎口脱险》?"

"唔,你猜得没错。"

"我就说嘛。"

江标又叹口气,喝完杯中的酒,说:"电视台有一段时间把这部戏放了好多回,隔几天就放,隔几天又放。吼阿平常不看电视,但是有时候也看,《虎口脱险》这片子,他看一万遍也不会看厌。当天,那个钓鱼客老龙也是背时,他一身打扮太像个德国兵,甚至背后背着的鱼竿套子看上去都像把步枪,惹得吼阿突发神经砸了他一下。"

现在说起来轻松,当时,吼阿这一砸赔了江标跑车半年赚到手的钱。江标又说:"幸好钓鱼客老龙是本乡人,找个人去套套关系,还算好说话,医药费多少他就让我们出多少。晓得我家日子不好过,接钱时他还有些不好意思,说好一大堆客气话,好像这堆钱是我们救济他的一样。要是砸着一个城里人,那还得了?搞不好要赔十倍还多。"

这句我听得不爽,城乡差别在脑袋里,就是一个个具体的偏见。我说:"你怎么老是这样看问题?人分心好心坏,别老分成城里乡里好吧?城里人也不是没做过好事,你们界田垅也不是没出过坏人。"

江标闻言笑笑。现在我们已经熟了,说话也不再过多打量。

我恍然想起铃兰跌伤那天的情况。我说:"怪不得,你现在带你弟弟出来,就只让他坐最前排了,是吧?"

"那当然。成天让他闷在屋里不行,我爹妈累不过来。带他出来,再伤了人我负不起责啊,所以只能让他坐前排,在我眼皮底下,随时盯紧才行。"

朗山的朋友来电话,说有几家厂子正在拍卖地皮,以前的旧机械旧机件正在当成废钢铁甩卖,问我感不感兴趣。那些正是我想要找的东西,我当然不想错过。以前在莞城帮涤生做广告策划,商品展示室让我负责。室内摆有用自产的新型涂料和油漆涂过的家具、板材,但我觉得效果不够好,要添点摆设。同类型厂家的展示室里,大都摆设廉价工艺品,但我觉得那些浮艳的工艺品衬不出产品的质地,想来想去,便到莞城还有广州深圳的旧货市场淘来一批淘汰了的老式机床,刨、拉、镗、铣、车、磨、钻不论,看着合眼就淘来,小的取整件,大的挑出部件,切割或者焊接组合，再上油打蜡，摆在展示室里，仿佛是介于古董和时兴装饰艺术品之间的某种玩意。老机床部件笨重的外形、沉稳的气度和内敛的质感确为我们展示的商品增色不少。现在要装自家的房子，去精品店里我也找不出想要的东西，便又想沿袭那次布置展示厅的经验，去淘点旧金属器械。我相信金属的质地与杉木板色调也会搭配得当。朗山是整个地区工厂最密集的县份，这几年正碰上改制，关停并转不亦乐乎。装修房子后我就跟朗山的朋友打了招呼，请他们代为关注。

周五我给江标打了电话，他一口答应下来，约到周六早上十点半左右出门。第二天十一点，我刚要出门，江标又打来电话，跟我道歉。他那个徒弟带着他的老婆孩子赶城里来了，这都是临时决定的。他想制止，他们一伙人已经上路。我说："没关系，我也正好想认一认你的家人。方便的话，让我请你们一家人吃顿饭吧。"

江标也不客套，他说："那要得。"

过了中午，江标的徒弟小林开着那辆农用车停在路边。江标的爱人小夏抱着女儿玲玲下了车，吼阿也下了车。小林拽着一个脸色绯红的妹子走在最后。小林指了指身边的妹子，介绍说："这是我女朋友，小郭。"小林接着告诉小郭，江标是他师傅，指了指我说是师傅的朋友。小林还兴致勃勃地向小郭介绍了师傅的简历和供职的单位，看得出来，这让小林脸上有光。

江标凑趣地问："哪种女朋友？"

"就是拿来结婚的那种女朋友。"小林正儿八经地回答着问题。

我带着他们往吃饭的地方走，用不着问，小林自己说明来意。他要结婚了，他认为要把女孩带进城让师傅也看看。他希望江标能点点头，或者轻轻说一声，不错嘛。江标知道这层意思，把头拧歪几分，看看小郭畏畏葸葸的样子,很权威地说一句:"嗯,你们俩郎才女貌。以后好好过日子。"小林目不斜视,小郭捏着衣角,两人齐崭崭"噢"的一声。

小郭长得不好看,但江标很放心。他跟我说,小林是个可靠的人,小林会对小郭负责到底,会对她好。他又说:"我只有这么一个徒弟。别看他显得有点傻不楞登,我很喜欢。"

这时吼阿把一张肥硕的脸凑了过去,盯着小郭直愣愣地看。吼阿看小郭的时候眼很馋。吼阿看看小郭的脸又去看小郭的胸。小郭的胸跟她人不一样,一点也不知道害羞,挺起来老高,不走路都轻轻地颤,像是老有风往领口里灌。江标只好拧住吼阿的下巴,把他脸掰歪了,教训道:"不要急不要急,小孩吃糖个个有份,我们也会给你找个老婆。"

小林听了这话,走近江标压低些声音诚恳地说:"师傅,我怎么没想到,吼阿弟弟也到了年龄。要是你家想给他找个媳妇,我就去找我二姨。我二姨走门串户专门干这种事情。哎,我的小郭就是我二姨费了小半天嘴功弄过来的。"

"你是你,吼阿是吼阿。你没问题,吼阿上哪里找老婆去?"

"这不是问题,我二姨吃这碗饭的。要是我二姨帮不上忙,我听说还有人专门帮傻子和残废找老婆,那些女人都是从外面带来的……"

江标把小林拽偏了几步,这才说:"别当真,刚才说那些是哄吼阿的。"

我陪着他们在街上转了几乎整天。又到五一节了,街面上人多,热闹的地方小林小郭总是要去凑一凑,吼阿也紧跟其后。下午,重点去了游乐园,以及服装商场。小林履行程序,要给小郭买两身冬衣。小郭如果收下了,那么小林此后就可以请人去小郭家里提亲。小郭买到了自己喜欢的衣服,脸上的绯红色更为明显。她意犹未尽,还想去动物园。

她不喜欢看狮子老虎，只想亲眼看一看南美洲巴塔哥尼亚地区的旱獭。以前，伴着赵忠祥的招牌嗓音，小郭在央视的节目中好几次看见那种旱獭，她觉得那种旱獭和小林长得很像，憨态可掬，让人感到放心。

但是侢城没有动物园。即使有，也不可能由着她想看什么就看什么。去动物园看动物，可不是去卡拉OK时在电脑里找歌，要哪首拼出歌名就能调出来。

"为什么侢城没有动物园？"小郭眨巴着求知的眼睛，她感到不可思议。

江标解释不来。回答这类问题，一直都是我的强项。我告诉她："因为动物园每张门票要卖十块钱，侢城的人只肯掏五块钱。"小郭点点头，似乎对这样的回答十分满意。

早早地吃了晚饭，小林又载着他们赶回界田垅。看得出来，江标的老婆小夏是个过日子的女人，既要照顾女儿，又要管着吼阿。吼阿倒也听话。送走家人，江标开车把我送回水畔名城。路上，我问他老婆小夏是干什么的。他说在界田垅中心完小当老师，吃国家粮的，当年几个同事追她她不答应，缺心眼似的一心要嫁给他。

"看得出来，你很爱你老婆。是吧？"

他笑了笑没回答，然后说，正想办法帮她往城里调，一家人才好住在一起。但那需要不少的钱，他两口子怎么攒着用，也攒不下太多，不晓得哪年哪月才够数。隔一会儿他想到什么，又跟我说："吼阿要是结婚，我少不了也要出一笔钱。"

"你不是跟小林说，帮吼阿找老婆的话，是哄他开心的吗？"

"也不全是哄他。要是我生个儿子，可能家里也不操这个心了。"江标苦笑着说，"传宗接代这事，说是落后思想，但你能拿父母怎么办？他俩都急着托人帮吼阿找个老婆……其实我觉得生儿生女无所谓,现在年轻人大都不怎么在乎了,但在家里,还是要陪父母讲讲落后的话,要不然就是故意招老人家不高兴。"

这样的事,我也明白,多的是年轻人遭遇到这种情况。大多数时候,人会装装先进,偶尔,也免不了装装落后,都是随机应变少找麻烦罢了。

周日那天,我们依然约着十点半出门,十一点出发往朗山去。朗山在俚城西南方向,去那边要经过废机场。江标没走界田垅,而是穿抚威门经砂桥去的。中午之前经过砂桥,此时对于砂桥来说时间还太早,每家店面门可罗雀,金圆美容厅索性关着的。我仿佛这才想起,九个月前在这里认识一个女孩,还有了些交往。

我注意到,江标也往那边睃去一眼。我一直没问江标,他和铃兰有着什么样的瓜葛。有几次我想问问他,特别喝了酒以后,但到我这个年龄,对自己的好奇心能够有效地控制了。

省道经过拓宽、改造,去年年底就竣工,以前好几处盘山路都废掉了,山体内打了隧洞,可以直来直去。车开过废机场,很快来到油茶坡坡脚,前面出现一个岔道,左走是以前的老路,往山上去;右走很快就能进入油茶坡隧洞。黑洞洞的隧洞口已经隐约出现在目之所及之处,前面几辆大卡小货被那隧洞悄无声息地吞了进去。此时,江标放慢了车速,对我说:"绕点路,我往这坡上走,行吗?"

"那怎么不行? 上了坡登高望远,好事啊。"

江标方向盘一打就拐进了左边的老路。老路已被荒废,破损得厉害。往车窗外看去,路面虽然也有新鲜车辙印,但很多地方已经长出了草,甚至爬着藤蔓。马路荒凉的气息也向着路两旁延伸。路边还见得着几处没人住的房,顶棚坍塌,墙上到处是坑。其中一排废弃的平房是以前工班工人的宿舍,一处门楣上还挂有公路局的标志。这一路都坑坑洼洼,我抓紧了车门把手才能保持坐姿。

车子盘桓着上到坡顶,油桐树、松树和枞树多了起来,松树、枞树树腰上都有 V 字形的开口,下端挂着采集松脂枞脂的胶盒。树脂的气味到处流溢,闻起来有些呛人。除了油桐坡,再过去还有一座云盘坡,两坡中间马鞍形的谷地叫翻天坳。这地方清寂荒凉少有人家,但地名却隔不远就变换。油桐坡通了公路隧洞,云盘坡也不例外。江标将车开下油桐坡,回到省道上面。刚才翻油桐坡,至少多花了一刻钟。我以为他还想拐进上云盘坡的老路,他没有这么干,老老实实地钻隧洞,没几分钟就穿过云盘坡,很快进入朗山县地界。

那天到朗山没什么收获,我只淘得一只磨损得差不多了的砂轮、一个小砧台、一只半米多高的阀门,以及一堆大小不一形状各异的钢铸件。对此我难免小有失望,这些与我来时的预期值相差太多。在街上瞎转时,我发现路边一家废收站有一只一人高的绿色铁皮邮筒,讲讲价,很便宜地买下来。这多少弥补了我此行的遗憾,我先带回去,慢慢再想怎么用它。也许,可以改造成一只独特的橱柜。我和江标很快踏上返程,穿过云盘坡隧洞,江标也不吭声,方向盘一打又往山上拐。

到山顶以后,他说:"到草地上坐坐,休息一下,怎么样?"

下了车,往一侧斜坡上走去,草地深一块浅一块,枞树底下积满厚厚的针叶。树干上钉了多块禁止吸烟的告示牌。他递来一颗打磨圆溜的糖请我吃。薄荷糖含在嘴里,让它在两侧脸颊分别滑动,凉爽,所以仿佛也能安神。我极目四望,比这山头矮一些的区域露出了整体的形态。再望过去,是云以及天空,云也白,此时或卷或舒;天空也是标准的蔚蓝色调。不知为何,从这山头看过去,视野里总有一种拎不出的浑浊。江标不像是专门来这里歇凉,他大概曾在这山头碰到过什么事情。当然,那都是与我无关的事。

六、夏天糖

七月中旬，新买的房子装修完毕。我还找得出不少遗憾，父亲和范医生来转的时候，听我说着这不满意那不满意，近乎异口同声地说："呃，还不知足？"父亲转了半圈又冲我说："我看，比故宫还亮堂！再不知足，遭雷打的哟。"父亲拿来做比较的东西真令我意外。

内装修以杉木为主，涂料以桐油为主，卫生间像桑拿房，别的房间也像。以桐油为涂料有个显见的好处，就是不需摆放太久，很快便能搬进去住。涤青从莞城赶过来，在房子里一待，心情也是蛮不错，问了我几次："是你自己装修的吗？"我告诉她是，还问她喜不喜欢。她当时不肯回答，我就有心理压力，因为我早就意识到，装修的事不跟她商量实在不妥——这也不好跟她商量，她是要我按兵不动，这次装修本来就是先斩后奏的事情。

她在里面住了几天，还是不肯说喜不喜欢，但某个上午她醒来，忽然告诉我说想生孩子。听她这么一说我才放下心来。我想，女人肯定是住着感到舒服了,才会有生孩子的想法。我说:"好吧,难得你有这种打算,生就生吧。"

每间房都散发着杉木和桐油的气味,这气味清新,让人觉得新生活已扑面而来。我们可以在任意一间房做爱,包括厨房和卫生间。有一次她还说到装扮成沙滩的阳台上做。我说不好,毕竟不是莞城。俚城这小地方,触目都是熟人,不比那边。在莞城,外来人聚集到一定的程度,这城市就像海洋一样淹没了每一滴水珠。待在莞城,反而会感触到一种深入闹市的清寂,在那种地方,有时候便也肆无忌惮了,阳台做爱的事我都无意中看到过好几回。

涤青回来了以后,就住到水畔名城。对这种事,胡会计还颇有微词。她跟范医生说:"他们还没结婚呢,涤青这么搞怕是……"

"年轻人,由着他们去。你还想管到几时?"范医生就笑了,说,"再说,也实在不年轻了啊。"

我父亲没有住过来,他说住中学宿舍已经习惯了。老式的单位宿舍,大都是秉持"以尽量少的空间装下尽量多的人"的理念建起来的。那里虽小,时日一长,那房子便被我父亲住成了"窝子"。所以他常说:"金窝银窝不如自己的狗窝。"这也不全是谦辞。装修好以后,钱也欠了一些。我跟父亲说:"爸,把那套房卖掉,一起住过来。你要我回俚城,不就是让我和你住在一起嘛。"他说:"卖也要碰到好出价,急不得,卖急了三不值两。"

房子装成了,我懒得让朋友来参观,也不想请客。伍光洲知道我买房子的事,装修好以后,江标又跟他打了个招呼。他便发动老同学在我新装修的房子里聚会一次。聚会的时候,朱泽培就给江洋大道的柜台打了电话,让人晚上把最大的包间留下来。

那天晚上，我也想把江标一起叫过来。这几个月，他帮了很多的忙。打电话过去，他说来不了，他正准备陪老婆去拜访教育局一个官员。他正在办把老婆调进城的事。

我说："好的，等下次再请你。小夏调进城的事，有眉目了吗？"

"应该问题不大，我舅舅也说了，这忙他会一帮到底。"

他这么说，我就相信事情应该不难。既然他舅能把他搞到商业局，那么，再把小夏调进城里的小学，自是闷坛里捉王八——笃定的事。

那晚上老同学带了家属还有小孩，把大包厢都挤得满满当当。其中朱泽培、伍光洲等几人在商场职场上混得久了，善于搞气氛，整个夜晚被他们制造出几个高潮，到后面就开始跳舞了。我发现涤青有点酒瘾，和人喝不晓得拒绝，一抹脖子就喝下半瓶啤酒。我也能理解，在她们艺术圈里，仿佛日子就是那么过下去的，灵感就是那么随着酒精挥发出来的。她喝得急，没多久我就扶着她去外面的卫生间。聚会发展到高潮以后，包厢自带的卫生间门外已经排起队来了。

江洋大道包厢区的走廊蜿蜒曲折，繁复不已。涤青到卫生间里将自己整理了一番，出来也不要我扶。她跌跌撞撞走在前头，我跟在后头。我喝得也不少，两个人都走错了路，又忘了包厢的名字。我想问问在走廊上侍应着的服务员，涤青不让，她说："我们多拐几圈。我现在就想走走。"

"你在把廊灯当太阳晒啊？改天专门带你出去晒太阳。"

她开心地笑着："原来在佴城过日子也蛮舒服。"

难得涤青心情那么不错，我觉得自己有义务陪着她兜圈子。不知走了几圈，路过一个岔口，我瞥见一个领班打扮的女人带了两个穿旗袍的妹子走进一个包厢。旗袍是朱泽培给妹子们准备的工作服，他努力想让来的客人感受到江洋大道里服务是标准化的。

那两个妹子跟着领班走到那间包厢。有个妹子侧身的时候,我看着面熟。涤青又拽了我一把,叫我眼睛别打瞟,只能看她。再往前走,朱泽培就站在包厢门口了,冲我们发火:"你们怎么搞的嘛。吹了半晌凤求凰,不见新人来拜堂;念了通夜招魂经,不见孝子摔瓦盆。"

涤青竟连侲城俗谚都听不太懂了,问我什么意思。包厢的门一开,里面的声浪滚滚袭来。我只好附着她的耳朵说:"老朱说我们皇帝不急他们太监急。"

我坐下来,听涤青唱着歌,忽然想起,刚才那个面熟的旗袍妹子,是铃兰。我已经一年没见她了。她怎么在这里呢?我马上又想,她怎么就不能在这里呢?人总是要发展,即使没有发展,也要让别人觉得你在发展。我脑袋里突然蹦出这么句名人名言,包厢的进口优质音响让我头皮阵阵发晕,过一会儿我才想起该名言是从黎照里嘴里蹦出来的。没办法,有些狗嘴里蹦出来的即使不是象牙,也轻易地在别人记忆里砸个坑。

那天散场后,我们一群人一起往外走,经过冗长的走廊,我的眼睛忍不住四处张望一番。

江标已经有好一阵没联系,也没了消息。八月的某天,时间还老早,电话就响起来,我一看是毛一庚,他在公安局上班。我问他什么事,他说有状况,要我去公安局一下。我是那种慢醒的人,睁了眼还有好一阵恍惚,不知道自己做了什么违法乱纪的事。我紧张地问毛一庚:"我能有什么状况?你跟我提个醒啊。"

毛一庚说:"不是你自己,你怎么看都不是安全隐患。是另外一个人惹了点事,点名要你作保。"

我问是谁,他说江有志。

我吻别了尚在梦中的涤青,下楼打了车赶到明瓦房派出所。走进值班室,见江标和另一个二十啷当岁的小伙子并排坐着,脸上都有青紫的瘀伤,手臂上有血口子。我正纳闷,伍光洲后一脚也赶来了。毛一庚说:"都到齐了? 好的,左一个熟人,右一个熟人,各自管好自家人嘛。叫你们来,我还要请你们吃早粉。"

原来江标和那小伙子打架,被110巡逻车弄到了毛一庚这里。到了派出所,两个人都一口咬定只是闹着玩,并非打架,但脸上、身上的伤明摆着的。毛一庚受理此事,知道不是大事,要他们各自通知亲属接人。那小伙子一张口报了伍光洲的名字,接着江标又报出我的名字。毛一庚便苦笑起来。我看看江标,江标无奈地看着我。不用他开口,我也明白,他妻女在乡下,有一个舅舅事务繁多,且还是长辈。他权衡一番,觉得还是报我的名字方便。把人领出了派出所,我和伍光洲交换一下眼神,还是各走一边的好,单独问一问情况。

江标告诉我,那小伙子叫魏彬,是伍光洲的表弟。江标进到市商业局上班,没有住房,商业局在明瓦房河岸一带有一排商住两用房,三层高。伍光洲帮忙给江标租来一套,二、三楼都归他用,租金便宜得几乎忽略不计。几周以前,伍光洲跟江标打了招呼,说他有个外甥刚参加工作,没有房子住。如果江标用不着住两层楼,那他希望江标行个方便,让魏彬也住进去。江标能说什么呢? 他知道标准答案,所以回答:"当然,让他搬过来好了。"

魏彬住进了三楼。他年轻英俊,在环卫所开洒水车。他有个牛高马大长得也不错的女朋友,和小夏一样,是乡中学的老师,教体育。两人都 20 出头的年纪,精力都旺盛得直想往外泼洒,一到周末,便提偌大两提袋盒饭或是别的吃食,上到三楼便关了门做爱,夜以继日,不亦乐乎。当然,这都与江标无关,江标不是多管闲事的人。

昨晚天黑以后,江标从卫生间走出来,碰见魏彬和女友上到三楼。光线昏暗,他只匆匆瞥见一眼,心里却留下疑惑,魏彬的女友像是转瞬间就缩水,不似以前见到时那么高大健硕。晚上,三楼传来响动,江标早已习以为常。只是他有点奇怪,才星期三,按说魏彬的女友应该还待在乡中学,像他老婆小夏一样。

早上,天色还没完全亮起,下楼的脚步声把江标弄醒。楼道里有两个人的脚步声。这天魏彬反常地早起,和他女友走出去。江标忽而有些心神不宁,遂坐起来,拿脚去床沿找鞋。他走到窗边,外面仍是拂晓时分特有的那种阴蓝,眼前的事物灰蒙蒙的看不分明。魏彬和那女的站在门口,看样子是在等车。江标仔细一看,那女的身材是比往日缩了几个尺码。两人在路边并排站着,从江标的角度看去,魏彬的身材把女孩严严实实遮住了。他知道,正常情况下,魏彬的身板应该遮不住他的女友。再过一会儿,一辆的士懒倦地开了过来。魏彬招招手,的士停下了。魏彬把女孩塞上车,自己并没有钻进车。车开走了,魏彬转身进门,回到三楼他住的房间。

女孩上车那一瞬间,江标看清了她那张脸。

等魏彬转身进屋,往楼上走,江标就出去拦住他。魏彬问江标有什么事。江标问他:"昨晚那个女孩,你从哪里叫来的?"魏彬说:"我女朋友小欧,怎么啦?能从哪里叫来的?"

江标说:"兄弟,你的私事我管不着,但昨晚那个女孩不是小欧。当然,我也不会把昨晚的事讲给小欧听。"

"你愿意跟小欧怎么说怎么说,想威胁我?"

江标耐下心来说:"既然你这么说,那昨晚在你房间里的肯定不是小欧。"

"你到底要问些什么?"

"我只是想知道,你从哪家店子把那个妹子叫回来的?她……"

江标说话时魏彬歪着嘴笑,猝不及防地朝江标面门上砸来一拳。江标赶紧退开两步,心里发怵。魏彬二十啷当岁,体力憋得足天天晚上拆房子也用不完,而且脑子不想事。打了人,魏彬还说:"好了,我已经告诉你了,你滚开。"

江标抚摸着挨了拳的那半边脸,略微弯下了腰,仍是笑着说:"我还没听清楚。"

"好,那我再告诉你一遍。"

魏彬走过来的时候,江标随手抓起一件东西朝他砸去,却被魏彬本能地闪过。他很瘦,且训练有素。江标看见自己扔过去的只是个纸篓。魏彬已经走了过来,而且跳了起来,狠狠地踹江标一脚。江标一把抓住楼梯的扶手,这样稳住了身子,没有滑下去。魏彬感到很奇怪,又是一脚踹来,接着还是第三脚。江标不知道魏彬过去有着怎样的经历,一旦打架竟然如此下得了狠手。江标不知所措,慌乱中抱住魏彬一条大腿,身体顺势一带,两个人便一同往楼梯下面滚。两人扭成一团滚到楼梯转角的平台——有时候,所谓的运气大概就是,两个人抱成一团滚下楼,一个人的脑袋撞在了坚硬的墙角,而另一个人脑袋枕在对方柔软的肚皮上。江标率先站起来,见魏彬摔得不轻,脸上便发蒙了。江标不敢掉以轻心,赶忙捉住他一只手往后撇,用四两拨千斤的力气让他疼得扭过身子,脸朝下,嘴啃灰。

然后，江标问："兄弟，现在可以告诉我了吧？"

"江哥，你问什么，我刚才正在走神，没认真听。"

"刚才那个妹子，你是从哪里叫出来的？叫什么名字？"

魏彬这才老实告诉江标，那妹子是从江洋大道里叫出来的，她名字不知道，号子是35。

他俩早上打架的时候，在楼道里弄出卿卿哐哐的响声，一楼弹棉花店里的师傅听见响声不对，不晓得楼上发生什么事情，一时热心，赶紧打了110。那地方离派出所很近，没两分钟警车开来，冲进去抓人。江标和魏彬矢口否认，警察仍然认真负责地把两人带了回去。他们说："写个保证，不调皮不打架了，再叫家属领人。"

我把江标领出来，时间还早。我俩找一家路边店子吃着早饭，慢慢地说话。他把事情说清楚，我便问他："那女孩是铃兰？"他点点头。

我想告诉他，其实我也知道铃兰在江洋大道。他要是问我，就省去了这一摊子麻烦。当然，这些话我不会说出来。我不知道他和铃兰之间到底发生过什么事情，反正，不像是铃兰自己说的那样，一个穷小子爱她并想和她结婚。

有了石聚龙出钱作后盾，江标很快把小夏调到了佴城郊区一所小学，离明瓦房也近，一家三口都搬进了城里。江标在城里有了一个完整的家，要忙的事情也很多，比如给厕所装上一只抽水马桶。

涤青也要装抽水马桶，她已经习惯用那玩意儿了，还养成在厕所看书的习惯，一上厕所就是半晌。一回到客厅，她看书的兴趣也下降了。她对我装修好的房子还满意，但去两边厕所见都是蹲坑，马上又对我很失望。她说："崖崽，想练蹲马步，你拉上裤门再练，会死啊！"她叫我去买一个抽水马桶回来装,我敷衍着迟迟没有付诸行动。终于,她和小夏搞起了联合行动,专门抽出半天时间去挑选抽水马桶。

那一阵是暑期,涤青一早起来,经常吩咐我给江标打电话,约他们两口子来家里。小夏也乐意随时过来,她也喜欢这边的环境,有了买房的打算之后,她开始嫌自己和江标工资太少。夏天白天显得漫长,夜晚被白天两头压缩,就像风箱里的老鼠。想得到的话题很快都被谈论了无数遍,即使两个女人能够把话题叨得很碎,还是有冷场的时候。四个人刚好凑齐了一桌,我们慢慢也打起了牌和麻将。江标两口子心算能力都强,我勉强凑合,涤青却不是打牌的料,一摸牌脑袋就是晕菜的,偏偏最上瘾。

那天打着牌,江标提议,老窝在家里打牌也不好,不如明天出去走走。小夏和涤青都同意。第二天正好没出太阳,外面起了风,在盛夏难得地有了一份凉爽。江标和我都不约而同地想到了鹭庄,黎照里在市电视台打广告了,看来他的生意开始上路。我们去得早,鹭庄又实在太小,逛至中午,她俩在所有的所谓的景点都留了影。黎照里叫一个妹子给我们当导游,碰到一个石柱山崖,妹子总是憋不住要讲一段美丽的传说。我及时地叫停,因为某些传说还是走我嘴里传出来的。来鹭庄的游人越来越多,黎照里现在赚得开怀,中午请我们吃了顿饭,除了管饭管菜,他还附送一通牛皮。饭后,时间尚早。江标把车开出鹭庄,说再去一个地方吧。他甫一开口,我便猜到他想去哪里。我附和地说好。

他把车开过了废机场,往油桐坡坡顶上去。现在这条路基本上不走车,也就少了灰尘,坡顶上的草皮绿出一层油彩。我们很自然地分开了,小夏和涤青坐在一边,聊了几句便躺下来要睡个午觉。我和江标爬到高一点的地方,坐在一棵枞树树荫下面,靠着树干,随意扯些闲话。

风一吹,人确实懒散地想睡。

江标打开铁盒,递给我一粒糖球。我接过来,让它在口腔里滚动。江标要我形容一下,这是什么味道,我品咂一会儿,跟他说:"清凉,温润。"

"温润?嗯,这个好。哪两个字?"

"温度计的温,润喉片的润。"

江标把这粒糖全都咂成口水,缓缓地说起那件事。

吼阿那年出了事,江标退了学跟一个姓潘的师傅学开车,也不用交学费,学会以后隔三岔五给潘师傅换班,帮他赚钱,算是回报,就像新中国成立前那样,当徒弟的必须学技三年帮师三年。能够独自开车上路时他还不足十六岁,那段时日,心里还是憋得焦苦,没法跟人讲。开着车在乡村土路上走,遍地泥泞,整天颠簸,他觉得每一条路走不到尽头。往后两年,他还是买不了车,一直给潘师傅换班,潘师傅也多少补他一点工钱,他几乎全交到家里,自己什么都不买。有一次潘师傅接了一笔不错的生意,云盘坡后坡的云盘寨要建一所小学,水泥钢筋都要从界田垅拉过去。那时的路特别难走,每天只能拉一趟。一所小学的校舍,所用的水泥钢筋足够一辆拖拉机来回跑上个把月。

有天中午,江标刚把车开上油桐坡,老远看见坡顶那段马路的中间,躺着一个女孩,穿一身绿衣服。再开得近点,他看清了那女孩很小,只有四五岁大小,看上去已经睡熟了。

说到这,他往前面马路上一指,说:"就那里。"

那天,江标为了把车开过去,只好把车停下来,走过去把小女孩抱起来,抱到路边的草地上。把她放下后,江标把车开过油桐坡,下到翻天坳里去。

接下来的两天,是潘师傅自己开车拉货。第三天,江标又去替潘师傅开车。那天的中午,江标在油桐坡上又看见了那个小女孩。那天的太阳在云层中时隐时现,路面也是暗一阵亮一阵。江标开车往坡上走的时候,天还阴着,快接近坡顶,阳光忽然蹿出来,把地上那小女孩照得分外明亮。

"……我忽然有些担心。我停下车,走过去把她抱开。那天,我本可以把她放在路边的草皮上,但我抱着她,还往坡上走了一阵。女孩那么的小,我一只手就能把她揣着,软软的,还有些黏糊,像一条蚕,或者像别的什么。我把她放到草丛中,开车走了。车到对面坡头,就是云盘坡上,我又把车停下来,回头朝油桐坡顶望过来。云盘坡比油桐坡稍高,可以把油桐坡看得很清楚。那小女孩竟然又躺在了马路中间。我明明已经把她抱开了,这一阵的工夫,她又躺在马路上,我有些奇怪。马路铺了石砂本是灰颜色的,小女孩搁在正中间,像一个,嗯,像一只翠皮冬瓜……我看着她,看了一会儿,不想马上离开。"

江标说话时移开身子,躺在草地上,直直地看向天空。他抛起一粒糖,让它轻盈地掉进嘴里。他抛糖的技术,也和削糖的技术一样圆熟。他嘴里哂着糖,出神地想着什么。我知道,这个时候江标应该清晰地记起当时的情景,所以说着话难得地抒情起来。

江标忽然把糖吞掉,喉头一哽。

"后来呢?"为配合他的讲述,让他更加地进入情绪,我觉得自己有义务来这么一句。

"我把车开到云盘寨,看着他们卸水泥,心里忽然焦急起来,很想他们早点把货卸完,好早点赶回去。等我再回到油桐坡,路面上空空荡荡,那个小女孩已经不在了。又过了三天,我在油桐坡顶再次看见了那个女孩。她仍然穿一身的绿。我就想，她起码有两身绿衣服，换着穿。

"那天，她脑门心点了一颗红痣。我记得清楚，那时候大人喜欢给小女孩化这种妆，小女孩也总是喜欢别人夸她们长得像印度女人。我第三次把她抱开，让车过去。她老是在睡，睡得很死的样子，我放下她，她就软软地躺在草丛里，自始至终闭着眼睛。再后来有一个星期，不停地下雨。下雨不能拖水泥，潘师傅就用车跑别的生意。等到天放晴，我再开着车往云盘寨去，车走到油桐坡坡脚，一颗脔心莫名其妙地发慌。这时，我突然意识到，这几天我都盼着往这边来，看小女孩是不是还睡在那里。那天没看见她。下了好几天雨，土路被泡得稀烂，工班的人拖来粗石砂往路面上浇，浇了厚厚一层，整条路全是灰。这么多灰，小女孩当然不会来。那天，路上只看见工班的补路工人，穿橘黄色衣服。粗石砂浇上了以后，还会浇上一层沥青，再用压路机轧一轧，路面就绷紧了。我开车翻过那个坡头，心里还在想，那女孩这一阵都不能睡在马路中间，要是她就此戒掉这个坏习惯，肯定是好事。

"再过五六天，我又在油桐坡看到了她。她仍然睡在马路中间，眼睛紧紧闭着，面朝我来的方向。我又把她抱开了。她又轻又软，我抱着她，根本不费劲。我找一块平整点的草皮，正要把她放下，忽然不忍心。她是那么嫩，我伸手把草皮揉了几把，把草尖弄挠，看上去不那么硬挺。我把她轻轻放在地上，正要走开，她一只手抓住了我。我扭回头去一看，她眼睛仍然闭着，是睡熟了的模样。我把她的手指一根一根轻轻地掰开，她左眼好像眯起一条线，看了我一下。我用心去看她，她眼睛却又闭紧了，脸上有笑过的样子。"

顺着江标的讲述，我能大概想到当时的情景。女孩随意蜷曲着的睡姿，反映到江标的眼里，不啻是一种召唤。

"那以后，我还多次在油桐坡坡顶看见那小女孩。我发现，只要天晴，她就能出现。我也乐意抱开她，而且，每一次抱着她离开马路走上坡头，我总是越走越远，一定要给女孩找一处看上去十分舒适的草皮，这才放下来。小女孩脖子上总挂着一片钥匙，我记得是狼狗牌，还挂着一只咳嗽糖浆的瓶子，瓶子上标有刻度，我估计里面是小女孩她妈灌的凉水。她口渴了，可以随时喝水。她总是穿着绿衣服，放在草丛中，就能隐蔽起来。我也想过会不会有蛇，但她睡得这么安静，一动不动，蛇来了，也会从她身边慢慢爬过去。

"……她身上有种水草的气味。你没注意的时候，这气味像蚂蚁钻进鼻孔；你有心扯起鼻头嗅一嗅，又什么都没有了。

"给云盘寨的水泥钢筋都拖完以后，上油桐坡的机会就少了。我还跟潘师傅打商量，要是有货运到云盘寨这边，尽量让我出车。师傅当然说没问题。我以为师傅会问为什么，他也没问。后来有一天，我在油桐坡上又碰到了那个女孩，照样停下车，走过去，抱起她，把她放在草丛中。看着女孩睡觉的样子，我忽然忍不住勾下脑袋，在她脸上亲一口。学开车以后，我胡子就一把一把长了出来。我那些继续读书的同学都还没开始长胡子。女孩被我的胡须扎醒了。她睁开眼跟我说：'你把我弄痛了。'小女孩做出一派要哭的样子，其实没有哭。她又说：'叔叔，我要吃糖。'我低下头看看这个女孩，这是头一回看见她睁着眼睛的模样，也是头一次听见她说话的声音。我能说什么呢？我只好说：'要得，我给你糖吃。'我往兜里一掏，除了一些零碎的钞票，没有别的。我向她保证，下次会带上糖果来这里。我既然答应了她，就把这事放在心上，又过了一个多星期，再见到女孩时，我从兜里掏出许多糖块，都是硬糖，形状多种多样。"

我也记得小时候吃过的硬糖。那时的硬糖大都没有包装纸，花花绿绿，轧成各种造型。孩子们可依据颜色和形状选择自己喜欢的糖。

江标说："那个女孩只喜欢吃淡绿色的那种糖。她把糖含在嘴里，愈加含糊不清地说，'我只喜欢吃夏天糖'……"

"夏天糖？"那是我头一次听到这名字。

"嗯，夏天糖。"江标说，"其实就是薄荷糖。但她偏要叫作夏天糖。"

江标发现小女孩喜欢自作主张给糖块命名，故意要把薄荷糖叫作夏天糖，此外她把姜糖叫冬天糖、橘子糖叫酸酸糖，麻口酥叫花椒糖。

江标故意问小女孩："你妈教你这样叫的？"

女孩灿烂地笑了起来。她示意江标弯下腰去，然后凑着耳朵告诉他："这是我取的名字，只有我叫它夏天糖，现在我告诉你。我只告诉你，只有我两个晓得，好吗？"江标就跟她发誓，这事死也不能说出去。他乐意让女孩认识到，替她保守这些小小的秘密，是令他十分荣幸的事。

那以后，江标一旦有机会经过油桐坡，就会率先去杂货店买一把糖，只买薄荷糖，也就是小女孩嘴里所说的"夏天糖"。那时候，一块钱能买三十粒薄荷糖，甚至还可以有些添头。那时候的糖块，买来时就是圆球形。再后来，小女孩一旦被江标抱起，醒了，也就不再装睡。他把她抱到马路边的坡头、草地，小女孩不再是躺着，而是坐着吃糖。江标存心逗她说话。小女孩吃糖的时候，整张脸都有动静。她还不时把自己眼皮翻起来让江标看，问他："叔叔，我眼睛是不是又红了一点？"

小女孩总是梦想变成一只兔子，红眼睛、三瓣嘴唇。她还告诉他，她睡熟以后，每当有人抱起她，她醒来的那一刹那，总是觉得自己已经变成一只兔子，这样的感觉让她心情分外好。小女孩的母亲告诉她，兔子吃绿色的白菜叶,眼睛却越长越红。

每当小女孩这么问,江标一概回答说:"是的,你的眼睛已经很红很红了……"

江标讲到这里,我又打断了问:"她为什么老是睡在马路上?"

"我哪知道?问了她两回,她就是不肯说。不过,她其实还蛮聪明,故意躺在坡顶那地方,两头来的司机都能及时看见她,而且,上坡时车开得慢,随时一脚都可以把车踩死。"江标见我听得认真,讲起这事就更加有情趣。

"她吃糖的时候,我老是逗她说话,慢慢晓得她的一些情况。姓名她老是不肯告诉我,但别的事情,转着弯问她,她脑袋转不过来也就说了。她父亲在工班做事,那个工班在油桐坡坡脚有一排房子,新路修起来那条路废掉以后,那处工班也就取消了。她母亲到处赶集,卖小货。我问她父母姓什么叫什么,她不肯说,肯定是被她父母交代过的。但是她告诉我,白天,工班的人都出去干活了,那排宿舍常常只剩她一个人。她感到害怕,就走出屋子爬上油桐坡。在坡顶,她躺在马路中间,可以老远看见工班宿舍。要是烟囱冒烟,她就知道有人回来了。

"……见到小女孩的那一年,我胡子忽然长得挺快。胡子会扎疼小女孩,我也看自己一脸胡子拉碴的样子不顺眼,买了刮胡刀,把脸刮干净。小女孩是个怪人,她不喜欢我脸上光溜的样子,要我把胡子再长出来蓄起来。胡子长出来了,她就高兴,要我趴在地上,她好捋我胡子。有一天我去油桐坡碰见她,我给她带了一整盒糖。去之前我算过的,那天逢云盘寨赶集,我估计她妈肯定会去卖小货。

"那天,我又撞见了她,把她抱着走了好一段路,放她坐在地上,把一盒糖都打开让她看。她眼睛都看得有点花。她妈那天中午没去赶集卖小货,只出门办了点事,回不定期以后找不见女儿,一寻寻到坡头上。她一看我正抱着她女儿说话,她女儿口里还含着糖,圆脸都吓方了,尖叫着冲过来,把女孩夺过去,把我给女孩买的糖都扔在地上。这也不怪她,我这么个胡子拉碴的生人抱着那么小的女孩,怎么看都不太正常。我要跟她妈解释,她就冲着坡脚那排宿舍大声地喊:'来人啊来人啊,这里有个拐子。'她根本不给我机会做解释。那女人嗓门特别尖细,声音戳得人皮子发痒。我毫无办法,只好赶紧开车走掉。

"过了半个月,我开车到坡脚时,再一次看见她了。她就在工班宿舍外面的走廊上,拿着一团毛线球往椅背上一圈一圈地缠,玩得挺开心。我把车在马路上停了停,那女孩果然就认出了我的车,老往我这边张望。我把车缓缓地往坡上开,想让她跟上来,我要把兜里的糖给她,再走。这些糖,本来就是给她买的。她是个聪明的孩子,我在坡头等了等,她果然也跟了上来,依然穿着绿色的衣服,抬起头的时候,好像是冲我笑。我下了车,往这边草皮上来,等着她。这个坡这么高,她爬上来要好一阵。

"她快爬上坡的时候,有一辆微面也往这里来。我当然没在意,以前隧洞没挖通的时候,车子都是走这条路。小女孩快要到我跟前了,我已经把手伸进衣兜去取糖。那辆微面也在那里停了下来,门一开,几个穿警服的人突然奔我这里冲过来。"

说着,江标再次指了指那个地方——当年那小女孩一直爱躺的那地方。

我问:"你被抓了?"

"小女孩母亲报的警,乡派出所有几个警察正好在废机场那里学车,赶紧往这边来。为首的警察姓向,现在怕是退休了,他用铐子铐住我,把我带到乡派出所。问了半天话,做了笔录,没问出什么可疑的情况,一查也没有案底,只好把我放了。那个老向,他看着我不顺眼,我出去的时候,他还指着我说,你小子以后小心点,别说我今天没提醒你。"

"你跟他还有别的过不去的事?"

"后来听人说了,老向自己的女儿长到十几岁,跟一个卖糖馓的外地男人跑了,再也没有消息……那以后,我偶尔经过油桐坡,女孩再也没有躺在马路中间。我每次去,每次扑个空。车过工班宿舍,我会放慢速度,或者停下来看看,但仍然没见着那女孩。"

我忽然明白过来:"难道,那女孩就是铃兰?"

"应该是。后面我去砂桥找她,找了很多次,问她,但她一直不肯承认。"

"既然她不承认,你怎么知道就是她?"

阳光这时候从云翳中蹭出来,软软地投下光芒。江标的脸被光映得很亮。他茫然地看看天空,沉默好一会儿没回答我的问题,又跟我说起后面的事情。

"现在,薄荷糖的样子就变了,不再是圆珠形的,而是被糖厂轧成别的一些样子,有扁圆的,还有方的。以前没包糖纸,现在只要是糖就有糖纸包着,有的还里一层外一层。我老是不能适应,一直认为薄荷糖只能是圆珠形的,放进口里,可以在舌头上滴溜溜乱滚。我就买了把削铅笔的小刀慢慢削着玩,削着削着就把糖削圆了。这也蛮有意思,我出去跑车,跑在路上的时间不多,大多数时候都在等人、等货。糖又可以放进口里舔又可以拿在手上削着玩,多了一样用途,帮我打发去很多没用的时间。

"我不记得砂桥上那些女人是什么时候聚集起来的,应该是五六年前的事。那里本来是木材厂，那厂搬迁了以后，有了第一家路边店子，可以喝花酒。生意慢慢好起来以后，就有别的老板在那家店的周围竖起房子抢生意。我那些司机朋友没生意的时候也要去砂桥放松，赚了钱，总要花一花，日子就这么过。我对那种地方不感兴趣——对女人的兴趣也是天生的，像酒瘾一样，有的三两有的半斤，有的喝个八两还说是漱口。不可能每个人都一样。

"我那几个司机朋友经常去金圆美容厅，拉了我几次。我不想显得不合群，再说里面除了干坏事，还可以叫妹子洗洗脚捶捶腿。那天我跟李木马和疤条黄一起去了金圆，他俩刚跨进门，就各自抓了个妹子上二楼。我说要解手，躲了一阵再出来，坐在一楼等他俩。一楼有一帮女孩在打麻将，我在一旁看。

"打麻将的女孩都抽烟，她们看我坐在一边，还递给我一根。我不要。坐得一会儿我口痒了，掏出糖盒子取了一粒糖。她们看见了问我吃什么。我把糖盒子拿过去，请她们吃。那些妹子认不出来里面是什么东西，根本没想到会是糖。其中一个妹子把盒子放到亮处瞟了几眼，问我这是不是摇头丸。别的妹子就笑她，说摇头丸多贵啊，能是随手掏出来请你吃的吗。

"我告诉她们是糖，有一个妹子就说要吃。我递去一粒，她含在嘴里咂了几下，模模糊糊地嘀咕了一声：'咦，夏天糖。'我问她刚才你把这种糖叫什么？她却反问我：'大哥，现在哪里还买得到圆球形的薄荷糖？'……"

"铃兰？"

"还能是别人？"江标坐了起来，后背重新靠着枞树树干，轻声地告诉我说，"我也不晓得是怎么搞的，一直记得那个小妹子。当时，我并没有别的想法，就想把她抱起来，放在草地上，或者看她吃糖。我没想到，自己把小女孩记得这么牢。和小夏结婚的那天，晚上，我才碰她的身体。我闻着她身体的气味，似乎应该有点激动。我第一次和一个成年女人光溜溜地睡在一起。我也盼了很久……说实话，当时竟然有点遗憾。小夏身上是一种干草的气味，我忽然比以往任何时候都更清晰地记起来，那个小女孩，身上散发一种水草的气味。我当时恨不得抽自己一耳光，提醒自己说，江标，这可是你的洞房花烛夜啊……顾哥，我是不是，有点不正常？"

"很正常啊。"

"真的？"

"呃，我鼻头也很灵。"

我听人说过，对气味敏感的男人往往好色，但我觉得江标是例外，也许还有更多的例外。现在很多无聊的人，喜欢充当心理医生，找出事物间各种各样莫名其妙的关联。当然，他们偶有言中，但大部分绝对扯淡。人这种动物，最大的能耐也许就是拒绝被别人归类。谁想在一群人身上寻找出共同的规律，谁就经常被事实抽耳光。

江标又说："前几天我还去了砂桥，知道铃兰为什么会走。是八砣缠着她。有人带八砣去砂桥找开心，八砣就认定铃兰了，一定要找她当老婆。铃兰不肯，他就很吃惊，他觉得一个做这种生意的妹子竟然都拒绝他，实在很没面子。他就天天来缠。铃兰没办法，只好跑到城里来。"

"说不定，八砣揣着一腔做好事的心情，觉得自己在拯救这个妹子。"

"哦，是吗？"江标听了我的分析，沉默一阵以后又突发感慨，"拖刀子杀人容易，伸手救人哪是他干的事？这狗日的世道，谁救得了谁？"

那个下午，听了江标讲的事情后，我再看看天，天光和周围山峦的色调都跟来时不一样，云翳深重，见不着太阳，但阳光自云后面丝丝缕缕漏下来，呈斑点状、絮状、丝线状，甚至是块状。一片肥硕的云影铺在对面坡头。耳畔，尖细的风声时啸时停。这一切让人隐隐觉得有什么事情即将到来。小夏和涤青一直在相距七八丈的地方躺着，过一会儿又在我眼帘里次第地醒来，她们伸伸懒腰，脸上一齐挤出幸福的笑，似乎要让人知道，刚才睡在草地上意外获得了好梦。

我忽然喜欢眼前的一切，这天的郊游让我心情爽朗。

山下的省道全都铺上炒砂的路面，阳光在青灰色路面上跳跃。乍一眼看去，公路波光粼粼，仿佛是一条躺在夏天里的河。

七、老树开花

　　父亲不肯住过来,还有一个他自己的原因,是他现在喜欢上了打牌。离了婚父亲变成老单身汉,他所住的中学宿舍便被众牌友开辟为牌场。我隔几天去一趟,看看他,去的时候他基本都在麻将桌上。他们永远打五角钱一炮,以前这叫厕所麻将。其实厕所已经涨价了,随着旅游升温,偬城的厕所纷纷收费一块,他们的彩头却一直不变。

　　我去那里,总是带些菜,给父亲及他的牌友做饭。来得最多的,是中学教数学的黄民醒老师、环保局退下来的施今泽和来历不明的肖老。胡栓梁一开始也来,但现在他手头有钱了,再打小彩头打厕所麻将,把把赢钱都嫌慢,根本提不起神。他来过几次,此后我就不再见他过来。我做着饭,对他们充满了敬意,因为他们每天输赢不过百十块钱,却因此放弃了在家享受天伦之乐的机会,风雨无阻地赶过来陪同我父亲。我父亲身体显然衰弱起来,每天能有几个人陪着,他会安心许多。再说,我父亲万一有个三病两痛,他们就可以帮忙料理,并及时通

114

知我。意识到这些,我总是倾尽所能把饭菜做得适口,作为一点心意回馈给他们。

有一天我正在厨房择菜,黄老师走了进来。他来得晚,现在没位置了,只得等待有人下桌。等待是无聊的事情,他走进来,仿佛是要帮我打打下手。

我问:"黄叔,你有什么事情要跟我说吗?"

"没有没有。"黄老师憨厚地笑了笑,稍等一会儿,他把脸凑了过来,竟然是要耳语。于是我把耳朵接了过去。他又说,"有件事情,还是提醒你好。你父亲最近老年痴呆的迹象越来越明显了,你要注意一点才是。"

"哦?何以见得?"

"在我们几个老熟人中间,他打牌技术本来是不错的,牌风也好。但是这个把月来,他牌风大变,见炮就捡,简直到了饥不择食的程度。"

"还有吗?"

黄老师瞪着我,质问道:"难道这还不够吗?哪有人狂捡五角钱的小炮还喜笑颜开?"

我点点头,连说够了够了。他这才心满意足地走出去。其实,用不着他说,我早已经看出些蛛丝马迹。我还没搬去水畔名城,和父亲住在一起的时候,早上起来刷牙,若是比父亲起得早,心里总是提心吊胆。父亲的漱口杯是蓝色的,我的是橘色的。晚上父亲总是比我睡得晚,到他这种年纪,瞌睡和头发一样在日益减少。晚上他睡前洗漱后,会将上颚的假牙取下来,放在自己的漱口杯里。连续两天晚上,他都将假牙放错了地方,放到我的橘色杯子里。后来,我只好将自己的漱口杯撤离水斗上的搁物架,才没遇到类似事件发生。

115

晚上和涤青在一起,我忍不住跟她提父亲衰老的事情。我只举了打麻将见炮就捉的例子,假牙的例子就省了,怕吓着她。她悟性好,只需一个例子就能明白我的意思。她不以为意地说:"噢,知道了,我会想办法解决这件事。"

涤青说她会帮我父亲解决问题,我以为她是说着玩,没想,她挺放在心上。涤青心思活泛,她来的这一阵已经看出问题的所在。我毕竟是个男人,百密一疏,竟然没看出父亲最缺的是什么。涤青去了婚姻介绍所,把我父亲的情况填了表。

隔几天,那家婚介所打来电话,通知涤青带着老人前去约会。涤青这才跟我说明了情况,并说:"你现在打个电话,要你爸爸四点钟的时候出门,跟着我俩先去喝喝咖啡,再吃吃饭。"

"合适吗?是不是有点太突然了?"

涤青皱了皱眉头说:"这事你听我的,我打算给他老人家安排相亲,相上了,他会青春焕发,省得你和他心里都顾虑重重。"

"这事情你怎么不跟我先商量商量?"

"我知道你会同意我的看法。"

"那这件事,我要不要在电话里给他讲明?"

"你爸的脾气你更了解,我摸不透。你看着办好了。"

我在电话里没有说明是干什么,只叫父亲出来时挑件合体的衣服,鞋子也擦一擦。父亲定然以为我有什么重要的事情要宣布,赶紧去到那家咖啡厅,见在座的除了我和涤青,还有两个中年妇女,就有点奇怪。那两个中年妇女,竟然都不是胡会计,范医生也没来。

待他坐下,婚介所的那妇女便训练有素地说:"好了,你们都是上年纪的人了,儿女也都大了,这事情用不着拐弯抹角,见面就先介绍介

116

绍自己的情况吧。我们遵循女士优先的原则,让小沈先介绍介绍自己的情况。"

另一个中年妇女看上去有些腼腆,清了清嗓子介绍着自己。父亲并不老年痴呆,他马上搞清了是怎么回事,脸一下子拉长起来,用眼神剜我,却又不好当堂发作。我呢,把脸别向一边看说话那妇女的神情。她介绍自己是肉联厂的下岗职工,前年离了婚。她还说自己女儿在外地工作,自己在丁字街有一套门面,生活并不依靠男人,但是这把年纪,到晚上还是需要个说话的,要不然夜晚显得太长。这个中年妇女说话时勾下了头,偶尔又暂停了自我介绍,抬起头看看我父亲。我父亲是一派知识分子的模样,此时脸上懵懵懂懂,正好彰显知识分子特有的气质。我觉得有戏,对面这个中年妇女眼神中似乎游离着一见钟情的意味。

"该你了。"婚介所的中年妇女主持着局面。她一边说,还把一只肥硕的手掌摊开,四指并拢地指向我父亲。

"什么?"

"同志,人家女同志都这么痛快,你何必扭扭捏捏?你俩加起来都跨了一个世纪还超出整整一轮——你们的年龄我都知道的,我这么一说,你俩用用减法也就知道对方有多大年纪了。"婚介所的中年妇女见多了相亲的场面,所以她此时显得游刃有余,说话直截了当,听着却也得体。

我父亲顾丰年站起来,说不好意思我上一下卫生间。接着他冲我轻声喝道:"孽障,你过来一下。"我把自己的脸一抹,马上挤出赔罪般的微笑,跟了过去。我在卫生间里简明扼要地跟父亲说是怎么回事。

"为什么事先不跟我通个气?"

117

"爸,要是事先说明了,你会不会来?你肯定不会来。我太了解你了,你一来是下不了面子,二来心里会有很多毫无必要的顾虑。所以我决定让你突然就面临这种事情。即使这一次没有谈成,你心里也应该明白了,有些事干就干了,相个亲见个面没什么了不起,更不丢人。难道不是吗?我就是想出其不意地打破你的顾虑。"我早有准备,这些应付的话脱口而出。而他被这突如其来的事情弄得回不过神。他嗫嚅着嘴,又说:"涤青出的主意吧?"父亲虽然老眼昏花,但是对自己的崽还是有着足够的了解。

我说:"很明显,对面那个女人对你有意思。"

父亲跟我装起糊涂,他问:"什么?"

"你好好注意一下人家。人家粗手大脚,脸膛红润,肯定成天闲不住,会过日子。"

父亲虽然有些难为情,但从卫生间出来,毕竟还得硬着头皮去场面上坐着,木讷地介绍着自己。对方也听得很认真。喝完了咖啡,对方说有事不吃饭了,这才缓解了我父亲的紧张情绪。

两个中年妇女离开座位走了,我忽然想到一件事情,赶了几步过去叫住婚介所那个中年妇女。我问:"阿姨,正好,我还有个小兄弟,不知你们能不能给他介绍一个女朋友。"

"他什么情况?"

"年轻,刚刚20出头,身体非常之好,是界田垅乡里的。他家条件还不错,父亲是老师,兄弟两个,哥哥在市商业局上班,嫂嫂也是教书的。"

"这么好的条件,别人抢着跟他过日子,还要介绍?"

"……他小时候,脑袋不小心撞上石头,所以想问题不是那么用得上劲。”

“是个傻子？同志，我们是直接和民政部门挂钩的正规婚介机构，要对自己服务的顾客绝对负责。你不能跟我们开玩笑。不适合结婚的，生意即使赚钱我们也坚决不接。”这位中年妇女语气铿锵，交代了政策，忽然舌头一转不无提醒地说，“像他这种情况，看样子只有多花点钱要那些跑野路子的介绍一个。我听说和界田垅紧挨着的箕镇上有好几个干这一行的。”

我一下子没反应过来，还问：“你有没有他们的电话？”

“这种缺德的事，难道能打电话联系？小老弟，这可不是打电话叫盒饭。要是你没有路子，没有中间人牵线做担保，那些人理都不理你。”中年妇女一脸鄙夷，我这才意识到她说的是什么。

对于我父亲而言，这事情来得着实突然。离开咖啡厅后，父亲凶了我一眼。涤青在场，他不便发火，只是说：“你不要瞎操心好不好？你年纪也不小了，有闲心自己把婚结了，就是孝敬我了。”他嘟囔着走了，要我们别跟上。

我翻着眼皮看看涤青，涤青却蛮有把握地说：“我看，今天的见面还是蛮有效果。你等着吧，以前你爸根本就没想到这事情。不急的。”

没想到，涤青又说中了。那年入秋，天气凉得很快，我父亲却逆季节而动，一颗脔心慢慢热了起来。自从上次婚介所的人安排了一次见面以后，父亲某些隐蔽不自知的心思果然被撬开了，就像啤酒经过晃荡，一旦瓶盖松动，泡沫便汩汩地喷出来。他不再去邀那帮老伙计来家里打厕所麻将，变得独来独往。他重新注重了自己的形象，每天起床花好一阵打理衣裤和头发。他也不急着去找介绍人，打算先花一两个月时间,每天去附近的七号公园跳老年舞,把精神头彻底地捡回来。

七号公园是老人聚集的地方,每天早晚都有七八支老年舞队。我父亲顾丰年先是参加慢步舞队,跟着别人撇着卓别林式的八字步,摇摇晃晃,恢复运动的状态。他恢复得很好,用不着补钙,他的腿杆子也一天一天硬了起来,没半个月他就跳槽加入了那一边的快步舞队,一个月后他能一口气转几个圈,再运一口气还能反向再转好几个圈,搞得领舞的妹子举起拇指夸他是进步最快的队员。

过了元旦,涤青和我陪着父亲去那家婚介所,找到上次陪同前来的那位中年妇女,向她打听肉联厂那位下岗女工。"她也还没找到下家。"婚介所那位中年妇女眉开眼笑,让我们重新登记交费。因为上次的服务已经终结,如果想继续发展,那么现在是新的开始。

"是是是,新的开始。"父亲非常同意对方的看法。

"上次我陪你们见面,一眼就看出来你俩能成事。主要是那个妹子对你有意思,她比你年轻,对你有意思就能用心地照顾你。你还有什么犹豫的呢?"

"是啊,上次我儿媳事先没有打招呼,我还没睡醒就过来了。"

"今天睡醒了?"

"醒了,特别醒。"父亲赔着笑脸。他觉得眼前这个同志点了头,就算是给肉联厂那妹子做了主。

婚介所办事效率较高,马上去了电话,邀了肉联厂那位妇女当天出来吃晚饭。那位妇女是过日子的人,不但答应,还在电话里交代,不要再去什么咖啡馆了,那里豆腐卖成肉价钱。她推介了一家路边店,那里口味正宗,价钱实惠,丰俭由君。这次见面,父亲和对方才交换了姓名。肉联厂的妇女叫沈莲英。

当晚,我们一起吃的饭,饭后父亲和沈莲英同志就去逛街。年轻人叫轧马路,年轻,有力量,老人腿脚毕竟绵软,完全没有"轧"的感觉,只是随意地逛一逛。父亲随着沈莲英瞎走一气,不知不觉绕到了七号公园外面,绕了一圈又继续走。父亲有些感谢这些天的跳舞,他今晚有了"轧"的感觉,脚步沉实有力。逛了老大一圈,沈莲英好几次问他累不累,要不要休息。他总是中气十足地回答说:"没事,走这点路算得什么。"

后来,小他十多岁的沈莲英腿脚有些不支了,面露疲态。父亲心满意足地提出今天到此为止。他把沈莲英送上 11 路车。

我和涤青一直跟在后面,观察着父亲的一举一动。那辆公交车刚一转过街角,父亲便忍不住在站台上蹿了一个舞步,暗自为自个叫好。然后他笑嘻嘻地朝我们走来。看着他那青春洋溢的笑容,我和涤青都认为这事八九不离十了。

自后,父亲每天都和那个叫沈莲英的女人碰面。恋爱使人愚蠢,这种说法是要与人的年龄段挂钩的,在我看来,恋爱使我父亲日益地摆脱老年痴呆。那几天涤青又去莞城了,说是有重要会议需要她去主持。我每天下午做一桌菜,给父亲发短信,要他和沈莲英分开了就往我这里来。我要给他补营养,基本上每天都买几只棒骨,从中间敲断了炖汤。这东西补钙。

父亲对沈莲英的印象不错,她是个实实在在过日子的女人,喜欢跟他讨论菜场价格的波动。对这些她了如指掌。父亲乍听觉着琐碎,但耐着心听下去,又能品出一股平淡生活的况味——不见得甘甜,却自有一份醇厚。

此后,又过了十来天,我发现父亲精神状态出现明显下滑,给他发

121

信息不回，还时常借故推托，不肯再上我这里来喝汤补钙。我认为自己有必要关心他，到他这个岁数还碰到恋爱的状况，着实不易，需要有人不断地打气鼓劲，要不然容易中途夭折。和涤青电话聊天的时候，她问到我父亲的情况，我也如实地向她反映。电话那头，她竟然显得着急，跟我说："你要多费点心，跟踪了解他老人家的思想状况，及时地做工作。他们这个年纪，其实比年轻人还干脆，好得快分起来也快，反正时日无多了，做什么事情都是只争朝夕……要是我回去的时候，你没把工作做好，小心我对你不客气哟。"

涤青那么关心我父亲，我当然欣慰，却又有点怪异。世界上没有无缘无故的爱与恨，也就没有无缘无故的关心。转念一想，涤青又能有什么图谋呢？我只好嗔怪自己疑神疑鬼。

父亲有个下午打电话来，叫我去蓝迪咖啡厅坐一坐。我赶过去，父亲就一个人坐那里等我，脸上的表情阴晴不定，我真不知是好消息还是坏消息。

我一坐下来，他忽然看着我，腼腆地笑了。我这才放下心来。

"怎么啦？"

"喝什么咯，炭烧还是卡布奇诺？"

"红茶吧，和老爸坐一起喝咖啡真是古里古怪。"我说，"到底有什么情况，你跟我说说，别让我提心吊胆的好吗？"

父亲暗黄色的脸此刻很有光泽，我看出来似乎还有那么一点点得意。他喝着咖啡慢慢地跟我说起这几天发生的状况——他喝咖啡显然被人调教过的，小调羹搅拌几下就扔到一边了，刚才我还担心他一调羹一调羹地舀起来喝。他告诉我，和沈莲英挂上钩了以后，他好几天才去七号公园跳一次舞。那天一到地方，快舞组的领舞妹子跟他说："顾老师,缺席两天了啊。现在你可是我们队里的活跃分子,你不来几个老姐都提不起劲。"父亲便说:"不好意思,事急,又不知道你的电话,所以也没来得及请假。"他没想到这边也有人挂念,领舞妹子一句话抛过来,像是代表组织关心。那天一阵舞跳毕,父亲正要走,领舞妹子却把他叫住了。她说:"顾老师,今天用不着约会吧?我看,约三天缺一天的比较好,不比小年轻,有时候你要憋着点,胃口该吊的时候就要吊一吊。"

父亲就很奇怪,他看看领舞妹子,问:"你怎么知道?"

"亲眼看见的,你和她逛到公园门口了。你的情况我大概清楚,离婚好几年了,这一阵舞一跳,人肯定年轻了不少,是不是?我在居委会上班,认识的人多,知道的情况也多,户籍警经常找我帮忙。"那妹子又说,"找个地方坐坐,我有话跟你说。"我父亲问:"有什么事吗?"

"时间还早,我回去也是一个人,没什么事可做。陪我聊聊?"不待父亲回答,她又说,"你和那个女的认识多久了?"父亲突然意识到什么,问她:"你也离了?"领舞妹子说:"还没结过,一晃四十五了。我是个粗心的人。"她淡淡地把话说完,然后看我父亲……

"……你晓得吗,当时她是眼巴巴地看着我,仿佛她还很年轻。"父亲跟我说到这里,眼仁子骤然亮了起来,像是电压不稳,把 25W 的泡子冲到了 100W。父亲还告诉我,那个妹子姓曾,跳舞的人都叫她小曾老师,很漂亮,看上去也年轻,仿佛三十出头。她扬手打的,领着父亲来到这家咖啡厅,主动讲了自己的基本情况,未婚单身收入稳定无不良嗜好,另外一些硬性指标,已经展现在父亲眼底。父亲再傻,也知道小曾老师是什么意思,喝着咖啡,心子一截截地热了起来。

我也来了兴趣,问父亲:"她怎么个漂亮法?"

"比你妈漂亮,又有文化。和小沈比,那当然就更不要说了。"

我没想到,父亲最近跳跳舞本是想找回些精神头,不但跳得容光焕发,竟还招蜂引蝶了。父亲转瞬又陷入了苦恼。他说:"崔崽,人都有发蒙的时候,你跟我分析分析……"

"不要急,你自己先说,对她俩是怎么看的?"父亲脸上六神无主的样子让我从容起来,我感觉自己像个心理医生,连说话都是一种循循善诱的语调。

"沈莲英是个过日子的女人,要是跟她在一起,她懂得照顾人,这个我一点也不怀疑。但我没想到,小曾老师说,她老早就注意到我了,给我扔眼神我也没接到……我现在的视力别说扔眼神了,扔篮球我都看不清楚。"

"我懂你意思,你还是想跟小曾老师在一起,对吗?"

"我是不是很不像话?小曾老师年轻一点漂亮一点,我就想跟她在一起。按道理说,我似乎应该跟沈莲英在一起,日子过起来才让人放心啊。"

"这是什么道理?"我又憋不住笑起来,喝一口茶压一压,继续说,"你有选择的权利,也有爱美的权利,漂亮的女人就不能过日子?"

"我都跟小沈谈了十来天了……我这把年纪,再弄出些三心二意的事,别人怎么看即使不理会,自己也过不得日子啊。"

我就知道他老人家担心这个。我喜欢快刀斩乱麻,索性问他:"你和沈阿姨,你们……已经那个了吗?"

"什么啊?"不出所料,父亲还是要装装傻。我不解释,只是盯着他看。他便做出冒火的样子冲我说:"你们年轻人怎么总把事情想得这么卑鄙?我和她才认识几天?顾崔我告诉你,不要用你们那点自以为是去怀疑我们这辈人的作风。我们这帮老同志……"

"行了爸,有你这些话,那事情就很好办。"看着父亲义正词严的模样,我就放心了。

"什么?"

我说:"既然你不欠沈阿姨什么,那就放开手脚去选择好了。找个女人不光是为了过日子,你一个人打麻将也是过日子。还是要……呃,怎么说呢,年纪纵是大一点,也要让自己一旦拥有别无所求。吃着碗里看着锅里怎么过得了日子?不如直接守着锅儿下筷子。"

父亲被我一席话打消了顾虑,脸上有了喜色。他说:"还是你们年轻人脑子跳转得快,呃,这件事我权且按你说的做。"

涤青从莞城回来后,发现家里变得很热闹。麻将桌上坐满了人,我和父亲坐对面,沈莲英和小曾老师脸对脸。现在我已经知道,小曾老师叫曾毓婕。她俩我都一碗水端平,脑袋转过去叫一声沈阿姨,甩过来又叫声曾阿姨,即使曾阿姨看上去实在大不了我多少。

……那天我照样备了一桌菜,父亲说要带曾阿姨过来吃。门被拍响了以后,我拧开门,见到一个陌生女人就亲热地叫一声曾阿姨。曾阿姨也亲切地应了一声,我再一看,父亲一张脸却皱得像核桃一样。我不明何故,接着发现沈阿姨也跟在后面。

我真想问问父亲,这是怎么搞的嘛。但当时哪容得我开口?事后父亲告诉我,他本来就邀请曾阿姨往这边来,走半路上,沈阿姨斜刺里杀将出来,问他这是要去哪。父亲怔住了,曾阿姨则代为回答说:"都是熟人啊,正好,一起去他儿子那里吃饭吧。"沈阿姨也不客气,她说正好今天没事,她又冲我父亲说:"顾老师,我去你那里蹭饭吃,你没意见吧？"我父亲本来就是犹豫不决的人，他能怎么回答，只好带着羞愧之心连声地说："欢迎欢迎，本想办好了菜再打你电话，没想到撞得这么巧。"

于是，我打开门，他们三人便鱼贯而入了。

那一顿饭自是吃得很闷，我费尽心思想调节一下气氛，不停地劝菜，但三个人发闷，一个人再怎么起劲也显得自作多情。吃了饭撤了菜碟，他们仍在沙发上闷坐着，彼此不说话，电视里搞笑搞怪的节目也化解不开这种沉闷。我实在想不出别的办法，就把麻将拎出来，说："要不然，我们打打牌吧？"沈阿姨说："你们的彩头，我可跟不起。我顶多打五块钱一炮，不带冲子。"我说："沈阿姨你厉害，我父亲五角钱一炮打得多。"

他们三个人都能打。姜是老的辣，打起牌来我换牌的速度比他们还慢一点。搓了一天，完事的时候，沈阿姨说："要不，明天还来你这里搓吧。去店子里打机麻将，速度太快了。还是自己码码子好，又能打牌，又能活动活动筋骨锻炼身体。"

父亲当然也是说好。

那以后两个阿姨天天来，像是生怕把自己冷落在一边。我看看这一桌牌客，一换就换了三家，以前是涤青和江标两口子陪我玩的。到周末，江标打来电话，说想过来，我只好拒绝了他，说家里有客，不方便。上了桌，他们之间别的事就暂且放一边不谈，唯有打麻将是正事。我父亲是五心不定的样子，埋着脑袋打牌，不敢抬头多看一眼。

涤青那天回来，看了牌桌上的情形，还以为曾阿姨是沈阿姨带来的朋友。晚上，我父亲和两个阿姨都走了以后，涤青还跟我夸沈阿姨。她说："唔，我看这沈阿姨真是个实在人，在搞对象，还要找一个漂亮的妹子搭伴……是不是她女儿？"

"你看像吗？"

"不像，那妹子看似年轻，其实比我还要大好几岁。"涤青说到这里扑哧地笑了，坦率地跟我说，"我刚才还怀疑那个女人是沈阿姨拉过来介绍给你的，所以多留意了几眼。她眼窝子的纹路已经很深了。"

"还看出什么情况来？"

涤青摇摇头。我就把最近一段时间发生的情况讲给她听。听完之后涤青很意外，说："看不出来，你父亲竟然也挺花心的。有其父必有其子啊。"

"这是托你的福啊，你一定要给他介绍一个朋友，真就把他精神面貌搞得焕然一新了。现在这一堆麻烦事，还不晓得要如何收场。"我顶了涤青一句，她也就无话可说了。晚上熄灯以后，我和涤青在枕头上说着话，涤青冷不丁又冒出一句："如果我也是个男的，那肯定会喜欢曾阿姨。感情的事情，用不着虚伪，年轻一点，漂亮一点，就是招人喜欢。"

"是啊，我也是这么想的。"

"……要是有个年轻漂亮的妹子突然爱上你了，你会怎么办？"涤青想象力发作了，若有其事地质问我。

"那我就去和她父亲结拜成兄弟，把这妹子当亲侄女疼爱，并且要批评她，世道如此险恶，一个漂亮妹子没有眼光可不行。"

往后两个阿姨还来，我也一直在麻将桌上陪下去。时间一长，彼此一熟，说起话来也渐渐不客气了。曾阿姨嘴巴皮厉害一点，知道沈阿姨以前是在肉联厂里待的，有一天就摆出很好奇的样子问："沈姐，我以前听人说，在你们肉联厂上班，男男女女普遍都放得开，说话肆无忌惮，平时闹起事来也疯得很，是吗？"沈阿姨忙着打牌，就问曾阿姨都听到了什么。

"听说很多牛胎猪苗来不及生下来，就坏在娘肚子里了。宰杀以后，你们把那些东西都当成下水处理，把胞衣剥掉以后堆起来再卖，是吧？"

沈阿姨竟然以为曾阿姨动了饕餮之念。便说："是啊，以前我们经常剥的，一脸盆一脸盆，一脚盆一脚盆。怎么啦？现在那东西不容易弄到了。"

"造孽哟，我看都不敢看，哪还吃得下去？……还听说那些男人，他们经常一刀剐下来猪鞭牛鞭，互相扔来扔去，甚至还把那种东西偷偷挂在女同志后脖子上，长的当是围脖，短的当是辫子，是的吧？"

"没有没有。"沈阿姨这才听出火药味，脸一红，又说，"反正没有谁对我这么弄过。"

"那是当然，他们主要是针对那些年轻的妹子嘛。"

沈阿姨有时也想自卫还击几句，但是她对居委会不了解，也没听人说过居委会里面发生过什么丑人的事情。于是她就要拿跳舞说事。有一次，她打出一张大饼，很突兀地说："听说跳舞可不是什么好事哟，跳来跳去，就跳出很多老婆男人不知道的事情。"

曾阿姨说："年轻人跳舞是出过不少事情，跳来跳去，男人跳出三条腿，女人跳出矿泉水。我们跳跳老年舞，除了强身健体，想跳出丑事，都没有那份力气哟。"

沈阿姨又说："年纪大了还是待在屋里的好，搞成什么夕阳红，一个个抹了胭脂系上红绸子，去街面上扭老年舞，自己起劲，年轻人看着只想发笑。"她说着又翻了一张大饼，放了出来。父亲一手就把大饼捡了过来。牌一推，是清一色双龙抢珠。"你连放两张，不捡不行了。"父亲无奈地说，"老年舞我也跳的，除了精神一天一天地好，没出现别的什么问题。"

沈阿姨还想说些什么，一时却语塞了。曾阿姨呢，她脸上绽出了会心的微笑。沈阿姨本就不会说话，碰上曾阿姨，处处落下风在所难免。这反而让我觉得，沈阿姨更适合我父亲。曾阿姨脑瓜子转得快，口齿伶俐，反而不见得是好事。但事已至此，我基本说不上什么话了，父亲亲谁疏谁已经明摆在眼前了，我何必自讨没趣？

某一天，曾阿姨拎着水果先来，沈阿姨还没来。曾阿姨跟父亲聊天，她告诉父亲，沈阿姨以前的男人还不是离婚，而是喝了酒从坡路上跌下去，脑袋磕上石头死掉的。曾阿姨在居委会里办事，信息渠道比一般的人要宽。

"哦？那她一直跟我说是离婚的。"

"离婚的不叫寡妇，死了男人才叫寡妇。"曾阿姨嗔怪地说，"这个你都不懂？"

"我的个天。"父亲说，"我是教物理的，又不是教语文的。"

本来，在沈阿姨面前，父亲总有点过意不去。曾阿姨一条小道消息就把父亲的疑虑打消了，那以后上桌打牌，父亲的态度时不时流溢出来，就连捡炮，都只捡曾阿姨，就算憋黄了庄也绝不捡沈阿姨放出的炮。沈阿姨当然也感受得到。从某天起，她就不来了。她不来，父亲也不再打电话过去。

八、去莞城

　　我父亲和曾阿姨的爱情发展得顺风顺水，没有横生的枝节，很快如胶似漆不忍一刻分离。涤青不失时机地撺掇我父亲带着阿姨去民政局扯一对红本本；或者，她还劝我父亲来得直截了当一点，把曾阿姨当成生米，煮成熟饭。因为，感情这事情只有趁热打铁才能成功。涤青的说话风格惊出父亲一头汗水，他一边忙不迭地答应一边往后退缩，怕这个未过门的儿媳还说出什么让人胆战心惊的话来。

　　我父亲还是有些迟疑，他跟我说："你跟涤青都谈了有两三年了，还没结婚，我和小曾才认识几个月就急着结婚，怕是不好。"

　　我说："有什么不好？你老同志发扬发扬风格，自己跑第二圈，领跑我们第一圈吧。"

　　曾阿姨也想早点结婚，恋爱使她对婚姻生活充满期待。在曾阿姨和我们的双重夹击之下，那年的十二月份，父亲就去办了结婚证。

　　从算命师傅那里回来，吃饭的时候曾阿姨不在，我们三人又聊起这事情，涤青脸上依然挂着趁热打铁的劲头。父亲还是有点为难，他说："结婚是好事，我没想到这辈子还能结第二次，既然事情已经摆到眼前，我也只能顺其自然。可是，结在哪呢？小曾是头婚，我那边的房子破破烂烂，把她接过来，我怕委屈了她啊。"

涤青冲我挤挤眼睛，然后说："爸，你放心，我们早就考虑好了，结到这边！"

"那像什么话？我还占用你们的房子？"

涤青没跟我商量，但我早就有这样的愿望，还怕涤青这一关过不去。没想到涤青竟是如此地善解人意，刹那间我觉得她真像我肚子里的蛔虫。我赶紧说："爸，你不能这么自私，要给我孝顺你的机会啊。我可以搬到那边去，你和曾阿姨住过来，到时我再把那边也装修了。我现在也挺喜欢装修房子。"

"……要不，我先用这边的房子结，以后再换过来。"

"爸，我们爷俩何必扯得这么清楚？"我举起杯子凑过去找碰，并说，"我看这事情就这么说定了吧。"

婚结得很顺利，过了元旦，我父亲顾丰年便把曾阿姨稳稳地娶到手了。她是朗山人，这是头婚，在朗山老家那边，婚礼办得还算隆重。养兵千日用在一时，我跟朋友打了招呼，能借的车都开过来凑热闹。我借了三十几辆小车前后相连开去朗山接这后妈。把曾阿姨接回偔城，婚事就从简了，在城北一家不大不小的饭馆子包了几桌酒水，帮忙的朋友凑几桌，父亲的老同事和几个老牌友老舞友合起来再凑几桌，并请一个鼓乐队吹吹打打地搞气氛。

父亲和曾阿姨在婚宴上渐渐进入状态，表现越来越好。大小交杯在我和涤青以身示范下，都玩过一遍以后，父亲严词拒绝当众接吻，但耐不住两杯酒灌下肚，也就吻了。曾阿姨一开始佯装害羞，一旦两人嘴皮子碰着了，她便用力往里吸气，让父亲傻了眼，却又撤不回嘴。要不是曾阿姨被自己的大胆吓了一跳，父亲怕是没力气把嘴唇扯脱。周围的叫好声马上风起云涌。这一天，曾阿姨比平时更显年轻，嘴唇也更富有黏性。

酒宴上我也喝了不少酒，散了席仍能指挥若定，叫朋友开车把我父亲和曾阿姨送到新房。

我拦住父亲那帮喝多了的老友，不让他们闹洞房。父亲昨晚到现在一直没有好好休息，一把年纪经不起折腾。

亲友都走了，我和涤青也回到中学的老宅去住。我不知道父亲在新房里怎么样了，那晚，我和涤青却是激情澎湃得很。涤青说她喜欢这逼仄的老房子，陈旧的家具，毫无装修的环境，白石灰的墙面处处泛黄，一切都令她想起小时候。"人到这里面，能被唤起一种相濡以沫的感情。"她冲我那么说，我也表示赞同。在这种相濡以沫的气味里，我俩做起爱来比在新房子里更有感觉。父亲给窗户装上了两层窗帘，都拉紧以后，屋内可以黑到伸手不见五指的程度，我得以在一片昏天黑地中用嘴唇探索她的嘴唇。

后来，涤青下了床把窗帘拉着，看看遥远的高悬的星空，忽然问我，那边新房里，我父亲和曾阿姨正在干什么。

"说不定也在看星星。"我这么说。

"你怎么对父亲一点信心也没有呢？我相信他今天状态奇好。"

"难道你还巴不得让我爸再给我弄出一个弟弟？"

涤青一笑，跟我说："我们留点口德，不说你爸了。现在他经有人照顾了，你也放下心了。我要回莞城，你跟不跟我过去？……你现在这

132

个吃空饷的工作,不会舍不得放了吧?"

父亲有了曾阿姨,我也确实放下一颗悬心,生活在俚城或者莞城,我本来就无所谓的。我说:"工作的事倒是无所谓,我一年到头不干什么事,拿这份钱也觉得不安心。但是,我们走了,别的事不说,对你爸也不好交代。那边的房子,你爸也掏了一部分钱,是想留给我俩的。现在忽然变成亲家住了,他会怎么想?白天我看他脸色就不太好,但他修养到那里去了,也不便说什么。"

"你放心,到那边我会跟我父亲解释。他是个通情达理的人,我这种创造性解决问题的思路,他除了连声说好,还能有别的意见?你要是怕对我父亲不住,就快点把这套老房子卖掉,补上他掏的那份钱就行了,然后,和我一起回莞城。"

涤青把话说到这份上,我就全明白了,前一阵她对我父亲无微不至的关心,也就有了充足的原因。我说:"你真够阴险。把我爸当螃蟹放到冷油锅,再慢慢加热煮他。"

"你不要捡了便宜还讲风凉话,要是我不阴险,你爸做梦也想不到,自己到老还能走一回桃花运。"涤青跳到床上掐着我脖子说,"你也不想想,这事情你爸幸福了,你也解脱了。我替你们父子俩做了这么大的好事,你跟我去莞城,是你欠我的。"

"不要得意,试玉要烧三日满,还不知道是运是劫……"我意识到自己话说得不对,马上就闭上乌鸦嘴。

"你打算什么时候跟我走?"

"哪那么容易?工作又不是拖鞋,想扔就扔,办手续起码也要一阵。要是你急,过完年你先去好了。"

过完年初三，涤青就催我跟父亲挑明这事情。我总是说，不急的，再等等。涤青就规定了时限，说："限你一星期内和他说定，要不然，我只好亲自动口了。"我想了想，还是自己开口的好。元宵节那天我去了水畔名城，父亲在，曾阿姨出去买菜了。

那天，父亲和我坐在沙滩般的阳台上，三月初的阳光布满阳台，阳台上几棵观叶植物早早地葱郁起来，看上去甚至显得大腹便便。我提起辞职的事，父亲心里已有准备，他看得出来涤青心思不在佴城，顺便也知道我的难处。

父亲说："是的，我也一直在考虑，以前死活要你回来，也委屈你了。好男儿志在四方……"

"那倒不是志在四方。主要是，现在我觉得你越来越年轻了，有了曾阿姨，也用不着我照顾。我和涤青商量好了，还是莞城更适合我们发……发展。"说到"发展"这个词，我舌头忽然弹得不是很利索。无非是赚钱吃饭的破事，现在人们偏要说是"发展"。我又说，"听说界田垅那机场下个月就正式运营了，有去广州的班机，机票早点订，甚至能打到四折。以后有什么事情，闪个眼的工夫我就能回来。你说是吗？"

"你去吧，这屋子我帮你看着。万一在那边过得不顺，你也是有退路的。"

"爸，你千万不要担心我，你自己……"

"你也更不要担心我，你不觉得我最近气色越来越好了？"父亲甚至在自己胸口上扪了一记老拳，吓得我赶紧去捉他的手。我说："是啊，一看你的气色我觉得走得再远也放心了。有了曾阿姨，你今年心情好，锻炼身体也有劲头。"父亲一张老脸暗自羞红了一下，随即恢复正色。他说："我锻炼身体也是为你着想。要是你和涤青结了婚，生个小孩还不是我和你曾阿姨帮着带？带孩子很苦的，你不知道我知道，身体不好哪行？"

门响了。父亲只好打手势让我闭嘴，他说："这事情先不谈，你曾阿姨对生小孩的事情过敏。她一直拖到现在才结婚，也和这有关系。"我也就闭了嘴，见曾阿姨正拎着菜走来，其娇俏的身姿转眼闪进厨房门里面。

涤青还在佴城多待了一段时间，是因为她想坐飞机过去。我们佴城机场试运营的日子据说是元宵节后一天，但是这消息不准确，老在往后延。在外跑得多了，涤青有多么怕坐火车，当然就有多么盼着坐飞机。再等十来天，她把一颗心等凉了，那边的电影同仁电话来得越来越频繁，她只好搞一张火车票赶过去。她叫我把手续办妥了，尽早过去和她会合。

我自是噢的一声。

其实我并不着急，和一个地方作告别，是一件蛮有意思的事情，像热豆腐，心急吃不得，要慢慢品。我辞职要走的消息在朋友中传开，他们就以此为借口聚了好几次，夸我真是过得洒脱。我只有苦笑，这种洒脱，操作起来难度系数太小，别人夸的时候说不定也在骂我傻。

那天我打电话找沈馆长谈辞职的事，他正在河边明塔下面拓一块碑。碑文是俞淦品写的，俞淦品让沈馆长帮着把那碑用朱砂拓个几十份，用于分赠朋友。他一边拓，一边和我扯事情。我把意思稍微一说，见他手脚丝毫也没放慢。还待再说一遍，沈馆长扭过头把手一挥，说："怎么搞的嘛，本来又不要你上什么班，还来辞什么职咯？你女朋友要你去，你自管去就是了嘛。年轻人，事情想远点，说不定哪天一吵架就想着回来了。"我一想也是，话自某些人嘴巴里讲出来，所有的事情都变得那么轻而易举。沈馆长的话说得我浑身轻松,暗自一喜。正要走,沈馆长又叫住我说:"慢点走,帮我搭一把下手。用朱砂拓碑,现在你们小年轻都干不了了。我正好想带几个徒弟。我看你有慧根。"

"哦,慧根长在我哪块地方?"

"废话少说,快过来!"沈馆长欢悦地把我耳朵拧了一拧。

当天晚上,我请一帮子朋友去"江洋大道"唱歌。

那天喝了酒,我让领班叫几个妹子进来陪着喝酒。

那天,我没把江标叫来。吃晚饭的时候,这帮老友还问怎么不见江标。平时有聚会,我经常叫江标一起来,时间久了,江标得到大家的认可。他们都说:"你带来的这个小兄弟真是不错。"

半小时以后,铃兰走了进来,准确地坐在了我身边。就我身边空着,那帮朋友正各自捉一个妹子打骰喝酒,说起凑趣的话,一个个都乐意摆出欢场老手的姿态,唯恐露了嫩相。

"你还记得我么?"

铃兰说:"不但记得,我还梦见过你。怎么有空来这里啊?"

"我经常来,只是没和你碰过面而已。"

她和一年多以前有了不少变化,包厢里灯光暗淡,她的表情在光线里时隐时现,我说不清楚那些变化体现在哪里。她坐下来就主动找酒喝,连敬我三杯,感谢我还记得她。

酒喝到不能再喝的程度,大家挣扎着站起来蹦迪。铃兰说她累了,坐下来就瘫在沙发上,眼皮也合上了。我坐在她身边,看她那样,不知道今晚她先前陪的那拨客人,要她喝了多少酒,跳了多少支曲。她的喉咙还有些痉挛,这时候把头偏向了与我相反的那一侧。她的脖颈看似光滑细长,当包厢里的射灯照过来,我得以看见她脖子上那几根筋脉以及血管也随着头的偏向扭出螺纹。我以为她睡着了，想走到外面透透气，她头一动不动，但手却伸了过来，握住我的手。她的手冰凉。

那些朋友拥着各自的妹子又跳了几曲，再也跳不动了，换成轻音乐，关闭闪烁的射灯，让这屋子平静下来。他们两两相拥，尽量分散了坐开，把脸凑近了说起话来。妹子们的表现当然都很配合，或者一惊一乍，或者窃窃私笑了起来。蹦迪音乐爆响的时候铃兰躺了下去，现在换成轻音乐，她反而清醒过来，坐直身子。我想起一年前给她照相的事情，虽然事后打电话解释过，但碰了面，我又解释说那天下车时人一挤，照相机吧嗒就掉在地上。

"照相机摔坏了，卡里的照片怎么摔得坏呢？你也别把砂桥看成是鬼不拉屎的地方好不好？我们店里的妹子，好几个都买了数码机，只是照片照得不成样子。"铃兰轻轻一笑，又说，"是那个司机搞的鬼吧？"

我没吭声，我的自以为是总是会让我有挨抽的时候。

铃兰又说："他倒找过我，问我怎么能随便脱了衣服给人照相。他问我是不是很缺钱了，什么活都肯接。他说要是我很缺钱，他可以帮我。"

"你怎么回答的？"

"我说你管不了。一个人管另一个人，总是要名正言顺的。犯了法公安管，乱摆摊城管管，生个孩子分不清家种野种，DNA 管。他凭什么管我这么多呢？"

"他凭什么管你呢？"

"他认错人了。他家以前丢了一个妹妹，有一次他来到我们店子，觉得我像，就非要说我是他妹妹。我不承认，他还花钱把我包下来，反复要我承认，求我承认，还要问我家住哪里。我哪敢告诉他？让他去家里烦

137

我父母？"铃兰抽出两支烟，又说，"碰到这么个人，我有什么办法？……不说他了，一说就生气。"

她把两支烟同时叼嘴里，燃上了，递一支给我。我俩对着吐起烟圈，要么她吐的套住我，要么我吐的套住她；烟圈要么缠绕在一起，要么彼此穿隙而过，再各自散逸升腾。抽完了烟，她问："听说今天是你请的客。有什么好事？我不在的这段时间，找个傻女人订婚了？"

"我要走了，今天请请老朋友，也告个别。"

"去哪里？"

"莞城。"

"那里我知道的，我们村好多男女都是去那里做事，去好多年了，还邀过我。"她掏出电话，要我念自己的号子。

"以前的号子呢？"

"早换了。你这个没良心的，从来没有拨过我的电话。在砂桥，有个刚从班房里打脱出来的死鬼，不晓得发了什么疯，跨进门一眼就看上了我，当晚就要扯我去给他当老婆。虽然我做的不是正经事，但并不是说，谁要我就给谁当老婆。这是两回事，偏偏那男人分不清楚，脑壳锈掉了。他还嬉皮笑脸地跟我说，'是大老婆咧，不是小老婆。我就爱你一个'。我的个天，谁稀罕啊。大老婆系条围裙满街打酱油，小老婆在别墅里蒸桑拿澡，老板不在了还可以拿老板的司机当宠物用一用，谁比谁日子过得更像人？……诗人，不是喝了酒跟你讲醉话，我宁愿给你当小老婆，也不愿意被他关起来天天糟蹋。"

她把电话打了过来，一串新号子在手机屏里闪烁着。

"一路顺风！要是我去了莞城，你接不接待？"

"那还用说？来之前发一条短信，我就去接站。"

"打电话不行啊？怕你老婆在旁边不方便？"

"你们女人怎么都这么敏感？一角钱一条的短信能解决，何必要打一块钱的电话呢？"

看着我的窘态，铃兰不禁笑了起来，又说："不要搞得这么紧张好不好？你们诗人都是穷鬼吧，一说真的就舍不得钱了。我出门从来不带钱的，反正，总有吃饱饭没事干的家伙抢着给我付账。"

我订到佴城机场首次航班的票，票好买，飞首航的是 CRJ 小飞机。只一个小时，小飞机便到达珠江三角洲的上空，往下面看，城市群像一块集成电路板。下降，每个细小的元件还原成一幢幢楼房。飞机降在广州机场，坐大巴赶去莞城还有一个多小时的车程。沿途已经没有农村，只有工厂区、绿化带、新兴开发区、绿化带、商住小区、绿化带……香港回归前一年，我第一次来到这里，已有十来年了。长这么大，我只在佴城和莞城长时间地待过，除了故乡，就数这里算得熟悉，但又根本谈不上熟悉，一切只因莞城变化太快。刚来时城区的规模和佴城相差不多，经过世纪初那场轰轰烈烈的"造城运动"，几年间一座时髦的城市便有棱有角地从眼皮底下钻了出来，在这个城市角角落落，十年前看到的景象大都找不到遗迹。

莞城留给我的印象就是突然，我第一次知道它的名字时，就因为要来，还拿指头到地图上比画着找。然后，佴城高专九三级一二十个毕业生带着暴富的梦想挤火车过来，坐的还是一辆绿皮火车。火车上，一个热心的莞仔提醒我们，要是没被抢过，就不算来过莞城。但我们还好，去了以后没被抢，不是那个莞仔提醒及时，而是飞车党还来不及下手，我们的钱就已经被熟人骗了。那次去，是一个姓骆的同级女生召唤我们。她给同级上百个人一一打去电话,许诺那边多得是钱等着人捡,许诺以营销经理之类的职位。更主要的是,她本人蛮漂亮,同级男生和她谈过恋爱的都一口咬定她是级花,这拨男生人多势众,惹不起,我们当然也纷纷苟同。……权且叫她小骆吧,她已经回家嫁人生了孩子,隐其名讳。这帮兄弟是被她介绍到莞城的。去了之后交了钱,生意不做,每天都开会上课,一个秃顶男人在课上不翻教案,只是一遍遍歇斯底里地问:"你们想不想发财,要不要发财?"被问烦了,我们也只好歇斯底里地回答:"想啊,要啊!你给我们发一发吧。"秃头就说:"好,那我给你们发钱!"当然,授人以鱼不如授人以渔,秃头男人脑袋又没被门挤,哪肯拿着钞票每人发一捆。他舌头一转就说:"在古老而且遥远的埃及有个金字塔,你们都应该知道的吧?不知道的,我在板上给你们画一画……"

当我们意识到这就是传说中的传销,便不答应了,撺掇起来要拿回自己的钱。这个传销窝子始建不久,管理层羽翼未丰,管理经验还相当匮乏。而我的母校偶城高专,是连书呆子都能培养成街头青皮的著名学府,考试固然全靠老师统一指挥,闹起事来却没几个软茬。发现情况不对,秃头等讲师意欲反扑,控制局面,小骆晓得厉害,纸终是包不住火,拿出她在学校当了两年学生会主席积累的办事能力,说服了同伴,一夜之间消失得无影无踪。这伙同学被骗的钱从两千多到八千不等,在当时不是一笔小数额,大家家境大都不好,没有脸面回家见父母,只好在莞城待了下来,找事情赚钱。

那时的莞城,距离"造城运动"尚有好几年。出了城区就是连片的稻田,我还当自己是从小一点的农村来到大一点的农村。我们住城郊沥角镇一幢十二层碉堡状的孤楼上面,看着周围的稻穗金黄,想想下一顿要找哪个傻瓜蹭饭。没多久,孤楼周围的稻田就被铲平,辟出土路,路两旁盖了简易厂房。土路上,盘式拖拉机多如蝗虫,摩托多如蟑螂。出去找事,搭拖拉机一块钱的路程,打摩的会是两块,打出租起步只是四块,丰俭由君,倒也显得秩序井然。到处一走,每乡每镇都是简易的厂房工棚、简易的务工点,只要挂牌招工,就总有背着蛇皮袋的人找过来报名应工。纵是凌乱,却也掩不住生机勃勃的气象。

我不急着回去,倒是因为这里满眼生动,不像侟城永远都死水一潭。而李飞和龚必行和我不一样,他们给自己下了死命令,必须赚足多少钱方得以回家面对至爱亲朋,他们心中有个数字,一开始无非是把被小骆诳去的钱补齐,再凑够车旅费,慢慢地,这个数字随着莞城的变化而日益变化,人就长期待了下来。当时涤生还没有毕业,涤青还在北京艺术圈子里瞎混日子,我每天和同来的李飞龚必行待在一起,干过多少种活,早已记不清了。和他俩成天念叨着赚钱不一样,我心思还算得轻松,没事还带着那台照相机到处拍拍。我带着一枚银行卡,母亲按时把生活费刷在卡上,但我从不跟他俩说起这事。何必招人耻笑?《莞城日报》创刊后,我寄几枚照片,竟然悉数登载,比侟城上日报容易得多。那年头,莞城各行各业大都处于等米下锅的局面,机会也就由此多了起来。挣得足吃饭住宿的钱,我便拒绝母亲再往卡上打款。她打电话过来,我就说自己每天都在挣钱,够用。

来莞城最初的那几年,我深刻感觉到这个城市是在多重机制交互作用下运行的,精细与粗放一体、规矩与无序并生,不重出身,只重你能干出的实绩。我跟涤生一起去跑涂料生意,李飞和龚必行也折腾了点名堂。李飞高大壮硕的身体没有泡到莞妹,进到一家家具厂当学徒,几年后,在沥角有了自己的实木门厂。他以前去当学徒的那家厂现在叫作检阅集团,那老板想法蛮古怪,他巴不得员工跳槽成为自己的同行与竞争对手, 前提是跳槽之前必须找到一个接替自己位置的人,如果员工跳槽前能办好这一点,他奉送一笔创业基金。这老板不像个生意人,天生就是一个教父,有什么办法?

龚必行在高专是学财会的,现在却成了建筑工程师,且已爬到他们公司第六设计室主管的位置。有一次我去他那里闲泡,有个名牌大学建工专业毕业的高才生蛋子把绘好的图纸交到他这里,他只瞇了几眼,便拿手一指,说:"嗳,这里要改一改。灵活一点嘛,来这里这么久了,怎么还画出这么老旧死板的中庭?……你认为应该怎样就怎样?我还认为应该把鸟巢发包给我们公司设计哩,真是搞不清,那个外国人把鸟巢弄得像个漏水便盆。换是我,我掏的鸟蛋绝对比他吃的葡萄还多,人巢不好说,鸟巢还是问题?……我严一点也是为你好,书是越读越死,人是越骂越开窍。脑袋一开窍,你会发现几年大学都是白读的。"

当年同来的二十来个兄弟,一半回了佴城,一半扎了下来。在这座新的城市,我们这些年建立了牢不可破的关系,心里不再有单枪匹马的感触。闲时聚会,大家每一次必会提到当年那个小骆,不禁感谢她把大家拐骗到这么好一个地方。

偶尔回佴城,李飞和龚必行都足够扬眉吐气,高专校庆时两人捐钱过万,都坐主席台上面,我则在台下抓拍他们的风采,怎么抓都是标准照。

要说莞城有什么特产,莞仔们会掐着手指跟你列举出莞香、莞草、糯米糍荔枝、麻虾……但我觉得,发财的传说也是这里的特产。听着是传说,身边某个人马上就实实在在撞个满怀,够你眼馋的。只是我不曾碰到这样的运气。

涤生毕业分配到上海一家化工研究所,待了一阵也是不满里面的暮气沉沉,便辞了职,带着几项新型涂料的专利技术跑过来,辗转各厂家寻求合作机会,但没有老板买账。涤生的那几项技术,优越性能说起来纵是天花乱坠,但算盘打一打,生产成本都不低。当时的莞城建材业还没发展到高新技术阶段,要靠价位谋得生存。后来我才知道,涤生自己创业,在莞城租下一个倒闭的厂生产新型涂料,资金是到我母亲那里找来的。我母亲相信他这个高才生,把钱给他,并说:"这钱不是投资,邻里邻居,你又是我看着长大的,有这想法就放起胆子干吧,赚了还我本钱,亏了也没关系。你既然到了那边,顺便也拉我家顾崖一手,他在那边混得也不成个样子,创业的机会都找不着。"

涤生造出来的一桶桶新型涂料当时卖不出去。我在莞城毕竟待的时间久一点,据我分析唯一的原因不是他产品的质量而是价格,不是落后而是超前。工地上驮砖的驽马,不可能和香港赛马会的洋种马吃同样的精饲料。

涤生起初不信邪,他说:"你是来得有年头了,但涂料这东西,你未必知道。"

"我不懂技术,但我知道对于这地方,什么才叫新型涂料。那就是,你找到几种便宜的添加剂,掺到普通涂料里去,只要刷上墙后的效果跟别厂的产品不一样,价钱却一样便宜,甚至更便宜,这就足够了。现在,很多建设摆明是临时性的,先弄出大样,日后再清理细部。你那些新型的理念,要等这个城市成型以后,升级换代以后,再掺进涂料里,在原来的墙面上重新刷上一遍!"

涤生当时只是撇撇嘴。我也拿他没办法,他还看不懂这个城市。这和他待过的北京上海不一样,那些老牌的大城市,经过这么多年的发展,早已是壁垒森严。我甚至怀疑,那些大学甚至名牌大学,主要的目的是把涤生这样的小城市和农村来的孩子,像过生产线一样送到皮带轮上,经过一系列程序将他们标准化,使他们下线以后能够突破壁垒,有能力在城市落脚。莞城当然不是这样,相对于老牌城市,莞城这十几年确实算得上是穷人的乐土,半路出家的好汉大施拳脚的舞台……他们也自有学历,都是被自己的大学打造成才。外地人四面八方地涌来,莞仔莞女们来不及排外,只晓得好奇地打量着蜂拥而至的各色人等,既是好奇的目光,自然也满含了包容。他们本身也是洗脚上田突然变成了城里人,排外的本事还得从头跟老牌城市的居民好好学个几十年。打工仔们刚来这里时,和我一样,觉得莞城无非是大一点的农村。但十几年下来,他们发现这里的农田不再长出稻子,而是长出了一望无际的城市,目之所及之处,总有能人在见缝插楼。很多外来人随着这城市的发育,渐渐薄有积攒,或者有了产业,户口一换,恍惚间成为这城市的一员。

等到若干年后,这城市饱和,便不会再像现在这样能让外地人轻易进入。外来人也已是莞仔莞女,甚至随年龄变成莞公莞婆。他们的子女或者孙辈,也会渐渐淡忘自己的来历,以为自己原本就是这里的人。既然有发展,就会有阶段,眼下这个阶段即使热火朝天,还是掩不住那份急促与粗粝。

莞城"造城运动"开始以后,涤生通过实践,终于得来和我差不多的认识,不再把力气消耗在繁复的工艺和昂贵的原材料上,往普通涂料里添加明胶、玻璃胶、发光颗粒和另一些涤生自己拼得出外文名字的添加剂,再和别的厂去竞标一个个项目。十二车道的莞城大道转瞬间修了十公里,大道两边全是工地,全在建房,那时候卖建材只要不怕

144

跑断腿,总有业务订单等你去拿。

五年的"造城运动"尘埃落定,这城市被造出大样,再逐一打磨细部,就像买商品房,总是要先有毛坯房再去装修,不可能反着来。涤生已经完成了初期的积累,再回过头去造高技术含量的涂料和新型漆,便一车一车卖了出去。我母亲的眼光还是准确的,钱投到涤生头上不会打水漂,他是个实实在在的人,他迟早都会摸清莞城的心律缓急。

现在,想想十年前这里拖拉机多如飞蝗,竟有点不肯信,非得掏照片看一眼不可。摩托也被禁了,不像以前那样一窝一窝地在路上飞奔。满街跑满品牌车,莞城人看着仍是觉得不爽,因为没几辆是莞城自己出产的,这是一种隐痛,他们巴不得把"莞城制造"的字样烙满生活中所需的一切物品。

九、涤青

　　我在莞城中心车站下车，打电话问涤青，要到哪里会合。我们以前在城区租下的房子，她早已经退掉，新的地址她还没有告诉我。她接了我的电话，叫我先去涤生那里落脚，改天再到沥角下街找她。她说她和同仁们在沥角搞起一间摄影棚，拍电影将由以前的游击战升格为阵地战。听她的语气，我想她的事业又有进一步的发展，"摄影棚"让我恍惚地以为莞城又多了一家不小的企业，一家生产杰作的工厂。这块地方水土就是好，种瓜得瓜种豆得豆，种石头都能收获一把粗沙。

　　涤青来这边，比我和涤生都晚。我和涤生到处推销涂料时，她还在北京待，听说在电影学院和戏剧学院都混过，学了编剧，后面也听了导演课程，之后混在北漂圈里拍地下电影。在我觉得，北京仿佛是天恩浩荡玉宇澄明的地方，原来"地下"也搞得很厉害。涤青后来跟我说，她在不下二十个地下电影剧组待过，晚上睡觉都在地下室。为了吃饭，也为了搬出地下室，通过朋友帮忙介绍，她偶尔也到正规剧组打杂，或是从北京成堆的电视台里承包一些散活。

　　她头一次来莞城，是为了散散心，因为那边一直混得不顺，吃饭的钱也赚不够。那年四月，沙尘天气肆虐得厉害，她不愿出去干活，又不愿待在屋子里等着发霉，便来莞城看涤生，顺便看看我。来之后，以她的眼光来看，莞城还是一片未被开垦的处女地，等着她把地下电影带进来。她说："我不这么做，别人迟早也会这么做。以后，总有一天，每个市，甚至每个县城都会有一拨人，聚在一起不是打麻将，不是喝酒，而是拍他们自己的电影。"

　　她那次来了便不走，还要把北京交的男友一起叫过来，准备一展拳脚。据她说两人感情不错，但那男的后来一直没有听她召唤，不曾来莞城现一回面。过不久涤青拉着我去喝酒，哭了一回，说是那男友要和她分。感情确实是不错，要来这里确实又有点远。为了地下电影得以在莞城这片土壤萌芽，涤青不惜牺牲这份感情。要是莞城多年以后果真有了一份电影产业，她怎么说也是教母级的人物。

　　涤青毕竟见过世面，在北京钻了几年地下室，她已经具备一定社会活动能力，而且随时表现出昂扬斗志，浑身有使不完的劲。有一阵，她在莞城本地论坛不断发帖，邀集同仁。此外，她还不失时机地向涤生的生意伙伴，以及我在莞城这些年认识的朋友渗透她的理念。地下电影也许是一门艺术，但是为了需要，她也完全可以将其诠释成一种新兴产业。前景嘛永远都是广阔的，反正在咱们汉语里面，"前景"和"广阔"这两个词天生就爱出双入对。

　　很快地，一帮人因为好奇或者别的原因被她聚在了一起。这拨人里面偶尔有我，偶尔没有我，就看涤生怎么安排，他是我的老板。当年一起盗版磁带的时候，我竟然以为自己是他老板，虚荣了一把，现在也要还账。他说:"顾崖,今天这边也没什么急事,你去我姐那边看看,有什么忙就帮她一手。她今天在黄歧山公园拍外景。"于是我便拎着相机匆匆地去,因为我知道涤青正愁拍剧照的人不够专业。钱当然大都是涤生给的,反正也不多,用不着十万块钱就够拍一部电影。涤生跟我说:"也好,以前我还以为电影就是过年时广场反复放的那几部,每一部都永垂不朽,我们要一年一年地看下去。没想到现在几万块钱自己就能搞一部,不贵的。"

我记得当年年底涤青就拍出一部来,纵然有剧本有演员,看着倒像纪录片。剧情是讲几个在废品分拣厂打工的愣头青,如何跟老板进行艰苦的交涉,持续一年以后,终于将厂区露天的粪坑更换成了一溜砖瓦房。

当时是冬天,但要拍夏景也不难,莞城本来就没有冬天。涤青剧本里原有的"寒风呼啸,大雪纷飞"之类的情景描述,经我们建议都改了过来。

拍好以后,涤青还去腾达影城租了一个小厅放映,首映式还请来本地宣传部门的负责人。她在中心广场发传单邀行人免费观影,那苦口婆心的样子让我一时感动,给她拍了好些照片。那天,她在中心广场好不容易拉来四五十个观众,能把片子看完的却不多。莞城人总是要为事业奔忙。她的电影放至一半,场内观众已经不剩几个,请来的那几个领导也实在按捺不住,纷纷离位跟她打招呼,说出鼓励之辞,同时摆出要告别的神情。我见势不妙,赶紧打电话向那一帮兄弟求援,要他们务必帮帮忙,多带些人手过来,电影结束时不要吝惜掌声。当然,也不忘了加上一句:"放心好了,酒菜当然是这边包了!"

之后的两三年,涤青把那片子翻录了几十本,寄往全世界各地。撒种宽了,总会冷不丁钻出几棵苗苗。那片子在俄罗斯布拉戈维申斯克还有捷克卡洛维发利电影节上获了青年影像单元的奖。这种地下电影,到国外拿一个小奖,和让一名国内观众从头至尾看完的难度其实差不多。国外有一帮好心人帮电影节管钱,就等着给欠发达地区的地下电影青年发发奖。

两次获奖得到的奖金,够不上买机票出国参加影展的。涤生那两回掏钱掏得痛快,还嘱咐涤青多照几张相回去给父母看。

获外国奖项的事情还是让莞城的电视台和报纸察觉到了。莞城已有数年发展,其他方面的新闻不再像以前那样等米下锅,但文艺类的新闻始终处于匮乏状态。虽然那两个奖项一大串的名字很多人都第一回听说,但毕竟是外国的。那两个陌生的奖项,让涤青打开了局面。先是莞城电视台请涤青去做了几次访谈,涤青善于做访谈,举手投足透着自信。这访谈一出来,别的电视台和报纸一看这女人挺懂得配合媒体,又纷纷找她做访谈,一一得到了满足。借着这个势头,涤青还主动联系了莞城的大、中专院校还有街道社区文化中心,去义务讲课,教人们怎么欣赏地下导演们奉献的独立电影。课案我帮着做,在网上用电驴和比特精灵艰难地找来她所要的地下电影。我还头一次用这些软件干正经事。有了上次在电影院邀人观影的经历,涤青反思了很多东西。我荡片子时她跟我说:"我发现,观众是要培养出来的,坐着钓鱼可不行。当年煤油卖进来,美国奸商不惜老本,事先要免费赠送美孚灯哩。"她在学校和社会活动室里跟人分析那些电影,总是很出彩,一经阐释,下面的听众便也能找到观影的快感。我也去听,在台上的涤青活灵活现,当老师肯定是一把好手。

涤青慢慢融入这个城市,她甚至心存感激。她知道,凭她的资历,根本得不到那么多发表观点的机会,也不会沐浴在那么多人专注的眼神当中。其实,她本来也讲得蛮好。我看不出她电影拍得如何,但她讲的课我倒是真喜欢听。头一次去,是为了凑数,后来好几次都是主动去的。当然,听得多了,心里少不了也有些疑惑,既然用语言阐释就能够收到更好的效果,那么,何必还去拍那些玩意?

此后,涤青和莞城宣传部门也联系上,希望得到财政支持。相关领导不好把这钱纳入财政计划,却也放在心上,吃饭喝酒时跟几个企业家打打招呼,要他们帮忙想想办法,多关心一下莞城的文化事业。涤青上奔下走,弄到手的钱虽不多,但每一分钱都足以熨帖人心。很多事情,得到承认比搞到钱更重要,特别是拍这种没几个人看得完的电影。

我知道,这些年来她已经成长为一名坚定的地下文艺工作者。不过,我也祈祷她不要过早地打定为之奋斗终生的主意,日子毕竟还长着嘞。

根据涤青电话里说的,我打车去沥角下街。那里我很熟悉,那条街位于我以前在碉堡楼上看到的那片农田之中。的士将我卸在一家破败的板材工厂门口。我拉着箱包走进去,前面那幢楼,门全部被拆除,阳光下,门洞黢黑幽深,走近了才看见里面搭有台,布有景。我想,涤青说的摄影棚应该就是这里。绕到那幢楼后,景观则大不一样,几条铝芯线在半空纵横,上面挂满衣物,男人的和女人的衣物混搭着晾在上面,乍一看去似有几分壮观。我从晾晒的衣物下面穿过去,前面现出一排高大而又简易的厂房,青灰的铁皮拉门足有四米多高,让人无端联想到集中营。

我老远看见涤青和一帮人坐在仓库门口,正激烈地讨论着什么问题。这仓库内部将近七米高的空间,被分隔成上下两层,其结构一目了然,有如话剧的布景。很明显,这间仓库既是摄影棚又住有人。他们讨论问题时,围着的那张桌子是几块空心砖作支架,上面搭一整张夹心板。简易的桌子上堆满啤酒瓶。看那架势,他们渴了喝这个。

见我来了,涤青从人堆里站出来冲我说:"怎么也不打个电话?"

"的士司机认识路,一说莞城电影制片厂,司机把头一点,唰地就把车开到了外面。我还问他是这里吗,他说不会错的,莞城人都知道。"

别的人问我是谁,涤青便答:"还能是谁?我老公。"

这帮同仁早不是涤青以前聚起的那一拨,全都换了,我一个都不认得。涤青的电影同仁犹如割韭菜,割了一茬马上又能长出一茬,生生不息。

这一茬的兄弟纷纷惊讶地说:"范导,没想到你竟然也有老公。"

"是啊,我怎么就不能有?难道我不是女的?"

"范导的爱人能不能称为范导爱?"

"崖崽!"涤青朝我挤挤眼说,"以他们的审美眼光来看,你似乎挺性感。"

我说:"你们现在是不是改拍灵异惊悚片了?"

涤青示意我跟着她往楼上走。楼梯高而陡,隔板比人字梯稍宽一点而已。上了楼,她带我走进最里面的一间房。

楼板是实木的,而格子屋之间的隔板则是用龙骨和最薄的桦木板钉成。她住的那间格子屋大概有20来个平方米,里面只摆一床一桌一椅,一个用铝架撑里、塑料布蒙皮的便携衣橱。这玩意也是莞城最先造出来的,这些年简直卖疯了。我不免感叹:"现在你就住这地方?"她跟我说:"你以为?这还是我们这里最大的一间。"我也不知道别的格子间有多大，涤青不说，我真看不出她正在享受着特权。

床是木架子床，我知道这种床有种毛病，不牢固，轻轻一碰便会产生吱嘎吱嘎的响声，更别说是两条光人在床上揉来揉去。我不无担心地说："今晚就睡在这张床上？"

板壁很薄，龙骨架前后钉的两块榉木板合起来还没有半公分厚。要是在这张床上做爱，那么隔壁的人听到的和床上的人自己听到的一样清晰。

"怎么啦？"

"我俩睡在一起起码有两百多斤啊，再……动一动，这床承受得了吗？"

"你怎么一来就想着那种事情？"涤青双手一叉腰，嗔怪地对我说，"我们也不小了，用不着装得那么情不自禁。我们这里有客房，今晚你到那里去睡。要知道，我们这里有一套严格的纪律。"

"纪律都是你定的吧？"

"所以我更要以身作则！"

我其实并不很想那种事情，只是被这老式木架床提醒了。但此时，涤青公事公办的模样令我感到陌生，见面以后，她毫无扑过来与我拥抱的意图，这段时间我仿佛是遭到了事业和理想的双重阉割。这使得我顿生一股促狭的心思。

"我给你带来个东西，要不要看看？你应该会喜欢。"

她便点头说："你还算有良心，我先看看。"

她双手绞在胸前，偏着脑袋，那一脸表情分明不太肯信我竟也懂得带礼品。我埋下头打开拉杆箱掏了半天。我记得非常清楚那东西摆在哪里，但故意掏了半天，最终掏出那东西。

我把手掌突然摊开,递到她眼前:"你看这是什么?"

"……我天,竟然还是桂花牌的。你怎么老用这个牌子?"

"避孕套这东西,你不至于也要用进口的吧?"

涤青乜斜了我一眼说:"现在是集体生活,必须有纪律。没有纪律约束的集体生活,迟早会把大家都变成禽兽——他们都随身携带着作案工具,并且还年轻哟。我现在是负责人,很担心这点。"

"那怎么办?我买的时候没注意保质期,现在发现保质期差不多要到了啊。"我仔细看了看袋口,仿佛那里喷打有生产日期,其实没有。要是避孕套有保质期,那么小孩玩的气球也应该有。往往只有男人知道避孕套上面有没有喷生产日期,拿这当成问题去问女人,十有八九都一头雾水。

"说实话,你不会因为怕浪费几个桂花牌就要我破坏自己定的规矩吧?"

"那我怎么办?我总不能眼睁睁地看着它们到期报废吧?……那我只好用嘴吹爆。"

"吹,继续吹爆!把你的臭嘴一起爆掉都好。"涤青把自我手上掉下的另几枚套套捡起来,然后扔回我脸上。

到晚饭点,我就跟在涤青后头,下去吃饭。那张夹心板的桌子上摆了几盆菜、一盆饭,还有一整件啤酒。涤青志同道合的兄弟姐妹们梁山好汉般地围着桌子等待吃饭。他们纪律严明,没有谁因为饿肚子就先下筷子。

我正在乱七八糟地想着事,旁边那个头发很长,光着膀子穿一件马甲的小伙子老是打岔。"大哥,你发型真不错,找哪个师傅打理的?李东田还是毛戈平?"

我头上是最常见的小平头，一把推子就推得出来，街面上十个平头九个与我雷同。我说："都不是。自己拿打火机烧出来的。"

"哇，让我看看你的打火机。"

我只好把一块钱一个的打火机扔过去，自顾吃饭，懒得搭话。涤青气色不错，她坐在隔我三个人的位置，一直冲身边那个狗头军师模样的人热烈地讨论着什么艺术问题。讨论深入了，根本顾不上吃饭，啤酒倒是喝得挺快。现在她脖子也挺利索，大口喝啤酒不会噎，嘴皮一抹就能抹掉半瓶。

涤青和狗头军师聊得过分投入，眉飞色舞指手画脚旁若无人。我知道我不是吃醋的人，但这个即将成为我老婆的女人，久别重逢竟像是把自己彻底忘掉了，这总归不是一件让人开心的事情。我欠起身子准备站起，打算无声无息地离开。桌上一片狼藉，啤酒便宜，被人一件一件地打开。桌上有几大盆子菜，眼看着吃见底了，一个胖大男人左右手各持一把塑料瓢，把菜添进盆里，一瓢下去盆立时又满了。这帮人吃饭聊天不知要持续多久，酒渐渐喝得多了，每人脸上越来越多意犹未尽的神情。

当我扭转身，正要迈出步子，涤青的眼光唰地又甩过来。她说："你往哪去？正要说到你。坐下！"涤青招招手，然后跷起指头一指椅子，示意我重新在座位上坐稳当。

"大家安静一下！"涤青的号召力是毋庸置疑的，她拿筷头敲敲桌子，现场就被敲出一片鸦寂。

"现在我正式推销我的老公，国家一级摄影师顾崖。"

随着她把手一摊，我赶忙朝众人哈腰点头，仿佛处在聚光灯下。那些人整齐地训练有素地鼓起掌来，气氛热烈并不失庄重，刚才喝酒说

154

话时口沫乱飞的情形登时就隐匿于无形。

涤青接下来又说："我举贤不避亲，他这次能来，我推荐他在我们组里搞剧照。以前，我还在另一个组时，就是他拍的剧照……还有，马光，你搞摄像技术可不过关，画面都取不好，好几次把导演和反光板都掐进镜头里去了。以后虚心点，多跟顾师傅请教请教，怎么构图怎么取景。"

我身边光膀子穿马甲的小伙子淘气地舔了舔舌头，冲涤青应了一声，把脸扭过来恭敬地冲我说："我这个人虽然不上进，但好歹还有个优点，总是敢于不耻下问，所以你也要不吝赐教啊。"

"至少看得出来，你语文也学得不错。"我无奈地看着马光，马光脸上堆满了古怪的笑。我又说，"取景时经常把导演拍进来是吧？这算不得什么问题，没什么好学的，去配一副眼镜就行了。近视眼，就别硬撑着不戴眼镜。"

涤青此时把一头短发甩了甩，抽起烟来。她脸扭到另一侧，说："老倪，我记得你那个本子不是有一场戏，要表现男人与性冷淡的女友在一起时痛苦的样子吗，是不是还没找到合适的细节？"

刚才添菜的胖大男人这时候坐了下来，朝涤青点点头。他说："是啊，我为这个细节殚精竭虑。我自己从没有这样的经历，不管和哪个女人在一起，状态总是招之即来，挥之不去。我这个人天生热情好客，不晓得冷淡，何况还是性冷淡。我纵有天马行空的想象力，也是巧妇难为无米之炊。"

老倪要不开口，我真以为他是混厨房的，一开口，便听出来他很有文采，成语学得很多，说话时伴着啤酒沫源源不断地从嘴角喷溅出来。我疑心马光嘴里喷出来的那几粒成语，也是到老倪那里蒕来的。

155

"我突然想到一个细节,不知管不管用……这个男人去找他女友,女友硬是严防死守让他活受罪,于是他就当着她的面,把随身带来的保险套一只接着一只吹爆了。你看怎么样?"涤青期许地看着老倪。

老倪用自己的切实行动回应着涤青,他掏出小本子和笔赶紧记下来,嘴里发出唔唔的声音。既然编剧都认可,别的人当然也是大声叫好。涤青习惯于接受别人众口一词的夸赞,听着叫好,她怡然自得地点点头。

我没想到刚才的事情转眼就被涤青处理成了细节,便感叹,真可谓物尽其用。看样子,老倪写的剧本就像是干打垒的墙壁,随便抓一把土和成泥,都可以糊上去。

不过有人提出疑问:"现在的保险套都是进口的,哪容易轻易吹爆?"

"不要太迷信进口货,进口的保险套也不是铁打的!我们莞城的产品销出去,对中亚西亚东南亚和非拉美的同胞来说,不也是进口货?"

一帮人喝到兴头上,没兴趣再往下讨论剧本,七嘴八舌议论这避孕套是否吹得破,扯得不可开交。有人上去从自己格子间取出避孕套让老倪先吹。老倪肺活量一看就是加大码的,只三口气便把避孕套吹破,大家啧啧称奇。老倪顺竿爬,当堂摆起擂台,说要是谁两口气能吹破他愿意输一百块钱。要是吹不破,他只收二十块钱。盘口定成五比一,别的人不好意思不应战。两打避孕套很快全部被吹破,老倪能赚四百多,不过好些人公然赖账。

"……是的,我们就需要这种团结紧张严肃活泼的气氛!现在言归正传,老倪那个本子,《太阳照在沥角下街》,还有好几场关键的戏必须大力修改,力争场场出戏,表现到位!"

现在,大家闹腾得够了,她再适时把大家拽到正事上面来。

我估计不会再有自己的事,便抽身出来,上了楼去到涤青房间里躺下。我倒想看看,涤青进来以后到底会不会把我扫地出门。

到得后半夜,涤青蹑手蹑脚进来时,我其实还清醒得很。我很累,但怎么也睡不着。涤青轻轻拍我,我假装睡熟了硬是没有吭气。她脱了衣服躺在我身边。等她睡稳当,我一翻身把她压住。我觉得她身上的气味有了改变,她身上有着领导人的成熟与稳重,脱了衣服这种气息仍然没有消退。幸好,她没有明显表示拒绝,我轻轻抚摸了她几下,她一如预料的那样,有了进入状态的反应。

那张床很不争气,像一只扩音器,我只要轻轻一动弹,那张床的各个榫接点便把动弹的声音扩大至五倍到七倍。涤青把耳朵竖起来,听了听,感到惊心动魄,坚决地把我推开。

"怎么了?"

"不,不行,这声音整间仓库都听得到。"

"那是你的幻觉,别人都睡了,不可能听得到。"

"说不定他们耳朵全贴在墙板后面呢?"

"你对你的战友就这么不信任?难道他们都是这么穷极无聊的人?"黑暗中,我舔一舔嘴唇,又说,"我相信,你们都是艺术家,艺术家嘛其实都心思活络,荷尔蒙分泌旺盛,观念开放。你又何必把自己搞这么死板?艺术生产的规律和别的不一样,你这么搞会影响生产力。"

"要是这里是很开放的地方,你经常不在我身边,会感到放心?"

"我放不放心是另外一回事……"我整理了一下思路,把话题摆正,说,"现在我们久别重逢,你配合一点好吗?"

"但是床不配合……"

她毕竟心思活络,忽然想到了什么。我还待狡辩,她用指头封住我的嘴,拧开床头灯,示意我先到床边站一站。她把棕垫床单以及枕头卷成筒状,抱到地板上再徐徐摊开。

她先躺了上去,指头一勾示意我睡到身边。我蹲下身子的时候,她才想到灯还没有关。"哎,把灯关上。"她朝灯努努嘴,我看见她努起的嘴,就敢于违抗命令,不去关灯,而是把自己的嘴也努起来坚决地凑了上去。涤青呢,她很果断地抬起手在我脸上抽了一个响耳光,重倒是不重。

"要你关灯就关灯!"

我躺下来,忽然没了状态。涤青也不强求,把身子转向另一侧,我俩在地板上背靠背地消耗掉久别重逢的夜晚。

按涤青所说,这一阵一直都要拍外景。涤青刚写了一部本子,叫《在没有航标的国道上》,反映给货运物流公司押车的人的生活状态。老倪是主角,他本来就是开卡车跑货运的,被涤青等人煽呼以后爱上了艺术,担纲这部戏的主角。拍摄的过程中,他还给涤青的剧本提了不少修改建议。正是从这些建议中,涤青发现老倪有编剧的才能。"天才就是埋在土里的葛根,要是没别人刨几刨土,十有八九都烂掉了。现在,你有幸碰到了我!"涤青总是这么启发老倪。在煽动别人的情绪方面,涤青很见功底,所以这一群人聚在一起,少不了她这样的核心,随时加油打气,再深的泥泞也要让大家感觉到前路总有阳光。

据说这个戏室内的部分都已拍竣,只剩下外景部分。一连好几天都阴雨,这帮艺术家没法干活,整日蜷在仓库里,除了吃喝就是讨论剧本,但讨论着讨论着,一不小心就把话题说开了,漫无边际,涤青只得不停地组织纪律。

我来的第二天，涤青就给我另行安排了一个房间。那是以前一个剧务的房间，他请假去办事就一直没有回来，现在打电话，手机已经停了。那人估计当了逃兵，他所用的格子间正好提供给我。

雨过天晴的那一天，这伙人把各种器材和道具搬上老倪的东风大卡，正要走，涤青点点人头没见着我。昨晚，她已经通知我带着相机跟剧组一起走，拍剧照兼指导马光在摄像时怎么构图如何取景……涤青把事情都想周全了，这片子拍出来以后，我的名字甚至可以排在马光上面，头衔是"摄影指导"。门没锁，她进到我所在的格子间，一手捏紧我的鼻孔一手捂住我嘴巴，直到把我弄醒。我在仓库浑浊的空气中猛烈地打了一个喷嚏。

"你让我很失望，所有别的人都按时集合，但你却在这里睡觉。"

"我不去了。这几天我反思了很久，发现自己不适合搞艺术。人贵有自知之明。"我坐在床头，惺忪着眼摸索那条背心。我又说，"我已经联系了以前的几个兄弟，要他们帮我找个工作，随便找个工作都行。我可以留在莞城陪你，但不一定硬要留在这间仓库。"

"你想清楚了？"

"我们还是各搞各的行当，距离产生美，近距离产生疲劳，不是吗？"

涤青见我打定了主意，也就不多劝。外面一帮人还等着她发号施令。

十、新生活

　　我拖着拉杆箱去城区另找一个地方,然后找一份工作赚钱。如果去涤生那里,当然是没有问题,但那不是找工作,而是让人收留。另找一个地方也不难,凭着我对莞城的熟悉,不怕吃不上饭。

　　新租的房子在一条老街上,有十几个平方米,房东是个本地口音的粗壮男人,自我介绍姓邝,要我叫他的绰号"吹水佬"就行。但又说:"说是吹水佬,其实我这个人很实在的,说一不二哦。"那天,吹水佬还提醒我不要在他的房子里面干乱七八糟的事情。

　　"好的。你看我像那种人吗?"

　　"这哪看得出来? 你看我五大三粗,其实我清心寡欲,对面早餐店的黄鱼泡,看上去就是棺材里爬出来的死鬼,一个晚上却要干两个妹子。"

　　我给吹水佬发烟,说我老婆有时候要来。他抽着烟,理解地说:"我又不是和你说老婆都不行。我又不是不通情理。我们莞城外来的妹子太多,仓后街啊,新安镇啊,妹子像是抢匪,天一黑就上街拽男人,本来好好的后生仔都会被惹坏……老婆没关系,现在只肯睡老婆的男人,我都另眼相看。"

这条街有些吵嚷,人比较杂,但关紧了门窗,能感到别样的清静。莞城是我熟悉的异乡,在这里我反而有种放松,不担心随时撞见熟人。那几天,我老是窝在新租下的房间里不停地发呆,楼下街面上往来的人声车响时而恰到好处地把我扰乱一下。

几天后,我去找老冉,看他的广告公司要不要人。我可以搞文案、照相、作图。老冉知道我是怎样的人,能凭关系稳定地帮他揽到广告业务,且干活还地道,只是不像新来莞城的年轻人那样,有喷薄欲出的上进心。我说:"老冉,我就打零工吧,底薪你看着定,我干一单活拿一笔钱——我现在需要自由支配的时间……"他点点头表示理解,说:"是不是搞艺术了?听说你老婆现在成了导演,前回电视里头还见她露脸,差点认不出来了,叼着一支烟,说不出的有气质……你是不是有压力了?"

我便顺着老冉的话说:"是啊,现在我正在编剧。"

"你老婆望夫成龙吧?看不出来,竟要把你这老油条逼成个编剧。"

"找了个导演老婆,装模作样编编剧是为了缓解压力。"

"你真是不容易。"老冉拍拍他的肩,算是同意我来打零工。以前老冉就爱涮我,说没勇气泡靓女,也没必要找个男人婆。没想到找个男人婆也不保险,一晃眼的工夫她混成了导演。在老冉看来,导演仿佛不是一个职业称谓,而是……老冉也说不上来,反正,他能感受到我日子不好过。我则正中下怀,在老冉公司里赚到的钱应付得了日常开销,也就够了。

既然用不着坐班，我可以长时间独自待在房内，闲极无聊，酒渐渐喝得多了。我从对街的小超市成打地买来廉价白酒，就着盒饭也要抿几两。酒劲上头，我就用不着想太多乱七八糟的事情。酒喝得多了，人也日益变得懒散，屋子经常不扫。每喝完一瓶酒，我顺手把空瓶往床底下一摞，听瓶子相互碰撞的声音，任床底下的瓶子越聚越多。酒喝得多了，我成天不想干正事，而是玩起了网络游戏。网络游戏里，我可以操控一个寸长小人到处跑，到处打怪物，或者砍杀敌人。独自待在房间里，听着游戏里兵器相碰的声音，看着敌人被砍死或者自己被砍死，都一样地有趣。只要不断充值，死了的人总是能不断复活。老冉发下来的活，我总是拖拖沓沓地干完。这反而让老冉觉着我慢工出细活。老冉有了这份先验认识，再看看我弄出来的图片和做好的方案，总还觉得不错。

　　我又和李飞、龚必行等老同学接上了头，有聚会我就带嘴和肚皮去。他们在这里已经混得有年有月，对莞城的角角落落都日益熟悉起来，有时候一大早就打来电话给我当闹钟用，然后，一天的活动便从泡早茶开始。早茶永远是莞城宾馆里的地道，一泡到了中午，再去天宁街的台球中心玩台球，去青芦湖钓钓鱼，到运河路体育馆打乒乓球打羽毛球。吃了晚饭再到仓后街找一家店子泡脚，或者按个人的口味点一款荤素由君的服务，再去城南广场附近找夜市喝酒，吹吹牛。隔一阵不见，没想到他俩对打球也感起兴趣来，而且想把自己搞得挺专业似的，包月厢柜里摆着高档的球拍和运动鞋。我看不出来他们有多爱运动，他们个个挂出皮带的肚皮，在跑动中只能是累累负担。所以我就觉得，搞搞这些运动，兜里多揣几枚 VIP 卡或者计时点卡，是他们融入这个城市的证明；再者，喝了酒在夜店里寻欢时，想到自己平日里多少还有些运动量,心里会得来那么点安慰。他们力图与这个城市寸步不离。城内哪家店子引进新式的娱乐项目,他们想也不想,先扎个堆凑热闹再说。

每一次都会玩得很晚,要是消夜我就打个包,次日早晨晚起的话,坐在床头就可以吃到早点,吃完了如果意犹未尽,再睡个回笼觉。

我对莞城的这种新生活谈不上满不满意,反正,过得十天半个月也习惯了。人是适应能力最强的动物,何况,待在莞城又不是野外求生。

涤青头几回来到我这里,一进门总是会被房间里的气味呛一口。于是,她揪住我说教一顿,每次说出的道理都差不多。她尤其难以接受的是,我生活在这乱如狗窝的屋子里,竟然心安理得。她问我:"你是不是属狗的?嗯?"

"我虽然属虎,但是……要是我没记错的话,你是属狗的。和你恋爱了以后,我觉得属狗的都是我亲人。"

她舔了舔嘴唇,转而又说:"你是不是对我有什么看法?不肯说出来,就让我看这种乱糟糟的景象?"

"为什么觉得我干什么都冲着你呢?你想多了。"

"能不能把酒戒掉?"她撩开床单时,发现床底下又积满了空瓶。

"那你……"我狡黠地一笑,问她,"一个女人家,先把烟戒了,行吗?"

她见大声嚷嚷不起作用,便安静下来,找出扫帚打扫。我在一旁看着涤青干家务活的样子,很受用,只有在这个时候她才特别地女人。

夜晚,我俩做爱已经趋于平缓,有点例行公事的味道。我怀疑这是年龄以及酒精双重作用的结果。因为每天都喝酒,脑袋本来持续昏昏沉沉,但做爱时反而突然清醒、平静。因为这种清醒和平静,我能在她身体上持续好一阵时间,不像年轻的那几年,我当了很长时间的快枪手。那些夜晚,我伏在涤青身上,时疾时缓地动着。涤青悄无声息,若关了灯拉紧布帘,涤青的脸彻底隐藏在黑暗之中。某些时候,我甚至怀疑身下还有另一个人真实地存在着。完事之后,我心头时常弥漫开一股阴沉的、失败的却又不无轻松的情绪。

她多来了几回,见这房间缭乱依旧,也就懒得再说些什么。天气渐热,她渐渐来得少了。我已经不怎么在乎了。时间过于冗长,我越来越多地挂在网上找人聊天。

以前,我和父亲顾丰年在一起时并没多少话可说,他年初结婚后,主动和我交流得多了。我来莞城后,他也学会了上网,我们爷俩网上撞了面,话就更多了。曾阿姨教会父亲如何上网如何打字,他到了这把年纪打起字来毕竟吃力,眼力也不济,于是曾阿姨又买了麦克风,教他在线语音聊天。父亲现在说话放得下架子,不像以前老忘不掉老子教训儿子的语气。这个婚结得,至少让他年轻了几十岁。

有一次他跟我说:"……我最近把政策吃透了,小曾确实还可以帮你生一个弟弟,不会被计划掉不会罚款,也不会让小曾丢掉工作。"视频上,父亲的表情显得亢奋,和年龄不太协调。那天曾阿姨不在,屋里就他一个人。他又问,"你对这种事情怎么看?"

"我快奔四十的人了,竟然还能再有个弟弟,感觉很新鲜。"

"有你支持,我就放心了。"

"你不是说曾阿姨怕生孩子吗?要是没有这种心理障碍,她也不会单身到这把年纪了。"

"是的,所以说,只可智取,不可强攻。她其实挺有母性,我看出来

164

了。让她一不小心怀上，不怕她不生！"父亲仿佛稳操胜券。

我乐意和父亲说起这种隐秘的话题，同时看着父亲老脸上绽开的得意样。我同父亲网聊，大都是聊到曾阿姨买菜进门时戛然而止。父亲手忙脚乱地下了机，迎过去接下曾阿姨手中的菜。父亲年纪毕竟大了，他时常忘记关掉视频。这样一来，我又得以看见父亲一脸殷勤的样子。他俩毕竟新婚不久，热乎劲随时都黏在脸上。曾阿姨轻嗔薄怒的样子也可以看得真切。我看着视频画面里那一头的动态，在这一头时不时笑了起来。等两人进到另一间房，从画面中消失，我再掐断视频。我不打算提醒父亲关闭视频，甚至，乐意纵容父亲养成这种习惯。

有时候，我在画面里头看父亲对曾阿姨的动作忽然过于亲密。父亲那股精神头，仿佛一下子年轻了四十岁，仿佛突然变成了我的弟弟。我宽容地一笑，不忍心看下去，及时掐断视频链接。

我对 Q 友的选择比饭局上认朋友还慎重。虽然都说，在网上交友，没人知道你是一条狗；反过来，我又何必交这种不在乎我是人还是狗的网络朋友？那段时间，周一到周五上班的时间，江标总是挂在 QQ 上。他说他们单位从不禁挂 QQ 上班，因为挂 QQ 再怎么说，还是比喝茶看报纸看上去更像是在办正事。既是上班时间，他的聊性就很足，只要我陪得起，他总是有话说。有时候，江标一上班就打开电脑挂上 QQ，然后点开我那个号，问我在不在。我大都起得很晚，把中午当成早晨。待我开了电脑，看见 QQ 里江标老早就打招呼了。他首先发一枚微笑的图标；要是等一阵不见我回应，就发送一枚"衰"的图标；要是到了午饭时间仍不见回应，他觉得无聊了，就再发一枚骷髅头。我估计我是江标唯一能够找来倾诉的朋友，所以一上网马上回了信息。见到回应，江标便问我："过得怎么样？"

"呃,还不错,老样子。"我总是回上这么一句。

"涤青姐怎么样了? 我回家时,小夏老是问起她。"

"呃,还不错,她的事业蒸蒸日上。"

我不肯多说,江标也不多问,转而说起自己的情况。上了网,他话就多了。也许,江标觉得自己手指比舌头勤快得多——也许手指有十根,而舌头只有一根,所以懒惰。他会说起自己在城里碰到的各种事情,说起妻女,也说起铃兰。自我走后,江标说他还找过她几次。时间长了,他觉得铃兰正在变成自己的妹妹;而当年,她一次次躺在马路中间,说不定是等他接她回家。

"你还会问起那件事吗? 她到底是不是当年躺在马路中央那个? "我发现,自己也想知道答案。但是江标一直没有搞清楚。他说:"我一问到这个问题她就烦,一口咬定说她不是。"

"那她又怎么知道夏天糖这个说法? "

"她说她读小学的时候,所有小女孩都这么叫的,又不止她一人。"

"那会不会,她和你当年开车碰到的那个小女孩是一个班? 那个小女孩把这个名字说给大家听,结果别的人也顺嘴说了起来? "

"她说她是朗山县的……不过,我还是觉得,就是她。当年,在工班里面做事的人,都是从各县招来的,临时工。她爸妈是朗山人也完全有可能,不想干了,随时走人。我甚至怀疑,她和她父母离开工班,也是和我有关系。"

"你还会问下去? "

"不知道,反正,再怎么问她的回答都是一样的。"

有一次,和江标正聊着,一不小心我又问起这件事情,问他最近有没有再去找铃兰。他说去了。于是我就问:"那事情,问出新的情况了吗？"

我耐不住自己的好奇之心，江标说起的那件往事，仿佛像一枚种子，随着时间推移，在我脑袋里生根发芽。很多事情，我想记住，偏偏一转眼就忘掉了，但有些事无须下意识地去记，它就这样在脑袋里扎了下来，甚至在脑海里砸下一个个坑。记忆这东西，大都是任性的孩子，没一个家长能好好控制住。

那天，江标回答说："……现在想想，她是不是当年躺在马路中间的翠皮冬瓜，其实并不重要。你说呢？"

"当然，重不重要你说了算。兄弟！"

"重要的是，生活里面突然多了这么一个妹妹，有时候想到她，心里还是感到挂念。"

"你是一个好人！"我适时地、由衷地夸赞他，虽然这显得有些突兀。我又说，"你妹妹就是我妹妹。我生活里头突然多了一个弟弟和妹妹，这也是很有趣的事。"

江标对这话有反应，在那一头沉默一阵，回信息说："不，我不知道自己是出于什么目的，这么关心她。有时候，我搞不清楚自己到底想些什么。"

我又安慰地说："没关系，很多人都是这样。都搞清楚了就没意思了。"

江标也会说起别的一些情况。譬如小林结婚了。此前江标把车子三不值两地卖给小林，小林刚付了车款，家里就要帮他结婚，江标只好又把车款原封不动地借给小林。小林不肯拿，江标就说这车就算你跟我租的好了。小林结婚的那天，他带着吼阿去，吼阿那天干出一桩让他难堪的事：他突然抱住小林的老婆小郭，小郭越是挣扎吼阿箍她越紧，

167

几个人扯了七八个回合才将他扯开……幸好小林家的人并不生气，还找来一个神汉胡诌，说这是主吉，傻瓜都认准的女人一定会是好媳妇。

"是啊，吼阿的事情，也该有个解决了。难道一直没有找到合适的？"

"相了几次亲，也找到两个情况跟他差不多的女人。"

"情况差不多的……脑袋都有点不够用？"

"是啊，吼阿这情况，要找个脑袋够用的也守不住。"

"谈成了吗？"

"怎么说呢？有一个家里要价太高，比正常的妹子要价还高。钱倒是凑得出来，但我父母受不了，他们觉得女方是甩包袱，我家是接包袱……"

"不是还有一个嘛。"

"那个倒是好说，但吼阿看不上。吼阿竟然还偏着脑袋挑剔人家，不晓得自己什么状况。"

"他要是晓得自己什么状况，脑袋就没毛病了。再说，他脑袋即使有毛病，也照样有选择权啊。"

"那倒也是！就好比我家那只黄毛，也不是见了母狗就扑上去。它也有它的选择：它对黑狗和花狗一点打不起兴趣，只有见了黄狗和白狗，才雄得起来。"

我无奈地笑笑，提醒江标，不好这么比。吼阿毕竟是他弟弟。

有时候，正聊着，他会提出来想看看我什么样子，或者是我主动提出来，反正都一样。他们单位里的电脑也装了视频，话筒也有。我俩便接通视频看着对方。他们单位一次性买了几十台电脑，价格也送得蛮高，电脑公司把鹰眼和话筒当成搭头，配到每一台电脑上。但直接用话筒网聊显然不妥，在办公室里，尽管敲字，但不能发出声音。

画面浮现出来，他说我还是老样子，我便也夸他依然这么年轻，仿佛我们分别了很久。

五月中旬，有一个星期我没见他上网，不知道出了什么状况。正好有一天伍光洲把电话打来，有一搭无一搭地扯扯闲话，我也顺便问他江标的情况。他说江标跟单位请了几天假，好像他家里出了点事情。问是什么事情，伍光洲也搞不清楚。

再见他上网，是某天下午四点多钟。我打游戏的间隙查看一下 QQ 好友栏，发现他在的。我发个信息过去，他也不回答，直接发来接通视频的请求。他果然有点憔悴。我问他怎么了，他就说："直接用话筒聊吧，现在办公室里没别的人了。"

他跟我说，前几天他弟弟吼阿确实碰上了一桩恼人的事情。终于碰到一个女人自愿嫁给吼阿，而且她很正常，脑袋不像是被门挤过。

我说："好事啊。"

他说："你听我说嘛。真有天上掉馅饼的事，也不能随便捡来吃。这世道，我看不会有无缘无故的好事。"

人是小林帮忙联系上的。他知道师傅一家人有这桩心事，也就放在自己心上，逢人就打听。他自家的巧嘴二姨办不好这事，他只有去找别的能人。小林像当年的江标一样，每天都在乡村公路上跑车，上下车的人多，消息放出去也快。六月初，他得到一个熟人回的消息，说可以介绍一个愿意嫁给吼阿的女人。而且，只要价格说得拢，那边几乎可打包票，搞定这事。

让熟人传消息过来的人，名叫老包。他在界田垅一带小有名气，特别是找不到老婆的光棍，迟早都会听到老包的名字。老包帮界田垅好几个资深光棍解决了传宗接代的问题,帮不上忙的,他也表现出乡邻应有的诚信,把收的手续费都如数退回。

那边联系上老包以后,这一头,小林也没有把电话打给师傅江标,而是径直把车开到槭树湾,去到江标家里。就江标的母亲在家,这正合小林的意思,他就怕碰到江边宽。江边宽以前是干老师的,有些民间的处事方法他无法接受。但江标的母亲就会好一点,小林相信这种事情就适合跟她说。江标母亲一听眼睛就亮了。"老包我听说过的,是个好人。本来,去年我就想起老包了,但没有熟人牵线搭桥,听说他是不随便接活的。"

小林说:"我都联系好了,两百块钱包见面,一个不行还可以换。见面后如果两边都有意思,再扯后面的事。"

女人来的时候老包不现面,小林直接把那女人带到江标家里。江边宽在的,见小林突然带一个女人进来,有些摸不着头脑。江标母亲赶紧把人往屋里带。前一天小林已经打来电话,江标母亲准备好一桌菜,一早起来就拔鸡毛破鱼,江边宽当时问有什么事她不答,现在明白了。他把婆娘拉到里屋,问明情况后说:"这样搞会不会出事?听说老包是只布谷鸟,喜欢把蛋下到别人窝里。"

老婆则说:"人都来了,你怕什么?你要搞清楚,这种事情主要是看别人愿不愿意。"

吃饭的时候,江边宽盯完那女人的脸就盯她肚皮。女人年纪不算小,脸上不少地方起了皱褶。长得还可以,但显然有些营养不良。她说话时表情略嫌呆滞,倒是和那副脸色配合得融洽。女人说她是从邻省三台县过来的,家里穷,出来找个男人能够把日子妥当地过下去就行。老包大都是从三台带女人过来,三台来的女人很容易落地生根。那女人把江家的房舍院子转了一圈,觉得很满意。她还说:"你家母猪毛色不亮,性子有点暴,我走进去时它见了生人还要拱栏。是不是带不好猪苗?"被江标父母问了一阵之后,冷场时,女人主动扯起猪的事。她刚才连厕所也走到了。江家和周边大多数人家一样,猪圈仍然和厕所混在一起。

"你说得对。有几次它要啃猪苗,啃死过一只,还要啃,是被我拿苞谷秆子打开的。"

"那要么是你煮潲时把鬼打伞草和田塍豆混在一起,要么不留神把蛇泡果混了进来,都有药性的。注意到这些,煮潲时再添些骨粉补钙,猪娘带崽就不会出问题。"

"原来是这样?"江标母亲心里一阵暗喜,几句话就听出这是个会干活的女人,要不然不会一眼就看出母猪有什么毛病。江标两口子都有班上,吼阿干不了工夫,江边宽退了休后喜欢读书看报关心全世界角角落落每天发生的状况,江标母亲急需一个人帮着自己把家里的事情料理好。女人讲的话很有效用,江边宽也很快调整了对女人的看法,再次打量她,认为她低眉顺眼,是个好相处的妹子。吼阿是吃饭吃到半途才闯进来。本来一早就要他别乱走,要他换一身衣服,但脚生在他自己肚脐眼底下,他听见对面山上有放猎枪的声音,闪个眼就跑不见了。吼阿相过几次亲,这天见到饭桌上多了一个女人,心里隐约明白一点意思。他坐下来一边往碗里夹菜,一边问:"是不是帮我找来的?"女人有点不好意思,拿手去捂脸。江边宽就抬起手在吼阿的脑门顶敲了一下,吼他说:"老实点。"吼阿打了几个声音怪异的喷嚏,老实地吃起饭来。当妈的还赶紧跟那女人解释:"他这是在打喷嚏,不是有什么别的毛病。"

171

女人说:"听得出来。"

吃完饭,女人要走的时候,江标母亲将她拽到院门边,直截了当地问她愿不愿意跟吼阿过日子。"他脑袋不太好用,但身体没有问题,两件衣服能过冬……"

女人勾起脑袋,沉吟一会儿说她觉得江家挺好,比她想的还要好。只要吼阿愿意,她认为能说服自己留下来。她斜着脸瞟了吼阿一眼,又轻声地说:"伯娘我不能骗你,其实我以前处过对象,知道男人的好歹。对于我们女人来说,男人最重要的是可靠。我看他是个完全靠得住的男人,聪明的男人,往往不抵实。"

江标母亲差点就将拇指扬了起来,忍不住表扬她说:"妹子,我活那么大年纪,碰不到几个像你这么又年轻,又有眼光的。"

过十来天,江标回家的时候,那女人已经住到家里来。她姓杨,见到江标就操着三台口音喊哥哥,见到小夏就喊嫂嫂,搞得江标和小夏蒙住了。几天前江边宽跑到江标的单位,要江标给两千块钱。老包开出的价格是八千块钱,先付四千块,小杨随时可以住到江家来。江边宽手头只有两千块钱,只好进城一趟从江标那里取。钱不多,江标也没问干什么,就掏钱给了父亲。现在回家一看,明白了。他问父亲:"这女人是怎么找来的?"

"娶来的。放心,我已经把村支书和村主任请到家里吃饭了,说了这事情。你情我愿的事情,村支书和村主任也为我们家高兴。"

江标当时还是疑惑,打听到是小林牵的线,就打电话问了小林。小林告诉他是老包帮着弄来的。江标也知道老包,他跑车那么多年见多识广,老包带女人过来,好几次搭过他的车子。他知道老包带来的女人确实给界田垅不少光棍解决了传宗接代的问题。这样的人,不但赚到

172

了钞票,还被乡亲们视为不可缺少的能人。江标心里头不是滋味,但稍稍能安心一点了。

吼阿此时已经和小杨如胶似漆,须臾不能离。他围绕着她,她剁猪草他就蹲在一边看,她洗衣服他就帮提水,嘴撕开了粘不上似的,老是在笑,喉咙里古怪的喷嚏声一冒就是一大通。江标估计那女人已经教会了弟弟怎么当一个男人。吼阿憋这么久,憋出偌大的个子,终于得尝了女人的滋味,自是有一段时间的意犹未尽,把这个突然冒出来的女人日思夜想。夏天已经到了,人身上穿的衣服不多。吼阿老想把手摆到小杨纤细的乳房上去,隔着衣服,小杨也忍耐了;要是他想把手探进衣底,就会被小杨一次次羞恼地拍开。如果江标在,她还无奈地看看江标,用眼神抱怨。江标能怎么办呢?他想批评吼阿两句,不知道怎么开这个口,只好把脸扭向另一边。

他也对这女人产生过怀疑,她凭什么这么安心地和吼阿过日子?虽然三台是个穷地方,但女人总是容易嫁得出去。凭她的长相还有麻利的身手,找个正常男人嫁过去不成问题。怀疑归怀疑,他也没在小杨身上看出破绽,她很安分,生气的时候也会冲着吼阿拉下脸来,但转眼间又过去了。江标知道是有些女人生来就这样,善于委屈自己,谋求简单的生活。也许这样的好人好事,确实让吼阿给碰上了。傻人有傻福,白痴也可能会落得白来的福气。怀疑之后,江标不断提醒自己,要感谢小杨,她拿得出这种勇气,着实不易。吼阿亏欠着小杨。只要小杨诚心在家里过日子,若有什么需要,他一定想着办法帮她解决。

回城里的时候,江标还是提醒父母:"要留神。"

江边宽不以为意地说:"她人生地不熟,不好跑。周围都是我们的熟人,而且知道她是我家的媳妇,用不着说,都会帮我们看着她的。"

"还是要注意一点,毕竟摸不透底。现在没时间,等到十月黄金周,我去一趟三台,去她家里看看到底是什么情况。"

他母亲还是有点担心:"万一她娘家不知道呢?你一去反而让人家找到下落了,这不是竹篮打水?"

"妈,做事情还是要名正言顺,不怕见人。"

小杨终于还是要跑。她一个人跑不了,有接应的。她本来就是别人当鹞子放出来的,过几个月就被卖一次。她要去河边洗衣。这一家老少四口人,换下的脏衣服每周至少要清洗一次,去河边洗,又快又省力。一开始江标母亲跟小杨一起去洗衣服,两个女人还可以搭着手拧床单被套以及大件的衣服。家里事情多,每次动用两个女人去洗衣服是不划算的事,江标母亲不能次次都跟着,就叫吼阿跟着她。吼阿成天跟在小杨身后,不跟着,他心里还不踏实。跟了两回,他也能守着小杨安全地回家。

出事那天,小杨拎着一桶衣服,出门比以往早。吼阿蹦蹦跳跳地跟了出去。现在用不着母亲吩咐,他已经知道小杨一出门,自己后脚就要跟上。行至半路,开来一辆三轮车,跟在吼阿和小杨后面。那天天热,小杨洗衣服的时候,叫吼阿去洗个澡,还说要是他不洗,晚上就不和他睡一张床。吼阿哪知是计,把自己脱得光溜溜下河洗澡。小杨转身就往马路上跑,三轮车在路口等着接人。吼阿看见了,扯起脚到后面追。按说小杨的计划也蛮周详,吼阿不可能追上,但小杨跑得急跌了一跤,爬起来再跑,吼阿就差不多追上了。

小杨跑到三轮车后面,身子一猫想爬上后车厢。后车厢装着车篷,里面坐的有人,伸出手把小杨往上面拽。吼阿心里混沌着,手脚却不慢,冲上去就自后面箍住小杨的腰。他看见车厢里有两个男人,他们各拽着小杨的一只手。吼阿很有力气,情急之下,他意识到自己一松手,这个天天晚上和自己睡一张床的女人就会消失。他把女人的腰箍得铁紧。那两个男人拽不动,要司机开车。吼阿还是不放手,被牵引力拽着跑起来。那司机是坐车厢里的两个男人雇的,知道自己接来一桩倒霉生意,左右为难,不敢把车开快。小杨被三个男人拽得受不了,她身体上一些骨骼已经被拽出了响声,她拖着哭腔喊:"停车,停车!"那司机赶紧把车一脚踩死,他从后视镜里看到情况异常,那几个男人几乎把那女人扯成两截。

"先别扯了,把我扯断成两截,你是不是很开心?"小杨有点冒火,冲着车里两个男人发脾气。一个是她男人,另一个是她哥哥。他俩合着伙把她卖了几次,从家乡卖到山西,又从山西卖到云南,然后又卖到这里。遇到正常人他们还不愿将她出手,吼阿这一号的,一看就是最佳顾客。

"那怎么办?"小杨的男人看着那傻瓜小子紧紧地抱着自己老婆,没想傻小子身上竟有用不完的力气。小杨也没有办法,只能让三个男人扯着自己形成僵持状态。三轮车司机也不急了,下了车坐到树荫下面慢慢地抽烟,把眼前这一幕当成把戏看。小杨男人和小杨哥哥想把吼阿拽开,白费了一把力气,就冲司机说:"弟兄,过来帮帮忙。"司机则慢悠悠地说:"你们把事情处理完了,我再开车。我只负责开车。"

这时,一辆路虎唰地在三轮车旁边停下来,车上走下几个人。领头的胡老板皱起眉头说:"我的天咧,这是怎么搞的?"另一个人接着说:"这也太不像话,弄女人到哪里不好弄?拖远点就有草窠嘛。偏要到马路上弄。"还有一个人,他走过去把吼阿的脑袋摸了一摸,扭过脸来冲胡老板说:"是个傻小子,呵呵,傻小子发了情可真是吓死人哟。"

……江标说到这里,我一听路虎,又听说是胡老板,就插话问他,胡老板叫什么名字。

"胡栓柱,城里人,到界田垅搞矿的。你认识?"

我笑了笑,说还熟,让他继续往下说。江标就说:"胡老板还算是好心人,只是有点莽撞,事情没搞清楚他就瞎帮忙。"

胡栓柱他们下了车,小杨男人冲着他们喊:"几位老哥,我们是外地人,路过这里,下车撒泡尿。不晓得哪里跑出这么个家伙,抱住我老婆。"

那几个人都笑了,站在吼阿身边那个人把吼阿屁股拍了一把,跟别的人说:"傻人不傻鸟,马路上还敢来硬的,有种。"

胡栓柱就问:"八砣,有本事把他的手掰开么?"

"我试一下。"八砣掰住吼阿一根手指,用力往后扳,扳得吼阿的指骨发出噗噗的响声。吼阿疼得钻心,手一松,小杨就泥鳅一样地溜走了。

"你们走,你们快走。"胡栓柱很义气地冲那几个外地人挥手。小杨男人一边彬彬有礼地说"大哥你是我的恩人,我们后会有期",一边从容地把小杨扶上三轮车。司机不紧不慢打着了火,把三轮车开走。这边,四个男人一点也不轻松,喊着号子把吼阿放倒在地。等三轮车轮尘而去,嗒嗒嗒的马达声都消失在溽热的风中以后,他们才放开吼阿。吼阿不肯站起来,躺在马路中央撒气,一边打嗝一边哭,还在路面上打起了滚。

三轮车倒没有跑脱。吉普车上下来的四个男人头疼怎么处理这个傻瓜。过不多久,一个骑摩托的人过来了,他认得吼阿,也认得胡栓柱。胡栓柱去年听说猪肉要涨,今年赶紧将皮特兰、大小约克、杜洛克等品种各买了几百头,准备大搞一场。养猪也算得上是胡栓柱的老本行了。那个骑摩托车的人是泥瓦匠,帮胡栓柱砌过猪圈。

他停下车,看了看地上的吼阿,亲切地询问:"胡老板,这是怎么回事?"胡栓柱说起刚才撞上的事,那个人就跷起拇指说:"胡老板,你是个好人,但这回帮了倒忙。这个傻家伙我认识,是槭树湾江家的小儿子,前回他家里刚花了一笔钱替他找来一个三台的女人。这事情我们周围几个村的都知道,你住界田垅街上,远了一脚,所以不知道。"

"我说嘛。"胡栓柱吐了一口唾沫,又说,"刚才我就看出来气氛不对,傻瓜有傻瓜的道理,他不抱别的女人,凭什么偏偏抱住那个人鹞子? 话还没说完八砣就把女的放跑了。"

八砣说:"我把他们撵回来。"

"都有十来分钟了,三轮摩托三个轮子也放得出速度,放急了能有一百多码。不要把三轮不当车,多一个轮子又怎么样?"胡栓柱掏出一只硕大的手机,打给熟人,要他们在前面截车。那辆三轮车是往界田垅方向去的。他有把握让他们跑不脱。

当天下午,江标接到电话,赶紧借单位的车赶回家里。到的时候,家里聚了一堆人。胡栓柱把老包叫来了,在方桌子两头坐定,仿佛是谈判双方。江标走进屋的时候,父亲和胡栓柱坐一头。屋里的男人全都在抽烟喝水,不说话,气氛有点僵。小杨和她的两个同伙在门后面旮旯里蹲着,想挪挪身子,八砣一脚就踢了过去。他被人蒙蔽了,现在还觉得一张脸皮没贴回脑袋。八砣觉得一碗水要端平,不光踢两个男人,也要踢女人的屁股。吼阿不让,他只好继续踢那两个男人。

江标大概知道是怎么回事,江边宽在电话里头简明扼要说给他听了。

见人来齐了，胡栓柱便摆出主持工作的笑容，并说："界田垅只有这么大一块，转来转去全是熟人。今天的事我碰上了，算我倒霉，同时难道不也是缘分？既然大家都在，都爽快点，三言两语搞出个方案，看怎么解决。"

江边宽说："我家人意见很明确。虽然小儿子有毛病，找个女人也需要自觉自愿，人鹞子留她不得。何况我还当了一辈子的人民教师。"

江边宽老都老了还碰到这样的事，有苦说不出来。小杨刚来的时候，他老是去琢磨这女人有没有被老包弄过，吼阿会不会给别人当王八，以致没考虑到这女人有可能是被别人放出来的鹞子。一个问题扰神，就考虑不到别的问题。他嘴上硬不起来，便说："都乡里乡亲，谁也不愿把事情搞大，钱如数还回来就行，我们随时可以放人。"

胡栓柱点点头，扭过脸来用眼神征询老包的意见。老包在剔牙，他一直在剔牙，把一整排牙齿剔成了一粒粒牙齿，还不罢手。

胡栓柱冲他说："老包，你也说说。有什么说什么嘛，大家都是通情达理的人，有理说理，无理服个软，出了门谁也不跟外面的人说。"

老包嗤了一声，这才开口说："胡老大，要我痛快地说，我也就不客气了。你们刚才讲的都是外行话。有本事的自己弄个女人，让她心甘情愿替你生崽做家务，甚至白头到老；实在没有办法的，眼看就要断子绝孙了的，才会想到找我帮忙。我做好事，也只能做到适可而止的地步，负责把人送到你家屋里也够意思了，对吧？难道要我变成狗帮你家守门？"老包情绪有些激动，像是受了莫大的委屈，喝一口凉茶压一压，又继续说，"你们可以到处打听，我这个价钱也是公道的。至于她是不是人鹞子，我也看不出来。我也是找人家联系的，她们又不是从我家田里头长出来的。你们既然敢要，就应该有本事管住她。用这种方式搞到的女人,哪可能像用爱情骗来的女人那么牢靠?有本事,让她把小孩子生下来,她还舍得走?钱全退是不可能的,看在胡哥你的面子上,出于人道主义的立场,我认为可以退还一部分。全退的话,这是对我人格的侮辱。"

老包将话说得铿锵有力,胡栓柱依旧点点头。

江边宽气得浑身打战,手一指冲老包说:"你要清楚,这是犯法的事,不要这么理直气壮。要是不全退,我看,就让公安局来判好了。"

老包说:"无所谓。我不喜欢别人老是抬出公安局吓人。再说了,你们未必今天才晓得这是犯法的事?"

胡栓柱扭过脸去,对江边宽说:"江老师,我到这里要说句把公道话了。既然大家都坐了下来,就不要老是扯公安局。要是扯公安局,那么我就显得多余了。我看,你们双方还是尽量摆着务实的态度,说说有用的话。肚里有怨言气话,都忍一忍,怨气走下不走上,当成屁悄悄放了吧。"

他又冲江标说:"小老弟,你说我讲得有没有理?"

江标抄手站着,一直没吭声。既然被问到了,他指一指小杨,说:"反正,她不能再留在我家里。我不知道情况,先前还以为她是自愿的。"

"哎,我就知道你是有见识的人。"胡栓柱摆出和事佬的口吻,又跟老包打商量,"我看,你是不是能再加一点?"

"……算我倒血霉,还四千,不能再多了。这笔生意坏了,我家里也要断几天炊哟。再说,你们傻儿子也把她用了二十多天,不吃亏的……"他还做了个猥亵的手势,帮助吼阿理解。

吼阿竟然看明白了,点点头。

老包怡然自得地说:"看,我说得没有错吧?"

在网上,江标跟我说完了前一阵发生的事情。我见他脸色有点恍惚。这事情,我不知道自己该说些什么,插不了嘴。过得一会儿他又说:"现在我弟弟开窍了,老跟我要女人,我不答应他就地上打滚……他喜欢在地上打滚就让他多打几个滚,再让他自己忘记。"江标说,"但愿他忘记得比正常人快一点。"

十一、铃兰

那年五月,有一段时间,我为涤生和小涂结婚的事情前后奔忙。有涤青的大力推荐,布置新房的事情都交给我弄。婚事先在小涂的老家福建石狮办一次,回到莞城办一次,然后再到佴城好好地闹一番。涤生带着车队去福建接人时,我和涤青就帮他守布置好的新房,并准备接应。新房在万江边上,可以俯瞰江景,到傍晚,光打在一幢幢欧式楼台上,一切恍惚如梦。涤生的新房,我和涤青提前享受,隔岸看着灯火,我忍不住搂紧她。眼前的一切让我有种强烈的归属感,同时,浑身每个毛孔也蠢蠢欲动。但涤青总是防微杜渐,她提醒我在这里不要想那些乱七八糟的事。"这是涤生的洞房,专房专用,我们不能乱来。要不然,说不定以后要倒霉。"

我说:"涤青,你放心好了,两情若是长相悦,又岂在朝朝暮暮。"

她点点头说:"呃,这就对了。去烧一壶水,我要泡个脚。"

"电热水器难道是用来摆样子的?"

181

"现在还没插电。等涤生和小涂来了，第一壶水要给他俩接风洗尘，这样才有意义。"

那天晚上我俩倚靠着聊到下半夜，没来瞌睡，彼此的身体反而渐渐烫了起来。外面时不时迸进来几缕光，光散去后，屋内的幽暗提醒着我们，不妨肆无忌惮一点。她自己慢慢来了情绪，变得率性，肆意篡改自己定下的规矩。当然也不忘了掩耳盗铃，自圆其说。"不要到床上，到沙发上没关系。床是新的，沙发反正是被人坐过了。"要做的时候我才发现没带套子。她以前严格控制这事，每次必用套子。她对毓婷也根本不放心，说以前在北京用过一次，结果严重过敏。这个晚上，她说："从今天起，什么保护措施都不用了，检查一下你有怎样的能耐。"

"要是你怀孕了呢？"

"那就证明你全须全尾，验收合格。"

"是不是要在我脑门上贴一枚长城认证标志？"

"少啰唆。来，告诉我，我的嘴唇在哪里。"她就这么盘腿打坐在我腿上，把嘴唇抬到我嘴上面一尺多高的地方。又说，"别用手指，我会咬。"

那天晚上，我和涤青第一次脱离避孕套裸做。所以那晚我就有点贪婪，她也用一次一次形同虚设的拒绝不断激励着我。我们终于不能再折腾，想睡的时候，窗外马路上已经传来晨跑老头咳嗽的声音。

太阳蹭出来以后，车队就将新娘接到楼下。我抬东西上楼时闪了腰，闪得很厉害，身体像生猪一样被电锯从中间锯开，一侧能动弹，另一侧需要身体扭摆的力道发动。之后我像一只螃蟹艰难地走进涤生的新房，里面已经挤满了人，我和涤青昨晚疯狂过的沙发上坐着小涂的弟弟和舅舅。小涂将由他们护送到莞城。小舅子和舅老爷是尊贵的王

182

客,等一会儿按我们俥城的风俗,会有几个大汉围着他们轮番敬酒。他们还不晓得厉害。俥城人最讲究把王客灌趴下,趴得越彻底,就越是昭示着新娘日后有享不尽的福分。当然,我有好几回看见陪客花言巧语地把王客灌到小便失禁的程度。

我来不及看那两个倒霉蛋,找个僻静的地方坐下。本来涤生说好了,要我陪送亲团的客人,主持那一席的工作。我想着怎么跟他推托。闪了腰子,喝酒肯定是不行的,酒这东西往嘴巴里灌进去,最终却是要靠肝和腰子摆平。涤青看出来我脸色不对劲,问我怎么了。我说刚才闪了腰子。她脸上紧张了五秒钟却又笑了。她说:"你看,还长城认证。我看,界田垅长城也懒得认证你。……不过,我倒是放心了。"

"你对我还有什么不放心的?"

"不要见缝插针地表忠心了。"涤青此时竟然一脸坏笑。她说,"刚才我还担心,昨晚你真是让我刮目相看,我考虑到是不是去药店买药。没想到你是这个样子,我就放下心来了。"

她转身要走,忽然又回来柔声跟我说:"不要太逞能,年纪不小了,再说又不是我俩结婚。你啊,你真的是。"

我揉着腰跟她说:"涤青,你这几天还是要小心点。"

"我又怎么了?"

"……昨晚我俩在人家的新房里不消停,我想,刚才我这是遭报应。"

她撇了撇嘴说:"报应你一个人扛才是,你是男人。"

次日,涤生带着车队杀回俥城,那里还有酒席要办。本来我要随队摄影,但是因为闪了腰,涤青就让我留在莞城休息。照相这事,多的是人会。她把我留下来,我不想再待在涤生的新房。新房里喜气洋洋的气氛,使我成为毫不相干的人。我回到自己租住的房子,买了瓶红花油自己揉搓,躺在床上哼哼唧唧,倒也有几分惬意。想想昨日凌晨在沙发上,自己变了一个人样的,仍然觉得几分意外;再想想连涤青都变了个人,又觉得一切理所当然的了。

手机上不知何时冒出两条短信,一条写着:你还在莞城吗?另一条写着:如果方便的话,请回我个电话。那号子看着陌生,短信里也没有落款,我按照基本常识,自是没有打过去。

我一觉睡到下午,醒来,外面淅淅沥沥下起雨来。我肚皮很饿,懒得出门,就上了网给鹤留仙打电话,要他们送便当。订便当,上网比打电话管用,在网上,我可以变着花样催促店家,在订餐页面上发一些网络截图,饿死鬼、讨债鬼什么的,让店主看得心头督乱。当然,我也要了两小瓶鹿龟酒,一下雨我就忍不住要喝点。

之后再上 QQ,刚一上,就见江标找我的信息。我回了过去,他问我这几天怎么都没有上网。接通视频,我觉得他情绪似乎不错。吼阿那件事仿佛已经不再干扰他的情绪。

"你碰到什么好事咯?"

他说:"还好,我以为人都是劝不动的,没想到自己劝动一个难劝的人。"

"很有成就感?把你丰功伟绩摆一摆。"

"没什么好说的,我自己高兴而已。"

视频接通着,他脸上是欲言又止的样子,搞不清是真不想说还是吊胃口。我肚皮饿得轻轻抽搐,这时候可不想再让别人吊胃口,便说:"不说算了。"

"你这几天又忙什么事咯?"

我告诉他涤青的弟弟结婚的事,忙了好几天。他问:"涤青不也是 佴城的吗?他弟弟结婚,是不是也要回来办酒?"我意识到他有凑热闹 喝酒的心愿,便说就在这边结,涤青父母都过来了云云。过得一会儿他 有事要下机,鹤留仙的便当也被我连发几枚惊心动魄的截图早早催 至。我调出用电驴荡下来的一个新片,边吃边看。

电话响了,我一看,是发来两个陌生短信的号。我一接,里面传来 一个妹子的声音:"我还以为你再也联系不上了哩。"

"铃兰?"我说,"真拿你没办法。你既然换了号码,也不晓得在短信 里落个款,落砂桥老大,我也知道是你。"

她这才意识到,这个新启用的号子并没有给过我。电话里,我听见 火车进站的声响,在她身边,定然有很多人推推攘攘准备上车。

"我要上车了,明天能到莞城。我挂了……到时候,我人生地不熟。 你能来接我吗?"

"呃,当然。"

那边电话就挂了。我继续吃饭,继续看片子。我眼睛盯着电脑屏, 脑子却在不停地走神,遂暂停了播放器,想着刚才江标说的话,无端地 揣测,铃兰的到来跟江标有着某种关系。她是不是听他反复规劝,才肯 离开江洋大道,外出寻找新的生活?我毫不怀疑江标会干出这样的事, 他不希望铃兰一直不务正业。

当然,江标也根本没想到,我和铃兰还有联系。

铃兰不搭飞机,搭火车,一天以后她会给我打来电话。

我在汽车总站门口等着她。怕误了时辰,我到得很早,守住出站 口。每隔几分钟,出站口便拥出一伙刚下车的人,他们经过暗黑冗长的甬道,乍然到得亮处,强光使他们面部肌肉紧缩一下,或者张开手搭荫棚挡在眉弓处。

我看见了铃兰。

她穿一件紫色高腰 V 字领连衣裙,头发披着,一副墨镜架在鼻梁上很有质感。天其实浓阴着。我几乎想笑,看见经过她身边的男人纷纷扭头看她一眼,然后分散离去。

她走到我面前,跟我说:"我还以为你认不出我了。"

我扶一扶眼镜,恍然大悟地说:"噢,原来是你啊!"

她在我脚肚子上踢了一脚,踢得柔情蜜意。我接过她的拉杆箱正要去打的口,她拽着我的胳膊,掏出一只迷你相机,随便叫住一个人要他给我俩拍照。我正在犹豫,那哥们挺专业地举高一只手掐着指头喊三二一。我来不及细想就把一张圆脸凑过去跟她配合。"非常不错,你们两口子郎才女貌。再来一张。"那哥们挺热心,把手再次举高倒数数。

车开动以后,铃兰摇下车窗,张望着马路两旁那些几十层高的楼房,时不时发出夸张的惊叹,并说:"天呐,我从没见过这么高的楼!"

"现在见到了?新鲜吧?"

"顾哥,你住多少层?有没有一百层?"

"呃,没有那么高,少几层。"

"少多少层?"

"少九十八层。"

她掰着手指算起来。我知道她这种一惊一乍近乎发嗲。

找个地方请她吃晚饭,问她来莞城有什么打算。她说还没想好。她已经和几个朗山老乡联系过了,她们在合浦头的工厂,改天她会去合浦头找那些老乡,看老乡们能不能给她介绍一份称手的工作。我点点头,知道如果是去找工的话,眼下倒还有的是用工缺额。但她这一身打扮,实在不像是去工厂干活的样子。

我说:"你会干什么活?"

"你不要小看我,我天生手脚灵活,样样都能做。小时候趁我妈不注意,缝纫机一摸,踏板一踩,就把自己的开裆裤缝上了。那还是我头一次摸缝纫机。"

"这么厉害?跟开裆裤有仇啊?"

"不是,我这个人争强好胜,和邻居的小孩们一起玩,发现自己少一样东西,就不好意思再丢人现眼了。男孩就是好,父母只想着让他们把开裆裤一直穿下去,甚至穿到娶媳妇。小男孩穿开裆裤,大人心里面得意……大哥,你穿到几岁大?"

"不记得了,这种事情我妈说了算。"我忍不住撅起拇指夸她,顺便又问,"小时候不住单家独院啊?"

"住集体宿舍,一排过去十几间。"

我心子倏地一紧,佯作无意地问:"你爸以前是干什么的?"

她吸溜着木瓜雪蛤汤,嗞嗞作响。过一会儿她才说:"你又不是我男人,打听这么清楚干什么?"

我便不再往下问。既然她要去合浦头,我就把李飞的电话抄给她,说要是在那边有什么不便,可以打电话给李飞,报我的名字,要他帮忙。

天已经黑了,雨还在下,我带她去运河宾馆开一间房,然后自己回到住处。次日中午我去运河宾馆结账,取回结余的押金。大堂的妹子告诉我,住客一早就走了。

我依着惯性把日子过下去,每周留两三天拉来业务,给新的产品

187

拍照,回到住处做文案,交给老冉审。回头从厂家取了款,留足自己应得的,再上交给老冉一笔。有时候拉不到业务,老冉就发下来散活,计量算价。我觉得我们彼此很平等,这种关系不再是雇用,而是近于合作。如果我勤快一点,也能赚到更多,但我有自己的数学公式。比方说,我认为每一次睡到自然醒都是自己的一笔财富,银行卡上体现不出来,心里有数。

空余的时间依然上网,玩游戏,看片,找人聊天。依然和我父亲、江标聊得多。曾阿姨的肚皮一直没有大起来,父亲努力了一阵不免沮丧,但我怀疑曾阿姨在偷偷地玩弄避孕术。

我当然不跟父亲说破。

天气越发地炎热起来,父亲照样经常忘了在下机时关闭视频。我也就任它开通着,可以随时看一眼自己装修过的房子。有时候,父亲下了,曾阿姨又会挂起她自己的 QQ 上网。于是我就能看见她。我和父亲对话的窗口隐藏在电脑屏托盘下面,她应该没留意视频开通着。她通常化着淡妆,根本看不出来竟然比涤青要大上一辈。她和她网友应该聊得挺开心,经常咻咻地笑,于是我便看见她衣衫单薄的胸脯,活力十足地蹦跳起来。我赶紧关闭了视频,跟自己说:非礼勿视! 她好歹也算你一个妈哟!

江标的日子恢复了平静,照常按时上下班,上班时跟我随性地聊着。自己的生活聊来聊去无非那些东西,我们也像所有人一样,以聊网络新闻和事件为乐事。他通常没什么看法,老是提起一件事,问我是怎么看的。于是我就瞎侃。我对事情不管偏激或者客观,总能憋出让他一惊一乍的观点。

到六月份,他告诉我小林的小郭肚皮已经很大了,并患有产前忧郁症,一天到晚就想着小林能待在自己身边。小林没法像往常一样跑车,那辆农用车就经常闲摆在自家院子里。江标说他现在一到周末就回家,利用两天的休息时间,帮小林跑车,得来的钱都给小林,自己顶多买几瓶水,一包烟。上了班他慢慢抽起了烟,糖偶尔吃上一粒。一包烟装在兜里,回到界田坳,见到熟人发一支,别人都跷起拇指夸他客气,他即使进城上了班,也不摆架子,不装城里人。他说,他蛮喜欢把跑车的生活捡起来感受一番。他毕竟在那些稔熟的乡村土路上跑了十来年,无论快乐或者辛酸,那都是他记忆里最鲜活的一部分。

当然,他跑车时也尽量带着吼阿,这样既可以减少他母亲的负担,也能让吼阿出来透透气。

有一天铃兰用莞城的号打来电话,说她在广福隆里面找到事情做了。广福隆是一个规模较大的超市,离我租住的地方只几个街区,打个的刚一跳表,就到了。

她在蔬菜区做事,顾客挑好散装的菜蔬,她负责包装计价,把打好的价码贴在包装袋上。那超市我去过两回,嫌远,买东西总是在一站路以内解决。我再次去广福隆,循着指示牌走到蔬菜区,老远看见铃兰的背影。她站在电子秤前给一个老年妇女称东西,手脚麻利地打着包。我走过去拍她的肩,她转过来,一身浅蓝色员工服让我有些陌生。

"怎么想到要在这里找工作?"

她给那老年妇女指了指收银台的方向,然后看着我。"我在合浦头没找到喜欢的工作,那天过来,本来想去找找你,搭错了车停在广福隆门口。我走进来看看,觉得蛮好,什么都有。这超市比佴城所有的店子加在一起还大。我觉得大城市就应该是这样子。"

189

"大城市就是超市的样子？在这里干活,工资不多吧？"

"当然,除了我,没有二十来岁的人干这种活。"

当时她没告诉我,她在江标那里白拿了一笔钱,所以心情得以悠闲,选择在超市里干活,钱少一点她也不在乎。

我又问她住哪里。她说自己在离超市不远的弄子租了房子,租金还算便宜,是和几个刚刚南下的女学生合租。她也愿意和她们在一起,跟她们说自己也是大专刚毕业。她们把寻求合租的告示贴在电线杆子上,她看见了。电话联系后,她们本想审查她的身份,以便决定是否批给她合租的资格,但稍稍看了一眼就不多问。她们一致断定她不是不正经的人,不会给室友带来不必要的麻烦。现在,铃兰把这事当成笑话讲给我听。

"在这里还习惯吗？"

"还好,就是抽烟不太方便,要请假去厕所抽。柜长不太满意,问我哪来这么多大小便。我也不喜欢在厕所抽,老是听冲水的声音,让我抽不出味道来。"

"习惯了就好了。"

"我还以为你会趁机劝我戒烟。"她又说,"不知怎么搞的,现在不太习惯被那些男人盯着看,会有反应。我脸皮比以前敏感了,要是有人从右边盯着我看,我的右脸就有反应,要是从左边看,左脸就有反应。"

我往周围看了看,估计这倒是实情,这个卖区七八个员工,唯有铃兰是二十来岁的女孩,其他的大都四五十岁,中年妇女,气色惨淡。和她们扎在一起,铃兰被衬托得尤为显眼。她站在成堆的蔬菜中间,纵是被工作服包裹着不显身段,也依然能时常黏住一些男人的眼光。我去时快中午了,她说她十二点就能休息,这天她只要上半天班,叫我等

190

她。我在别的地方转了一转,看有没有用得着的东西,结果只是往购物篮里装了几瓶廉价的白酒,以及我们偅城产的桶装剁椒。手机一响,铃兰发来短信,说她已经下班了,在出口等我。

那天,我和她到超市附近的岭南菜馆吃饭,饭后她提出要去我住的地方看看。涤青那天在广州办事,一早给过我电话的。我想也不至于撞面,就把她带到租住的地方坐一坐。那屋子被我弄得脏乱,她坐着不习惯,想要帮我收拾。我赶紧制止,因为我得等着涤青来收拾。她离开了几天,回来时见我这房子仍如她走的时候那么整洁,反而生疑。铃兰没在我那里待多久,她说和同租的学生妹子约好了,下午三点去台湾街玩一玩。她还是想尽可能地融入那帮学生妹子之中。

此后一段时间,铃兰下了班或者碰上轮休,就打来电话问我要带些什么吃的。我叫她别过来,我不知道涤青几时会来这里。她总是让我摸不出规律。再说,涤青来之前通常不打电话,说来就来,说走就走,永远是事务繁忙的样子。她晚上如果不走,睡在这里,十有五次会拒绝做爱。即使做,她又要我用上套子。那天的裸做,是我俩恋爱史上纯属意外的一笔,如果她不想做,就会开导我说:"亲爱的,我们加起来都快有70岁了……能省就省点力气。你也犯不着每次装出很想要的样子。你的状态跟你的肚皮摆在一起,掩饰不住。"

铃兰还是说来就来,有那么两三次,提着便当直奔我这里来。拍拍门,我一般都在。她说她还不习惯讲普通话,来到我这里,两人又可以用偅城话交谈。那几次来,铃兰还忍不住帮我收拾一下屋子。女人毕竟就是女人,跟脏乱有仇。收拾妥当她就走。巷子口有一路车直接能到达她住的小区。那几次,都还幸运,没有撞上涤青。

涤青毕竟是女人,第六感天生就有,某次她来了后,还是察觉到某种异常。"你竟然也打扫房间了？真是怪事。"我说："有时候闲得发慌，就把房间清理了一下。"涤青不太肯信，在房里转悠着似乎想找出一点蛛丝马迹。地上找不到，桌上找不到，墙上当然更是找不到。她又去床铺上找，把被子掸了掸，又捧起来放在鼻头下面嗅了一嗅，没嗅出异常，就装模作样捏起鼻子。

"发现什么了？"

"被单你要洗勤快一点。要是让我发现长了狗虱，小心我从此禁止你再往我身上爬。"

那次涤青离开以后，我心子到底悬了起来，赶紧给铃兰打电话，请求她不要擅自过来。过一会儿，我又说："来之前，一定要打个电话。嗯？"

铃兰在那一头朗声笑着说："好像我死皮赖脸地要来。你那里是皇宫宝殿啊？"

六月中旬，涤青说要去北京剪片。这次要剪两个片子。除了《在没有航标的国道上》，另一部反映拆迁管理人员与钉子户之间旷日持久、艰苦卓绝斗争的纪录片《这是最后的斗争》，毛片都已摄制完毕。她对莞城的技术力量不信任，决定送北京，多掏钱找一流的剪辑师剪片。她们自己团队里的那个剪辑师，以前是剪白铁皮箍桶的，剪得不好，还赖现在在电脑上搞非线编用不着动剪刀。去之前她跟我打了招呼，两个片子没一两个月时间剪不下来。

涤青这一去时日不短，当晚我俩在床上很缠绵，她难得地配合起来。天气凑合，一场雨贴心贴肺地落下来，砸在窗棂上噗噗有声。她这样有情调的女人，喜欢在雨声里迸发激情。我也不断地提醒自己兴奋，兴奋，再兴奋一点。两人状态相辅相成相得益彰，时间持续得挺长，中途好几次想停下来抽烟,都相互监督着忍住了。

次日我睁开眼的时候,涤青已经悄无声息地走了,门没有关死。光从窗帘缝隙直射进来,又从门缝里散射进来。我揉揉眼,将空屋子环视一周,忽然感到罕有的轻松。往后,我有两个月的清静。

那天晚上我自斟自饮,再一觉睡到次日中午,被肚皮的痉挛弄醒。看看依然空荡荡的房间,我很想享受这难得的慵懒和轻松,忽然想到打铃兰的电话,问她有没有空。

"今天我轮休。怎么啦?"

"能不能带个盒饭到我这里来?要是你还没吃,就带两个,我们一起吃个中午饭。"

"你病了?"

"懒病发作,浑身无力。"

"我去你那里方不方便?你不是担心我撞上她吗?"

"她出了远门,昨天就走了……有一两个月不会回来。"

她笑着挂断电话。

铃兰过个把小时揿响门铃,我去开外面那道防护门。她穿一身浅蓝的裙子,披着发,邻家女孩一般。我接过她手中的提袋。她用一只大号保鲜盒到超市员工食堂打了一份饭。

她走进后问我:"只要我送饭就行了?你这里还有什么好玩的?"

"我这里能有什么好玩的?要不我教你打游戏?"我指了指笔记本,里面是一款最新的3D游戏。

"不好。要玩游戏我可以去网吧。"

"你看不看书?"

"亲爱的,我年纪大了,不打算再考大学。"她咯咯地笑。

她以前也曾好几次这么叫我,我想,她冲着江标肯定也这么叫,像吐葡萄皮一样。但这天我心情不一样,她一声"亲爱的"叫得我心头一麻。我看看她。她坐在床头跷起了二郎腿,正认真地盯着我。我浑身过电一样轻轻地一颤,心底冒出一声冷哼。

"你们超市那些男员工,单身的也多吧? 你们超市设不设工会? 工会里那些领导吃了饭要干点事吧,应该要考虑给员工解决配对的问题。"

"别打岔! 现在来到这边,真奇怪,一到晚上我竟然开始想男人。既然要想,就会具体地找出一个男人来想。挑来选去,别的男人都不太合适——我根本就记不住他们的样子,只有你和江标和我亲近一点。"

我赶紧说:"那你就想他吧。"

"他离得远。再说,我总是有点怕他。他身上总有一种东西,让我心里发毛。所以,一到晚上,我就只好想起你了……没意见吧?"

面对铃兰赤裸裸的勾引,我没吭声,脑际却泛起细微的嗡鸣。我回忆起个把小时以前,躺在床上给她打电话叫她带饭,还顺便告诉她涤青两个月都不会回来。现在,我开始怀疑自己说这话的动机。我想想她的话,又揣度了一下自己。我是个肥胖的男人,自忖不会成为女人夜晚想象的对象,这个我有自知之明。空虚无聊的时候我也臆想过一些涤青之外的女性,我发现她们总归有个底线,比如说胸型绝不可能是 A,如若是 A 的话我的臆想相应地就会出现空白或者是盲区。于是我说:"我应该感到荣幸。可是,我有什么地方值得你想的呢? 是不是我能把一首整歌撕得支离破碎,而你偏就喜欢泡沫擦玻璃的声音?"

铃兰笑了起来,说:"你记性真好,随便说一句屁话你都当成名人名言。其实,我想我是喜欢你长得有点窝囊,这让我有踩躏你的念头。"

我被她的直言不讳激起了兴致。我告诉她,在青少年时期,我能想到的最不可思议的事情,便是被若干美女捉去蹂躏。

她说:"就你这盘菜,哪用得着人多势众?你过来,老娘一个人也摆平你。"她本来就半躺在床上,说话时把缀满鲜花的拖鞋一撂,一脚挂下床沿,一脚屈踏在床上。

"你累了你就休息一下。"我喘着粗气说,"我上网打打游戏。"

"你这人,夸你窝囊,你就装起武大郎来了。"

我赶紧把自己的注意力放回游戏里。我控制的武士,肉身被对手使出一记黑虎掏心搞死了,元神撒腿跑回安全界面,等待着重新招魂复活。网络忽然有些阻滞,那魂好一阵没有招回来,比通常所需的时间长。我只得拿手指夯砸回车键,急不可待地等着复活,重返战场。

铃兰在背后问我:"是不是觉得我贱?"

"没有。别打扰我好吗?我现在在打游戏。这不是开玩笑的事,不是杀了别人就是被别人杀掉,辛辛苦苦攒起来的装备,会被别人抢走。"我几近央求地说,"别打扰我好吗?今天我还要杀十条人才够本。"我操纵的武士,回魂后,以卵击石一般冲向一伙敌人,一个人单挑一个行会。很快又死了一次,好不容易攒起来的装备还是爆掉了。

她又幽幽地说:"我有点不舒服。"

"那你在床上睡一会儿。要买什么药吗?"

"听说云南白药牌的印度神油不错,一搽就灵。"

我操纵的武士转眼又死了两次,其战斗力在每一次重生中越降越低。行会老大用内部消息传呼我:每天只装一斤B,听好了,今晚别的行动你就不要参加了。你的状态有点失常,喝多酒了?你马子变后妈了?"每天只装一斤B"是我在游戏里使用的名字。行会老大发了话我不能不听,只得退出战区发呆。

铃兰在我背后持续地弄出窸窸窣窣的声音,不用耳朵我都听得出是在脱衣服。我几乎有点呼不给吸。如果我面对着她脱衣的过程,反而还轻省点,无非是注意力往眼球上汇聚;但我用后脑勺看她脱衣,我的灵魂就吱吱嘎嘎地要脱窍而去。

……现在,我循着记忆将这段往事写成一个小说,按部就班推进到铃兰给我送饭的这一天。回头审视一下,我才猛然发现,原来,前面对涤青屡有不无讽刺的描写,都是为那一天的出轨找足借口。只要我愿意,做过的任何事情,我都可以找来两套悖反的语言进行描述。

有什么办法,只有一种衣服穿上去就再也脱不下来。那叫人皮。我经常梦见我妈剥蛇,但从来没梦见她老人家一锥头把我扎在案子上钉牢,然后用小刀片剥我这张皮。

记忆的当天,我看着电脑屏里同行会兄弟们的浴血拼杀,一颗窗心不时地细跳,跳动的声音像一枚气泡自水底上升,一边升高一边扩大,到耳畔时乍然迸裂。终于,我决定不再虚伪,我知道再忍耐下去,只是进一步吊足自己的胃口。我对自己说,孬种,想干什么就干什么吧!我站起来转过身,稳了稳神,用两道犀利的眼光去捉她。她睡在我的床上,她的衣服堆满我的床头柜,一只乳罩几乎要塌下来。她身体被一条被单轻轻盖住,眼睛时而惊惧时而意味深长地看着我。当我想看清她的嘴唇,她便将被单提上去一点点,遮住了嘴唇。我因她读懂了我的眼神而气急败坏,三步并两步走过去,一把揭开被单。她身体的沟壑突然剧烈地起伏,纵是没有任何声音,起伏的每个细部也对我产生了千丝万缕的召唤。

十二、美人在侧

那年夏天,世界范围内最大的事件,当属德国世界杯的举行。所有的赛事被一根莞城产三圈牌闭路线源源不断地导入我在莞城蜗居的小房间。我的夜晚变成白天,除了香烟、啤酒和消夜食品,铃兰竟然也被我带动,头一场足球看得发蒙;第二场球看懂了规则,见有前锋突破,也会细着嗓子喊越位;第三场球,她便看出滋味,甚至记住了格罗索、托蒂和黄主播等人的名字。我估计一个女人不大可能这么快喜欢上足球,想必,铃兰是为了和我在一起时总有话说,这才强迫自己记下一些入门的知识。

美女在侧,红袖添香夜看球,这一届的赛事当然让我看得尤为过瘾。我们彻夜看球,中场休息还有两场球的间歇时间,我去网上发帖谈球,或者同铃兰做爱。看完球我们就睡下了,当然,白天偶尔睡醒的时候,只要有心情,我们照样也做。

铃兰用手机定好闹钟,但仍是经常起不了床,听见铃响醒来一会儿,铃声一停她又马上睡死过去。她迟到了几回又缺席了一个班,便被广福隆扫地出门。

那天她提着便当进来,跟我说:"现在好了,我彻底解放出来了。"

"怎么了?"

"今天我一去,柜长何姐把我叫到一边,说你这个吊儿郎当的样子,不要再来上班了。她等着看我低三下四地去求她,她早就看我不顺眼。我可不愿意轻易满足她的愿望,就轻轻答应一声,好。我扭过脑袋就走。"

"你真狠心啊。人家年纪大了,你配合一点,摆出个痛改前非的表情,助人为乐嘛。"

"呃,就你会当好人。"她走过来抱住我,问,"好人,我刚才离开的这段时间,你躲在这里反省了没有?有没有什么深刻的认识?"

既然她有所暗示,我当然继续地当好人,告诉她我想她。那一阵,我本来也是无时无刻不想着她。

"你的动作真是很笨,都这么大的人了。"有一天白天,我俩完事后,躺在床头缠绵。铃兰把我臀部拍得几下,啪啪有声,然后跟我说,"你自己说说,你以前过的什么日子啊?唉,你女朋友肯定跟你一样笨。"

"不提她行不?"

"幸好有我在,这几天你就摸着窍门了。"她用手指杵我脑门子,又说,"我要对你严格一点,把你这笨猪变灵活,以后你老婆才会离不开你。"

"不要提她行不?"

"怎么了?"

198

我突然把她抱得很紧,她也很自然地贴着我。在床上,她反而为人师表,喜欢指指点点。一开始我有些尴尬,但适应后,我知道她说得没错。

世界杯要结束的时候,铃兰也不跟我打招呼,有一天拎着那只赭红色拉杆箱,直接搬到我这边来。我正想说些什么,她就把一张脸杵到我面前,毋庸置疑地问:"欢迎不?"

"……欢迎。"

她打开拉杆箱取出几件衣服和裙,一一挂进衣柜。我看着她摆出女主人的模样,便提心吊胆了起来,觉得事情正在扩大。她刚来时还跟我说过,经过她的指引,会让我令女友更为满意。但慢慢地,她就问:"你告诉我一句实话,你和谁待在一起更加开心?"

纵是提心吊胆,我也知道自己并不拒绝她的到来。甚至,提心吊胆也是需要经常体验的情绪,有了这份紧张,我浑身的精神好似一把鸡毛掸子,一下子就抖擞得起来。

说来也怪,自从她搬到我这里住以后,我只提心吊胆了两天时间,很快又变得习以为常。甚至,她那只赭红色拉杆箱仿佛是一种标志,自从摆进我租住的房间后,我和铃兰之间的关系,仿佛从恋爱时的狂热状态转入了日常的生活。这房间的角角落落慢慢被铃兰从包里掏出来的东西抢占,她在墙上钉了衣钩挂起一面磨花镜子,在床头柜上摆了一只化妆包和一盒凯特琳牌化妆棉,在电视柜上搁起一只彩色的电吹风。只这几样简单的东西,就让这房间原有的粗糙气味转眼得到了改观,有一种不经意的细腻流溢其间。

有时候我兀自地想,结了婚,大概也就是这个样子吧。

随着日常生活的到来,我不再像头一个月那样贪恋床笫之欢,做爱的次数在稳步下降。而铃兰也像为人妻子一样，不再过分地挑逗，眼神里有发乎情止乎适可而止的暗示。这种平淡，却又让我觉得两个人的感情进入了更高更新的层次。我便再一次提心吊胆，想到事情须得防微杜渐，但想到这些的时候，我就自嘲了起来。我知道，自己一直都柔弱地任凭事实来宰割，在一种无能为力的情绪当中，享受着铃兰带给我的快乐。

偶尔，我也考虑过，铃兰是不是更适合我？

既然有了这想法，我就抬眼去找她。她要么洗着衣服，要么坐在电脑桌前上网，要么对着镜子擦小澡。

铃兰以前也上过几次QQ。她告诉我，砂桥也扯了网线，有一家很小的网吧，里面格成一个个小间。砂桥一带的妹子闲时除了打牌，也很喜欢上网。有了网聊以后，她们纷纷和外地网友展开网恋。碰到某些有良心的网恋男友，她们就痛陈生活是如何艰辛，于是，真有人把钱打到她们的卡上。她没有自己的QQ号，以前那几次都是用别人的。我给她注册了一个，几分钟搞定的事情，她却感到意外。她原以为，那会像是装一部座机一样程序繁杂。

我的QQ号长时间挂着的，根本没想到，正是这个纰漏，使江标发现了铃兰竟然跟我住在一起。我尽量避免跟铃兰聊到江标，有一天不知道什么话题引起的，我们聊到了江标。她告诉我他是个好人，她这次离开江洋大道，就是江标力劝的结果。非但力劝，而且他还掏了一万块钱给她，希望她从今往后换一个活法，变成另一个人。他说："你试一试，换一个活法，说不定你就再也不想回到现在这个样子。"她当时很奇怪，说："江哥，你怎么老是想着要改造我？"江标把脸摆至最高级别的严肃样，对她说："因为你是我妹妹。"

铃兰即使不说,我也知道事发当时,她就是被江标这句话说动。接下来,江标问她会不会按照两人约定的去做,她就点了点头。她当时轻轻松松把钱接了过来,但跟我说起这事时,又有些懊悔。"我也许不应该拿这么多。他一直在界田垅跑车,能有几个闲钱?"

对此我没有任何表态,但当晚我心情黯淡得很。江标家里用度困难,吼阿短暂的幸福搞得他家人财两空,他妻子小夏又想着往城里调。他这一万块钱,肯定是瞒着小夏拿出来的。要是他知道大施援手予以拯救的这个妹妹,正睡在别人的床上,床的主人睡在她的身上,该主人还是他信得过并乐意倾诉的朋友……他又会怎么想?

我无法再想下去,就扭头跟躺在身边的铃兰说:"来,咬我几口。"

"怎么啦?"

"皮子痒。"

"把我当抓痒勺啦?"

"亲爱的,我最喜欢你像狗一样扑过来咬我的样子。"我诚恳地告诉她,"只有那样,我才知道,我是多么地令你开胃。"

她说:"我牙齿也要磨一磨了,倒想看看你扛不扛得住清宫十大酷刑。"

她在我身上咬了起来,我忍住不吭声,直到肩头坑坑洼洼,两边耳垂几乎免费地穿了耳孔。然后,我就释然了。

她不想出去做事,喜欢和我在房间里懒散度日。清早,她到两个街区以外的那爿农贸市场买菜,走路回来,在半道的果品店里买几斤水果。傍晚,开始退凉以后,她喜欢拽着我出去逛逛。城南广场离得不远,那里搭个台子搞露天 K 歌会,交个十块钱,谁都可以上去唱歌,乐队伴奏,下面稳定有百十观众捧场。她去唱了一次,听见掌声雷动,就上了瘾。有几次，她唱了歌，台下有人给她送花，有的只是几朵，有的送一大把。她一手揽住，或者抱个满怀，实在拿不住，就隔着老远抛给我，并说："帮我拿着。"旁边的年轻人就用古怪的眼光看着我。我发现花束里时不时夹着名片，看看头衔我就知道，作坊业主式的老板居多。晚上，我要是想消夜，她就让我尽量去吃苹果或者香蕉。她好几次用脚劈挂在我肚皮上说："亲爱的，你要控制体重了。"

"嫌弃我了？"

"你自己就不嫌弃啊？"

她不会做菜，我做，我买了一套炊具摆在楼道转角的空地，还买来一只二手的液化气钢瓶，好说歹说，送气站的才同意让那只钢瓶参与轮换。楼上还有几个租住户，彼此也不面生了，路过的时候他们冲我说，你也弄菜啊。我说，你们也来吃吧。他们就说，你们太能吃辣，小心上火哟，多喝凉茶。

于是，我彻底变成一个居家小男人的形象，朋友们电话邀活动，我总是推掉。我在酷热的夏天统着短裤光着膀子跶着人字拖，翻炒着锅里的菜。铃兰则躲在房内吹空调，上网看电视，或者翻翻我淘来的那堆书。

我炒好了菜，端盘子进去，看她正襟危坐着看书。她看书的样子令我感到亲切，偶尔蘸着唾沫翻动书页，又让我想笑。她看书的样子蛮像一只猴，一本书总像是不太拿得稳当。而涤青……我仍然忍不住对比了起来。我跟她在一起时，她有打不完的电话，和别人谈艺术谈风格，谈哪个老板对哪个剧本感兴趣，是否会投资，额度又是多少……即使不打电话，她也总是显得心不在焉。她是做大事的人，浑身罩着一个气场，走到哪里就带到哪里。我租住的房间总是挺小，塞不住她随身携带

202

的气场。回过头来再说铃兰,当我走进去冲她说一声吃饭了,她无论看到哪一行,都会把书信手一撂,脸上现出幸福而又享受的样子。简单的菜,她也能吃得直咂嘴。

有一次,正吃着饭,她忽然若有所思,问我什么叫弥留。我吓了一跳,说怎么问这个词了。她说,喜欢。弥留我知道的,由弥字引出来的词我都喜欢:弥漫、弥望、弥合、弥月、弥散……唯有弥留,弄清它的意思后,就不喜欢。

"到底什么意思嘛……我还以为没有你不知道的。"

"意思是说,病得就剩一口气了,躺床上随时等着了账。你哪里看到的? "

她取出刚才看的书,递给我。一篇小说的开头有这么两句:假如需要死一千次,我宁愿一千次弥留在夏季。铃兰翻出的这篇小说我没读过。我把那两句话默读两遍,忽然觉得弥留两字用在这里,似乎又消退了不少本身的意义——即便还是奄奄一息的意思,但是,奄奄一息在这两句话里突然有了一种亲和的面目。

后来,铃兰把这句话用在了 QQ 的签名档里,一直没有更换。她也开通了一个博客,趁我不在的时候写上三五小段,几百字的短章。这事情,我是一年后才知道的。

七月九日,世界杯决赛到来的前夜,李飞、龚必行等老友都次第地给我打来电话,邀我晚上找一个地方,包一个大房间一起品味决赛,要榨取决赛的每一滴汁液。李飞还在电话里说:"可以带妹子,但是,严禁带家属。"

"呃,好的,我正好有。"我说完这话,才发觉自己竟有点得意。

"老大，真看不出来啊。涤青眼里可不揉沙子的哟。"

"大佬，你老婆难道是省油的灯？"

我端着晚饭菜走进房子里，才跟铃兰提起这事。吃了饭，我又说："有什么好衣服，最好的衣服，换一换啊。"她噘起嘴，说："你那帮狐朋狗友，是不是每个人都带着一个，有心要比一比？我就知道，你们男人都有这种心思。"我不置可否。

她摆了碗到镜子前照一照，自言自语地说："不行，头发也要做一做。"

时间已经不早，我带她去西华街的标榜发廊盘了一个高髻，再回到租住的房子，她换上那件紫色高腰裙。她刚来莞城的那天，穿的正是这件。这个晚上，我才发现高腰裙有了准晚礼服的意思；如果给那V领添两剪刀，将槽子剪深一点，便左右看不出差别来了。她挑了最高的高跟鞋，拎着并不高档的手包。我本来想穿短裤趿跋拖鞋去，但心里有了无形的压力，只得挑一件西裤，配上尖头皮鞋。

我招手打车，让司机把车开去森村假日酒店。

别的五六个人早就到了，在餐厅里用侢城的剁椒拌海鲜吃了个够，见我走来，便齐声怪我怎么这么拖拖沓沓。他们有的带着陌生的女人，有的身边空空荡荡，龚必行就是这样，但所有人都无一例外不带老婆。李飞身边那个妹子，即使坐着，也比他高半个脑袋。脸盘却大，而且，一大就容易扁。铃兰从我背影里闪出来，跟他们点了点头。

龚必行说："介绍一下！"

"侢城老乡，铃兰……你用界田垅话跟他们打打招呼啊。"我甩了个手势。

她便拖起刚学来的广东腔说："逮嘎豪！"

在常堰镇卖五金的黎曙才问："界田垅的？界田垅哪里的？"

我未按抢答器，便赶紧回答："油桐坡。"

李飞说："油桐坡有这么漂亮的妹子？真是的，以前路过的时候也忘了停车歇一歇，到处看上几眼。这么漂亮的妹子，躲在屋里我也能看穿墙。"

时间还早，森村假日酒店又还蛮大，我们十几个人光坐着喝茶聊天不行，过得一阵就散开了，三两成群，四五结伙，有的去球馆打球，有的去游泳。我不想展示自己的身体，去了球馆，当我操起拍的时候发现铃兰没有跟着我，抬眼一看，李飞却把模特妹子小薇扔在这里。她长得并不漂亮，就是高，脸上职业性地看不出表情。她叫我打斯诺克，我红着脸说就打台球吧，玩抢八。打斯诺克的话，我得给球杆上装一只瞄准镜才行。李飞顶多齐她的下巴颏，而我只齐李飞的耳朵，如此换算，我齐这妹子哪里，也是不得而知。我又不好意思站拢了和她比。她球技很好，打台球玩抢八有点心不在焉，但一杆清盘的实力摆在那里，转眼捅了我一个三比零的小高潮。我知道，和她打球，只要她乐意，高潮会一直持续下去。我只好嚼起一枚青果槟榔提神。

我问她："你身材好怎么不去游泳？"

她说："难得讨人嫌。"然后她打掉 13 号球，黑 8 像和尚脑门，暴露在左侧腰洞附近的位置。虽然稍有反角度，但我怀疑统共 360 度的角度，这妹子可以控制 359 度。

凌晨以后，所有的人又聚到大包厢里。偌大的电视屏上，播的是美国一个音乐奖颁奖晚会。离开球还有个把小时。屋里恰到好处地暗着，挤挤匝匝的座位被服务生重新布置，中间空出能跳舞的一圈地方。铃兰还没有来。她哪个时候从我身边走开的，我竟然浑不觉察。

李飞黎曙才带着两个妹子走进来,一个是铃兰,另一个八成是在森村现拉来的。他们全都打扮成游泳健将,铃兰穿着一件米黄色泳衣,即使光线昏暗,依然可见她胸前凸点了。他们各自搭一条浴巾,从泳池出来,走过花径,通过大堂,森村俨然是他们的私家宅院。

她坐在我身边,依然摆弄着头发,擦几下,又搓几下。

"去哪了?"

"看不出来吗?"

"用什么姿势游的? 狗刨?"

"我比较喜欢用蝶泳,蛙泳太累人。"

"……去换一身衣服。"

她呵呵地一笑:"你看着心疼了是不? 原来你也是个小眉小眼的男人。"

她毕竟走了进去,包房里有多间套间,可以洗浴可以休息还可以干些别的什么,功能齐备。她走了以后,李飞马上拿着两瓶啤酒坐过来,坐在她屁股刚挪开的地方。他把槟榔塞进啤酒瓶,递我一瓶,找碰。他问:"你小子真是善于沙里淘金。她是干什么的?"

"有屁快放。"

"痛快。我带她出去炫耀几天,怎么样?"

"你问她自己。问我有什么用?"

"你没意见?"

"我……"一时间,我的两张嘴皮子有点失控,"去你的。"

李飞就拍拍我肩:"明白了。你这家伙不来就不来,一来还来真的。有时候,一棵树上会吊死,两棵树上也吊死,要是有三棵树,反而就活过来了。"

那场著名的球踢了起来,包厢里的沙发都很高很深,像一张巨大的口把人往下面吸。他们把沙发移回电视屏前,刚才清理出来的舞池马上便被填满。我坐在最后一排,要扯着脑袋才能看见电视。铃兰依偎得很紧,刚才她游泳似乎透支了体力,开球后她竟然睡着了。她本来就是火线入党的球迷。但齐达内顶马特拉齐一个屁墩的那一刻,她忽然又醒来,看了个正着。听着刘主播的情况简报,她才知道是怎么回事。

"我就喜欢齐达内这样的男人。"铃兰扭头跟我说,"突然不喜欢你了。真的。"

我嗯的一声。她声音不大,而音箱的球赛现场声音又不小,但坐前面的那些人竟然全都听得一清二楚。他们扭过脸来,夸铃兰真是有眼光。

我只顾往下看,再往下看,必然是有些遗憾。其间铃兰又说了什么,我以为她是自言自语。她突然把我脑袋拧过去,轻轻地问:"怎么,生气了?你怎么能跟我要个性啊?"我正想着往下搭什么话,她忽然就极力地哄我,坐在我腿上,把我脑袋揽进她怀里。我俩是最后一排,搞搞尺度较大的举动,前面的人不会看见。我心里有些瞀乱,这里真不是适合发情的地方。看着我不是很配合,她扭头看看前面,又拧过脸来窃自一笑。她把 V 字领的肩襟轻轻一拽,一只乳房整个就鬼头鬼脑地蹭出来,弹在我脸上。

这个情境使我心跳加速,但更多的是带来窘迫。

铃兰知道我没法吭声的。坐前面的朋友正纷纷地把那场球的残局继续往下看,万一脖子酸痛扭一扭,我和铃兰的举动便会昭然若揭。我想把她掰开,她就把我越发抱得紧。我的脸和她乳房之间转眼就黏出一层汗。

我看不见前面的人,但我听见有个妹子发出蹊跷的咳嗽声。我再也忍耐不住,把她往旁边一搂,站起来拍拍衣服说:"搞什么嘛,你真是的。"前面一众朋友不知道发生了什么,呆呆地转头看向后面。我余光看见她赶紧把衣领一扯,同时我疾疾地往外走。龚必行和李飞义不容辞地过来拉我,当时我不知道怎么了,甩开他们的手,呵斥他们少管闲事。他们不知出了什么状况,不好强拦。

我走到大堂外等车时,就冷静下来。我意识到铃兰并没有什么错,她自认为可以在我面前做任何表示亲昵的举动,无须取得我的同意。而我的举动,却是蓄谋已久,从她穿泳衣披浴巾走进来时,就已经开始酝酿了。一辆的士停在我面前,我扭头又往里走。回到老友们的包厢,他们都看着我发呆。

"刚才我喝多了点……原谅我吗?"

他们有些安静,不知如何表态。是李飞率先撮起一个响榧子,说:"可以原谅,但你每人敬一杯酒。"

我微笑着,率先吹完一整瓶,再逐一地敬,并对他们每个人说:"生日快乐!"

我坐在她身边,她在生闷气,蹙着眉,手托着腮帮子。我也不说什么,去捉她的手,被她拍开两回。第三回,我们的手指就绞在了一起。

门打开,我俩一边脱衣一边往床上跑,仿佛床上掀起了细微的海浪,召唤着人往里跳。我们以最快的速度剥光自己,在床上狠狠地拥抱起来……

凌晨时闹的矛盾,一旦和解,就使我们翻出激情。我似乎是在求得她的原谅,而她也用切实的行动表达了原谅之意。我不管不顾地使用着自己身体，把她折腾了个把钟点。要完事的时候她又翻身上马，说：
"呃，轮到我了。"

我感觉又回到一个月前，她给我送便当并引诱我的那一天。

等她也累得不行了，我俩就拥在一起想睡觉，这才发现空调还没
有开。凉风徐徐地吹过来，我俩一不小心又缠抱成一体。我开始做梦。

醒来时天已经黑掉了，铃兰还在睡。我出去买来吃食，回来后她坐
在床头看书，并且吃着糖。昨晚在森村假日酒店，除了烟、酒、海鲜，还
附送的有糖果。送糖是许多商家的惯伎，这一招低成本、简单、奏效，并
且能让人感受到一丝遥远的温暖。铃兰把糖装在手袋里带回来，现在，
所有的糖都散放在桌面上，我忽然想走过去看一眼，都是些什么糖。老
远看去，那些糖包装纸都分外妖娆，估计是莞城产的进口糖果，也就不
去细看了。

她问我："昨晚你梦见我了么？"

"没有。"

"我就知道你不会梦见我。我也没梦见你。"

她漱了口，和我一起坐下来吃东西。我们几乎饿了整整一天，而且
还剧烈地运动过，吃饭时几乎嚼肉的力气都没有。把食物一点一点吃
下去，我又感觉自己慢慢还了阳。她吃得很少，似乎还想着去吃那些
糖。吃完东西她又坐到床头，用枕头枕住腰。现在她喜欢坐在床头看
书。她把枕头的位置调了几次，似乎依然不满意，就冲我说："你也坐上
来。"她要我坐在她的背后，搂着她。她勾着脑袋看书，累了往后一靠挂
在我身上。其实，她这天根本没看进去，过得不久就把书抛开一边，说：
"聊些什么吧。"

"理想？"

"也行。你也不能老是在这房子里窝着吧。和你待了这么久，看不出你这个人有什么想去做的事情。诗也不写，照相也不能挣钱。"

"其实，我的理想是……"怀里有个暖洋洋的女人，我乐得现编。我几乎没眨眼就把话编了出来，"我的理想是建一个爱好设计公司……对，有发型设计、职业设计、签名设计，我这个也差不多。每个人至少有一种爱好，才算是活过。但是，人们找得到的爱好只那么几样东西，打球、打麻将、跳舞、养花，无非那么十来样。这主要是个思路问题，要是思路打开了，别说拼图、木工、器械改造、捉鼠、养蜂、拓碑、念经、PS作图、做标本……甚至洗厕所都可以成为一种爱好，自己在屋顶上建一个气象站，网上发布独家气象预报也很好玩；又或者，把每笔收入的十分之一都捐出来，时间久了就不要当自己是往外贡献什么，跟自己说，老子就喜欢这么干。真的梳理起来，能成为爱好的事情，必然是成千上万种，但我们现在就只有十几种，所以太多的人找不到爱好。"

"前面怎么都这么无聊？后面那条不就是做好事嘛。"

"解铃还须系铃人，妹妹。"我说，"无聊的事情干多了，人会成天找意义。要承认有意义是一小撮盐，无聊才是白米饭。无聊还需用无聊消磨，人要是能无聊得有趣，也就够本了。做好事，不能只干扶老太太过马路这种不花本钱的事，要学到让自己肉痛的程度，痛多了也就痛快了。"

"我被你搞晕了。"

"所以我要搞这个公司，把所有的可能性都找足，做成表格和测试题，让人慢慢地选，就像在火锅店里拉单子勾菜一样。人要找到真正适合自己的爱好，比找一个老婆还难。一旦找到了唯一的爱好，再加上吃饭穿衣，别的什么都不操心了。"我说着说着，仿佛自己真想这么干。

"可惜,我没有什么爱好,想也想不到。你能帮我想到吗?"

"能!"就在我说出这个字的一刹那,忽然就有了一套完整的想法。我脑袋一下子烫了起来。我告诉她,只要她告诉我她做过的梦,做得最多的梦,我就能从中理出蛛丝马迹,并顺藤摸瓜捋出她最隐秘的爱好。铃兰有些不信。她说:"你真有这么神?"

"不是我,是一个叫弗洛伊德的老头,他教我一套方法。哎,你叫他弗爹爹就行,反正你也见不着他。"

铃兰还是不太肯信,于是我给她举出一个例子。这例子倒是真的,我拿弗爹爹整理出来的分析方法摆平过现实里的问题。有一阵涤青时常梦见涤生死去。她被雷同的梦境惊醒好几次,并推醒睡在旁边的我,问我怎么回事。我说我不知道。那一阵她被这梦搅得心神不宁,惶惶不可终日。她跟我说,你去帮我搞清楚,一定要帮我搞清楚。她觉得这事蹊跷,如果日有所思夜有所梦,根本说不通。他们两姐弟关系挺好,涤生也一直默默支持着她的事业。如果心里有一份担心,按年龄顺序,她也觉得应该先梦见父亲母亲死去。怎么偏偏会是涤生?我只好抱着侥幸心理去看弗爹爹的书。看了之后,我现买现卖地告诉她:"其实你确实有过让涤生死掉的想法。"她摇摇头说不可能。我就告诉她,因为她比涤生大三岁。涤生出生前,她是家中绝对的宠儿,父母都围着她转。但涤生出生后,她就失宠了。这是当年几乎每个家庭都有过的情况。我说:"你当时感到失落。当时你只有三岁,并没真正搞懂死是怎么回事,但隐隐约约知道了,死就是一个人彻底消失,就可以消除自己的这份失落。于是,你就巴不得他死。"涤青听了这番话,犹豫起来,没有认同,也不否认。她告诉我她根本记不起两三岁的时候想过什么。她反问:"你能记得吗?"我说:"对,你记不住,我们都记不住。这些记忆之前的念头,有些彻底消失掉了,有些变成碎片,游离在你脑子里面。有时候做梦,这些碎片突然冒了出来,成为梦境。"

"那我最近怎么老是梦见这个? 以前没有啊。"

这个弗爹爹没说,我就只好现编了:"那些碎片是游离状态,像孔子周游列国,碎片周游你脑袋里每个不同的区。它游到你管理梦境的这个区,会有一阵时间。再过一阵,又会飘到别的区,你就根本意识不到了。"

涤青有点紧张,问:"那这个周期有多长? "

"没准和哈雷彗星差不多。"

不说这些分析准确度有多少,事实是,一俟我跟涤青说起这事,自后她便再没做过那种梦。

"……真有那么管用? "铃兰的表情和涤青当时差不多。

"我们马上就试试。你想想看,你小时候做得最多的梦是什么?"我很明白,算命、释梦、手相痣相、数字谶纬,或者星座与爱情的关系,都是女人们钟爱的话题。谁若对此略做了解,有一定分析演绎能力,总能够把妹子哄得晕晕乎乎。

她陷入回忆之中, 然后告诉我:"经常梦见自己爬到高高的地方,下又下不来。经常梦见自己飞了起来,突然又掉了下来……"

"那是最常见的梦,和你睡觉时手是不是压在胸脯上有关。和爱好无关。"

"梦见自己被车轧了呢?"

"弗爹爹说,那是少儿不宜的梦……呃,就是你想男人想的。"

"真讨厌。我还老是梦见考试不及格。"

"那你小时候是不是经常没考及格? 好好地想, 想一个具体点的梦。"

"具体点的梦？那你给我举些例子。你都做过哪些具体的梦？"

"喏,刚才说的交叉流动的河难道不是？我还梦见自己和另外几个朋友变成四肢行走的动物,被一个贵妇牵着,被她用脚尖踢屁股。梦见自己不穿裤子走过大街却不被发现,因为街上别的人统统没有脑袋。梦见有个朋友突然变成一颗炮弹朝我打来,我顺手抄起苍蝇拍把炮弹拍成一盏床头灯。梦见自己醒了,但真正醒来时才意识到刚才只是梦境。梦见一只小狗亲昵地舔我的脚,我弯下腰去抚摸它,它的毛就像蒲公英一样乱飞,掉光了以后这狗就变成一个女人,不过她既不穿衣服,又不穿皮肤……"

"我的妈哎,别碰我！"铃兰浑身一抖,咯咯地笑,问我怎么记得这么清楚。我确实记得清楚,因为我花了数个月的时间,让自己加大意念,捕捉梦里的细节形成记忆,不至于一醒来就忘掉。这很可惜。醒来,我会记在本子上,试图用文字尽量详尽地记录下梦的细节,这也能让我找到记梦的窍门。经过一段时间的训练,我每晚都能挑一两段梦记住。

经我启发,过一会儿铃兰就想起一个较为具体的梦。她说:"以前,我还经常梦见自己想架梯子爬上楼,但那梯子,中间只有一根横枋。我怎么爬也爬不上去。"

我闭目一想,说:"呃,这个梦有用。"其实,释梦只是幌子。我只想找一个能为我所用的细节,作为突破口,达到隐秘的目的。听了这个梦,我觉得时机已到。

"真的？"

"……你看,一架梯子上面只有一根横枋,那会是什么形状？有点像字母'H',倒下来又像工人的'工'字,对吗?"

"那又怎么了?"

"梦就是这么有趣,你梦见一架梯子,其实和你脑袋里对应的,未必就是梯子。它完全可能是别的东西变形成这样,就像孙悟空,只要它愿意,可以变成一台电脑,可以变成一个液化气罐子,也可以变成一只图钉摆在椅子上让人上一当。呃,依我看,这个 H,很像是一个人横着躺在一条马路上……"

铃兰眼里马上迸出信服的神色,甚至闷哼了一声。

"怎么了?"

"真是准啊,我小时候,就喜欢横着躺在马路上。"

我佯装是第一次听到,担忧地说:"你真是胆子大,那不是开玩笑的事。"

"没事,我当时有好几岁了,心里清楚,专门躺在一坡顶,车子从哪边来,老远都能看见我。"

"你为什么要躺在马路上?"

"司机看见我横在马路上,就会停下来,把我抱到一边的草地上。我就喜欢被他们一次一次地抱起来,他们抱起我,我就感到很舒服。……这能看出我的爱好么?"

我依然操着启发的口吻跟她说:"你自己分析一下嘛。"

"……天呐,我从小就喜欢被不同的男人抱来抱去,"她咯咯地笑了起来,扭头看着我,又说,"这都被你问出来了,是不是觉得我很贱?我自己都觉得贱咧。"

我搂紧她说:"你怎么……没关系,觉得自己贱的女人,往往比无缘无故觉得自己高贵的女人要可爱。"

此后第二天或者是第三天，我竟然梦见了江标跟我说过的情景。在梦里，司机换成了我自己，车往前面开，路的中央有个小妹子躺着，我想看却看不清楚……

铃兰几次问过我，晚上梦见她没有。我总是摇摇头。

她说她已经梦见我了。有一次她还说得具体，说昨晚梦见你躺在床上，好大一堆，死眉烂眼地等着我喂饭。她又生气地说："你这个死人，我都梦见你几次了，你怎么就不能梦见我一次呢？"

我便羞愧地说："别急别急，再等等！"

十三、多事之秋

　　涤青偶尔打电话过来,要是铃兰在房内,我当然出去接。有时候,晚上她也打。我关机,她白天就批评我,说晚上不准关机。我问她是不是要查岗,她直言不讳地说是。我说:"我基本上都是一个人待在这房子里,有什么好查的?难道还有人从窗户里爬进来偷我?"她说:"反正,手机你一直开着。"

　　手机在夜里甚至半夜里响起,我拿起来看是涤青的号码,就有点犹豫。铃兰睡眠浅,她总是比我醒得快。好几次我睁开眼,她就从床头拽起手机递给我。她已经知道涤青是我女友。于是,她甚至会说:"呶,正房来的。"见我表情犹豫,她又说,"放心好了,我会鸦雀无声。"

　　她的确做到了这一点。我和涤青打着电话,免不了会说你想我吗我想你啊之类的陈词滥调,铃兰在一旁憋着笑,不吭一声。即使这样,有一次,涤青话锋陡然一转,突然阴森森地问我:"……你那边有什么声音? 嗯?"

我说:"什么?"她没有接言,我也仔细听起来,这城市的夜晚总有些不明声响,不曾有一秒钟彻底的清静。而铃兰,我要夸夸她,她特别安静,表情扭曲着就是不吭一声。隔得一会儿,涤青却又咯咯地笑起来,说:"诈你一下,真不知道你现在是什么表情。"

挂了电话,铃兰就释放出笑声,又问涤青几时回来。我告诉她快了。

"那我是不是要准备走?"

我没有吭声,心头隐隐地不安起来。

"我知道了,不要做出很为难的样子。好像总是我们女人在为难你们男人。你受委屈了!"

"铃兰,你能不能……"

"睡!"顷刻间,她便故意喷出一片鼾声。

事已至此,我只得任事态发展。即使有什么状况,只要明确当天不会发生,就安然地过它一天。

铃兰在我这里个把月了,时间一久,两个人在一间狭窄的屋子里,即使如胶似漆,黏在一起久了也会觉得累赘。街口有家麻将馆,她待不住了就去那里打麻将。她打得很好,以前在砂桥,她整个白天基本上只有这一样事情可做,应该算是专业水平。她还用赢来的钱给我买了一只电动刮胡刀。她去麻将馆,我得以在房间里独处,干干活,用电脑做一下文件。干活已经有点自欺欺人,要挣钱,我几乎就是去拉业务,以熟相欺,靠着一张老脸去找熟人。涤生还有别的几个兄弟只好把广告业务送给我做。干活之后大块的时间,我便玩游戏。

玩游戏时,QQ也挂着,有熟人上来我就扯几句闲话。我好久没跟父亲还有江标联系。再想跟他们聊些什么,他俩竟然都很少挂网了。父亲不上网我也不去理他，说不定他和曾阿姨过了最初热情似火的阶段，也要出去冷却冷却，也要和老牌友再搓上几圈。他这个年纪，还被人认为是重色轻友，脸就丢大了。我给江标发图标，并问他忙什么，要他上了线后见字回复。好几天过去，仍然不见他回过来片言只字。我觉得有点不对劲，给他打电话，听着接通了，可是过一会儿又变成你拨打的用户不在服务区。

江标不接我电话，我便仔细地想，难道又有什么地方开罪他了？想来想去，难道和铃兰有关？说真的，铃兰在他心里处在什么样的位置，我琢磨不透。铃兰说过的，江标是有几次花钱包下她，和她在房里待了不短的时间，但他甚至没碰过她的手。因为久远的回忆，他真就把铃兰当成自己的妹妹，心甘情愿地付出？

……难道江标知道了铃兰现在跟我在一起？再一想不可能的。他远在千里之外，怎么会知道？我只有对自己说：拜托，别老这么做贼心虚好不好！

相处了一个多月，我感觉铃兰很好，不是装的，她天生就是一个易于相处的女人。我也实在没什么地方值得她强作笑颜暗中算计。江标一直没有问出来的答案，我却抓住机会问了个正着。那以后，我发现自己对铃兰多了一份疼爱。有时，她也感觉到异样，问我怎么突然对她这么好。我说："睡醒啦？我本来就对你这么好啊。"她想了想，就点点头说："那是的，你还算是个有良心的咧。"

其实我知道原因的所在：我看着她，或者搂着她，会反复地想起江标跟我说过的情景。这情景本就在我脑子里扎得很深，现在落实到眼前这个活色生香的女人身上，我有一种意外之喜。搂着她，再用鼻头仔细地一闻，闻出她经过香水改造的体味里面，依然混合着泥土的芬芳。

江标以前说过的那种水草的气味,只要我愿意被意念牵引,也隐约找得出来。十六岁以前,每个夏天我们总是在河流中长时间浸泡。我熟知河中水草的气味,以清爽为主,又夹杂着点泥腥和鱼腥,闻得多了,让人无由头地提心吊胆起来;光总是在水皮和草尖上面抖动、泛滥,远看波光粼粼,近看恍惚不明。我总是不断加大意念,让这声与光,气味与影像的回忆横移到铃兰的身体上面。人的自我暗示能力,经过不断强化,总能在平淡生活中突然开启一扇去向隐秘之处的大门。

想着涤青终究是要回来,我感到烦躁,搂着铃兰,却又总能安静地做梦。

拖到不能再拖的那一天,我踌躇再三,怎么开口跟铃兰摆明这事。见她要去打麻将,我就及时叫住了她。

"怎么了?"

"……那个,过两天就会回来。"

"哦,知道了。"铃兰轻描淡写地回我一句,出了门往楼下走。

涤青回来的时候我这里当然恢复了从前的样子,既然做贼心虚,我就把铃兰收拾妥当的房间弄乱,甚至弄得比以前还要乱。我宁愿涤青看到时骂我几句。

她走进房内,看看脏乱差依然如故,自然是骂了我几句,然后帮我收拾,嘴里唠唠叨叨。我问她:"这次剪片还顺利吗?"她一闪神就被我转移了话题,说起在北京遇到的种种情况,忘了再批评我。她说话干活两不误,房子里变成另一种整洁,严严实实地覆盖了铃兰来过的任何痕迹。等涤青收拾完,我悄悄松了一口气。

晚上,涤青睡在我这里。我还强打精神亲热一番,她说那个来了。我掐指一算日期不对,而且差得太多。涤青就板起脸说:"你看,你这个猪脑,别的记不住,我那事情你却记得很清楚。"我说:"哪记得清楚?我完全搞蒙了。以前你每个月的时间总是很准,现在怎么变成一笔糊涂账了?"

"是啊,我有什么办法?……这里和北京气候不一样,纬度不一样,饮食习惯不一样,这么多的不一样堆在一起,还不准人内分泌紊乱一回啊。"

既然她要辩解,我也不必再装出饥渴的样子。

涤青在我租住的房间待了三天。她一走,我就开始想铃兰,躺床上时想,想得枕头都枕不安稳,起床穿衣服时想,上厕所时想,刷牙洗脸时仍在想。她是五天前离开的。头两天我还感到轻松,后三天有涤青分散我的注意力,现在,涤青又走了。这房子里只剩我一个人,我可以肆无忌惮地想事情,从窗外透过来的几缕淡白的光,此时也显得生机勃勃。想来想去,所有的思路都殊途同归,回到铃兰这一个点上。

整个下午我都在思考一个问题:给不给铃兰打电话? 我知道这样不好,涤青刚走,人走了,被窝都还没凉。身处犹豫当中,我也好几番向自身的控制能力发起严厉的批评。

天一黑我还是给铃兰打去电话,问她在哪里。她说她在南城斑竹园附近刚租了一套房,住下了。我说:"我想到你那里去。"

她说:"改天吧,我现在没心情。"

"我心情有得多,见了面我分你一半都撑死你。"

她在电话那头笑了。她一笑,我就放下心来,知道事情好办了。果然,她说:"我不想你来我这里,我自己对这都还很陌生。我想去你那边,那里熟悉,像自己的家……正房不在吧?"

我说:"不要没话找话了。我等着你。"

220

她以我意想不到的速度赶来,拧开门,我俩又纠缠在一起。她说她这几天一直在等我电话。她说她很痛苦,她在的时候涤青可以随时打来电话,但是换个位置,她却不能这么做。我要动手动脚,她却哭了,要我好好听她说话。半小时以后,我们互相扒光衣服,赤条条地躺在床下,情绪还没有酝酿充分,锁舌突然一响,门开了。涤青从门外闪了进来。她虽然说话尖刻,风平浪静的时候会凶巴巴地跟我说话,这一刻,她却保持着平静,进来以后视而不见地走到电脑桌前,跷起二郎腿看着我们,什么话也没说。

　　我第一次碰到这种事,不晓得该怎么办,怔怔地忘了自己现在是个光人。铃兰却很平静地穿起了衣服。我俩的衣服都堆在一起。她拾起自己的上衣,又从下面拎起我的裤衩扔过来,扔在我脸上。她穿衣服一招一式都井然有序,仿佛是给我提了醒,我这才稳住阵脚,没把裤衩往脖子上套。

　　铃兰穿妥了衣裤,从容地走出去。涤青纹丝不动地坐着,像一尊菩萨。我也想过,哪天涤青和铃兰撞了面,会是什么样的情景?我确实有过这样的想法,曾以为会是一个不经不觉的场面。但我没想到这情景就在一瞬间发生,横在自己眼前。我穿好了衣裤,不下床,坐在床头抽烟。

　　只有床头灯开了一盏,我这边很亮,涤青坐在了房间里暗淡的区域。我勾着脑袋,感觉她在流眼泪。我希望她冲过来给我两个耳光,或者再多几个,但是她就这么憋着。

　　不知坐了多久,她站起来也要往外面走。

　　我喊她:"涤青!"

　　"别再用你的嘴巴喊我的名字!"

"涤青！"

她捂住耳朵走了出去，还不忘把门带上。我想追出去，却又往窗户前面跑，伸出脑袋看着涤青走到街口，很快打了一辆车。

我重新坐回床头，捏了捏，烟盒里没有烟了。信手拉开床头柜的抽屉，里面还有几颗糖，那是好些天前铃兰带回来的。我剥开一枚硬糖含在嘴里，躺下来，直到睡去。我已经三十多年没有含着糖睡觉了。那一晚剩下的时间，梦都不来扰我。

我足不出户，在房子里闷了三天，没有熟人给我打来电话，我也不打任何电话出去。一切出奇地静谧，只有窗外这条街上依然制造着人来人往的嘈杂声音。我以为手机是不是坏了，结果它就响了，一个说标普却杂有山东口音的妹子说是要做调查，然后就开始推销纪念品。我对纪念品不感兴趣，但闲着无事，便和妹子瞎聊了一番。晚上，手机欠费了。第二天我去移动公司的营业部，本是要续费，却换了一个卡。之后我又在房子里闷了一个星期左右，打电话告诉老冉我换号了，别的几个朋友也打了，涤生没有打。

第八天，我打电话给涤青，停机。我觉得情况不妙，赶忙打给铃兰，也是关机。这一次，我们三个人都难得地心有灵犀了。

第九天一早，李飞打电话过来，说你家里正在找你，怎么搞的嘛，快回个电话。我打电话给父亲，没想却传来范医生的声音。这十来天，我还以为自己被人丢进遗忘的角落，没想各自都有焦头烂额的事情。

"出了什么事？"

"你快点赶飞机回来，你爸脑出血。"

"怎么会脑出血？"

"这事我也不知道怎么说,你快点回来,把涤青也叫上。真不知怎么搞的,你换了电话,她也换了,怎么都不说一声。"

时间还早,我订当天回佴城的飞机,全价。机上五十几个位置,只有七八个乘客。到界田垅机场,见是妹妹顾彤和光头来接我。我知道事情不轻省,已进入紧急状态,要不然她不会捐弃前嫌来干这事。一路上,光头开车,顾彤骂骂咧咧地跟我说是怎么回事。我大概听出来是什么事情,曾阿姨和人私奔了,据说是网上认识的外地帅哥,曾阿姨婚后网恋了一把。一开始她可能也没想到私奔,或者不结婚她也不会想到私奔,有了婚姻的比较,她仿佛突然明白什么是真正的幸福。她的QQ号被光头登录了上去,打开一看,签名档里赫然写着这么句话:为什么要到结婚后,才会发现真爱在远方等我? 这句话一摆,红杏出墙的意思已昭然若揭。她把这句话放在QQ里,就有点高挂红灯笼的意思,某个Q友看一眼,就心知肚明了。但曾阿姨QQ里有七八十个Q友,此时都成了故意布下的疑阵,揪不出谁来。光头说他还查了网聊记录,曾阿姨还是很厉害,反侦察,重要的记录都被删了,他圈不出怀疑对象。

我父亲哪曾想到,自己以为这个家是两个人的天堂,曾妹子却当成白公馆渣滓洞,一心想着逃离。这种打击,父亲怎么承受得了?

顾彤说:"你也真是的,装修个房子,阳台上摆什么不好,偏要摆一只绿皮邮筒。爸碰到事情想不通,正好拿脑袋往邮筒上撞,脑出血就撞出来了。"

我心情很沉重。那只绿皮邮筒被我顺手淘来以后,一直还没精力改造成橱柜,就搁在阳台的一角。父亲出这事情,多了一份我的责任。

我到医院的时候,父亲已经做好了手术,手术很成功,父亲一条命算是保下来了,但是既然有了这一回,人就不太清醒。不太清醒也好,稍微清醒一点,他两只眼睛就唰唰地流出眼泪,脸上是极度脆弱的样子。

范医生那几天一直守着我父亲,因为顾彤反而靠不住。据说我妈也来过一两回,她身上的香水气味效果严重,人走后都久久地不消,害得父亲不停打喷嚏,护士只好买来空气清新剂,用刺激小一点的气味消除母亲来过的痕迹。范医生说:"真是奇怪,出了这样的事,老顾以前怎么一点都没有察觉?老顾虽然有点小孩脾气,以前也算是蛮精明的人。"

我却能够理解,恋爱总是让人变得愚蠢;而恋爱之事之于我父亲,既加重了他的老年痴呆,又让他自以为是,浑然不觉。

范医生又问:"涤青怎么没来?"

"她这一段时间特别忙,两个片子在后期制作,什么事情都离不开她。"

"好像她拍的东西要到电影院里卖钱一样。"范医生摇摇头,又问,"她的电话是多少?这几天她换了一个号,我打不通了。她个把月才往家里打一次。"

我装模作样地查了查手机,告诉他:"呃,是了,我把她的新号码抄在本子上,没存进手机。这次来得匆忙,电话本都忘了带。"

"哦,是吗?"范医生疑惑地看了看我。

父亲没几天就可以出院了,进来时是担架,出去时是轮椅。我把他带回家,他坐在阳台上长时间看外面的河以及河对岸的山。如果我站在旁边,他就流眼泪,我先是用纸巾擦,后面干脆直接用两个指头撸,像撸鼻涕一样,一把又一把地往阳台外面丢。我觉得他老这么哭下去也不是个事,总在想有什么办法能分散他的注意力。后来,在他心情平稳的时候,我引导他上网打几款小游戏,比如说连连看,或者是水果配合,一只鼠标就能整个操纵,换作是超级玛丽的话,要键盘鼠标齐动,对他来说难度就过大了。我用了三四天的时间,教父亲玩连连看上了瘾,他经常一玩就是几个小时,拿饭去给他吃,还要哄半天,他才肯下机。

这以后我才轻松一点,趁他玩游戏,我可以去另一间房用笔记本上网。上了网,我便去查 QQ 里的聊天记录。光头说的话提醒了我,我想找出江标不再理我的原因,是不是有什么话说错了。直接网络话聊的那几次,我记得主要都是他说,我听,不会出什么差错,再说此后还打字聊了数次,聊起来也没发生过什么矛盾。难道我喝多酒,记事情不牢实?

我很快调出聊天记录,看到以下内容:

江标:在吗?

每天只装一斤 B:在的。

江标:好几天不见你上网了,都在忙什么呢?

每天只装一斤 B:我在想你呀。

江标:拜托,今天你讲话怎么是这个味道? 你发情了,找你女朋友啊。

每天只装一斤 B:我发情找你不行啊?

江标:老兄,喝多酒了吧? 我又不是你的涤青。

每天只装一斤 B:你现在在哪里?

江标:还能在哪里,每次都是在办公室啊。

江标:今天你打字挺慢啊,是不是有别的事情?

每天只装一斤 B:没有啊。

江标:我发个视频链接,你接一接。

每天只装一斤 B:视频是干什么的？

江标:我们以前聊天时,不都是链接一下嘛。我发过去,你在右下方点一下同意键就行。你不会连这个都忘了？

每天只装一斤 B:哦,刚才在接一个电话,一下子没反应过来。

江标:(发来视频请求)

江标:原来是你。

每天只装一斤 B:我的天,我的头像怎么在这上面。

江标:第一次？感到很新鲜吧？

每天只装一斤 B:你好啊。

江标:果然,越聊就越不对劲。他在干吗？

每天只装一斤 B:还在睡,跟一只死猪差不多。

江标:你怎么会在他这里？你怎么会在莞城？不是说去广州的吗？

每天只装一斤 B:过来串一下门。

江标:看样子,屋子里就你们俩啊。

每天只装一斤 B:想看三个人在一起打架吗？等下他醒了,要不要我告诉他你找他。

江标:不要。其实也没什么事。我马上要下机了。等下你跟他什么都不要说,再把这个窗口关掉,好吗？

每天只装一斤 B:好像我在跟你偷情似的,怕别人知道。

江标:是啊,偷情这事,真像狗尾巴草,到哪里都长得出来。记住关窗口啊。

每天只装一斤 B:好的,你几时有空,也过来一起聚聚。

江标:好的,祝你们愉快。

············

226

看了这些，我才知道铃兰以前上QQ，竟然没用过视频。第一次用，还是被江标哄着弄通的。不难看出来，江标那天上了网找我，正好铃兰坐在我的笔记本前面，她一时调皮，以我的名义和他聊起来。江标是个聪明人，聊了几句便觉察到不对劲，或者隐约想到了什么。他在那一端略施一招诈术，便有了意外的发现。

他知道铃兰和我在一起的那一刻，有什么样的心情？

很明显，这就是他现在不理我的原因。要是早几天知道，我也许会在心里拧出一块大疙瘩，可是转眼间出了这么多事，我也懒得过多理会江标的心情了。我又在想，涤青是不是被他告密？想了一阵，我觉得不像，一来江标不是多嘴之人，他不和不熟悉的人多说一句话。二来我觉得涤青就是事发那天突然摸清了情况。此前的三天，如果她心里已经布置好了捉奸在床的计划，不可能一直跟我波澜不惊地相处。她不是曾阿姨，我当然也不是我父亲。如果她能将情绪控制得如此收放自如，那么，我也用不着如此羞愧地度日。

事实再一次证明了我的分析。数个月以后，涤青告诉我，那天中午下了楼，对面早餐店的老板黄鱼泡叫住她，给她一个电话号码，说："你男人有状况，背着你偷人知道吗？我懒得管这闲事，你要想知道具体情况，打这个电话。"那电话是我的房东吹水佬写下的。他老早就提醒过我，说容不得男女乱搞之事，但我当成了耳旁风，以为那只是套话。

但吹水佬这回不是跟我开玩笑，他认识涤青，有一次收房租时撞见了，还认出来涤青在电视台里现过面。后来，他听黄鱼泡说另一个女人来我房里，就打算向涤青揭发我。黄鱼泡踊跃地争取当吹水佬的线人。事发那晚，黄鱼泡一见铃兰上了楼，马上打电话给吹水佬汇报情况。

227

那是以后的事。我回佴城以后，一直没有和涤青联系上。和她俩都失去了联系。

我母亲来过几回，现在她养成了习惯，总是要被人簇拥着。她来了以后，客厅就满是人，桌上也堆起一盒盒补品。我就得端茶倒水。现在父亲出了状况，在屋子里玩游戏玩得开心，我让母亲不要去打扰他，请她在客厅里坐一坐。

母亲说："听说顾丰年小便失禁的事也干了几回？"

我真拿她没办法，她的那些下属忍不住偷偷地笑，又不敢笑出声音，嘴巴立时变得跟屁股一样，需要闭紧了使劲憋。我示意她移步到里屋去说。我知道母亲倒是无心的，她和他毕竟几十年的夫妻，见到他现在这个样子，她又有点放不下了。总的来说，母亲是个心软的妇女，受不了别人看不起自己，也受不了看不起自己的人突然偏瘫，小便失禁。那毕竟是她的前夫。现在她在佴城有了名，别人说到我父亲，不会说顾丰年怎么怎么样，而是说，肖桂琴以前那个男人怎么怎么样。

母亲随我来到里屋，又问："要不要再买一些尿不湿？现在商家鬼主意多，老人用的也有，尺码挺大，你穿的都有。"

我说："还是不要买，最近一段时间他又好一点，慢慢形成了规律，时间一到我就把他推到厕所里去，嘘几下，他就尿了出来。别的时间不乱尿的，每天该给他多少水喝，我慢慢也掌握量了。"

"缺钱的话就跟我说一声，不管世界怎么改变，我都是你妈呀。"

"有。够。"

母亲欣慰地点了点头，随即又唠叨说："你看你看，去年我们离婚，是他老说我在外面有什么见不得人的事。现在，我依然打单身，但他呢，急匆匆找个女人结婚。现在好了吧？人家想来就来，扯脚就跑，饭煮

228

急了夹生的。"

"结婚是光明正大的事,而打单身未必就没有见不得人的事。"

"你怎么能这么说呢?"

"公道自在人心。"我把这句话砸在我母亲鼻头上,以防她继续因父亲的事而幸灾乐祸。她看着我,不太肯相信自己的耳朵,但也就此住了嘴。过得不久,她就被客厅里的那几个人前呼后拥着离开。

再过得一个月,我母亲也出了事。

我母亲自己做生意本来也蛮稳当,开的有养蛇场和蛇馆子,在城南建材市场还有一溜批发店。三年前,一个和她长期打交道的建材商老眭请她去他的公司当副总,说有一门生意来钱最快,就是拉集资。老眭同时经营三个楼盘,资金短缺,就从民间集资,开出的利息是每月三分。我母亲算了算,谁集资给老眭,一年下来收益将达到36%,第二年本息累计再按这个息金计算,收益就以几何级数增长了。要是数字后面不是跟着人民币的单位"元",母亲大概算不清楚,但一和钱扯上关系,微积分也会被我母亲搞得无师自通。她把建材市场的门面全部转出去,把存货按价打给老眭,不要现钱,都摆在老眭的公司里计息。一年以后,老眭眉头不皱一下,连本带息付清全部款项。我母亲吃了这颗定心丸,便决定去老眭的圆晟公司当副总,专职揽资。她把蛇场蛇店也卖了,到这个地步,那份辛苦钱母亲已经没心思去赚。母亲在佴城混了这么多年,信用度摆在那里,人际关系也纠结得跟葡萄藤似的。人际关系是一笔不动产,现在母亲发现了最好的项目,就会不遗余力地使用这笔不动产。

她问老眭:"这个息钱你能背得住吗?"

老眭说:"钱一揽到手,你就先拿5%,别的事我来处理。"

229

那一年里过我母亲手的钱大概是几千万。也就在那一年,佴城民间集资成风,几十家公司纷纷从民间揽资,月息五分以下已经集不到钱了。老眭也是水涨船高,他把月息涨到了八分,给我母亲的回扣也达到了8%。

而这年的八月末,民间集资的月息普遍达到一角以上。我朋友伍光洲打电话给我,说他那里有一百万,想通过我放到我母亲手上,只放三个月,三个月后还本结息。我不用算也知道,这三个月里他能赚下四十多万。老眭的圆晟公司开出一角五分的月息。

我跟他说:"这事有点悬。一角多的月息,做啥生意的利润才承受得了哇。圆晟在东城的明里香榭,被查出一幢危房,这事曝出来,他们的楼盘销售量肯定下滑。老眭要摆平这个事情,免不了又要伤筋动骨。"

"没关系,你帮我放到圆晟。他们做了好几年,应该比别的公司稳定。"

"到底是怎么回事? 你哪来这么多钱?"

"帮帮忙,就三个月。"伍光洲说,"我在场子里押啤酒标,押帆船,已经输了几十万。要是这几个月不填上,我明年过年都不能待在佴城。"

我心里发蒙,晚上还是给母亲打来电话。我说我一个朋友手里有百把万,想往圆晟放,只放三个月。母亲毕竟见的事情多,她一听就跟我讲:"你的朋友都才三十啷当岁,哪有这么多钱? 我看肯定是挪用公款。这事情搞不得,最近情况越来越不对劲,我上个月就从圆晟辞职出来了。你要你朋友最好是等一等,观望十天半个月再说。以我的经验,要出事也就在这十天半个月里面。"

我打电话给伍光洲,把母亲的话原原本本转告他。

他说："不麻烦了，要怎么做我知道。"

他已经联系了一家开出月息一角八分的矿业公司，准备把钱放过去。不过他也算是个命大的人。那天他揣着银行卡往江洋大道去，矿业公司的人在那里等着他签字，把字签在统一格式的股份协议书上面。协议书一签，通过卡座里的联网电脑，伍光洲带去的钱就能转入那家矿业公司。

佴城集资的资金断链，有的人已经取不回自己的集资款。这事一触即发，伍光洲在去江洋大道的半路上，看见很多人围在市政府门口，拦住了市长的车。市长弃车逃进市委大院，但市长的司机倒了霉，他掀开一个挡道的群众，立时有几十个群众围住他，把他当成市长的替身暴揍一顿。揍了司机，群众仍未解气，他们临时决定，把市长的车翻个底朝天。

伍光洲看着群众围殴市长司机，又接到矿业公司那经理的电话，问他怎么还没有到。伍光洲说："都中午了，你点几个菜，等下我们吃饭再划账。现在我肚皮咕咕地叫，江洋大道里的饭菜弄得还不错。"那个经理马上点来一桌菜。这合同一签，他就能拿到十来万块钱的回扣。伍光洲呢，当然是没去。他回到单位，又打了我的电话，对我母亲的提醒表示感谢。但我一听他的感谢之辞，就知道母亲的日子不好过了。

圆晟是集资额最大的一家，但是并不是危害最严重的一家。有的公司只是新注册的皮包公司，并无产业，但都集资了几千万甚至上亿。群众聚集闹事以后，省里派专案组下来调查佴城集资情况，所有参与集资的公司全部停业整顿。我母亲及时辞了职，没有被拘留，但还是被监居，每晚必须到指定地点报到，没有批准不得擅自离开佴城。她在新加坡风情社区买的房子被查封，资产被调查，甚至查到我的账户上。但我账户上已经没有几块钱了。

母亲每天被集资客户围堵，要她还钱。因为当初她揽资时，拍着胸脯向他们保证资金的安全。母亲没钱还，还买了剃刀片割脉自杀了一次，送到医院被救了过来。从那以后，找她还钱的人才消停了一些。我去医院看她，她气色竟然还好，说现在耳根清净多了。我说："出了院，你到我那里住吧。我们毕竟是一家人。"

母亲说："有你这句话就够了，你那里我不去。"

我说："你不要霸蛮。你又不可能跟着顾彤住到光头家里去，她自己都照顾不好，哪顾得上你？再说，一只羊是放，一群羊也是放。你和我爸各一间房，我一个人两边都照应得了。"

母亲就笑了："我现在这个样子是让别人看的，不是让你看的。你记住了，你妈的本事不是你能估计得到的……我总比顾丰年强吧？他一出事就拿脑袋去砸铁，我割腕，心里有准数的。我剥蛇剥那么多年，刀功比这里做手术的医生不差。这点事情不会把我压垮。"

我说："在医院还是不安全，现在你只要静养，等着疤壳掉落就行。我看还是去我那里住几天吧，那些找你还钱的人，应该不晓得我那个地方。"

我把母亲也带回水畔名城，这才稍稍地安心下来。血浓于水，这道理像 DNA 一样在体内流淌，不言自明。其实割脉这事，血堵不住人就死掉了，堵住的话又只是一点小伤。母亲到我那里后，已无大碍，还主动照料父亲。父亲冲着她喊小曾，她一个耳光就轻轻刮了过去，一句脏话就骂了出来。父亲这才反应过来，叫起母亲的名字。母亲纵无大碍，手腕上的伤疤都剥落了，但她依然还穿着医院里有条纹的病号服。现在，穿这件衣服，母亲就觉得自己和变色龙一样，有了一层保护色。

这天一早就有人敲门,我打开门,首先映入眼帘的是一束鲜花,然后是我的前老板涤生表情怪异的脸。

"你怎么来啦?"

涤生微笑着,拿嘴唇凑近我耳朵,轻声地说:"特地来看看,您老死了没有。"

"托你洪福,我至今健在,须尾俱全。"

我请涤生到里面坐。他看见我父母都在,父亲坐轮椅母亲穿病号服,就说:"呃,真是的,花少买了一把。"

我说:"他俩现在可以合着用,没关系。"

他拉着我去阳台,表情忽然严肃起来。他说:"你去我家。涤青在那里。别的人都走了,她有话和你说。"

"怎么了?"

"你说怎么了?她怀孕了。"

我没吭声,手指头却神不知鬼不觉地掐了起来。我的口头禅变来变去,手头禅却只有这一样,遇到意外的事要掐一掐。

"掐什么掐?试纸不比你手指能掐?涤青都跟我说了,是我结婚的那儿天,她怀上的。"涤生说,"你俩真有能耐,我结婚的时候,你们就赶着造人了,死活要抢前面一步。"

我不想说自己结婚的事。此前,我父亲和曾阿姨结婚时,我竟然津津乐道,现在轮到自己,反而说不出什么来。想来想去,我是带着一种悔罪的态度,在那年十一月将涤青迎娶进位于水畔名城的新房。这房子不到一年时间,当了两回新房,确实也是劳苦功高。

直到结婚前夕,我才突然记起来,那次在莞城租住的房子里,涤青应是不好意思告诉我她怀上了,才借口经期紊乱,拒绝同我做爱。据此看来,她珍惜这个意外怀上的孩子。估计她到了这把年纪,容不得再有错失。

看在肚里未发育成熟的毛毛的面子上,涤青果断地原谅了我的过失。她这号眼里揉不得沙子的女人都能原谅我,那么,结婚就是我义不容辞的回报。别的亲友也催着我们结婚,我的父母也一样。母亲知道涤青怀孕以后很高兴。她成天无所事事,不敢轻易出门抛头露面,正担心自己会发霉。她说:"把涤青妹子娶过来,生个小把戏我来带,成天就有忙头了。"

父亲神志最为清醒的时候,就跟我说:"你结婚,我看看。"他又看看腕上的表,那表是死的。

我说:"好的。你怎么也这么急呢?"

父亲看着天花板迟疑好几分钟,又说:"热闹。"

范医生有一天来我家,安慰了我父亲几句,又拽着我说:"你家最近倒霉的事一桩接着一桩,结个婚说不定还能冲喜。"我看不出他是否知道我在莞城找过别的女人的事。见他一脸真诚,我便惶恐地说:"你老人家也信这个?"范医生叹了一口气说:"到了这个地步,不信也要信。"

我手头拮据,只好一切从简,幸好这房子稍加整饬,依然是簇新的模样。即便从简,客还是要请他几桌,接下来有一星期时间,我忙着到处散发请帖。我父母攒了不少人情,都是要人家还的。母亲每天趁着天黑出门,去给那些未参与集资的亲友发请帖。父亲中学的同事和别的一些朋友,还有我自己的朋友,都由我一一去发。

那天,我邀伍光洲吃个便饭聊天,把请帖发到他手上。他又问我:

234

"江有志的请帖你发了没有？没有的话我帮你递一递，省得你多跑一趟。"

其实我正犹豫要不要给他发。他直到现在还没主动给我打来电话，仿佛就是要断交的意思。我捉摸不透这个人，他有时会特别认真。但在佴城这个地方，谁要过于认真地处事待人，谁就必定撞一脑壳包。伍光洲当然不明内里，他乐得做好事，我只好抽出一枚空白请帖填起空来。

我稍加斟酌，写上"江标"两个字。伍光洲就说："用他本名不好么？"

我说："我一直都是这么叫他的，亲切。"

结婚前一天，几个最要好的朋友率先聚到我这里，等到半夜帮我去伏波祠接涤青过门。伍光洲主动请缨加入迎亲队伍。来时，我还问他一句："请帖送给江标了吗？"

"当然，他知道这事很高兴，说一定来。"

次日中午，在光哥国际小酒店二楼餐厅办的酒，统共三十来桌客人，三分之二都是与我母亲素有交情，且没有因集资而扯破脸皮的亲友。我穿着正装，涤青穿着婚纱，在大门口傻站着，见人过来就上去表示感谢。涤青的一个姊妹不时给她补妆，要不然，纵是天冷穿得又少，她脸上还是会流出一道道汗槽。她此时已有妊娠反应，也许流汗就是其一。她本来还笑脸迎人，揪着空子就使劲拧我。我胳膊上青了好几块。我自是不在乎，眼睛总是看着马路两侧。好一阵以后，我才意识到，自己是在留意江标是否到来。朋友们都陆续到来，李飞也拽着几个朋友，专程从莞城赶过来喝喜酒。他说："兄弟，你断后，辛苦了。"

"哪里哪里，你们才是千里迢迢，不辞劳苦啊。"我感恩戴德。李飞要熊抱涤青以示最诚挚的祝贺，我当然也只得睁一只眼闭一只眼。

江标一直没来。十二点钟开的席，到一点半他还是没来。

开席的时候，主持人拽我进去，上到一个矮台子上发表讲话。我有点战战兢兢，跟大家说："各位朋友，各位老师与家长，各位领导，欢迎光临，感谢帮我凑热闹。我也没什么好说的，请大家大碗喝酒大块吃肉，酒和肉都有添头……"

主持人拍了拍我，并插话说："各位来宾，各位朋友，我们的新郎官平生第一次结婚，也只有这么一次结婚，所以，他有些措手不及，显然激动过头了。来，我们不要吝惜自己的掌声，给他时间，让他再酝酿一下情绪……现在，您还要给大家讲些什么吗？"

我愤慨这厮竟将我当成讨掌声的酒吧艺人。我摇摇头，说："没了。"

于是转入下一个程序——和涤青互戴戒指。主持人示意我单腿跪地，再给涤青戴上戒指。我想了想，忽然一个马趴，双膝跪地，脑门子狠狠地在地上磕出一声响来。这个动作有多么突然，就有多么发自内心。我看看涤青，涤青有点犯眼晕。

主持人赶紧扶我起来，又问："能不能告诉大家，你为什么要行这样的大礼？"

我本来想说，你是不是管得太多了？但这样的场合，我只能说："呃，我为自己能够娶到这样宽容大度的老婆而倍感荣幸。"

我这话一说，涤青表情窘迫，过一会儿啜泣了起来。我拍拍她的背，希望她能缓过来，但拍了几下，她的哭声渐渐地加大着分贝，变得像肚皮一样掩饰不住了。我赶紧开一间客房，让她到里面休息。

再回到餐厅，我用眼睛环顾全场，江标依然没来。

236

我只好跟自己说,他不来就不来嘛,怎么搞得这么紧张? 这婚又不是结给他一个人看的。

结婚以后,涤青说她想一个人睡一间房,免得我半夜做少儿不宜的梦时,一翻身就趴在她身上。这可不是开玩笑的,高龄产妇的种种艰难,她已经反复听亲戚们说起,以致心里落下恐慌。别的两间卧室分别住着我的父母,我就只好去客厅睡长沙发。母亲怕我冷,就把她的房间让出来,说:"我住过去跟你父亲睡好了。"

我说:"那不好吧? 你们离婚了。"

母亲说:"有什么不好,你不去告这就不算非法同居。"

不过父亲也是一个人睡习惯了,母亲过去睡,他就哭,像小孩闹夜。没得办法,母亲便和涤青睡一屋。

十四、响水凼

我十一月底结的婚。十二月一号上午,伍光洲早早地打来电话。

"有件事我还是要跟你讲一声。"伍光洲说,"江标出事了。事情可能闹得有点大。"

我问:"到底什么事?"

"具体犯了什么事我现在还不知道。他好几天都没来上班,也不打个招呼,我都帮他顶着,跟领导说他家里有事请了假。今天一早,公安局的人来单位调查他的情况,还询问了我。问完他们就走,我问他们到底出了什么事,他们不肯讲。"

"呃,现在我们该怎么办?"

"我们?"伍光洲的声音有点发蒙,过一会儿他说,"我就是把情况告诉你。我们能怎么办?我们连到底是怎么回事都搞不清楚。"

"你已经把我吵醒了,兄弟。还知道什么情况,都说给我听。"

"就这些了。公安局的人一来,单位里的人就开始猜谜,现在每个人的说法都不一样,我也听不出来哪个讲的像是真的……我现在要去开会了。要不,你去找找毛一庚。"

我全无睡意,穿好衣服就打毛一庚的电话,他现在已经调入市局搞刑侦。这是他一直以来的理想,要搞刑侦,而不是在派出所管治安。毛一庚仿佛在电话那一头等我,信号音只响了一下他就接了。他说:"知道你要打来,为你那个朋友是吧?"我说是。他说这案子在突审,有纪律,不能往外讲任何情况。

"好的,我不为难你。"我说,"当我是兄弟,拣不违反纪律的讲一讲。"

"……其实,这事情我不见得比你知道得多。我认出那小子是你的朋友,才多问几句。原本只是个治安事件,你那个朋友跟人打架了,被界田垅派出所的人撞个正着,把他们带到所里。你那个朋友没吃亏,对方脑袋被他砸开花了。但是也怪,到了派出所,那人说是自己撞门上,不肯承认被人打。本来这事情就这样算了,界田垅神探向老头却揪住你那个朋友不放,移交到市局。我估计,你那朋友身上没准还有别的案子,要不然向老头也不会揪住他不放……就这么多了,具体什么案子,也轮不到我审。"

"我那朋友和谁打架?"

"你等等,我问一问同事……那人叫李青牛,有案底,去年刚被放出来。"毛一庚说,"你交的这个朋友真是不省事,上次打架,这次还是打架,没准以前有案底,被人顺藤摸瓜揪了出来。"

李青牛这名字我听着耳熟,稍后就记起来正是八砣,黎照里有一次告诉我八砣的本名。鹭庄生意越来越差,黎照里经常在界田垅打牌,认识了八砣。那时天热,两人都光着膀子,一看对方块头都了得,就手

239

痒,相邀着去晒谷场摔跤玩,几个回合下来各有胜负,但爬起来都毫无惧色,继续摔。直到两人都累得摔不动了,才握手言和。那以后就得来惺惺相惜的意思,两人成了朋友。

知道是八砣,我有些不敢相信。要论打架,江标恐怕只能算八砣未出世的孙子辈。他有什么本事砸得八砣脑袋开花?我心里烦乱,又拨打了小夏的电话,看她能说些什么。小夏不在服务区。我又想起八砣现在是跟在胡栓柱屁股后面混,就过去把涤青叫醒,找她要胡栓柱的电话。到中午,我才打通胡栓柱的电话。每个人似乎都很忙,何况是他。他是涤青的舅舅,我也管他叫舅舅。他平时是个爱说笑的人,和每个人都自来熟,表面憨态,甚至容易让人误以为他有点缺心眼,但这么些年,他赚起钱来绝不手软。

"小丰年啊,怎么想到给我打电话?"胡栓柱感到意外,这么多年我们从未通过电话。他喜欢把涤青叫成小梦桃,把涤生叫成小沩信,我当然便被他叫成小丰年。

我说:"也没有别的事,想跟你打听一下八砣的电话。他不是在帮你做事么?"

"你也认识八砣?找他有什么事?"

我就跟他直说:"听说八砣被人打了是吧,打他的那人正好是我朋友,现在他被公安局的人带走,到底什么情况公安局还不肯说。我就想问问到底出了什么事,八砣是不是也被抓进了市公安局。"

"江标那个狗杂种,你竟然也认识?"

"到底怎么啦?"胡栓柱显然知道事情的原委,我听得出来,此事和他并非关系甚微。正要往下问,电话那一头,胡栓柱的声调突然就变了。他说:"年轻人,闲事少管。你刚和涤青结了婚,我还吃过酒的,你好歹也算和我是一家人了。我不会害你，听我一句劝，多管闲事多吃屁。躲在家里度蜜月才是你的正事。用不着我提醒吧？所有的麻烦，都是你们这些愣头青不肯老实待在家里惹出来的。"

胡栓柱说完就麻利地挂了电话。我心有不甘，立即再拨打过去，但胡栓柱转眼也消失于服务区之外。像他这种成功人士，玩消失是基本功，甚至就是成功的标志之一。

最后，我只好把电话打给黎照里。电话通了后，我直截了当地问他最近有没有看到八砣。黎照里问我"最近"是多久时间。我估摸着说一星期以内。他想了想，告诉我前不久在界田塆牌馆子里和八砣碰了面，打了几圈麻将。他说："那天老子赢了钱，但晚饭要我请。八砣这个杂种一口气点了两只乳猪，我们四个人吃得肚皮在皮带上叠了三层。"

我问他，那天是哪天。黎照里数学没学扎实，不能确定那天是不是一星期之内。而且，他喝酒太多，白天醒着也形同梦游，记忆中的事情总是恍惚。我叫他不要急，仔细想一想，我有的是耐心等。他沉默片刻，便跟我说："哦，是了，打牌那天八砣头上缠着几圈纱布。问他怎么回事，他说是走夜路从田坎上跌下来跌伤了。我看他跌伤了脑袋，心里就高兴，打算趁他脑壳发晕多赢他几把牌。没想到他那天手气不错，有一把牌，摸了子怔了半天不晓得怎么打。我们问他怎么了，他搔搔脑袋又看了几眼，才说，好像是胡了哎。他牌一推，竟然还是清一色。我真是怕了他。"

很显然，黎照里和八砣打麻将是八砣被江标打伤以后发生的事。听黎照里这么一说，我便分析，即使江标把八砣的脑袋敲出了脑震荡，也是极为轻微。我问黎照里知不知道八砣现在在哪，能不能马上找到他。黎照里说没问题。

但黎照里此后一整天都没有把电话打来。小夏倒是好几次给我打来电话，她也不明情况，急得要死，要我帮着打听。我一旦答应下来，她每隔几个小时就打电话过来，催问进度。

我又给黎照里拨了电话。黎照里好半天才接，语气疲沓，问我找八砣到底要干什么。只那么一句，我便意识到他已经知道八砣的下落，且八砣还跟黎照里交代了什么话。我说："黎兄，八砣一直待在界田垅，不愿露面对吗？你又见到他了，他交代你不要跟别人谈起他，对不对？"黎照里无奈地说："你真是神经过敏，我什么都没说，你却叽里呱啦说了这么多。你到底找他有什么事？"

"我一个朋友遇到点麻烦，跟八砣有关系。"

"就是樶树湾姓江的那个司机是吧？你也真是，只是搭他两回车，就瞎操什么心？要是你闲得慌，我找个地方帮你败火。"

"……他是我兄弟。他老婆天天打电话，要我打听他的情况。想来想去，找八砣可以问得最清楚。"

"不是我不帮你，八砣在哪里，我确实是不知道。我等下还有事。"他说着也挂断电话。强行挂电话这事，仿佛像流行性感冒，一旦来势，个个都感染上了。

傍晚的时候，我突然出现在鹭庄，直愣愣站在黎照里面前。他有点发蒙。人怕会面，电话里说话可以肆无忌惮，很轻易就拒绝对方，但见了面，总要多几分客气。他请我吃晚饭。黎照里一身江湖气，并不是口紧的人。我俩碰了两杯酒，他就告诉我，胡栓柱有个办事处在界田垅，八砣就住在那里。八砣的哥哥李森兵是胡栓柱矿上的技术员，胡栓柱很看重他，也就一直照应着八砣。八砣还在坐牢的时候，胡栓柱就陪李森兵去监狱里看八砣，每次给他买几条好烟，几提袋槟榔，问他还要帮什么忙，尽管开口，除了女人带不进监狱，别的事胡栓柱表示，都会尽量办到。八砣出来以后，当然就死心塌地跟着胡栓柱跑。

我叫黎照里带我去找八砣，他面露难色。我又敬了他两杯，他这才说："要不，明天我把他邀在哪里打麻将，他来了，你后脚跟进，装作催我还钱，碰巧撞上他的。"我点点头，知道得让黎照里有台阶可下。

第二天，我依黎照里的安排，在界田垅一家牌馆子一间带空调的房里撞见了八砣。我走进去时他们正把牌打得不可开交，房里烟雾弥漫，八砣每扔下一张牌就会骂一句脏话，生殖器在他嘴里衍生出无穷多的别名和绰号。他头上包的那圈纱布已经拆除，伤疤只剩不易察觉的一丝猩红。他精神抖擞斗志昂扬，胡吃海碰明杠暗杠，很快就听牌了，但运气差那么一点，黎照里放了个炮，一炮双响，别人抢在八砣前面胡了牌。

"……黎老板，那笔钱你几时给我？"我依计行事，绕弯子冲着黎照里说话。

黎照里脸一扁，说："兄弟，我不是不给钱，手头这一阵都紧巴巴，今天打牌的钱都是早晨涎皮赖脸跟婆娘讨来的，已经放几炮了。"正说着话，黎照里把一张阴绿的纸钞扔出去，冲我说，"你真是霉鬼咧，一露面就搞得我背手气。"我俩唱双簧似的对着台词。八砣并没有看我，而是呵呵呵发笑。我站到黎照里后面掠战。过一会儿黎照里接一个电话，挂了后就说有急事要走。八砣脸色便不好看，说："黎疤子，才上得手，你家房子不着火，你的老婆不难产，就不准请假。"

黎照里的借口昨晚就编出来了。他说："鹭庄那里来了几个港澳客，肠胃娇贵，不晓得吃了什么东西，拉稀拉得脚杆都站不稳。我要是不去解决，工商局卫生局就会来贴封条……"黎照里指着我说，"人走茶不凉,这兄弟接我的座。我在这里再摆一把钱,有能耐你们赢去就是。"

"不会是找个满街通杀的牌王来扳本吧?"八砣瞟了我一眼,又说,"看你小子也不像……咦,我好像在哪里见过你。"

"八砣大哥,我是你的崇拜者咧。"虽然是空调房,里面竟然不摆机麻将,要自己砌墙。我一边搓牌一边说,"我是听着你的故事长大的,早就知道你有飞檐走壁的本事。听说,有一次你一个人放翻了四五个?"

"哪有这种事?死猪身上添一刀,我就坐了八年。"八砣歪着嘴跟我这么说,但我看出来他心里还是暗自一喜。每个人都巴不得自己有粉丝,八砣的粉丝不多,当然更是物以稀为贵。我还说:"要是我有本子我就请你签名。"

"我字写得丑。"他说,"我叫李青牛,要签你自己签吧。"

"你名字我当然知道,你哥哥李青马你弟弟李青羊我都知道,虽然他们没你出名,但个个都是界田垅响当当的好汉。"

"那两个龟儿子都改名了,就我,行不更名坐不改姓。"

真打起了牌,我也不敢作声。他们打的是五十一炮,输赢一手,一不小心就是好几百块钱的出入。刚才,黎照里输的钱其实都算在我头上,所以打得不用心。我寻找时机要和八砣说话,刚摸得一圈,我左手边那人开口了:"八砣,听人说,前一段时间响水凼那里有个六七岁的细妹子,被人拖到树林子里搞了——这事,你们听人讲了吗?"

八砣没吭声,我右手边那牌客搭话说:"听人讲了。有人讲细妹子是胡老板和包养的一个三台女人私生的?他私生的货,到底有几个?"

"他妈的,只有这一个,还能有几个?"八砣摸进一张牌,丢出来一张么鸡,又说,"胡老板什么都好,就是管不住鸟。他的鸟总是飞出来啄野食,他又不能打一根铁裤子把鸟锁起来。依我看,他的万贯家财有九千九百贯都撂在鸟上了。我早晓得他迟早要在这事上出丑……白板……那细妹子我认得,叫文文,一脸聪明相。胡老板不喜欢他大老婆生的两个崽,偏喜欢文文。文文是他心头肉……白板……本来今年他想给文文上个户口,送她上小学读书。没想到被那狗日的司机给祸害了。那司机……狗日的,还是白板……看着是老实人,没想到还会干出这种猪狗不如的事……"

我头皮倏地一紧,担心的事落实了。

八砣被我左手边的浅麻子牌客捉了个炮。八砣付了钱,搓起牌,就不说话了。码好了牌新打一轮,八砣仍然不说话。我右手边那牌客催他继续往下讲,他就说:"不讲了,打牌,打牌。七条。"

我说:"八砣大哥,我们几个熟人坐在一起,有什么话不好讲的? 吊什么胃口嘛。"

"我和你难道很熟吗? 你知道我叫什么名字?"

"李青牛大哥,我听人家讲起你已经十来年了,我觉得应该算是很熟。你讲出来有什么关系? 手在打牌,嘴巴在撂闲嘛。"

我右手边的牌客也说:"牌都打两圈了,人家又是你粉丝,还有什么不熟的? 要是有人愿意崇拜我,我可以拿一切和他扯伙用。"

八砣仍然不愿意说,皱起眉头狠狠地看牌,像是能用目光在牌面雕花。我们怂恿他往下说,他充耳不闻。那天,八砣输了两千多块钱,不愿意往下打了,抬起屁股走人。没有人接手,一桌牌客只好散伙。

我紧紧跟在八砣后面。八砣觉察到了,就停下来,问我有什么事。

"八砣哥,确实是找你有事。今天来界田垅,我就是冲着你来的。"

"冲我的? 你想怎么样?"

我说:"是为江标的事情来的。他是我把兄弟。"听我这么说,八砣把手交叉着搁在胸前,摆出提防的样子。他又上下地打量着我,哧的一笑,说:"马桶都拎不起的柴佬,玩什么拜把子。"我走过去递烟,冲他说:"老哥是界田垅甚至俚城都有名的狠人,想杀人就杀人,打起架来七八个都挨不近你身。江标能把你脑袋砸开花,打死我,我都不肯信。"

"我当然不是被他打伤的,这怎么可能?他拳打在我身上,痛在他手上。"

"你也是有兄弟的人。江标老婆要我帮她打听情况,我连这个都问不出来,怎么跟他老婆交代?你是帮胡栓柱动的手吧?你自己和江标又没什么仇,跟我说说有什么关系?"

"你这人,真是让人脑壳痛。既然你够朋友,跟你说了也无妨……其实,江标这人也是蛮讲义气,我还有点喜欢他咧。"

八砣带我走在界田垅街上,很多小青皮跟他打招呼,甚至隔着马路都有人远远地喊他。有的喊八砣大哥,有的喊砣伯,有的又喊他砣佬倌。马路上风很大。八砣领着我推开一家美发厅的门,冲外面几个女的说:"借一个包房用用,我和这个兄弟说几句话就走。"有个老一点的女人瞄了我一眼,说:"砣佬倌,你的鼻子真灵,我店子昨天刚来四个三台的妹子,简直就是界田垅四大美女咧。"

八砣冲老女人说:"借你地方讲讲话就行,我在办正经事。帮我倒两杯热茶。"

坐下来以后,他靠在沙发背上,慢悠悠地跟我讲起他知道的情况。

"这些事跟你说也无妨。胡老板是个讲义气的人,我多亏得他一直帮忙。我在省二监狱蹲,他有空过去总会看看我,而且,钱面上打发得勤快,我在里面省了很多顿毒打……"

246

"你在里面,也会挨毒打?"我表示强烈地不信。

"你以为,监狱里面是喝茶泡妹子的地方?……我出来后,胡老板还到处帮我介绍女人,我亲老子对我也没这么好……"

有个女的把两杯茶端进来。她放下茶杯就势往八砣怀里滚,问他:"是不是要帮你兄弟也喊一个?"

八砣推开那女的,说:"小燕,你要知道轻重缓急,今天我在办一个大案要案。你快给我出去!"妹子出去了,八砣又跟我说,"胡老板有了钱,自然要到外面找找女人,但他真正喜欢的,就只有小姜。界田垅很少有像小姜这么漂亮的女人,胡老板在响水函有一幢楼房,给小姜住。小姜帮胡老板生了个妹子,就是文文。胡老板事情多,要我经常去响水函看看,小姜有什么情况,能帮搭一手……那个文文,我也很喜欢,聪明得很,会认百把个字,会加法和减法,小小年纪会唱几十首歌。我也喜欢去那里。我光人一个,和小姜还有文文在一起,忍不住会偷偷地想,这就是自己的家。这么一想,感觉蛮有意思。

"……那天天还没黑,我又往头道岭去。一进屋,小姜的脸很难看,跟我说,文文一直没回来。她中午吃了饭出去玩,现在一直没见回来。平时她顶多在外面玩两个钟头。我也担起心来,眼下刚开了春,千山萌绿万物发情,骚牯子憋急了都要爬磨盘日磨眼,要是文文碰见坏人怎么办?我和小姜一个人一把电筒往响水函后山林子里去,一边找一边喊,没听到应,但我和小姜都觉得文文在树林子里,因为里面有她的气息。终于找到她时,她裤子没系好,眼睛往天上看,下身在流血。小姜当时脚跟就软了,往我身上靠。最担心的事,还是发生了。我背上背着小姜,手里挟着文文,把她们娘俩送到家里,再给胡老板打电话……

"那天,胡栓柱过来的时候脸比荞粑还难看。虽然文文没有挂上户口,但他心里最喜欢的就是这妹崽。他大婆娘生的两个崽,一个柴头柴脑,十来岁了算数字还要掰手指;另一个,人倒不蠢,但是喜欢偷东西,三天两头打架,成天就晓得给胡老板找麻烦,去年,他才十六岁,毛还没长齐,就把一个三十来岁的老黄花女搞怀孕了……这怪不了别人,他是胡老板的骚种,胡老板打脱门牙只能往肚里咽。而文文截然不同,她两岁多一点嘴巴就甜得像涂了蜜,晓得哄人。她跟小姜说,妈你不要照顾我了,我数一二三,数完以后就轮到我来照顾你。有时候她还说,灶台太高了我摸不上去,你帮我架一张凳今天我来煮饭……你说,这么聪明的孩子,是人生的吗?

"文文遭了这样的祸害,胡老板一张黑脸褪了血色,灰扑扑的。我问他要不要报案,他说,怎么报案? 他妈的,本来说要给文文上户口,最近一阵老是忙,拖了又拖。要是上了户口,报案才报得响;现在怎么报案? 他又说,这事不要说出去,你来破。我吓了一大跳,说,胡老板,胡爷爷,我只被人家破过案,哪会破人家的案? 他冒火了,说,养你千日用在一时,这道理难道你不懂? 我花了这么大的价钱盘你,捞你,你竟然连案子都不会破? 你要是狗就必须守门,你要是鸡就必须每天早上打鸣,没有价钱可讲。我脑壳皮就痛起来。我欠他的,他放出这样的话我就必须去做。我也想抓到那个人,把他千刀万剐,但我哪会破案? 胡老板冷静下来,想起我只是个跑腿的,不是用脑的。他把界田垅的向得贵请过来,送他一把钱,要他暗地里查一查是谁搞的。向得贵在界田垅混了大半辈子,人家叫他神探,后面还被调到县里。现在退了休回界田垅养老,但破案的本事还在。他对界田垅那些犄角旮旯的地方都很熟悉,界田垅哪些人憋着坏心思,他也清楚。这一找还真找对了人。胡老板刚把他找来,提起这件事,他立马想到一个人。十好几年以前,江标就曾栽在他手上。向得贵讲起这件事很肯定,说在界田垅他老早就提防着那人,担心他会出来祸害小女孩。老向来了以后,说,老子守在界田垅的时候,他不敢惹事,现在老子退休了,他以为时机成熟,可以翻天了。"

我记起来,江标提到过那个老向,十多年前老向曾把江标抓了一回的。虽然那一次老向不得不把江标放了,但是又放口说迟早还要抓他。老向这一股劲已经不知憋了多少个年头。

八砣说:"老向找到了破案口子,要我们别打草惊蛇。他找到足够的证据,再去抓人,他想一下子把罪犯搞得翻不了身。老向那天很兴奋,跟我说,看嘛看嘛,十几年前我就晓得,这家伙迟早闹出案子。他很快查出来,发案那天,江标正好去城里拖货,路过响水凼。但胡老板不希望这样,他做什么事都喜欢私了,不喜欢捅出去让满城人都知道。他跟我说,我看,这个糟狗日的肯定是因为他弟弟那件事,认为我们管了闲事,怀恨在心,现在来报复了。你摆平这件事,叫他吃吃苦头,让他去医院躺几个月。弄伤了他,谅他也不敢吭声,一报还一报。老向这人,看样子用不着了。我到时再打发他几个钱,叫他闭嘴。打人这事倒是我的强项,不难。我问了司机,他们说江标在城里上班,星期六星期天回来跑两天车。星期六一大清早,我就到槭树湾守江标,等他把车开出来,我手一挥搭了上去,说要包车去办个急事。车开出去不久,我就拿眼睛找地方,准备下手修理他。他当然看不出好歹,心情竟还不错,跟我说,今天天气好。

"我心里想,今天天气确实好,等下就让你晓得,比你看到的还要好……

"车开到看不见槭树湾的地方,我要他把车停下来。这猪,仍看不出好歹,一脚把车踩死。我叫他下车,他就下车。时间还早,雾气还没褪,那地方静得让人打冷战。我想,就在这个地方吧。于是,我就动手了。他确实不是一块打架的料,我只消一两手就把他撂倒在地,再把他的手反剪过来一拽,他就动弹不得。我跟他讲起文文的事,问他认不认,他哪肯认?我摁他脑壳让他啃泥巴,马路边,泥巴肥得长蛆,他啃得满嘴都是,再问他认还是不认,他只是吐泥巴,不开口。真要动手弄伤他,我又有点下不了手。我年纪毕竟是大了,出手伤人开始想前想后。江标这人,并不招人讨厌,我跟他近日无冤往日无仇,何况还欠过他的车钱。

"我腾出一只手,拨手机打给胡老板,要他指示怎么搞。胡老板正在气头上,他的意思,是不是把江标给劁了?我琢磨着是不是把江标的手顺着力道扳脱臼?他毕竟搞了文文,我在想怎么整他才能让他够报应。我很认真地在想怎么处理他,还没想出个所以然,脑壳咣地就挨了一家伙,搞得我满眼飘星星。我没昏过去,只是看见天旋地转。背后敲我那人一把搂住我,搂得死紧。他非常有劲,搞得他自己都打起喷嚏……"

我问八砣:"吼阿?"

"是的。我后来才晓得,这伢子一早偷偷钻进后车厢,一声不吭跟出门来。我怎么可能是那个司机打伤的?他凭空冒个帮手,在我背后搞突然袭击,砸了我一石头,那块石头我看过了,有脸盆大。那一下没敲死我。其实那伢子手劲很大,又霸蛮,我被他两手箍住,一身的劲一丝都使不出来。吼阿箍住我,要江标打我。要是江标愿意,他割我两刀,我都毫无办法。但江标叫吼阿松手。江标没有整我,反而在吼阿脸上抽了几耳光。我觉得有点松动,用尽力气猛地一挣,算是挣脱了。我摸摸脑壳,血糊糊的。江标叫我走,还跟我说了好几遍,你找错人了,我不怪你。我正不晓得怎么办,派出所的车就开过来了。那几个警察前一天晚上在槭树湾河沟里放了拦河网,一早过来准备收鱼,结果看见我一脑壳是血,下来问情况,把我们三个都带了回去。"

八砣说到这里,把一支廉价的薄荷型烟扔过来给我。点烟时,他仿佛喃喃自语地说:"说实话,后来我也觉得,这事不像是江标干的……文文,要是她不那么聪明,皮实点,可能还不会受那么大的伤害。她太聪明,年纪小小脑壳里想事太多,被祸害以后神经就不正常了,成天躺在床上说胡话,大小便接二连三地失禁。小姜实在没办法,把文文抱到市里的医院。乡卫生所根本没办法治神经方面的病。去到市医院,有什么就瞒不住了。是医生报的警。向得贵晓得我瞒着他抢先动手了,找到我猛发一通飙。他查出一点眉目,但要把人治罪证据还不够。他认为我打草惊蛇了,怕江标跑路,正好借我被打这事做文章,说我伤得不轻,把江标再次抓起来,抓到公安局再审别的事。"

我问:"现在审到什么程度了?"

"我哪晓得?我一直在界田垅,向得贵还跟我交代,能不露面尽量不露面。界田垅派出所的警察都是老向的徒子徒孙,我还要在这里混日子,哪敢不听他老爷子的话?今天,碰到几个老熟人拽我打牌,我才出来。"

"那个老向,他到底查到什么?"

"江标那天确实进城拖货了,是帮瘸子老冯拖农机。另外,有两个司机,在文文出事那天——十三号的下午,碰见江标开车往城里去。一个是在抚威门碰见江标,另一个在头道岭碰见他。响水凼就在这两个地方的中间。"

"这能说明什么?只能说明当天江标开车经过那个地方。"

"但江标被抓到市局以后,一开始不承认他当天跑车。把证人证言摆出来让他看,他晓得抵赖不掉了,又一口咬定事情不是他干的。他为什么要扯谎?"八砣说,"我就知道这么多,当你是朋友,全都跟你说了。"

我问他能不能带我去找老向,八砣没有回答,把烟蒂舔得叭叭地响。扔了烟头,他就掏出手机拨号子。

八砣和向得贵通话,嗯嗯啊啊一阵,放下电话,便告诉我说那老向正从城里往界田垅赶。

"这么巧?"

"不是你说一句话他就来。他有别的事,正好下来一趟。"

时候还早,我和八砣留在美容厅继续等。好一阵过后,他手机再次响起。他把电话接上,又是嗯嗯啊啊。揿了手机,跟我说老向在响水凼。

我问:"那姓姜的女人家里?"

他点头,示意我跟他走。出到门前他大声地冲那老女人说:"老鸡婆,茶水钱挂我账上。"我慢一脚出去,听见老女人嘀咕地说:"嗯哩,挂鬼账上。"

响水凼在界田垅去城里的那条路上,过了抚威门,再往前走个三四里路有一道弯子,右手边就是。据说那里有一眼井,井水汩汩冒出来的声音,有如蛙鸣。那眼井现在没人找得到,但这个地名却保留了下来。我往路的另一边看去,远远地能望见我们佴城的长城在矮山头起伏盘曲着。

我和八砣进到胡栓柱给小姜住的两层砖房,里面没有任何金屋藏娇的情调,就是一幢农民房。老向听见门响,从屋子里走出来。此外我没看见姓姜的女人。老向用烟嘴抽烟,另一只手拿着一个塑料袋,里面装着一张人民币,上面写着阿拉伯数字20。

"你有事?"他极瘦,目光遒劲地盯着我,像是用一把硬毛刷子刷我。

"嗯,是江标的事。我知道你们在查他。这件事,你们查得怎么样了?"

老向盯着我不说话,猛然把目光一甩甩在八砣脸上,冲他说:"你是怎么搞的?你嘴巴难道是把漏勺?这件案子正在查,你是不是随时拿喇叭跟界田垅人民公布查到哪一地步了?是不是还想架起卫星天线,搞一搞现场直播?"

八砣脸色委顿下去,无奈地看着我。我拿眼光去戳老向的脸,直到他目光重新落在我这边。我说:"不方便的话,那不扯案子,扯以前的事情。你好多年前就怀疑上他了?……其实,你这么多年一直都等着抓他。"

"好像他跟我有仇一样,要是他不犯案,我何苦来哉?在我看来,事情总有前因后果,理顺这种关系,哪有破不了的案子?江山易改,本性难移。"

我突然感到一丝荒诞的气氛。这个在乡镇差不多混了一辈子的警察,被人称为神探,说不定真当自己是福尔摩斯了。界田垅既然有自己的长城,为什么不能有自己的福尔摩斯?我跟界田垅的福尔摩斯说,当年的事情,江标也告诉我了。他把那小女孩带到山上,并不是打算对她下手,只是想给她几粒糖吃。

"无缘无故给小孩糖吃?难道为了看她吃糖时流口水的样子?"

"为什么不可以?你亲眼看见江标对那小孩干了什么?"

"还要看吗?要是我稍微晚去一会儿,什么事都可能发生。要是我

253

去晚了,说不定现在也没有江标这个人了。那时判得严,撞上严打风,没二话说,枪毙。他要是聪明人,就应该明白那年我是救了他一命,但现在,救不了他第二次。人硬是要往死里走,别人拦不住。"

"……听你口气,你能认定事情是他干的?"

"案子的事我暂时不会和你讲,我们有我们的纪律。"

"你们是借他弟弟打伤八砣的事把他抓进去的,抓到里面,审的又是另外一件事,这怕是不合程序的吧?"

"打伤人的事,他自己认了。"

"他当然认,为他弟弟。但你们抓他的时候,他不晓得你们把他当那案子嫌犯了。"

老向说:"你哪个旮旯里冒出的毛头,也想吓我?我干一辈子警察了,就凭你也能吓着我?不怕告诉你,现在证据也差不多够了,他认罪伏法只是时间问题。案子破了,犯点程序错误,那有什么关系?"

"什么证据?"

"这个没必要向你汇报,领导同志。"老向冲着我坏笑起来,八砣也跟着他笑。老向瞥了八砣一眼,说,"你有什么好笑的?你笑起来好看得很?"

我指指塑料袋里的钱,问那是什么。

"没看出来吗?二十块钱,上面留有指纹。"老向说完又笑了,老脸上禁不住稳操胜券的得意,褶皱因而尽情舒展开来,暗斑纤毫毕现。

十五、案件

　　我打电话给小夏,如实告诉她,江标被弄进公安局,不是因为打架,而是被怀疑和一桩强奸幼女的案子有关。电话那头,小夏细喊了一声"我的天呐",之后陷入沉默。这一声搞得我有些晕菜,往下也不知道说些什么好。过一会儿,小夏又问我:"哪天发生的事情?"我回忆了一下,准确地告诉她说:"上个月的十三号……那天是星期六,忽然暴热。那件案子发生在响水凼。你应该知道那个地方。"

　　那天的暴热令我印象深刻。入冬已经月余,按节气已是小大雪的间隙,那天暴热让人意外。我记得那天我陪着涤青去挑选婚纱,她因短暂的升温而去挑领口开得低的婚纱,我忠言逆耳地跟她说,以她的身材,不适合穿低胸婚纱,搞得她情绪有些逆反,非但低胸,还要露背。于是我只好另找理由:到这个时候了,气温分分钟都会降下来。找一件厚点的婚纱吧,奶奶!

　　同样是那天,响水凼那个地方发生了强奸幼女的案件。那小女孩叫文文,是胡栓柱的私生女,案发当时还和我素无瓜葛,但现在我娶了涤青,我和那小女孩自然就具有了亲戚关系。她是涤青的表妹,当然,涤青眼下还不知道这世界上有这个表妹的存在。

小夏当时没再多说什么,她的冷静令我心底一阵悚然。晚上她打电话叫我去江洋大道 21 号卡座谈事情,我便去。去的时候,江标的舅舅也在。我第一次见到他,一如我预想,他身上也有暴发户那一款的肥胖症状,不停地打着手机,长时间打电话使得他右侧脸比左侧脸绷得紧。小夏叫来了我,石聚龙叫来一个姓陈的律师,一起商议这件事怎么办。我把我知道的情况说给他们听,陈律师有某种辩驳欲,他好几次打断我,询问一些细节,并且马上做出判断。当我说出老向找到一张人民币,并且告诉我这就是证据时,陈律师就发出冷笑:"……一张人民币和强奸案扯得出什么关系?你说说。"我却说不出什么,只记得老向向我晃一晃那枚纸币时,脸上分明是铁证如山的神情。

"……那证据链呢?"

我估计老向的证据链是由手中的证据和他脑袋里的记忆共同串接而成。

石聚龙手机又响了,他的商业伙伴催他去 K 歌房谈事情。临走时,他站起来认真地握了握陈律师的手又握了握我的手,说:"这件事就拜托两位费心了,事情摆平以后我不会亏待你们的。现在有事,我先走。"不容回应,他扯脚就走,一边走一边打着电话,脸上是应酬的笑,嘴里迸出场面上用于敷衍的套话。

陈律师扭头看我时皱起了眉头,并问:"老兄在哪家事务所高就?"

我说:"我不是律师,是江标的朋友。"

他的表情轻松下来,跟小夏说这事急不得,他先去找熟人了解情况,尽可能早地与江标见面,询问他本人。他说:"……既然情况还不十分明晰,那我马上就去联系,联系好了打你电话。"

小夏问陈律师,几天可以见到江标?陈律师掐着手指,摆出保守的表情,说:"马上就打申请会面的报告交上去,快的话,五天。"他摊开手掌,张开五截粗短的手指,示意五天一定行的。

陈律师走后,小夏又焦急地问我:"顾哥,你看这事真是我家江标干的吗?"

"……见了面,看他自己怎么说。我相信他自己说的。"

我又安慰了小夏一阵,把她送回明瓦房的住处,再回水畔名城。我母亲在房间里陪父亲玩游戏,涤青斜靠在沙发上看电视。

"你一整天哪去了?"

"江标出事了。"

"我知道江标出事了,他和人打架嘛。好几天前他就出事了,现在你还用这事情搪塞我。"涤青认为我在敷衍,接着,她又允许我另找一个借口。

"……你有几个表妹?"我坐在她的身边,忽然问她。

"我两个舅舅,一个姨,一个表姐三个表妹,思菁、思婕和思雨。"她以为她了如指掌。

我告诉她,胡栓柱还私养了一个,叫胡思文。涤青是从我嘴里头一次知道有这个表妹的存在,很惊讶。她没想到舅舅胡栓柱是这种人。

"那和江标有什么关系?"说话时,涤青感到诧异。当时她是问我江标出了什么事,我却跟她爆料她舅舅有了私生女。

"……有关系。"我踌躇着,抽起烟来挨挨时间,但又不得不告诉她,"江标被搞进公安局了。他们怀疑他强奸了那个女孩。"

257

"怎么会这样？"

"现在还在审，江标没有承认。"

"到底是怎么回事？"涤青还算得平静，对于这个突如其来的表妹，她的脑海中尚未建立最基本的印象。她催促我说，"你告诉我嘛。"

"公安局的人都还没审出结果，我又怎么知道？"

涤青点了点头，又问了别的一些事情。之后她又瞪着我，说："你估计，会不会是他？"

我摇摇头。女人们总是喜欢直截了当地向人索要答案，对此我只能哑然以对。涤青不想过多了解这个陌生表妹的情况，不再追问，继续去搜台。

我再次想起江标跟我讲过的故事，那一刹，我忽然认为自己一点也不了解他。以前和他接触时的种种情景，一时间如同幻象在脑子里迅速闪过。我相信女人们的第六感。听说了此事，涤青眼里满是疑惑，她不说怎么可能呢，只问会不会是真的。我不知道江标存留在她心里的，是怎样一种印象。而江标自己的老婆，竟然也有着同样的疑惑。

接踵而来的那些日子，我是怀着一丝怕感，等着与江标见面。

其实陈律师的估计还是乐观了。他跟公安局的人强调，会见权是法律赋予的权利。公安局的人也不是不承认，但总以别的事由拖他时间。毕竟，申请书由他们批了才起作用。与此同时，陈律师通过熟人曲里拐弯地打听，把那边侦查到的情况大致摸了个清楚。

江标被搞进去以后，发现查的是小女孩被强奸的案子，哪肯承认？一开始，他一口咬定事发当天没有出车，但警察很快查清当天他确实帮界田垅的瘸子老冯进城拖货。

这一点瞒不住，江标遂改口说，自己当天是经过响水凼，也看见路边有一个小女孩,还给了小女孩二十块钱。除此之外,他并没有对她做过什么。

江标招供了这一情况,老向便去跟小姜找证据,看看那张二十块钱的纸钞能不能找到。小姜一找就找到了。她早就发现了那张纸钞,当时还以为是胡栓柱或者是八砣塞给文文的。

本来,纸钞流通太频繁,票面上的指纹重重叠叠数不胜数,一般很难有效地提取指纹。而那一张纸钞崭新挺括,上面只有十来枚指纹,全都能清晰地提取出来。其中的五枚指纹,和江标的指纹严丝合缝地对应上了。

在江标被拘期间,文文在医院经过治疗,病情得到控制,明显有了好转。警察认定她有辨识指认能力,便把她带去看守所,隔着单透玻璃指认犯罪人。文文一看见江标,整张脸颜色就变了,止不住地哭起来。被人哄停以后,文文指认是江标干的……

陈律师说了这些情况,我便问:"看样子,他是逃不脱干系了?"

"倒也不是。"陈律师却说,"这种案子,具体操作起来,只要办案程序规范,其实很难定案。小女孩的口供是直接证据,钱上的指纹是间接证据,但这些不足以定罪。小女孩太小,而且精神受到过刺激,她指认的效力不够。而指纹,不能定一个人犯强奸罪,它只能说明,江标确实摸过那张钱。要定这种罪,一是有残留物,可以做 DNA 比对,那差不多就铁板钉钉了;二是有目击者站出来指证。现在,他们还找不出这两样东西。"

小夏问:"照你这么说,江标会被放出来。"

陈律师蹙起眉头说:"看得出来,那帮警察已经和江标铆上劲了,他们基本上认定是他干的,哪会那么轻易放过他?……你们也知道,人

259

抓到里面,该动手就动手,不留痕迹,不落口实。要是江标挨不住自己招认了,他的供词和小女孩的指认,还有物证构成完整的证据链,照样能定下江标的罪。"

"接下来该怎么办?"

"……只有等,等和江标见着面了,往下怎么干才能理得出头绪。当事人面都见不着,现在只能是瞎忙。但是,这儿天要见着你男人,怕是不太容易。会见权这东西,不在法律里面,而是公安局的人说了算。按刑事诉讼的程序走,这一环恰恰是最不好办,最让我们律师头痛的。我担心,既然他们已经认为是江标干的了,那么这几天总有办法把他的嘴撬开,让他招认。我估计,要想见着人,大概得在案卷移送检察院,审查起诉的那个阶段——他们怎么办案,无非就那几招,这些都是心照不宣的事实了。"

和陈律师接触时间不长,他给人沉稳之感。但我估计,他心里也觉得江标作案的可能性大。事情的发展果然应了陈律师所说,他找了各种渠道,一直没能见着江标。

又过去好几天,直到江标承认自己犯罪,公安局得以立案之后,我们才见到他。

我已经很长时间没有见到江标了,他头发散乱,脸色很差,眼神比平时呆滞。我们三人一齐隔着栅栏与他面对面,他缓缓地看了看小夏,接着是陈律师,接着是我。我的到来令他意外。他的目光在我脸颊上挂了数秒钟,突然咧嘴一笑,并说:"你也来了。"我嗯的一声,用力地冲他点了点头。

见面的时间有限,来时陈律师就交代我和小夏,不能说废话,主要由他询问江标。陈律师开诚布公地说:"既然由我给你辩护,你不能对我有丝毫隐瞒。现在，只有事实才能救你……"

"这事情不是我干的。"江标脸上现出一种意外的平静。他说，"我扛不住，嘴一漏就认了。"

他说到这里就憋红了脸，又冲我们笑一个，仿佛是不好意思。

"真不是你干的？"

"不骗你。要是我干的我一开始就会认，没必要和他们扛这么多天。"

"那你为什么要给那小女孩二十块钱？"

"因为……她不肯吃糖，问我要钱。我给了她一张钱，就走了。"

陈律师摊开本子，要他说具体一点，不要放过每个细节。江标点点头，问我要烟。他抽起烟回忆当时的细节，慢慢说出来，供陈律师参考。陈律师听了一阵，没在纸上写几个字，眉头却是越锁越紧。

那天，江标开着车赶去城里拖货，行到响水凼，看见路边那小女孩孤零零地玩着草叶和泥巴，一身绿衣绿裤（这不是他说的，是我已经知道的事实）。他脑仁子一抽搐，便把车停下来，招招手让那女孩过来。

他掏出那只铁匣子，递过去，冲女孩说："哎，你来吃糖。"但小女孩不肯吃糖，她问江标要钱。她说："叔叔，你给我钱咯。有了钱，我想吃什么糖就去买什么糖。"他说："这种薄荷糖最好吃了。"

"你怎么这么啰唆。"女孩不耐烦地说，"给我钱就是了嘛。"江标有点伤脑筋，搞不清现在的小女孩怎么连薄荷糖都不肯吃了。于是他掏出钱包，在小女孩面前晃了晃。他问："这是什么？"女孩说是钱包。江标偏说"这是一只乌鸦"，还把钱包扔进前面的草丛里。黑色的钱包在空中滑行的姿势，确实有点像是鸟。但文文很聪明，她知道钱包就是钱包，走进前面的草丛把包从地上捡了起来。她对江标说："我捡到了，这就是我的了。"她还打开钱包看了看,里面有一沓面额不一的钱。江标要她把钱包还给自己,文文毕竟是个乖孩子,她稍微地调了一阵皮,便把钱包还到江标手里。江标从钱包里挑出一张二十块钱的新钞给那个女孩,之后,他就上了车继续往城里开。

"……就这些?"陈律师问道。

"就这些!"

"为什么要给二十?你不觉得自己给得有点多吗?"陈律师合上本子,又说,"马路上碰到小孩或者是叫花子跟人要钱,通常送个五角一块就够了。你为什么要送这么多?"

"我包里那一沓和兜里的零钱,只有这几张面值二十的是新钞,其他的都旧得不成样子。我怕她脏了手。新钱毕竟干净一点……再说,我也巴不得她多买点她喜欢吃的糖。"江标的脸色在解释问题时情绪悄然起了变化,显得有些烦躁。他似乎不屑于不停地为自己辩白,忽然就换上一种爱信不信的语调说,"反正那事不是我干的——我自己也有个女儿!"

他的语气里有种不证自明的铿锵,这让我稍稍放下心来。

我们出来的时候,陈律师却不满江标的态度。他冲小夏说:"你看他那个样子!既然冤枉了,就应该摆出'我很冤我很惨'的样子。哪能是他那种不痛不痒麻木不仁的表情?说起话来,倒像是我欠了他的钱一样。"

小夏就说:"他心情不好,你不要和他计较。往后应该怎么办?"

"要真是被冤枉的,倒并不怕,可以翻供。公安局必须提交更有力的证据,光凭那张钱应该是定不下罪的。但是……说真的,我还是不太信得过他说的话。"陈律师的意思早已写在脸上,他对自己的当事人一直将信将疑。

我提醒他说:"江标自己不是说了? 事情不是他干的。"

陈律师不屑地说:"这重要吗? "

在庭审之前,小夏和我都打算去找一找对江标有利的证据。既然陈律师一直心存疑惑,那么,我想我们的行动总会有意义。我和小夏再次跟陈律师碰面,问他讨教方案,但他脑袋里还没有形成方案。

"……据我看,关键在于能不能找到那小女孩,再好好地问问她当时的情况。没有旁证,江标没有她也没有,所以她说的话是最有效用的。"陈律师沉吟一阵想到了这一点,又说,"我们搞不清楚,她指证江标的那天,到底是怎么样一种状态。毕竟她只这么点大,精神状态又很不稳定,她的证言效力很值得怀疑。要是她状态调养得足够好了,不光要指证,还应该描述当天的情况。从她的描述中,可以分析出是否有漏洞,信度如何。"

"这么干,对那小女孩是不是有点……有点过分了? "

"那有什么办法? 就算是为难她吧。"

我点点头,说事不宜迟,应该去看看那个小女孩。陈律师就苦笑着说:"话是这么说,事情可不好办。现在已经查到这种地步,他们都认定是江标干的。怎么会心甘情愿地让女孩配合我们,把目前调查到的结果推翻了从零开始,再去摸排罪犯? "

"那要不是江标干的,他们也不甘心啊。他们不想找到真凶? "

"你们接触得少,才会这么说。我办过的案子多了,受害者以及家属,在案发后往往容易进入一种偏执的情绪,找见一个嫌疑人,就认死了他,巴不得他马上就死。事实真相是怎么样,他们哪能冷静地去考虑? "

我不信，既然他这么说了，我建议还是去找找小姜，看文文目前的状态到底怎么样。但还是被陈律师说中了，文文已经离开那家医院。之后我和小夏赶去响水凼，到小姜母女居住的那幢砖房。仅这几天工夫，门外两级红石阶已经长草，有茵绿的藓类植物附在上面。那种人去楼空的气氛扑面而来。看到眼前这些景象，我明知喊门是愚蠢的事，但还是高声大叫起来。当然没人回应。响水凼是一处凹形地带，我自己的回声环复不已。

胡栓柱的电话总是打不通。我给八砣打电话，响铃好几遍他才接。我找他打听小姜，他说小姜带文文去外面看病或是疗养了。我问去了哪里，八砣说不知道。

天气很好，灰色炒砂路面此时呈现明亮的色调。我回到马路上，望向枞树林。前次跟八砣来这里，他给我指了那地方，案发现场。我瞅见一条几乎为荒草淹没的小路，从马路去向那片枞树林，显然只能走这条路。草长势正旺，很深，绿得让人发怵。那片树林子，风都吹不进来。眼前的草叶不飘不摇，我走路带出的风声清晰传到耳里。案发现场，也只是一窠一窠的草，枞树浓密，树下阴凉。我在马路边站定，扭头看看，阳光铺在两丈以外的地方。

事情已经过去一个月了，老向他们也少不了在这里搜索多遍。案件没有留下任何遗迹。我站在马路边不断地看向那片树林，到后来已经搞不清自己到底想看到什么。

小夏脸上满是沮丧。她说："躲人容易找人难。"

"先回去，再想一想有什么别的办法。"

小夏虚弱地点了点头。我招手拦车。即使界田垅修长城后如火如荼地搞起了旅游，跑在这条路上的仍然是农用车居多，前面双排座，后面有个绷帆布的车厢。上了车,司机认识小夏,脸上是欲言又止的样子,显然想打听江标的情况,却又问不出口。

俚城的冬季一派阴沉,那几天,我和小夏多次往返于界田垅和市区之间。坐车走在清冷的马路上,透过车窗看远处的山脊,山脊上升腾的一笔笔水雾和乔木难以区分。我觉得小夏此时已经有了抓救命稻草的心思,想象力也因而变得丰富。她自以为是地想出一个方案:沿着江标当天开车的路线寻找见证人,并在每个点上找到对应的时刻,以此推证江标有无作案时间。

初次见面时,陈律师不无得意地告诉我,他以前学的是工科,所攻的专业叫"生活污水分格沉淀及厌氧消化处理工程"。后来有熟人告诉我,陈律师其实是在环保局工作,他所说的那一串名字,其实就是指化粪池。而当律师替人打官司,是他的第二职业。

于是,我和小夏揣着恍恍惚惚的心思,行走于这条公路。

那天江标是帮界田垅的农机商瘌子老冯拖货。老冯有一批货到了市里货站,他打电话要小林帮他拖货。因为是周六,江标一早就讲好了,由他出车,小林在家陪小郭带小孩。以前,瘌子老冯的货就一直是江标帮他拖,彼此熟悉,老冯也省心。江标开车从界田垅出发之前,去取了老冯的身份证,以便取货时交验。我和小夏去找老冯,老冯一脸有心帮忙的模样,反复回忆,只记起是午饭点和江标见的面。当时他礼节性地叫江标一起吃饭,江标当然也是礼节性地感谢并拒绝。在老冯那里找不到准确的时刻,老冯还问这有什么作用。在他面前,我把小夏的想法再次叙述一遍。想法虽然是她的,但我叙述起来别人更易于理解。这个想法难以表述,而小夏在小学里一直教数学。老冯说:"那你们看,我说哪个时间点合适?江标是个好人,我知道这事不会是他干的。你们要我怎么说我就怎么说。"

小夏痛苦地摇摇头,她是一个较真的女人,需要的是真相,对谎言不屑一顾。

货站的时间点却找得很顺利。我去到瘸子老冯说的那家货运站,顺发货运第49站。那里一片繁忙,一辆20吨大车刚进站,有个头戴胡志明盔式帽的中年男人指挥着一帮民工卸货。我进到里头跟两个坐办公桌的女人打听情况。她俩一个年轻一个很老。我问十一月十三号那天下午界田垅瘸子老冯有一批农机发到你们货站,有个司机来提货,是谁经手的?年老的那个警惕地问我,你是哪里的?我是……我说,公安局要我来查点事。年轻的妹子一听我是警察,便赶忙在一堆文件夹里翻来翻去。她配合的样子令人心生好感。老女人却追问:"你真是警察?"我怎么说呢?我只得告诉她:"唔,工作关系还没有正式迁过来。"她俩一齐喷笑起来。老女人说:"哪要说得那么清楚。外面那个戴盔式帽的负责发货。你去问他。"我走出去拍拍盔式帽,敬支烟,再把要问的事情说给他听。盔式帽认得江标,江标来这里提过很多次货,最近的就是十一月那次。他说:"反正,是下午。"

"能不能具体到几点,最好是几分。"

"我疯了?"盔式帽说,"你以为我脑袋是瑞士造的?里面塞的是发条和齿轮?每天要发这么多批货,哪能记得住?我只记得那天小江来我这里提了几台耕地机和插秧机。"盔式帽脸露无奈之色。又有人来跟他提货了。他掉头往仓库走去,走几脚又转了回来,要我把手机号给他。同时,他又强调地说:"不要指望什么,我只是,只是问你要个电话而已。"我说我晓得。

第二天一早盔式帽就把电话打了过来,听得出,他声音里夹杂些冰冷的兴奋,告诉我,昨晚他想了好久,记起给江标发货时,他老婆用亲爹家的座机打来一个电话,要他下班后去亲爹家吃饭。盔式帽说:"十一月十三号,我老婆就给我打了那一个电话,话费详单上记有时间,而且可以具体到秒。你想要精确,看看,就可以精确到秒了。"

"那太好了。"

我和盔式帽在移动公司碰头,他把通话详单调出来打印在延绵不绝的纸上,把那个电话用笔圈出来,时间是一点五十二分。

找到这个精确的时间,像是给小夏打了一针强心剂。我陪着她再次去到界田垅,希望循着这个思路,找找当天江标在镇上碰到别的什么人,再看能不能得到江标离开界田垅的时间。这有点大海捞针,即使他还碰到别的什么人,别人也不会记下这平淡无奇的见面时刻。界田垅如此之小,上了街到处都是熟人,若谁把和熟人每次会面的时刻都记下了,那准是一个天才把自己的脑汁当成了豆腐渣,肆意地浪费着。我基本不抱希望,但小夏在这节骨眼上难免有点偏执。她脸上的执着不容我泼她冷水。她碰见熟人就问情况,为引起对方足够注意,她每一次都拽着别人说上一刻钟,以引起对方重视,让他们努力回忆当天的事情。"十一月,就那一天格外地热,你应该有印象。你难道没有印象?"她跟每个熟人都提起这一点,想唤醒熟人对那天精准的回忆。那些熟人无一例外地摇摇头。天气的变化在人们印象中总是淡薄,总有别的更切身的事情萦绕于心,覆盖了这些无足轻重的东西。

小夏的热情在一次一次询问中冷却下来,她眼仁子里的光一点点黯淡,明白无误地向我昭示这种变化。我和她在界田垅镇待了两天。我愿意陪着小夏继续寻找下去,在这种时候,小夏需要一个人站在身边,将这份偏执无声地激励下去。除了我,她也难以再找一个有这份闲心的朋友。那天吃晚饭时，沈馆长打来电话，说单位接到任务，马上就要忙起来。市直机关各单位元旦节要搞一台隆重的晚会。搞晚会的事当然是群艺馆分内工作。沈馆长可能又喝了酒，在电话里说着说着就很兴奋，但我问他能不能请假。

"请假？我们单位一年才上几天班，还请假？再请假的话，一年休息时间就不止 365 天了，是不是还要我从老命里面挤出几天补给你。"沈馆长有些不悦，问我到底在忙什么。

那一刹那，我突然不知道怎么解释，也不想编理由，遂回答他："我在破案！"

我声音较大，那饭店又较小，邻桌吃饭的几个人都侧过脸来看我。

沈馆长在电话那头抽风似的笑了，说："小顾，原来你还会破案，那打个报告调公安局去吧。我这里也不能委屈了人才。"我赶紧说："不委屈不委屈。"沈馆长严肃地说："委屈了委屈了。"于是，我只好说："嗯，我马上赶回来，为这台晚会献计献策，出工出力。"

"年轻人，这就对了嘛。"

我只好跟小夏说明情况，先行回市里去，不能再陪她了。她说没关系，界田垅她熟得很，一个人就能查下去。

回到单位，我被任命为晚会的十七名副导演之一，写串场词成了我分内的工作。忙了几天，小夏打来电话要和我碰面。到了地方，还是我们三人，陈律师比我先一脚到，点了一杯卡布奇诺正用搅拌勺舀着喝。小夏跟他说："……那天江标离开界田垅的时间是十二点二十五分左右，一个半钟头内赶到的货运站。"

"你想说明什么？"

"界田垅所有的司机都知道，从那里来市区，至少都要一个半钟

268

头,要是途中有客人上下车,还不止这点时间。这一个半钟头里他只可能是开车,顶多停车方便一下。"小夏找到了这个在她看来能够说明问题的时间点,但脸上毫无喜色。刚坐下来,我就发现小夏一直心思游离,魂不守舍,即使说事情时也是这个样。当时我就估计,在我离开的这几天,除了这个时间点,她还发现了什么情况。

小夏跟陈律师进一步解释,这个时间点是怎么找到的。就像我从盔式帽那里得来江标到货站的时间一样,这个时间的得来也需要经过简单的推理和对应。我坐在一旁,没有好好地听小夏的讲述。耳畔里飘着她乏力的嗓音,我的内心也感到一丝乏力。即使外行我也越来越怀疑,她在时间方面的这些难以证实的推断竟能给案情带来转机。

陈律师耐着心思听完,便跟小夏说:"你找的这些证据的效力有多大,你考虑过没有?你要知道,他们在纸币上采集到的指纹,其实不足以定罪。但你这个证据的效力比指纹还要低得多。要是我们使用这些证据,我想,反而使人家的证据在对比当中显得更加有力……我是说,这些事你想当然地搞,往往适得其反。"看小夏神情发蒙,陈律师只好进一步解释:"你看了电影电视里的情节,就当真了,其实不是一回事。我知道你想推理证明江标没有作案时间。但我们待在佴城,而不是香港或者遥远的美国——我们跟他们甚至根本不在一个法系当中。"

小夏又问:"那怎么办?"

"你们不要瞎费时间了。我这几天也不是睡过来的,找到了被强奸的那个小女孩,从她那里弄到一些有用的东西,可以拿来驳斥他们手头掌握的那个证据。只要他们没找到更有效的证据,我想,江标应该可以弄出来。"

"有把握吗?"

"这几天我还查了不少相似的案例,到时候怎么辩护,我心里有底的。你们要相信我。"

事情往后的发展,大都进入了陈律师的预测。我得承认,闻道有先后,术业有专攻,这话讲得实在没错。在法律和地方的司法操作规程方面,陈律师毕竟算是专业人士,最起码,他能判断哪些行为是有效的,哪些是无效的。这方面,我和小夏当然是自愧不如。

那天在湾溪,陈律师想出个守株待兔的笨办法。他在响水凼找来一个农民,要他每天晚上都去马路上转一转,看看路边那小姜住的砖房亮灯了没有。陈律师估计两母女会回到那里。如果看到有灯光,那他只消打个电话报消息,陈律师便会付他五十块钱。农民还挺吃惊,说这就能赚五十?陈律师就告诉他:"这就叫情报,情报就值这么多钱。你干这活就很了不起。"那农民兢兢业业,每天去马路上来回溜达好几圈,看那幢楼里亮不亮灯。

庭审当天,江标翻供,向法官申诉冤情。接下来,陈律师质疑文文证词的效力,他请求在文文病情稳定,在有公证的情况下再次向文文提取口供。陈律师指出,文文的私生女身份导致了她生活一直是极端封闭的状态,能见到的活人本来就不多。在她眼里,很可能,人都长得一个模样,她指认江标的可信度,应该受到质疑。他提出这个质疑,也有相应的证据加以证明。

当天,法院没有当庭判决,陈律师提出的一些请求,他们也没有当即表态。

在开庭前一周,陈律师已经找到了小姜和文文。他用的笨办法,果然行之有效,某天晚上那农民看见房里亮了灯,他赶紧给陈律师打电话,陈律师也不含糊,当晚打车赶到头道岭,见到了小姜和文文。那个夜晚,他如何进得那幢两层的砖房,不得而知。事后他只是轻松一笑,跟我们说:"里面没狗,所以我就进去了。"

小姜见到陈律师,出于母性,第一反应就是护犊,不让他见到文文。她跟他说,文文再不能受任何刺激,在她面前不能有一个字提到那件事。陈律师跟小姜摆心理学,告诉她这样做没用,如果文文自己没有忘掉,那么别人提或者不提都是掩耳盗铃的行为。讲道理的话小姜不是陈律师的对手,陈律师修化粪池的八小时以外,就是靠跟人讲理赚钱。小姜只好打电话叫来胡栓柱,胡栓柱听说有男人闯入,就把八砣也带了去。陈律师是个足智多谋的人,那天胡栓柱来了之后,他想方设法让胡栓柱坐下来,两人说了很久。谈到兴头,胡栓柱甚至还叫八砣去界田垅买点酒菜,几个人就在那幢砖楼里聊了起来。聊到天明,几个人已经喝得称兄道弟。

文文情绪不稳定,怕见生人。陈律师也不急着要她答问。他在响水凼耐着性子待了两天,渐渐和文文变得熟悉,两人有一搭无一搭地聊起来,什么都聊。最后,经陈律师引导,文文能在一种较为轻松的状态下说起案发当天的情况,尽管她眼里仍有恐惧,但是孩子毕竟还小,对于事情本身并不存在如同成年人一样清晰的记忆和特定的反应。一切都是模糊的。就好比一粒药片,你告诉她是甜的,她会当成糖吃进去;她感觉苦,但你用更坚定的语气告诉她,非常甜,所以有点像是苦,她仍然会吃第二片。陈律师有孩子,他熟知这样的语言技巧,讲话绕来绕去,使文文不知不觉就放松下来。

文文讲出的情况印证了江标的话。她说那天是有个司机在她身边停车,下来逗她玩,给她吃糖。她不喜欢吃那种糖,问司机要钱,司机就给了她一张钱。之后司机把车开走,她去到树林里玩,躺在草丛里睡觉,有人突然揿住了她。

陈律师及时插话问她:"是不是给你钱的那个叔叔?"

文文回答说:"有点像,又有点不像。"

"那在公安局里头,你怎么说就是他呢?"

"警察叔叔指着玻璃后头那个人问我,那天见没见过他。我说见过,他还给我钱。我记得住。他们又问是不是他,我不知道警察叔叔指的是什么,摇摇头。警察叔叔很不高兴,又问我像不像,我就点点头,说像。他们确实也长得像。我点头,警察叔叔就笑了。"

文文记得很清楚,说得也明白。陈律师用录音笔录了下来。这份口供拿出去,起到决定性的作用,庭审不久江标就被无罪释放。

十六、编剧

　　江标是十二月二十八号被放出来的，第二天晚上我参与的那台晚会在市民族剧院里隆重举行。因为有敬会祥等领导粉墨登场，更有请来的国内二、三线明星，晚会的门票竟然挺抢手。卖固然是卖不出价，但免费的票则多得是人抢。作为副导演之一，我分到四张票。除了涤青，我当然想到了江标两口子，我希望江标出来散散心，看着领导们耍宝，放肆地笑几声，散一散心头的郁闷。他的电话仍然停机，我又打给了小夏，小夏说他们两口子已经回到槭树坳，打算在乡间好好休息一阵，过年前不会回市里。

　　挂了电话，我便骂自己真是想当然。江标此时的心情，哪是我能够揣测的？

　　涤青肚皮一天天鼓凸起来，我也尽量多地待在屋子里，桌面上多了育婴手册。

　　我以为在涤青把小孩生下来之前我都会守在她的身边，但过年的

273

时候,李飞的一番话令我一夜之间在家里坐不住。

腊月底,李飞、龚必行他们飞回来过年,我借个车去机场接的人,然后直接拉到江洋大道里吃饭唱歌。到唱歌的时候,朱泽培叫来一群妹子,也没任何人予以推辞,包括我。

李飞拍拍我的肩,示意我跟他到外边去。

"怎么了?"走出大厅,到楼梯口,耳根才稍觉清静。我问他。

"我看到你以前泡过的那个妹子了。"他说,"就是在莞城跟过你的那个妹子。她给我的印象很深刻。十月还是十一月的时候,我就在合浦头见到过她。我隔着马路看见她一眼,她上了一辆车,开车的是一个老头,搞不好还是个港灿。"

"哦。"我尽量不动声色地应了一声。

"……刚才里面有点闷,我想出来透透气,看见你跟那个妹子调情调得几多火热,我看得几多眼馋,突然又想起她来了,打算跟你说说。看样子,我总是有点多事。"

"还好,知道故人有下落,总是好事。"

"你和那妹子在一起,是不是被涤青抓了个现行?"

我吓了一跳,说:"你怎么知道?"我觉得这真是毫无道理,难道每堵墙都是透风的?

李飞嫣然一笑,拍拍我的背,说:"我嘴皮子有点痒,随口诈你一道,果然又诈出一条八卦。男人总是同样的花花肠子,女人总是绊着同一个坑栽跟头,活着真是没卵味咧。……我要是再碰到那女孩,你要不要我跟她接个头?"

"不要!"

那天晚上回家,纵是脑袋喝得昏沉,我仍然好几个小时没有睡着。

涤青在我身边发出均匀的鼾声，我伸出手抚摸着她丰收在望的肚皮，开始在想，到时编个什么样的理由外出几天。这几个月来，因为事情层出不穷，我慢慢将铃兰淡忘，甚至一连几天，她的印象也没在脑子里浮现一次。这个晚上，因为李飞的提醒，她在我脑海中浮现、复活、清晰、纤毫毕现，和她在莞城的日子犹如过电影，记忆已行剪辑之能事，一个镜头接一个镜头播放出来，犹如电影的宣传片花，赘余和过渡部分都已剔除，印象最深刻的那些瞬间紧紧粘连在一起。

胡思乱想过了半夜，这才发现自己没有找好出行的理由。这时我忽然怀疑，找个完美的理由其实是出于做贼心虚，其实想得越缜密越是破绽百出。当我意识到我仅仅是想见铃兰一面，不是为了别的，心里就有了底气。我想，哪时要走，我可以用四个字干脆利落地打发涤青：单位出差！

过了农历正月，我去了一趟莞城，下了飞机，有大巴经莞深大道直接去往合浦头。合浦头我去得不多，它虽然只是莞城的一个镇，人口却少不了大几十万。城、镇、乡、村的概念在莞城已经和别处大不相同，开发区、工厂、生活区、商区早已均匀地分布，摊大饼似的在这片土地上铺展着。合浦头在莞城的产业分区中不显优势，但数年前凭着娱乐业盛极一时。

我悄悄地去到合浦头，没有惊动李飞。我找了一个酒店先住下来。

开头三天，我毫无目标地在合浦头纵横交错的街面上乱逛，希望能在街头巷尾马路牙子或者街心公园坡脚绿地偶然碰到铃兰。这地方四季无冬，街面上的人永远行色匆匆。绝大多数人都是当年的捞仔、捞妹，以及后头几年涌入的打工仔。当年被人们津津乐道的合浦头美女如云的景象已经不复存在，街道、路面比莞城别的一些工业强镇脏破

275

许多,合浦头整体的格调就有点贴近内陆省份的小城市。

刚来时,因为陌生,我低估了合浦头。我循着李飞提供的那一点线索,要来这里再见铃兰一面。因为不知道她具体所在,所以我就以为她无所不在,冥冥中我被自己自以为是的情绪牵引着,总相信在街子转角的地方与她劈面而遇。一开始我走在路上,禁不住这些念头稀里哗啦地往外流淌,第二天就淡了,第三天走在路上,走姿很机械,脑袋很麻木。合浦头确实不大,但想在这里寻找一个没有任何联系方式的人,合浦头立刻就显得浩瀚起来。

"先生,你是来合浦头看房的吗?"那天走在路上,一个长相猥琐的男人跟我打招呼,随手递来名片。我看看名片,刚才路过一个垃圾桶,桶里散落的那些名片大概都是他发出去的。他身后有一辆墨蓝色别克商务车,车门上刷有"立达房屋中介"的字样。这种街头房介,大概也是合浦头独有的现象。因为前几年楼盘过度开发,还有经济危机后港灿们的集体退出,合浦头积压的房子就像地摊货一样被这些中介公司甩卖。只要便宜,总是不乏顾客,合浦头的房价是整个珠三角城市群中最便宜的,二手房千把块钱一个平方米,甚至低于内地贫困县份的价格。

我在街头连续晃悠了三天,一双平板脚隐隐作痛。那个男人把我当成看房客,我也就鱼目混珠,问他们公司掌握的二手房多不多。"不多,几千套吧。"那男人见有戏,就给我递一支中华烟。我抽着他的烟脚就更软,坐到商务车里头去。那个男人说还要等几个看房客,到时候带我们一起去看某个楼盘的十几套二手房。

那天,我跟着别的几个人,去到一处叫景湖皇庭的楼盘看二手房,看了大概有七套房,大都是港灿留下来的,房子里往往家电齐备,买房的话里面的设备都是搭头。那些电器设备,估计名品好货都被中介公

276

司用旧家电替换了,要不然,港灿们不可能买十四寸木壳的牡丹彩电。当然,这些也跟我无关。当天我发现七套房中的两套,墙上的照片都没撤去。那两帧照片,若不是婚纱礼服给人提醒,便会被人当成是祖慈孙孝的生活照。看了照片,我心里一热。

接下来的四天,我主动在街面上寻找新的中介公司,搭乘他们的车四处看房。别人进了房看房屋结构看新旧看周边环境,我的眼光只往墙上扫,看有没有原住户遗留下的照片。我知道,这种想法近似于守株待兔。

此时,我寄望于在二手房遗留的照片里看见铃兰。这个想法乍一冒出来时,令我激动,也让我陷入无边无际的绝望。在那四天里,我跟随七家中介公司的看房团,看了大大小小上百套二手房,又发现十几帧照片,有的不是挂在墙上,而是散落在书桌上,也被我找了出来。有个二十来岁的毛头小伙看出来,我心思根本不在买房上面,要赶我走。我马上打电话向他们经理投诉他的态度。等他变得老实了,我就问他:"还有哪些房,房里挂着老配少的婚纱照?"

"先生,你到底是干什么的?"

"这个你不要打听,对你没坏处。"

"先生,有什么事你明说,我能帮就帮。在莞城,多个朋友总是没坏处,对吧?"

我想了想,掏出一张照片,问他见没见过照片上的女人——那是我唯一找得到的铃兰的照片,以前铃兰翻看我的书,把这张照片当成书签夹进一本小说集,被我翻了出来。

那小伙子看看照片,如我所料,摇了摇头。他好奇地问我:"你是不是在破案?"我用食指压住嘴唇嘘的一声,示意他小点声音。

277

他眼睛就亮了起来,自作聪明地说:"她是不是失踪了?是不是已经……死了?"

我慈祥地摸了摸他扁长的脑袋,凑近他耳朵轻声地说:"你赶快往地上吐口水,并发自内心地说一声:刚才我放屁!"

我回到佴城,涤青跟我说,胡栓柱要请客吃酒,在界田垅办席,她也收到了请帖。她想去看看那个素未谋面的表妹,她感到好奇。她好几次问我文文长什么模样。我见过文文,就循着记忆跟她详细叙述。老话说得好,百闻不如一见,那天涤青要我开车送她去界田垅喝酒。她肚皮已经滚圆了,我借来一辆底盘又重又高的车,小心翼翼地开着车送她去界田垅。

响水凼强奸幼女的案子闹得满城风雨,胡栓柱再也隐瞒不了小姜和文文的存在。他是个一不做二不休的人,既然事已至此,他想到的处理办法就是把小姜吹吹打打娶过来,让旁边看客的好奇心一次性得到彻底满足,以后不必再静观事态发展。他按前妻开出的条件付了钱,不还价,这样便顺利离了婚,隔几天再拽着小姜去民政局登记结婚。

胡栓柱在界田垅镇买下的那幢楼已经披红挂绿,三层楼楼顶垂下来很多条幅,上面写着某某单位、某某公司的领导率全体员工祝胡栓柱先生新婚大喜。小姜打扮得很漂亮,连文文也打扮得很漂亮。文文现在精神状态明显有了好转。他们告诉她,欺负过你的那个坏人,已经被警察叔叔抓住并枪毙了。文文听到这话很高兴,麻秆儿细腿往地上一跺,说:"死得好!"正要高兴,文文的情绪转瞬间又低落下来,问旁边的人,"他几时还会活过来?"

我把车开近那幢楼,就有人放起鞭炮迎接。隔着芬芳的烟雾我看清放鞭炮的是八砣。他拍着车窗的玻璃跟我打招呼:"你也来啦! "

胡栓柱把婚礼搞得气派。婚房一侧的马路边,显眼之处摆着一大块招牌,中间是一张婚纱照,照片上是胡栓柱、小姜和文文三个人一起笑脸迎人的模样。旁边贴的两条红纸上写着洒金的毛笔字:艳阳总在一阵狂风暴雨折腾后! 婚礼谁似老夫将妻携女同开颜?

一看就知道,这出自胡栓柱的手笔。上下联平仄不对,甚至词性也不对,这是由于胡栓柱还没能把写对联和编标语口号严格地区分开来。显然,他的数学比语文学得好一点,所以上下联的字数正好一样多。

作为女眷,涤青进到他们的婚房和一拨中老年妇女扯起闲谈。八砣指引着我把车停到院子里的一角,然后靠着栏杆一起抽烟。

"黎照里等会才来。你要是不饿,干脆等着我们一起吃饭,喝喝酒,扯扯白。"

"好的。老向也来了? "我老远看到老向走进来,和胡栓柱握手,随口地问八砣。即使退休,他还依然乐意把警服笔挺地穿在身上,衣服越是挺括,脸皮就越是显得皱。

"他和胡老板的关系不错,帖子还是我送到的。"八砣说,"文文的事,胡老板要他到此为止,这老家伙偏要往下查。他还说,这是他的事,跟胡老板无关。看样子,他是王八咬麻绳,挨刀子也不撒口。但我有点喜欢这个老东西。"

天要黑的时候黎照里才开着破吉普车过来,还带着两个女人。其中的一个,乍一眼看去有些面熟。吃饭的时候我才想起来,那次我们去砂桥,面熟的这个妹子是陪虾弄的,就坐在铃兰的身边。她告诉我们铃兰是砂桥的桥花,以提醒我们别不识真人。她仿佛也认出了我,时不时瞅我几眼。我们在饭桌前围好,她坐在八砣身边,两人一坐下来,我就意识到他们关系甚密。果然,经八砣介绍,那女的叫细凤,现在是他的女朋友,而且两人已经有了结婚的打算。黎照里身边的那个妹子是砂桥现任的桥花,叫二玲。

我们几个人在一起,再加上帮厨的几个胖子,喝酒就划起了拳,每个人先打一圈关再说。我打一圈下来,几乎喝了半斤。黎照里和八砣都有女人帮忙。看样子,他们从砂桥带妹子过来,就是考虑到喝酒猛了,旁边要有一个把舵或是助战的。黎照里输了拳,总是把酒推给身边的二铃喝。二铃虽然贵为桥花,但在黎照里身边很是温顺,仰着脖子帮他喝酒。在这一点上,我要夸夸八砣,他粗中有细,蛮知道怜香惜玉。他呵护着细凤,细凤即使主动请缨替他喝下一杯,他也总是摇摇头,然后迅雷不及掩耳地喝掉杯中的酒。

喝到一定程度,大家都难以为继,放开酒杯有一搭无一搭地扯了起来。既然是在胡栓柱的婚宴上,我们一不小心又扯起了那件案子,然后顺藤摸瓜地说起江标来。这案子免不了传遍佴城大街小巷,甚至穷乡僻壤,江标也成为佴城的新闻人物。虽然他已被无罪释放,但在这些新闻或旧闻里,他和这案件必然地联系在了一起。我们说起这些的时候,酒劲已经纷纷发作,说起话来都有些彼此不搭。

细凤酒喝得少,她总在理清我们的思路,帮助我们把话题持续下去。当我们不停地说起江标,她突然告诉八砣:"你知道吗?你和那个司机都喜欢过铃兰。"

"铃兰?"八砣惺忪着眼睛看看细凤,不知道是装糊涂还是真记不起来。

细凤就戳着八砣的脑袋说:"你这个死人,见一个爱一个,把我们金圆美容厅当成婚姻介绍所。你先是想拽铃兰当你老婆，人家不愿意，见到你就像见到了鬼，害得人家躲到城里去了。后来你还看上了小美、菁花还有二玲，人家都不愿意，你最后才打起我的鬼主意。你敢说没有这些事情？"

"细凤我提醒你，不要在我脑门上戳来戳去。我小的时候，一旦脱了开裆裤，我家老头子就不敢戳我脑门子。他晓得厉害。"八砣摆出一派凶狠的样子，鼓出眼球瞪着细凤。细凤毫不犹豫地戳了他几指头，甚至在他脑门上敲几丁公。她还不屑地问："你想把我怎么样？"

八砣脸绷得很紧，绷到一定程度，忽然就松弛下来，嬉皮笑脸地说："老婆，我是无所谓，我这脑门能打铁。你的手没敲疼吧？"

"疼！"

"我来帮你揉揉。"

八砣果真当场就帮细凤搞起指部按摩，刀条子脸上挤满柔情蜜意，令我看着有说不出的别扭。而细凤也不是一盏省油的灯，只这么按了几下，她就肆意地呻吟起来，像是得到了突如其来的高潮。桌上别的人只好一齐喷，求他俩少安毋躁，省一省油。

细凤这时忽然又盯着我，并说："顾大哥，其实你也喜欢铃兰，是吗？"

我还来不及反应，八砣便"哦"的一声看着我。我的表情乍然间可能已经暴露了什么，八砣又是一笑，并说："没看出来，那个妹子，竟然是人见人爱，树见花开。"

"你不知道的事情还多着哩，坐了八年班房，出来还是一头蠢猪。"细凤继续戳他脑门，转一转脸又跟我说，"我还知道，你们在广东莞城一起过了一段小日子。"

281

"你怎么知道？"

"我跟她一直有联系,她有什么事会打电话跟我说一说。她离开砂桥去到市里的江洋大道,但在那里她感觉还没有在砂桥开心,天天要穿工作服。"细凤一边说一边大口大口地喝啤酒,看得出来这个女人已经有些酒瘾。她又说,"铃兰刚从砂桥去到江洋大道,心情其实很不好,天天都要穿工作服,搞得她月经不调。那一段时间她经常给我打电话,扯扯闲话打发时间。过了一阵,心情才好点,说是你和那个司机经常去找她,惹得她开心。后来她告诉我,你叫她去莞城,问我对这事情怎么看,我说你自己都已经决定好了,要我多什么嘴啊。我跟她一起待了很长时间,她有什么心思我哪能不知道？她去了莞城以后,说是跟你住在一起,对吧？她说你在莞城有很大一套复式楼,还有车,赚钱很多。她隔几天就打一个电话过来跟我讲你们俩的情况,肉麻的事也说给我听,还要我有空也过去住一住……"

黎照里插话说:"我的天,小兄弟,你这人看似闷声不作气,原来也闷骚得可以。"

我奋着脑袋,想起自己租下的那间纸盒子一样的小屋。

"……你有她现在的手机号吗？"

"不出我所料,你们闹了什么矛盾？"细凤说,"去年七月份,她以前的号码停了,就再也没有给我打来电话。你们怎么了？"

我没有吭声,黎照里就说:"这兄弟现在在侗城上班,结婚了。他老婆也来吃酒,现在在新房里坐着。你这些话在这里说说也就算了,明天不要再提。"

细凤撇撇嘴说:"我就知道会是这样。……八砣,你要是也这么对我,我就要你死！"

八砣被细凤揪着头发弄醒,委屈地说:"又怎么啦?"

说了一通话,我的酒劲又散了些,一时停不下来,又叫人递一瓶酒上来,拧开了继续喝。后来我们的话题依然围绕着铃兰,但说些什么,我酒醒后已经记不清了。

当我醒来的时候,已是另一天的上午,涤青坐在床边,神情抑郁。

后来黎照里才打电话告诉我,我喝到一定时候,自己把照片掏出来,给细凤看的。也许我是想向她证明,我心里一直想着铃兰;也许就是因为喝多了,手一痒就掏照片。喝了酒,手一痒掏钱包递给陌生人的事情我也不是没干过。涤青正好过来找我。门在细凤身后,涤青一跨进来,就看见细凤手里拿着的照片。细凤其实也喝得反应迟钝,她把照片看得一会儿,又退回我手里。

而当天,我醒来睁开眼时看见涤青发绿的脸色,又看见照片莫名其妙到了她的手上,就暗自叫苦。我以为她会冲我狂飙猛发,又闭着眼继续装睡。但揣着这一脑袋糨糊躺在陌生的房间里确实难受,且还不敢辗转反侧。于是我抱定任杀任剐的态度叫她一声,备好了一通委曲求全的说辞,以免她动胎气。涤青转过头来,两道眼光从照片上抽出,啪的一下甩到我脸上。

她说:"呃,你醒了啊。现在有空吗?"

"有空,非常有空。"我是明白人,知道自己此刻没有没空的权利。

"要是有空,把你们的故事讲给我听听。"她表情平静,甚至有些慈祥,看着不像是包藏祸心。

"什么故事?"

她把照片递到我手上,说:"我很好奇。我知道你不会骗我,有什么说什么。只要是事实,我就能够理解。我相信现在你们已经没什么关系

283

了，只是有时候你还会想着她，对吗？"

我点点头，并跟她说："用不着就在这里说吧？你让我也准备准备，现在就开口，我还真不知道从哪说起。"

她白我一眼，说："看样子这事情还纠结得很深，你竟然不知道从哪说起。"

"要是你是这种态度，那就痛快点，直接剥我的皮吧？我的一颗脔心都是你的，何况这张皮哩。"

她扑哧地笑了，这让我放松。时已近午，我们吃了早饭赶回侤城。出门时还有微弱的阳光，上了路就下雨。这种变幻不定让春天充满生机，让人感到总有什么事情即将到来。我把车进一步地放慢速度，和涤青说起以前的事。我打算什么都不隐瞒，这样才能保证还有足够的精力开车。我发现，这事情要从那次黎照里带我去砂桥说起。我说到我挎一个相机应邀去给另一个女人拍裸照，涤青免不了生气，不过，她到底是一个导演，比一般的柴火女人多明白一点搞艺术跟耍流氓的区别，嗔怪几声，之后又催我继续往下说。当我说到和江标打架，她心思不再停留在对我的审查上面了。

"怎么把他也扯进来？"

"是啊。要是你想听，我就要从江标十几岁时候说起。你喜欢听吗？"

女人总是喜欢听故事。江标十几岁时在油桐坡坡顶遇到的事，现在经我口讲出来，我有种异样的熟悉。马路不快不慢地在眼前铺展延伸，天空隐隐的轻雷响起。路面被雨水润湿，一片黝黑。我转述着江标的事情，自己眼前会时而虚幻起来，路面上被雨水溅起的斑点，仿佛变幻成一柱柱阳光，水平的路面像是上坡。我也和十几岁时的江标一样，热切地盼望着能在枯寂的马路上看到些别的什么。

我的女儿糖糖还算能憋住气，让产科医生报了三次预产时间，才在四月初的时候出生。在这个世界上我又多有了一重关系，我觉得这样真好。天气渐渐热起来，她喜欢被我抱着，因为我胖，她更容易在我怀抱里安静地睡。有时候我觉得她不停地往我身体内凹陷，或者说是塌陷，像要与我融为一体。涤青瘦，她的肋骨会割得小孩子很不舒服。糖糖总是要我抱，发现不对劲就响亮地哭。家里也突然热闹起来，亲友们时不时过来看孩子，留下婴儿用品和他们的祝福，说这孩子一看就是个好苗子，将来肯定有大出息。我妹妹顾彤竟然也来了好几次，她蛮喜欢这个小侄女。她一直住在未婚夫家里，她未婚夫突然又不是那个光头了，换成一个长头发的男人。

糖糖满月的那天我照样办了几桌酒，请的人不多。这几个月来我基本上没有看到江标，只听伍光洲说江标上班了，但时常请假回乡下待着。他的脾气也因为那次被拘而变得很糟糕，不爱理人，更加沉默。请人吃饭的时候我忽略了他，没打他电话，也叫伍光洲不必告诉他。但吃饭那天他还是来了，携着小夏，拖着他的铃铃，一家人整齐地出现在我面前。他微笑着把几张红钱塞进糖糖的衣兜，并说："你结婚时我不来，这次小孩满月，竟然没告诉我！"他脸上是很委屈的样子，我则拍拍他的肩，带他和我的那些老同学坐到一桌。他们纷纷和江标打招呼。案子的事情他们也有所耳闻，今天突然又见到江标，自是格外亲切。

那以后，江标和小夏还提着奶粉和纸尿裤来我家里串了两回门。去年这个时候，我们四个人经常围成一桌打牌打麻将，关系融洽得一塌糊涂。而现在他俩再来，气氛已经变得不同。小夏和涤青可以聊一聊育儿经。涤青初为人母,基本上只有听的份,在小夏面前,她难得地虚心起来。而我和江标没有话说。他脸上比以前有了更多的笑容,但嘴里话则更少。有时候,那种笑容在他脸上像蜡泪一样凝固,在我看来,总是显得有些做作。既然他来访,出于客气,我总是要找话和他说说。

"你爸江老师还好吗?他爱不爱喝酒?我父亲去年那个了以后,我家里一柜酒没人喝了——我现在也被你范姐管着。我挑两瓶,你给江老师……"

"还好。"他说,"不喝。"

"你母亲呢?"

"也还好。"

"你弟弟吼阿呢?他总是让人过目不忘。"

"嗯。"

"是不是还在给他找媳妇?"

江标这才稍微多说一点:"还好,现在我父母也想通了,不急着给他找。"

不管我怎么用力,江标总是能够让交谈变得越来越冷,老让我觉得是在自找没趣。我没想到那短短几天的牢狱之灾,对人的改变有那么大。

来了两次,后来他两口子也就不再来了。我也没给他打电话。

刚出生的小孩爱睡,有时候明明睁开了眼,打个哈欠又睡。糖糖喜欢趴在我身上睡,放在床上就会闹,如果我抱着她走动,她反而睡得更沉。糖糖在我身上睡了,涤青就能够有一阵的安闲。她会跟我说:"你抱着糖糖到下面去散步吧,顺便你也减减肥。"

"就在客厅走一走不也是蛮好?"

涤青还是坚持叫我去下面的小区绿地里逛,她说她需要清静。

"怎么了?"

"我现在创作的欲望特别旺盛,憋不住。我打算写一个剧本。"她说,"我相信这个本子将会超越以往的所有作品。"

这一点我倒是不怀疑,她以往的作品我大都看过,大都是被她摁着脖颈强行看完的。我个人认为,她以前那些作品超越起来并不难。她刚生了小孩,我不知道她哪来那么大的创作欲望。据说分娩的阵痛过后女人总是会得来一种快感,而创作,无疑是再一次的分娩。再者,她家里也有这方面的遗传,我岳父范医生就长期处于孕育作品的隐痛中,始终不能迎来分娩的阵痛。

她说干就干,拿起笔就写,还叫我去打印店用 A3 纸打了一大沓六百格的稿纸。我抱着糖糖下去遛圈子,走累了,或者她要吃奶,我就把她抱回家。拧开门,涤青总是在奋笔疾书。现在她不用电脑,怕影响身体,改变奶水的成分。她没多少奶,糖糖主要还是牛奶养活着,但她坚持要象征性地哺乳,仿佛这是个态度问题。进入剧本创作以后,她乳房都不肯象征性地分泌乳汁了,把我们的女儿彻底扔给牛奶。我也尽量不打扰她,和母亲两人尽量多地照顾糖糖。

涤青写的这个剧本有些神秘,她写的时候不希望我接近,有那么两次她正在八开大的稿纸上涂抹,我无意间靠得近了,她竟然下意识地用身体遮挡。而且,她也一直不愿意和我谈论剧本的内容。我知道,一直以来她喜欢在一种沙龙式的场合里进行创作,群策群力,七嘴八舌,把细节一点点拼凑出来。我满以为她会找我扯剧本,我脑壳皮已经为此而隐隐发胀了,但她偏不找我说,我反而有种失重般的轻松。我控制着自己的好奇心,不去问她。

到了六月初的一天,终于,她主动告诉我:"写不下去了。"

"为什么写不下去?"

"这个剧本,我是根据你讲的那个故事写的。你也只是跟我说了个开头。刚下笔的时候,我还以为只要顺着故事的逻辑写下去,写到后头,接下来的情节会自然而然从脑袋里蹦出来。但现在,我设计不出结尾。"

"你在写江标和睡马路上的那个女孩?"我这才反应过来。

她没有否认。我问她为什么要拿那个事情编剧本,她狡黠地说:"是这个故事勾引我编。它本身已经充满了影像感,只消你一说,我眼里就有那种画面。不写真是可惜了,我想江标也不会反对把这个写出来。"

"那你写到哪了?"

"写到他无意中又见到她,依靠夏天糖接上了暗号。往下我就不知道该怎么编了。"

"你真是原汁原味,人家夏天糖,你也夏天糖,不晓得艺术处理,换个别的什么糖——别写糖,换个什么口味的饮料也行啊。"我说,"要是江标知道了,会有点难为情。他这个人,你也知道的,有点捉摸不透。"

"这是细节的问题,好处理。重要的是,现在我有点写不下去,想不出事情往下会怎么发展,更想不出结果。但是……"

她欲言又止,我只好问一句:"又怎么啦?"

"我试着换几种思路往下编,虽然没有编出来,但我心里面已经隐隐地不畅快了。"

那边糖糖又放声地哭起来,我只好拍拍涤青的后背,说:"糖糖还小,你别老琢磨那些不畅快的事情。编个大团圆的结局固然有些俗,但你的片子总是清一色反映阴暗面,反映糟心的事。你这辈子即使换换口味,多少也要转一回型流一回俗吧。"

十七、人海茫茫

又是例行的聚会。吃过饭大家围着桌子剔牙聊天的时候,伍光洲从我身后走过,拍了拍我的肩。我跟着他走到包厢外面,知道他有话说。他剔着牙,告诉我:"江标又是一个星期没来上班了,也没跟人请假。单位那辆皮卡车他也开走了。这几天出勤的事我帮他敷衍一下倒是不难,但是单位要用车,老来问我,不好交代。"

"又出了什么事?"现在提到江标,我脑壳皮就发麻。

"我也不知道,打他电话,又是关机。"

"要不我明天开车去槭树坳看看,找找他?"

"明天我也没什么事,一起去。"伍光洲点点头,又跟我说,"我好歹也算是他的领导。还有,他这次消失之前,还从我手上支取了两万块钱。他以前从没向单位借钱,这次一开口就借两万。我问他借钱干什么,他支支吾吾说不清楚。但是,钱我还是给他借了。他这个人,虽然古怪了点,我一直还感到放心。"

"是有点蹊跷。"我一时也想不到他借钱的原因。再一想也没什么奇怪，每个人拿着钱怎么花掉的，只他本人心里有本账。

次日中午我开着车和伍光洲去槭树坳，走进江标家的院子，没看见他。我们突然到来，小夏感到意外。她正在教玲玲看图识字，拿着一沓彩色卡片，指着一样东西教她一个名词，并要她在铺开的白纸上依葫芦画瓢地写。见到我们，小夏要玲玲把刚学过的几个词各写十遍，然后迎上来招呼我们。再往里走，他家两老在喂鸡。他母亲是泪痕未干的样子，他父亲一边往食槽里添料一边絮絮叨叨念着什么。见了我们，他轻轻点了点头，就当是打了招呼。老人脸上浮现呆滞的神情。

小夏说："事情都过去几天了，你们还专门跑来看。"

我问："什么事情？"

"江标没给你们说？"小夏疑惑地看了看我俩，又说，"真不知怎么搞的，上个周末他也不回来，也不说是为什么，打电话也打不通。伍主任，你们单位最近特别忙吧？"

伍光洲把眼光从小夏脸上撤回来，看着我。我俩这才知道，江标这几天也不是待在家里。我预感到肯定有什么事发生了，并且还在继续发生。小夏和我们一样，处于无知的状态中。我只好环顾四周，尽拣些别的话来说。我问："吼阿呢？"我只这么一问，小夏立时有些着急，拽着我的衣袖示意我往大门那侧移几步。"你声音小点。"她说，"现在不要提吼阿的名字，两老最怕听到这个。"

"……吼阿，他……"

"江标真没跟你们说吗？他十来天以前……死了。这事等会再说。"小夏看着我们，把话头顿住。她示意我们稍等，跟两老通了通气，并叫玲玲上隔壁那家玩。小夏已是个勤快的妇人，她走进屋子又料理了一些事情，才得以跟我们走出去。天气太热，阳光倾泻在裸露出来的每一寸地皮上，树冠布下的阴影被最大幅度压缩，像是燃烧后的一点灰屑。我把车开到界田垅，找一个有空调的茶馆子坐下来。界田垅这天赶集，路面上水泄不通。这茶馆子冷冷清清，此时只有我们一桌茶客，空调在我同意加付十块钱电价以后才开启。茶却很好，是本地毛尖，水泡下来以后明前茶特有的嫩绿便一点一点洇开。

小夏坐在我的对面，表情怪异……吼阿怎么死的？我脑袋里在这么想，但不知怎么开口问她。我估计他可能病死，也可能跌死，或者是别的怎么死。我应该怎么问？于是，伍光洲替我问了："吼阿他，他……"

"病死的。两老说是病死的。"她显然虚晃了一枪。

"什么病？"

"两老也说不清楚。吼阿……"

我们不再往下问，任小夏静静地呷着茶，整理着思路。过一会儿，她自己慢慢地道出实情。

"……我也用不着瞒你们，现在他已经死了，我可以说出来。我是最先知道这回事的，上个月才跟江标讲出来。"她用手揉揉脸颊，心情仿佛放松了一些。她又说，"顾哥，那几天你们单位有事，我继续在界田垅找熟人问情况。后来李木马跟我说起一件事。李木马也是跑车的，跟江标他们都熟。响水凼发案子那天，界田垅中学刘校长办酒，他儿子结婚，请帖发给我亲爹。那天江标帮小林跑车，快到中午的时候，正好把他爹带去界田垅吃酒，吼阿也一起带去了。江标把他俩送到刘校长家里，这才去帮瘸子老冯拖农机……我那天碰到李木马，问他能记起点什么情况，他告诉我中午的时候，江标还在货场上等了一阵，想搭点货进城，不想跑空——他们司机都有这习惯。李木马还告诉我，那天下午他从市里拖货往回走,四点多钟,快走到抚威门的时候忽然看见吼阿一个人在马路边走,就停下车,把吼阿拽上来带回界田垅。李木马中午的时候也到刘校长家吃酒,看见我亲爹在那里,就把吼阿送到刘校长家。亲爹那天中午一喝就醉,李木马带吼阿到刘校长家里时,他还在睡。刘校长把吼阿管起来,等亲爹醒了,再让他带吼阿回家。”

我问:“你的意思是?”

“……那天我就感到不正常。江标和我亲爹他们是男人,感觉不到这么细,但我是女人。那天吼阿回家以后,我就觉得他看玲玲时眼光不对劲。他眼神一下子变了,情绪也起了波动,但是只有我注意到了。后来一听李木马说到这事,我一下子就明白了。那个小女孩不是也说,案犯和江标像又不像,对吗?再说响水凼离抚威门也不远,中间就四五里路……”间歇一会儿,小夏又讲了另一个情况,“李木马还告诉我,老向,就是退休了的那个警察,他一直还在查那个案子。他也到货场,找司机打听和江标有关的情况,和案发那天有关的情况。李木马说,老向问到他,他什么也没跟老向说。”

说到这里,小夏万分无奈地看着我。

“天呐!那吼阿是怎么去的响水凼?”

“李木马跟我说起这事,我心里隐约就明白起来,但也不敢再问李木马别的情况。我自己猜测,那天亲爹喝酒的时候,吼阿就溜出来,亲爹有酒喝也顾不上那么多。货场离刘校长家不远,吼阿大概是自己走到那里的,看见江标的车停着,他悄悄就爬到后车厢上。那天江标在货场没有接到货,过一阵就把车开走……”

“……到响水凼,江标停车逗那小女孩,吼阿就爬了出来?”

“我也是这么想的。”小夏无奈地看着我。

小夏接着往后面讲,语气就迟疑起来,好多地方有点卡壳。她发现吼阿的举动越来越不对劲,甚至还拿糖去哄玲玲,让玲玲当着他的面撒尿。玲玲撒尿的时候,吼阿就在后面看,甚至把脸紧紧地贴在地上。吼阿多少还晓得一些事情,在家里还不敢乱来,但又憋不住干出这些丑事来。有一回小夏撞见了这一幕,感到万分紧张,才把自己知道的一切说给江标听,包括从李木马嘴里得来的情况,以及她由此衍生的猜测。那以后江标变得狂躁,见到吼阿就打。江边宽要劝阻,江标便把事情说给他听,江边宽也不劝了,两人一起打吼阿。打的时候,江边宽还一遍遍地冲吼阿说你这个没皮没脸的东西,你这个孽畜,后来,吼阿因意外死了,家里人也不敢声张,说他是得疾病死的。停灵一个晚上,次日就发埋了。吼阿这样地死掉,算是化生子,一切都弄得非常简单。对吼阿的死,谁也不会多问,一个傻子的意外死亡,别人听来总是这么正常。

　　小夏说了这些,我还问她:"吼阿死了以后, 江标情绪是不是很差？"

　　"那是当然,他总觉得吼阿的死和他关系最大。吼阿死的那两天他魂不守舍,晚上我们在自己的房间里,他自言自语地说吼阿是他害死的。我要他别这么想,他就跟我说,以前出车经常带着吼阿,没事的时候,他也会跟吼阿讲他以前的一些事。我想,他可能觉得自己讲的什么事对吼阿有教唆作用。我问是什么事,想帮他疏通疏通,他却一直不肯跟我讲明白。"

　　事已至此,我想不能跟小夏隐瞒什么。我用眼神征询伍光洲的意见,他默契地朝我颔首示意。我就告诉小夏:"小夏,事情可能比你想的还要麻烦。江标这一个星期都没去单位上班。你是哪天打不通他电话的？"

"今天星期几？……星期四。我星期一打他电话，他还接了。"

"他说了什么？"

"他说单位迎领导检查，连续几天都忙个不赢。"

伍光洲说："根本没有这回事。"

"那他去哪了？"小夏陡然变了脸色。这一阵她压力本就很大，但这事此时不说，也是瞒不下去。

她无助地看着我。我只好劝慰她说："你先别慌，我们一起找找。你好好想想他可能去哪里。要不，多打几个电话问一问。"

"他会不会待在城里屋子里？放了暑假，我和玲玲就一直待在乡下，城里就他一个人住。要不然我也不会……"

伍光洲赶紧掏出电话，打给他外甥魏彬。伍光洲手机严重漏音，他正打的时候，我和小夏就清晰地听见，魏彬也说有好几天没见着江标了，晚上也不见他房里亮灯。伍光洲挂了电话，小夏赶忙掏出手机一连打给四五个熟人。只有小林反馈了一个消息，说一星期前江标到他那里取钱。江标上班以后农用车就租给小林，因为小林的婚事，江标一直也不用他交租车的钱。但一星期前江标突然跟他开了口。见师傅要得很急，小林就凑了几千块钱给他。那天以后，小林也没跟江标再联系过。

小夏开始轻声啜泣。

我们叫服务员妹子又续了两道水，等小夏情绪慢慢稳定下来，再送她回家。回去的路上我叫伍光洲给毛一庚打电话，报失踪案。毛一庚诚恳地说他可以登记在案，但这样的案子没法去查。伍光洲在我身边大声地冲着手机问："怎么就没法去查？人已经失踪一个多星期了。"

他的手机继续漏音。"那你告诉我，要怎么查？如果你喜欢听别人骗你，那我就告诉你，我们会尽力，你等消息好了。事实上你也应该想得到，即使办刑事案，还得看轻重缓急申领办案经费。办案都是要成本的，你没注意啊，满大街贴的那些寻人启事，都是他们自家人掏腰包的。"缓了一缓，毛一庚又说，"也别动不动就说人丢了。江标我又不是不认识，大男人一个，拐卖又卖不出去，肯定自己去了哪里。你们再找找咯！"

伍光洲挂了电话，骂了一声丑话。他说："江标这人真是的，看上去蛮老实的一个人，却总是不停地找麻烦。"

"说不定，是麻烦不停地来找他。他也没办法。"

此时，我怀疑江标是故意离开，关掉手机，不留踪迹。那他是为什么？吼阿的死大概是触发因素之一，绝不会是他出走的动机。一个人隐匿于茫茫人海，如果还是他自己愿意的，那么寻找起来真不是开玩笑的事。回到家中，涤青问我这一天都到哪去了，我不瞒她，把这一天的情况讲给她听。我乐意听听她的见解。最近她都在以江标的经历为原型创作那个剧本，我俩坐下来的时候，说话总也绕不开江标。在创作过程中，她对江标有了更多了解。我想涤青没准能捕捉到什么蛛丝马迹——作为艺术家她不乏想象力，作为女人她又不乏第六感。果然，听完我讲出的这些情况，知道江标已经失踪多日，她脸上没有太多惊奇。

涤青说："这事会不会和铃兰有关？"

"铃兰？怎么扯得到她头上？现在没有人知道铃兰的下落了。"

涤青陷入沉思，甚至还掏出一只硬皮本，打开了查看她自己偶尔记下的一些东西。那是她的创作手记，写剧本的时候有什么不期而至的想法，她就赶紧记几笔，以免再也找不回来。她翻看几页，再仰起头看我,脸上多了一层巫婆的气质。

她说:"我还是觉得这跟铃兰有关。"

我说:"这可不是写剧本。你有什么理由呢?"

她偏着脑袋又想了想:"我不是破案,只是直觉。最近你不要操心别的事,专心去找人好了,尽快找到她。我在家多带带糖糖。"

"怎么啦?"她此时的通情达理令我意外。

"怎么啦怎么啦,哪有这么多理由跟你说。我只是有点担心,事情也许比我们想象的还要糟。"

高温在持续,电视里时不时发出高温的红色或是橙色预警,我陷入毫无头绪的查找,能干的事无非是找熟人打听,借来顾彤男人的车,开上街到处瞎转,用眼睛去找那辆熟悉的皮卡车。车牌号已经成为我固定的记忆,湘Z54022。江标这一次消失得很彻底,没留下任何线索。我和小夏每天都要打几个电话,她也没等到任何消息。两老眼看着已经瞒不住,他们不停地问江标怎么老不回来,要小夏打电话催催他。

后来毛一庚还是主动帮忙,搞搞关系把这个牌号抄送通报出去,要公路收费站网点予以协查。据他说,只消一通报,高速路上每个收费站将变成一张撒开的网。只要疑似的车辆经过,他们就会警觉起来。

时间很快又过去一周,仍然是没有任何消息。

那天下午我照样开车上街,茫然地走着,不但没有发现,而且被黎照里逮个正着。他冲我打招呼。我把车开过去。他只穿运动短裤,光着脚板趿一双名牌跑鞋,仰着脖子喝冰镇饮料。他身边还有几个装束差不多的男人,体形胖瘦不一,背上背着行囊。黎照里递来一瓶王老吉要我喝,并问我有没有空。

"有什么要我帮忙的？"

"我们要去界田垅打球。八砣在那边组织了几个家伙，向老子挑衅。他打架我不敢跟他比，但是单论打球这事，他敢挑衅，真的不知道天高地厚。虽然我这几年已经退出球坛，但是瘦死的骆驼比马大。上了场，我再好好调教他。"黎照里说，"我只有一辆车，这些兄弟一车装不完。……我看你像是在瞎逛。"

"界田垅具体哪个位置？"我嫌有点远，来去差不多三个钟头。

黎照里打个电话问八砣，挂了电话准确地答复我说："到了抚威门就往右拐，走几里，还没到砂桥的时候，再往右拐，有一个破厂子。八砣说在那里面等我。"

我脑袋一热，知道他说的是哪里。我去过，那破厂后面有条溪水。

黎照里见我犹豫，俯身过来凑着我的耳朵："兄弟，一起去！八砣说他找来好多美女来助阵。没有别的人，除了这帮打球的兄弟，就是那些美女。"

"砂桥叫来的吧？"

"你管那么多。砂桥你又不是没到过，还闷骚了一回，不是？我不会跟弟媳讲的，我们男人，都一样。"

我答应去，黎照里就得点了几个人坐进我的车里，天色不早，事不宜迟，我跟在黎照里的破吉普后头，很快出了城。我给涤青打电话，说临时有事，晚上不回来了。她宽容地嗯了一声。自从她责成我寻找江标之后，我想干什么，突然就没了拘束。

一路上，我按捺不住想起了在那条溪流中给铃兰拍裸照的情景。路在眼前延伸，两旁的树、稻田、房舍还有矮山纷纷做着倒退运动。开车的时候回忆往事，那些场景总是有些模糊、恍惚，仿佛是印象派凡·高或者莫奈笔下的景致。她走到水中……她缓慢地脱掉衣服……她从那块石头上跌下来……

我的心猛揪了一下，这才想起事情正好过去了两年。

时间是种幻象，特别是在回忆时就在人头脑中大施手法，一展变形之能事，任意伸长或是缩短。我乍一想起拍照那天的情景，觉得很遥远；掐指算出其实才过去了两年，突然又觉得，这两年只是喝一碗咸稀饭的时间。

天渐渐暗了下来，我担心到时候可怎么打球。我身边那个胖兄弟说："这个你不要担心，八砣交代过的，要我们买这个。"他掏出一只巨大的奶白色的灯泡，在我眼前晃了晃。

穿过抚威门，黎照里就放慢车速，怕错过右手边的岔路口。我就把车蹿上前去，跟他说："你跟在我后头好了。"我准确地把车开到那座倒闭的矾矿厂，路面上有了更深的草。到厂门口时，黎照里大是奇怪，说："你好像很熟悉啊。"

八砣还在后头，过得几分钟他的一个兄弟开来一辆足够报废几回的破中巴，车上下来几个打球的男人，接下来是七八个女人。女人们都拎着一只袋子，或是轧塑的水桶，显然是要去后面小溪里洗澡。这大概已经形成了习惯，现在，江标不再开车带她们，自有别的男人顶岗。细凤跟我打了个招呼，我马上意识到八砣即将成为砂桥女婿。他义不容辞。

女人去溪中洗澡，男人开始打球。矾矿厂里面有一块球场，两个球架已经残破不堪，篮筐显然承受不起黎照里的大力灌篮。球场边有两根电杆子，八砣叫一个年轻的小伙子爬上去换灯泡，他进电工房里拉了闸，两只灯泡整齐地亮了，站在球场上的每个人身边拉出两条瘦长的影。矾矿厂外的黑暗厚重地压在两只灯泡映出的光区以外,寂静得瘆人,世界只剩这个球场还有生机。过一会儿,那帮泡好溪水澡的女人款款地走进来,一个个从暗区走进光区。头发还是湿漉漉的,纷纷抽起烟看着场上奔跑的这十来个几近全裸的男人。她们不喜欢喝彩,见到有人摔倒就快活地笑起来。

打完球,八砣请我们去砂桥吃饭,找的那家馆子,正好是以前我去过的,带皮牛肉是他们店里的招牌菜。这样的场合,一帮男人很快喝到兴头。天气大热,八砣舍不得请啤酒,要请的话,每个男人怕是都能喝下一整件冰镇啤酒。喝白酒,很快就喝大了,几个男人争抢着胡吹海摔起来。黎照里、八砣和我喝得都比较隐忍,静静地看着别的人那一派欢乐气氛。我和八砣挨着坐,他问我最近是不是一直在找江标。

“你怎么知道?”

“我也是刚听界田垅的朋友说起江标失踪的事,还知道你和他老婆在拼命找人。界田垅只那么点大,谁家掉针都瞒不过的。他们还夸你是个讲义气的人,江标出事一个城里人到处去帮着找。”

面对他的夸奖,我不知道说些什么。再过一阵,那些人基本喝到胡言乱语的程度,提出要去金圆里面 K 歌。八砣忽然又跟我说:“等下不要急着走,细凤讲了个事情,我想还是跟你说说好。”

别的人由黎照里统领着离开了,我们三个留下来。一地狼藉,我们换一桌坐下来喝茶。细凤这才告诉我:“上个月,那个姓江的司机来过我们店子。他出钱把铃兰带走了,说是要包一个月。铃兰自己愿意,我们廖老板也知道他俩一直就熟得很,司机以前还经常带我们金圆的姐妹去溪里洗澡,算是关系户,所以也没多收他台费。”

“铃兰?”

"铃兰四月底的时候回来了。她跟我说外面不好混,比来比去还是觉得待在砂桥好。她刚来的时候脸上还有伤。她自己说是被狗咬的,但明显是被人打的。狗咬不到人脸上去,要是咬得到人脸,那肯定也咬得死人。不是么?"

八砣插进话来,丑表功地说:"我五月份的时候就知道铃兰妹子回来了,不过我现在有了老婆,见到了她,我也不拿正眼去看。"

细凤鄙夷地在他脑壳上拍一耳光,继续谈正事。"那个司机五月份的时候路过我们这里,在马路上撞见我和铃兰。我俩正好要来这里吃饭。他停下车,把铃兰叫住,问她怎么回来了。晚上他就过来,在我们店子里过了一晚。那以后他还来了几次,说是要带铃兰出去住几天。铃兰跟我说过,那司机从来不,不跟她来那个事。司机告诉她,在砂桥他总是没心情。他想带她出去。"

"不跟她来哪个事?"八砣又傻头傻脑插一句嘴。

"上床搞事啊,你这个猪头。你以为别人和你一样见面了就只想着那个事!"细凤又说,"他来了几次,老是想把铃兰带走。铃兰一开始并不答应——她其实有点怕那个司机。我问铃兰,你怕些什么。她也说不出个所以然。大概个把月前,要不就还没到一个月,那天司机又来了,还是要铃兰跟他走。那天天热,铃兰稀里糊涂答应下来。"

"后来你们联系过吗?"

"一直有联系,她告诉我那人带着她一路走,找到好玩的地方就停下来住几天。他俩一个县一个县地走,每到一个地方,铃兰都跟我打来电话。"

"最近一次打电话,是什么时候?"

"大概……五天前吧。当时她跟我说,他俩在浦口。"

301

"浦口？你赶紧再给她打个电话。"

细凤看我脸色凝重，赶紧掏出手机拨了过去。铃兰的手机却已停机。细凤收起手机，脸上得来一层疑惑。她喃喃地说："怎么会这样呢？一直打得通啊。"

"是不是没钱了？……界田垅有没有移动电话自动缴费机？"我马上想到，往铃兰的手机里存一点钱，看她手机能不能恢复通话。

八砣不以为意地说："兄弟，你看你，这么紧张搞什么？"

细凤说："界田垅只有代办中心，没有缴费机。今天晚上缴不了。你不用这么担心，他俩已经是往回来的路上走了。我和铃兰经常联系着的，心里清楚。"

经他俩这么一说，我又稍稍放下心来，经过这一段时间瞎找，好歹是得到了一条准确的线索。那天晚上我住在界田垅，躺床上，想起细凤讲起的情况印证了涤青的第六感，不由得暗叹第六感这东西不是虚妄之谈。接着，我又想起涤青的担心。

第二天，界田垅中国移动营业所刚一开门，我就给铃兰的手机交了一百块钱话费，然后，我像个钓鱼爱好者，每隔一刻钟就打一个电话，随着时间的推移，我拨号越来越勤快。到中午，铃兰的手机始终停着，系统里那个女人用不平不仄的声调一遍遍地跟我说："对不起，你所拨打的用户已关机。"

这声音听得我烦躁起来，终于，我耐不住了，冲手机嚷："老他妈对不起。她到底在哪里？"系统里那女人依旧耐心地回复说："对不起，你所拨打的用户确实已关机。"

细凤现在已跟着八砣住在了界田垅，因为八砣自从有了和细凤结婚的打算，就想到不能当王八。中午的时候我去找他俩，将门敲得一阵，八砣才骂骂咧咧地出来开门，那条三角裤衩显然穿反了边。他埋怨地说："做做好事嘛，老敲什么门咯。"

"去吃中午饭。"透过门框和八砣的身体，我看见细凤还躺在床上。天如此之酷热，他的房里又没装空调，还能一直在床上折腾，不禁令我肃然起敬。

"这么早，吃什么午饭？"

"你厉害，一天三顿只吃一顿，还有两顿留着要流氓是吧？"

吃着饭，我跟他俩讲铃兰的手机还是打不通。细凤说："打不通就打不通。总是要通的嘛。"

我说："不行，我必须尽快联系到她。"

"你到底怎么了？"他俩仍古怪地看着我，仿佛我是个不可理喻的存在。

看着他俩的神情，我口干舌燥，打算把这两年来的事情原原本本跟他俩说说。当然，扯到江标，那么十几年前的事情又一次翻了出来。这事情我已经跟涤青讲了一次，但那次面对的是老婆，顾虑颇多，讲起来磕磕巴巴，不停地找话绕弯子。在八砣和细凤面前，我就没了那些顾虑，痛快地说出全过程，包括我和铃兰在莞城度过的那段时日。

终于，我把事情全说给他俩听，自己也稍微感到一丝痛快。既然说了全部，细凤也能体会到我此时的焦虑。铃兰的手机仍然打不通，细凤问还能帮上什么忙。我想了想，要她回忆和铃兰打电话时说过的话，看铃兰和江标行走的路线如何。细凤陷入思索当中。我要服务员妹子借纸和笔，她拿来铅笔却找不到纸，便把装一条烟的纸壳子展开，背面可供涂涂画画。一俟细凤写出铃兰去过的那些镇名和县名，线路还是清晰的，他俩一直是往东南方向去：

佴城——青衣溪——广林——荷田——陂镇——浦口——杨栅——风间岭——椹林——磨盘镇——灵渡——蓑衣渡

细凤进一步回忆,铃兰和江标去的时候,在广林待的时间最长,约莫有十来天。然后再往南去,一天走一个地方或者两个地方,走走停停,半个多月的时间就这么打发在路上,最远到了蓑衣渡,要是再往南走,就会进入广东地界。然后,大概一个多星期前,两人踏上返程,五天前就到了浦口。

我说:"按这个速度,他俩应该已经回来了。"

细凤说:"要是没回来,能去哪里呢?"

八砣说:"鬼才晓得咧。"

我猜想,两人会不会又在广林待了下来?也许,他们在广林找到一个舒适的住处,所以一待就是十来天。

十八、幽谷百合

　　我本想马上回市里，但八砣叫我别走，要我下午帮他和细凤照几张相。他不打算去影楼照什么婚纱照，但结婚时新房的墙面上总要挂些照片，于是叫我帮着照几张，冲洗时弄大一点，结婚时敷衍一下就了事了。吃晚饭时，我告诉他俩，打算跑一趟广林，到那里找找看。江标和铃兰既然是沿原路返回，广林是必经之地。广林我还算熟悉，那是很小的一个县份，县城在山谷中延延展展，腾挪出一些地方，比界田垅大不了多少。若安装一只高音喇叭，冲着话筒喊话，整个广林县城的人应该都听得到。

　　细凤听了我的想法，也不犹豫，跟八砣下达命令："八砣，你也和顾哥一起去。万一碰到什么事，多少有个照应。"八砣蛮不情愿。他说："能碰到什么事？"

　　"砣砣，你去咯，把铃兰妹子找来。我都想好了，等到结婚，我一定要铃兰当我的伴娘。"细凤把八砣那颗脑袋抱过来，在他脑门子上狠狠

305

地亲一口,亲出几枚清晰的牙印。八砣被这么一弄,心就软了,答应一起去。

他问我几时动身,我说还要准备一些事情,临去时打电话。

回到偑城,我又去找了毛一庚,看他能不能动用刑侦手段,通过铃兰的手机定位,找出她现在所在的位置。

"这种事情我们是搞过,找移动公司协助,可以查得出来。要是手机开通,可以通过最近的基站,找出手机持有人确切的位置。要是关了机,那只能查以往打电话或是发短信的地方。"毛一庚说,"现在这种手段控制得很紧,不能滥用。实施手机定位监控的话必须要有市局的批准。"

"尽量帮帮忙!"

"你怎么老是把这些屁事揽在自己身上?"

"你也知道,我这个朋友,江标,他容易干出些让人意想不到的事情。他家里人都急疯了,我答应他老婆尽快把他找回来。"

毛一庚说他没有把握,但尽量去试一试,哪时能打通关节搞定这事,就要看运气了。我不能坐着等他给我结果,打算尽快去广林。八砣愿意去,我也乐意多个帮手。

事实上,盲目的广林之行,注定一无所获。要是天气不是那么热得让人扒自己皮,我们两个人每天能把这小县城篦上两遍。我手里拿着江标和铃兰的照片,进到酒店和家庭旅馆,跟服务员打听,见没见过这两个人。

他们大多给予配合,拿过照片仔细地看,严谨认真地回忆好一阵,然后告诉我,没有。有的人会怀疑我的身份,八砣便在一旁冷不丁地说一声"我们是警察,办案",别人也就不再怀疑了。八砣有八年的时间和

306

警察天天见面,所以他说他是警察别的人总是肯信,仿佛八砣和警察长得有夫妻相。偶尔碰到较真到底的,要查验证件,我便摆出一副凄惨的神情,仿佛有难言之隐,但又迫不得已地告诉对方:"老兄(妹子),讲出来也不怕你笑,其实,我老婆被这个男人偷了。"

"找你老婆啊。你这个人真是,怎么也不注意一点。现在小偷到处都是,丢老婆确实比丢钱更让人头疼。"对于一个业已当了王八的男人,善良的广林人总是予以同情,甚至摆出同仇敌忾的架势。即使这样,他们也通通没有见过照片上的两个人。

天太热,我和八砣早上尽早起来,在外面转到下午三点,就去找一个地方喝冰镇啤酒。没两天,广林的酒店旅馆已被我们找了个遍。

"我真是被鬼打了,跟你来这里瞎搞。这么热的天!"在街上逛了两天,八砣忍不住地对我说,"我看出来了,你这人比我还不想事,干什么事情纯粹是想去碰运气,并且守株待兔。"

"你不要忘了,你以前也是想娶她当老婆的哟。"

"呃,我还真是忘了。"得到我提醒,八砣拿手拍拍后脑勺歪着嘴笑起来,仿佛这才记起是有这么一桩事。

下午喝完啤酒,八砣就躲进网吧上网。他手指如此之粗,竟然也学会了敲键盘,而且是一指禅,所有的键都是靠两枚食指夯动。看得出来,他已经陷入恋爱的情绪当中,因这场恋爱,这个吃了八年牢饭的男人脸上有时也闪烁起一丝天真。他一边和细凤视频聊天,一边到网上去找大尺度的图。然后一边看图一边跟细凤说着肉麻情话。有一次,一个小孩坐在八砣的另一侧,我就及时拍拍八砣,要他注意影响。他会意,赶紧点开正经网站。

毛一庚找熟人去查了铃兰那个手机号的通话记录,最后十来次打电话时分别所在的地方都一一查找出来。情况和细凤说的基本一致，这个结果不难看出铃兰行走的轨迹，十来天前她确实是踏上了返程，打电话的地方离佴城越来越近。最后一个电话就是在浦口打出去的，之后手机就关掉了，没再开机。不开机，毛一庚的熟人便无法继续跟踪查找。据说也有跟踪关机手机的技术，但是佴城地区暂时还没有。

从毛一庚提供的情况来看，江标和铃兰从蓑衣渡往回走，头两天跑的路线稍长，此后就放慢了下来，又是一天跑一小截路，一个镇一个镇地落脚。他们的这趟旅程，让我感觉有点像是便秘。铃兰的这十来个电话，无一例外都是打给细凤。和以前一样，她没有太多朋友，也没有太多事情要说。和细凤聊天，大概是因为江标不怎么跟她说话，她感到憋，每天都要找人磨磨嘴皮。

我跟八砣商量："要不要去浦口找一找？"

"她几天前就到了浦口，难道还在那里？他们肯定过了浦口，正往这边来，现在刚到广林也不一定。"

"那怎么找？"

"瞎打误撞嘛，反正，你本来就是在这么干的。"

广林不通高速公路，但从浦口过来的二级路上有收费站。我专门花了一下午的工夫，去跟那个收费站的工作人员搞关系，说动他们帮我留意尾号为湘Z54022的皮卡车。为此我请了晚饭并请他们整晚K歌。他们答应一定帮我盯紧那辆车。因我不是警察，他们不能协助扣车，但保证一有情况马上打我电话。

我说："没关系，用不着扣车，看见那辆车，你们可以告诉他我在找他。"

"他不是偷了你老婆嘛。我们这么一说，岂不是打草惊蛇？"收费站的站长感到莫名其妙。

我只得说："呃，那就不要跟他说，打我电话就行。"

那天下午八砣忽然记起来广林有他一个特别好的牢友，打电话联系上了，那牢友就开车接他去找地方开心。他叫我也去，我觉得不太合适，独自找一家网吧上网。网吧里总是有很多台电脑和很多人，每个人花两块钱就可以将一台电脑占据一小时。电脑可以做各种事情，但其他人无一例外都在打一款枪战游戏，他们呼朋引伴，绷紧了神经进入临战状态。我只有戴起耳机，看网络上下载的电影。我随意挑选了一部美国科幻片。看得一半，我感到饿，撮起响榧子叫来老板，要一份吃的东西。

老板问："盒饭还是大碗饭？"

"什么又便宜又多就来什么。"

"那就大碗饭，五块。"

画面时不时卡壳，我有点闪神，就看了看邻桌。邻桌是个胖男孩，十二三岁样子，看似憨头憨脑，游戏却打得很好，动作很麻利，不停地加血，不停地打爆敌人的脑袋。一闪眼，他又把游戏界面缩至最小，看某个网站，网站里面满是搔首弄姿纤毫毕现的外国女人，嘴唇都很厚，刚吃过孩子似的鲜红，和眼神配合着用从而形成挑逗。胖小孩总是不专心，看着网页上的女人，又冷漠地看看我，旋即掉过头去点开QQ。他将Q友大致划分为兄弟、老婆、情人和白痴四大类。其中老婆类有11人，此时在线5人；情人则更多，有整整两打。

过一会儿，我看见一个小女孩双手捧着一个钵形的碗自外面走进来，碗上面为防尘罩了塑料袋。也许是小孩太小，所以那个碗显得尤其大。女孩问了问老板，老板指了指我。女孩绕了个大弯，经过七八台电脑走到我面前。我估计着她只有五六岁大。我把碗接过来，女孩这才整体呈现在我眼前。她显得瘦，头发很长并显得干涩，眼睛很大，眼眶子的凹进和年龄不太相符。我抽出十块钱给她，她眨着眼把钱看了看。

"破不开，我只有一块钱。"她说着掏出那浅绿的一元钱在我眼前晃了晃。

我只好把裤兜里的零钱掏出来，凑出五块零钱给她。小女孩很认真，把零钱抹平再数一遍。我取下塑料袋吃饭，菜是榨菜丝炒肉和清炒绿豆芽，肉很少，饭被菜盖在下面，油乎乎的。小女孩不急着走，她站在电脑前面看里面播放的美国片，像是等着我把饭吃完，把碗还给她。

我不再看显示器，而是看着小女孩。小女孩意识到有目光盘旋在她脸上，扭扭细脖子瞟了我一眼，又迅疾把目光移回到显示器上。

这片子很快结束，女孩收了碗要走。我拍拍她瘦削的肩，把十块钱再次递给她。

"拿去买糖，不要给你爸妈。"

"不要。"

"为什么不要？叔叔真的给你。狗骗你哟。"

她既开心而又不放松警惕地跟我说："因为送钱给小孩买糖的，都不是好人。叔叔再见！"她说完扭过头就走了，时不时还蹿起一个跑跳步。我的眼光追随那小女孩离去的身影，等她消失后，我视线变得寂寥，接着这份寂寥慢慢渗进心里。时间却还早。

我不想再找片子看，也不知道干些别的什么。我羡慕旁边那胖小孩能够浑然忘我地流连于网络之中，也许，网络里那片世界在他心中变得越来越真实，而他身边的一切，包括我这个路人，都虚无得不屑一顾。要是离开网吧，我不晓得到哪去。外面骄阳似火，路边的那些行道树,树冠在光照下绿得团团发虚。

我坐着懒得动弹,又叫了一听冰镇啤酒,喝的时候,随手点开一个搜索页面。我键入"铃兰",并搜索。我这才知道有一种花也叫这名,其词条在网络词典的释义如下:

中文学名:铃兰。拉丁语学名:Convallaria majalis L。中文别名:草玉玲、君影草、香水花、鹿铃、小芦铃、草寸香、糜子菜、扫帚糜子、芦藜花。英文名:Lady-tears、Ladder to heaven、Lily of the valley。铃兰落花时,花瓣在风中飞舞的样子就像下雪一样,因此开满铃兰的草原也被人们称为"银白色的天堂"。

在莞城时,铃兰跟我说过,她本来姓崔。当她告诉我姓什么时,顺理成章,我以为她会接着告诉我她的名字,但她却陷入了沉默。我问她她不肯说,只说名字太土,说出来怕我笑话。后来我无意中看到她的身份证,上面明白无误地写着:崔小花。我之前估计她的名字会有些土,没想到这么土。她的父母跟生活在乡村的很多父母一样,随意取个名字,其实盼望她活得安静平和。铃兰是她自己取的名字。当时我就在想,这是不是一种花?所有的花里头,她为何偏挑这种花?

在搜索引擎上一搜,其下有几百万个结果。我顺着往下翻,有好几个博客以铃兰为博客名,我就一一打开看看。都是一些小女孩,有两个女孩还贴上自己的照片。她们陌生的脸孔在电脑屏上浮现出来,或靓或丑,我想都是在某个城市某个角落安静地活着,博客只针对有限的几个朋友而写。为打发时间,接下来我又把铃兰的那些个别名一一键入搜索框,再一一回车寻找结果。遇到相关的博客,我就打开看看,走进那些陌生女人的领域,看她们贴上去的文字和图片。

那几个中文别名我都键了一遍, 接下来我又看看那几个英文名。Lady-tears,女人的眼泪? Ladder to heaven,上天堂的阶梯? 外国人真是不太会给花取名字,这两个名字简直跟"扫帚糜子"好有一比。Lily of the valley 似乎有意思一点,是不是可译为幽谷百合?

我又搜了搜幽谷百合,搜到一部电影也叫这名,有视频,就调出来看得一阵。那电影我看不下去,继续搜索,发现好几个名为幽谷百合的博客,当然,博主清一色的都是女人。我不断地打开,不断地关闭。某个博客打开,《野百合也有春天》的旋律响了起来。那个气喘吁吁的台湾歌手,一把年纪了,声音像是被开水烫过。听着歌,我拉动页面看博主的文字如何。这博客是个死博客,两年都没有更新了。我瞟了一眼上面的文字。最近的一篇博文,写于去年七月底。

　　昨天天一黑,猪哥终于打电话,叫我去他那边。我知道,猪哥的正房走了,于是脑壳一抽筋,才想起还有我这个偏房。我不知道他这几天是不是想我,想的话,又是拿哪里想,有点恨他。但是,恨他也就是在想他。我胡想八想,走出门就招手打车,去的路上心子跳得快,觉得车子走得慢。莞城真是大,车子到处乱钻,条条马路看上去都是一条马路。从班(斑)竹园到他那里,要二十来分钟,我不停地看手机上的时间。来这里有两个多月,我仍然不熟悉这个地方,也许这辈子我都只适合待在乡下。我适应能力很差,但是不喜欢这里。我是泥巴命,就只好和水泥划清界限。想多了没用,我还是想快点见到我的猪哥。我已经好几天没见到他了,我准备好了要房(虐)待他,只怕见到他的时候心子又硬不起来。有时,我也骂自己真是贱。晓得自己贱,习惯了也就不生气,反而会对着镜子笑起来……

我眼光扫在这几行字上面,眼皮不屈不挠地跳起来。我把眼光移开,旁边那个胖男孩已经走了,换上一个眼光涣散神情落寞的中年男人。我看他,他也友好地回敬一眼,并发我一支烟。烟壳和烟杆都被他捏得皱皱巴巴,点燃之前他小心翼翼地用嘴唇将烟杆捋直。我学他的样舔着烟杆,再点燃,我俩就像两条老狗,惺惺相惜地对着喷了几口烟圈。我狠命地吸了几口,看着那中年男人在网上找人下围棋,他的段位竟然很高。看得一阵,越看越糊涂,我便将眼光放回那个打开的博客。那个台湾老男人将《野百合也有春天》唱罢,又换成一个女歌手轻声地吟唱。这首歌的翻唱版本如此之多,每个歌手都可以注入自己的情绪;而那些迅速蹿红的电视选秀歌手,不注入任何情绪依然也能把这歌狠狠地踩躏一遍。在这个博客的播放器里,博主把这首歌的各种翻唱版都搜集在一起,次第播放起来,不厚名家,不薄快女,任意混搭,一碗水坚决端平。

……我进去时猪哥坐在那张床上等着我。这几天我不在他身边,他明显老了一点,看上去,肯定还轻了两三斤肉。真不知他找了一个什么样的正房,虽然我没见过她人,但已经知道,她是个不晓得疼男人的。我也不心疼男人,他们不配,碰到一个配的,他脑壳又打铁。我不知道这头猪为什么不甩了那个女人,来找我跟他过日子。其实我会让他享福。

我俩分开了三天,他竟然没有什么话跟我说,我一坐过去他和别的男人没什么本质区别,也是毛手毛脚地往我身上摸。我找他说话,他也懒得答,但是脸色显然很应付。我只好闭了嘴,他想怎么样就怎么样。他那么胖,我看不出他到底有多狠,并有点怀疑他在我面前要装样子,咬起牙齿要在我面前装成一个狠人。他就是这么个人,有点虚伪,但是不讨人嫌。我俩刚在床上滚几圈,有个女人急匆匆走了进来,一脸抓奸相。我本来紧张,看清了那个女人,就放松了。不言而喻,她就是猪哥的正房,干瘦得像一把柴,即使生气,脸上还是很秀气,只会发小脾气,注定发不起泼。我看得出这是个家教很好的女人,虽然又瘦又柴并且没有胸脯,但她身上别的地方尽是我没有的东西。她还洒香水,我闻得见很高级。这些男人虽然花心,算盘一拨,最终会取(娶)像她这样有家教的女人进屋。我自己倒不怕,不慌不张(忙)地穿衣服,就好像身边站着一个死人。猪哥不够胆气,只这么一搞他脸就吓青了。我看见他吓成那个样子,心里很喜悦。他看见我这个样子,才不好意思地收起惊慌。那时候,他吓破了胆像个女人,我就只好像个男人,有什么办法?我穿好衣服就走出去,把他俩扔在屋子里,闹个天崩地裂海枯石烂也与我无关了。我一走出去,就碰到一辆的士车迎面朝我开来。我坐上了车,一不小心还是哭了起来。我不怪别人,只怪为什么我自己这么乖乖地滚蛋,这么懂事。明明做贼心虚,却要装得做贼不心虚。司机问我为什么哭,一连问了三遍。我只好跟他说,大叔,我哭我的,管你个鸟事。

简简单单夹杂错别字的文字,此时却把我搞得血脉偾张,只好猛喝冰啤。我把页面向下拖动。这博客的访问量很小,这篇只被点击了二十几次,当然,还包括我这次。下面跟的留言有六条:

314

过度迷恋:这小妮子,真是贱得可爱!

糖山大胸:路过,赞一个! (图像多枚)

From Kerala:超清晰偷拍视频,每天更新上百部,最 High 的拍客大本营。点击下面地址,进入后请控制尖叫! (地址略)

新浪手机网友:前面有你俩的照片,已阅,那只肥猪根本就配不上你啊,你何必为他伤心哭泣?我很帅,见过我的人都这么评价我。不谦虚地说,钱多人傻是我的天性。看了你前面贴上去的照片,觉得你很合我胃口,就想用苍蝇拍把你的猪哥一拍拍死。幽谷百合,不忍看你执迷不悟身陷苦海,随时随地等着拽你一把,无怨无悔。

忽然的自我:百合妹妹,我能理解你的心情,不必在这里说太多,让网上这些疯狗找到机会赚嘴瘾。我一般都挂在网上,隐身的,很少见你上来啊。你心情不好的时候,不妨上网打个招呼,我们都是女人,有话单独聊。

新浪手机网友既然说前面贴的有照片,我就赶紧回到博客首页,往下拖动。幽谷百合的博客首页找不到那张照片,翻到下一页,继续往下拖动,照片就蹭了出来。那张照片,正是铃兰刚到莞城那天,我俩在汽车总站门口拍的。她穿着紫色高腰 V 字领的连衣裙,墨镜遮了脸部的中心区域。博客上的这枚照片很大,几乎占满电脑屏四分之三。

幽谷百合的博客统共只有二十余篇博文。我一一点开查看全文,大都是她从别的地方转帖来的文字和图片。她很随意地转帖一些东西,游记、电影招贴、蹩脚的流行歌词、明星八卦美容小知识……从中我看不到任何必然的联系。她自己写下的文字只有四五篇。从时间上看,这些文字都是在她到莞城后写的。开头有篇博客里,她写着:

感谢隔壁那几个大学生妹子，只消两个半小时就教会了我怎么搞博客。我忽然又学会一样东西。我会的东西真是很少，不是我笨，而是生活给我的机会太少。我要努力，有趣的东西都学一学，有没有用是另一回事。和她们搞在一起，我要把她们每个都看成是我的老师，要谦虚好学，不齿(耻)下问。

另一篇博客里，她写着：

也不晓得怎么搞的，见到猪哥的第一个晚上我就喜欢上了他。人家喝醉了嘴里喷醉话狠话，他喝醉了嘴巴里喷得出唐诗宋词。这个人有点古怪。而且我看得出来，他和别的那些男人有点不一样，不像他的同伙，个个都显得那么精明。他也许有点缺脑水，会喜欢一个不该喜欢的女人。也许，他是他们那一堆人里头最聪明的一个……我并不是急着找一个人嫁了，要是这么想我就很蠢。其实我不是太蠢。我只是真的忘不了猪哥。每个人总要找到另一个人拿来忘不了，我的这个人正好是猪哥。

再往后的一篇，她又说：

我总是想咬他几口。没想到他这么大个男人，这么有肉，肉里看不到血管，竟然还是这么怕疼。当然，也怪我牙齿从小就长得又细又尖，板牙少，锥形牙多。他怕疼，我感到扫兴，不好玩，又不忍心批评他，就只好咬他抽的烟出气。我喜欢把笔直的烟嘴子咬得稀烂，他抽烟的时候,就会含(衔)着我咬过的地方。他根本不知道我为什么要咬那些烟嘴,其实那些烟嘴是替他这头猪挨的咬。

有一篇,提到在深村假日酒店看球的那个晚上:

……我不晓得这些男人为什么都那么喜欢看球,也许不是真的喜欢,是为了凑在一起喝脾(啤)酒。猪哥喜欢看,我也只好喜欢看,要不然和他在一起没有什么话说……我们坐在最后一排,他有点困了,却还打起精神努力地看球。他看球的时候,那棵(颗)脑壳显得格外地大。我忽然觉得他像我的孩子。虽然他比我大一轮还有多,我和他的岁数之间隔着十几种畜生(生肖),但是,那一刻我觉得我仿佛是他的亲生母亲。昨天晚上,我忽然做了一个动作,鬼扯脚似的做就做了。没想到,这一下子搞得猪哥很不好意思,竟然扯脚要往外走。其实,我觉得这也没什么啊,并且我还以为他会喜欢。看见他走出去,我竟然觉得他更像是我的仔(崽)一样。经过这几年,我觉得有的男人像小孩,包括那些花钱找我的男人。有的不像小孩,我就很讨厌,觉得不像小孩的男人统统都是由狗变的。像小孩的男人要好一点,他们说不定真的是由猪变的呢。那又有什么不好?猪八戒就比唐山(三)藏会过日子。唐山藏才是石头变的,不要女人也就算了,还要装出害怕女人的样子。怕什么怕嘛。

"兄弟,你怎么了?"
我正看的时候,旁边下围棋的男人又拍了我一下。他下完了一局,对方躲开了,高挂免战牌,不肯与他继续交锋。他感到无聊,把脑袋偏

317

过来看着我。

"我怎么怎么啦？"

"你表情和刚才可大不一样。失恋了吧？"中年男人摆出无所不知的神情，得意地说，"我一眼看得出来你正在失恋。"

我发给他烟，他高声地赞叹我的烟真高级，烟屁股都红得发紫，这搞得我很不好意思。他问我到底怎么回事，我说真的没有。我已经结婚有小孩了，还有什么恋可失的？见我不肯说，他喷着烟圈也不再问下去。他很哲理地点拨我说："兄弟，女人方面的问题都可以用钱解决，用钱解决得了的问题都不是大问题。"

我听着随烟圈一同喷出来的免费哲理，敷衍地点点头。铃兰在博客里留下来的文字只有那么几篇，很快，每一篇我都反复看了几遍。我继续查看博客下面的留言，大多数留言者偶尔路过，随意敲出几个字，大概是"到此一游"的意思。只有"忽然的自我"，她来了好多次，是这个博客的常客，并在多篇博文下面留有只字片语。她似乎跟铃兰交上了朋友。某篇博文下面，"忽然的自我"跟帖说，她也碰上了相同的处境，爱上了一个不该爱的男人，这两年多的时间都过得忧忧戚戚，不知如何是好。铃兰回复说：我把 QQ 发到你的留言里面，我们认个姊妹吧。而最后一篇博文下面，"忽然的自我"说的话显然已经表明，她俩已经通过 QQ 联系上了。铃兰自己申请了一个 QQ 号，但我不得而知。我顺手打开"忽然的自我"的博客，里面尽是一些纤细的文字，吟风弄月，伤春悲秋，谈谈自己的生活品位，又骂骂某个不知好歹把主意打到她头上的男人。跟在博文后面的评论可以看到，但留言如果加密，就只有博主本人才能看到。我看不到铃兰留给她的那个 QQ 号。

之后，我脑袋发蒙，不知该干些什么。枯坐了一阵。临走的时候，我给"忽然的自我"发去一条留言,留下自己的 QQ 号,希望她把铃兰的 QQ 号告诉我。

在八砣的一再催促下,我俩回到佴城。八砣急不可待地去界田垅找他的细凤,临走时不忘了跟我撂下一句:"有什么情况,随时打我电话。"

回到家中,陷入柴米油盐的事情当中。民间集资的事情过去了半年多,现在已经慢慢冷却,我母亲渐渐又活跃了起来。当出事的时候,很多人找她还钱,因为拉他们投钱进来的时候,母亲是拍着胸脯保证这钱的安全。出了事,那些投了钱的人纷纷找她还,说既然她拍了胸脯,就要承担这个责任。母亲被逼急时,还自杀了一回,来摆脱别人追债。既然自杀的事情都做了出来,那些人也不好再来纠缠她。不光那些人,我也相信母亲是首当其冲的受害者,这么多年的心血全砸在融资的公司里了。现在风声渐小,她竟然还拿得出钱,租下一个两千平方米的店面,要搞娱乐城什么的。真不知道她将钱怎么藏起来的。我这才相信,我母亲一直像岩石上的苔类植物一样,强悍地活着,眼看着焦枯成了疤瘸状,只要被天空飘下的一点毛毛雨稍加滋润,转眼的工夫就能泛青泛绿。既然她重新出山了,我估计此后又难以见到她人影。父亲的病情一直不好不坏。母亲前一阵在家照顾他,他心情还挺稳定,一俟母亲再次离开,他心情没几天就变得稀巴烂,没事喜欢发发小脾气,把东西扔到地上。现在他心子硬了,不像以前那样专挑不值钱的玩意砸碎了发泄,他敢想敢做,啪的一下把电脑显示屏丢在地上,啪的一下又把涤青几千块钱的手机扔到楼底下。涤青没办法,叫我尽量待在家里,一是陪她,二是随时应对不测的事情。

我买来新的显示器,上了网,发现"忽然的自我"已经在 QQ 上回我消息了，她嗔怪我的昵称真是难听，"每天只装一斤B"，这名字让她背脊泛起鸡皮疙瘩。她要我改了昵称再联系她，否则恕不回应。为了从她嘴里套出我要的东西，我毫不犹豫地扔掉这个使用多年的昵称，换一个新的。换什么好？我正这么想着，手指已经下意识地在个人信息更改框里打出"夏天糖"三个字，一回车，新的名字就刷在了QQ头像后面。

"忽然的自我"很快就回了消息："噢，你竟然对得上暗号，那我就告诉你好了。现在还在上班，晚上我回家了再联系你。"我莫名其妙，问她对上了什么暗号，她不肯说。她很快下了机，我只好挨到晚上，等着她再次在网上现身。

晚上，等她再次登录，我迫不及待地向她索要铃兰的QQ号。这女人竟然吊起我的胃口，不肯一口说出来，偏要先问别的一些事情。她问我是谁，我便跟她承认，鄙人正是幽谷百合博客里反复提到的猪哥。

"哦，那你俩到底发生了什么事？你现在结婚了吗？"

我告诉她结婚了，她又佯怒起来，发消息说："既然已经这样了，你又何必再去烦百合妹子？老兄，人不知耻至贱无比啊。"

我只得耐着心思，告诉她事情可不是她以为的那样。她又要我把我跟铃兰的事情好好地说一说。她现在很想听故事。我脑袋都大了，又只得答应她的要求。涤青还在另一间房照看着我们的糖糖，我不能用语音网聊，只好十指抽风似的弹动起来，尽快地把事情写给她看，不单我和铃兰的事，一俟写，江标也扯了进来。江标跟我讲的那件事，我跟涤青讲过，跟八砣和细凤两口子讲过，眼下，还要敲打成文字给一个陌生的女人看。再这样下去，我觉得我迟早会变成一个说书的。要是江标知道了，他也许会嗔怪我："顾哥，没想到，你舌头也这么长呀。"

320

我一段一段地敲,敲好一段就发给"忽然的自我"看。我已经指动如飞,那些文字像涨春潮似的,顷刻间就漫过了对话框的整个框面。但她仍然嫌慢,时不时地回消息催我。"后来呢?""你快点啊,无关紧要的你别写。"当我提速,三言两语摆平了后面的事情,她又嗔怪我说得干巴,询问当中没说到的细节。我真是拿这个女人没办法。

我终于将整件事情都敲出来,包括铃兰和江标的一同失踪。那天下午我用了半个多小时说出整件事情,她终于听明白了。然后,她说:"看样子,你要尽快找到百合妹子才行。"她把那个 QQ 号发给我,我一搜索,发现铃兰用的网名竟然也是"夏天糖"。

这时,她又发消息说:"现在,知道暗号是什么了吗? 其实你到 QQ 里搜一下这个昵称,一共有两个结果,一个是你,一个就是她啊。"

"怎么不早说啊。"

"忽然的自我"定是有些得意,回消息:"早说了,你还有耐心把这些事情讲给我听啊? 你们男人是什么东西,我太清楚了。"

她还告诉我:"前两天我还看见她在网上露了露脸,但是没有打招呼,我隐身,她也不知道我在。我和她已经很久没有聊天了,QQ 上那么多朋友,每一个都打打招呼,就会和每个人再多说几句。和每一个都多说几句,肯定把我累死。"

事不宜迟,我赶紧打了毛一庚的电话,要他帮我查铃兰那个 QQ 号的上机地址。网络监控比手机监控来得容易,用不着移动公司技术部门配合,在公安局内部就能搞定。毛一庚次日上午就查清了,这个号码最后一次登录是三天前的事,地点是在一个叫博石的小镇。我查了一下省内公路详图,很快找到博石这个地名。从蓑衣渡往回走,过了风间岭镇有两条路可走,一条是往杨栅,过了杨栅便能到浦口;另一条路便是去博石镇,多绕一点路,多走两个乡镇,最后还是能绕回浦口。

十九、短暂的夏天

　　我打算再次外出,去那个叫博石的小镇找一找。毛一庚调查的结果非常具体,可以具体到她在哪个网吧的哪台电脑上的网。我跟涤青坦白地讲我去找人,她也说那就尽快。"我也在担心他们俩,要是找到了,就打个电话告诉我。"她那么跟我说。我估计,在编写那个剧本的过程中,涤青的态度发生了悄然不觉的改变。铃兰不再是被她抓奸在床的外来者,而是笔下的一个人物。编剧的时候,她会认为她同铃兰发生过无声的交流。我相信,她身上确实具有这种艺术家的胸怀。

　　"那家里怎么办?"我不免有些担心。

　　她说她会打电话,叫她母亲胡会计过来帮几天忙。

　　我不好意思老是从顾彤未婚夫那里借车,只好去租车行租一辆破车,空调不好使,开小了毫无感觉,开大了,风口会喷出焦臭的气味。幸好行至半程下了雨,随着雨刷的律动,沿途的小镇和小村庄时不时闪现出来,又在恍惚中退到后头。到了浦口,路过那家收费站时,收费的人还认出了我，记得我请他们喝酒唱歌，不收我的钱让我过去。我还问："那辆车一直没经过这里？"

跟我说话的，是个四十多岁面相忠厚的男人。他说："没有，这几天一直帮你盯着呢。"看着他脸上毋庸置疑的神情，我就更加肯定江标和铃兰还在前面某个地方等着我找，像小时候玩捉迷藏。找到一定时候，被找的人耐不住了，自个就会把脑袋探出来。

天将黑的时候我把车开进博石镇。镇上有一家职业中专，规模似乎不小，学校围栏里现出一个标准的足球场。按照毛一庚跟我说的情况，我迅速找到了那家名为"极速"的网吧，然后在这个网吧附近展开查访。后来我发现整个镇子都在这个网吧的附近。这个镇被省道劈成两半，眼估一下，也就一两万人的规模，所以知不知道极速网吧都无所谓，镇上一共就只有十来家酒店和挂牌的旅馆。我一一询问过，没有问到任何情况。于是又去"极速网吧"问老板，让他看铃兰的照片，问他对这个女人是否还有印象。

"几天前见过，她来我这里上网，还不止一次。"老板看看照片，看看我，又看看照片。

"知道她住哪里吗？"

"我哪知道她住哪里，我成天守在这里。她是你什么人？"

"一个朋友。我在找她。她应该在你们镇待了几天的，但是我把你们镇上的酒店旅馆都问了一遍，那些店里的人都没见过她。要是她在哪家店子住几天，别人应该有印象。"

"那倒是。她是漂亮，来我这里上网，我都多看了两眼。她走出店子去哪里，我就搞不清了。"老板无缘无故地笑了起来，又说，"别看我们镇子小，职专里面的学生挺多，不光那些酒店子，很多私人家里都备着铺位出租。你的朋友会不会住在那些不挂牌的私人旅馆里？"

我点点头，看天已黑，就留在这个网吧里上上网。我问老板明天能不能找个人带我去私人旅馆里问情况，我愿意出钱。要不这样，我真看不出来哪些私宅是做这个的。他说没问题。

第二天一早，网吧的旅馆果然叫一个青皮模样的半大小孩给我导路。他说花半天时间可以把不挂牌的黑旅社全部筛一遍，至于价格，只要我帮他买包黄芙烟就行。小青皮带我去找不挂牌的私人旅社。刚找到第三家，就问出了情况。那是一家带着巨大院落的私人宅地，环着这院落，U字形四层楼的宅子少说有三十多间客房，门口竟然还不用挂招牌。从大门进进出出的，都是同给我带路这小孩差不多大小的学生崽子。他们出双入对，勾肩搭背，全额享受父母提供的生活费，却在这小镇上过起了夫妻般的生活。我来不及痛心疾首，一个叼着白铜烟嘴的老头已经迎过来，问我是不是要住房。我把铃兰的照片拿给他看。

"她在我这里住了几天，今天早上刚走。怎么啦？"

"是不是和一个开车的男人一起住的？"我又掏出江标的照片。

老头点点头，并明确地指出，是一辆墨绿色轿头货车。他们这一带都自作主张地把皮卡车说成是轿头货车。见这老人思路如此清晰，我接着问："那他俩是从哪边走的？"前面是一个岔口，过了岔口，往两边走都能到浦口镇。老头看出来我根本不是住店的，脸上有些不耐烦。他说："他们爱往哪边就往哪边，我哪管得着？"

我对老头及小青皮均表示感谢，开了车不走回路，照着公路地图沿来时方向继续往前开。从公路详图上看，往这边走似乎更近，估算了一下里程，约莫两个多小时就能到浦口镇那个收费站。车开出去刚半小时，我接到一个陌生的电话。

"顾老弟是吧？我是浦口收费站。"

"怎么了？"

"你要找的那辆车刚刚从杨栅方向开过来，现在开过去了。收费的时候我还没注意，等开过去了，我对了对你留的车牌号，没错。"

"好的好的，能不能帮我叫住他？"

"老弟，我现在在上班。幸好昨天你刚从这里过去，又提醒了我一下，要不然，我可能把这事情忘后脑壳上去了。我看你是个有运气的人。"那人说得很诚恳。

挂了电话，我就大略算了算时间，从浦口到广林大概一个半钟头，再从广林回饵城还要个把钟头。我估计江标这下是一口气赶回家了，从博石出发，往那边走有风间岭、杨栅两个镇，往这边走前面也要穿过两个镇。他在这个钟点就过了浦口，显然一路上没停的。随后我拨了伍光洲的电话，把情况大致跟他讲了一讲。讲完了以后，我又说："过一个半小时，顶多两小时，你去进城的路口守一下，看能不能把他拦住。"

"你说了算，我等下就去。"

"哦，为什么这么爽快？"

"你这个朋友我认了。以后说不定哪天我丢了，你也会拼命地把我找回来。这么一想，我心里就很温暖。"

我一路不停，中间补了一次胎，差不多五个小时后赶回饵城，和伍光洲碰了头。他在马路一侧一个凉棚里翻着肚皮坐着。凉棚后面是一地滚圆的西瓜。见到我时，他站起来揉揉肚皮，跟我说："你再不来，我会把这辈子要吃的西瓜都吃完了。"

"见到江标没有？"

他摇摇头。他说吃瓜归吃瓜，他眼睛一点不闲着，即使到垄下撒尿,眼光也始终盯紧路面。何况那辆皮卡他熟悉得很,他能肯定这几个钟头里,那辆车根本没有在他眼皮底下出现过。

我有点发蒙,不知道江标又把车停在了哪里。从这段时间摸到的情况来看,他是信马由缰地选择行走路线,到达一个县城或是乡镇,他或走或留,也许全凭头脑一时的凉热。

回到家中,范医生两口子都过来帮忙。这节骨眼上,父亲竟然小便失禁了一次,尿湿的裤头,还是岳父帮着换的,也是用他那双写字的手搓洗的。见我走进门,岳母脸有愠色,说:"你那个单位不是最空闲的吗,怎么你偏巧这么忙啊?"

涤青赶紧走过来替我说话:"他平时不这样,这几天突然忙起来了。市里面要搞画展,由他们单位具体负责。"

"什么画展?"

涤青不愧为一个编剧,她张口就胡诌:"俞淦品五十年书画精品还乡展。"

"还乡展?怎么这画画的老头跟当年胡汉三一个样子?"胡会计嘟囔着,不再往下问了。

我无颜以对,下定决心待在家里,守着父亲,守着老婆女儿,安心干家务事。别的事,顾不上太多了。

两天后,中午一过,我接到一个电话。看看手机屏上显示的来电人姓名,是小林。平时不联系的人打来电话,肯定是有事。我问:"小林,怎么啦?"

那一头说话的,却是小夏。

"顾哥,刚才江标回家了,但是没进家门,又把车开走了。"

"不要急,到底怎么回事?"我听得出小夏慌乱无神。声音效果很不好,我估计她正坐在车上。

"我没有看见,是小林看见的。他刚才出门,就看见江标把车停在槭树湾旁边的公路上。小林赶紧跑到家里来告诉我,我俩一出去,江标已经把车开走了。"

"都到了家门口怎么不进去呢? 小林会不会看错了?"

"不会,小林的眼睛尖,不会乱说。"小夏小喘了一会儿,又告诉我,刚才她叫小林赶紧开着车去追,追到界田垅,仍是没追着。问了路人,他们说刚才是有一辆皮卡车往市里的方向去了。

"那好,我赶快弄个车往你们那边去。只有这一条路,只要车上真是江标,我们对着开车,肯定能在路上拦住他。"

出了小区,我拦一辆的士,要司机往界田垅开,不打表200块钱。路上很拥挤,今天车特别多。我始终盯住前方的路面,看江标那台车是否出现。即使在这个当口,我仍然按捺不住地想:铃兰现在会是什么样子?

半路上,我与小林开的车撞面了。小夏和小林走下车来,问我是不是把江标的车漏过去了。我说:"不可能,只要他开的是商业局那辆皮卡车,一定漏不了。那辆车我比你们还要熟悉,刚才盯着路面,两边眼皮都是轮着眨。"

的士司机站在一边,佐证着我的话。他说他根本没看见皮卡车,只看见大巴中巴小巴轿车商务车救护车依维柯农用车拖拉机还有摩托车,就是没有见到一辆皮卡车。小夏感觉这毫无道理,江标怎么凭空消失掉了? 她又扭过头去问小林:"小林,你再好好回忆一下,刚才到底看清楚了没有?"

小林发誓说:"师母,师傅烧成灰我也认得出来。"

的士司机说:"你们要找的人,是不是从岔路口开到别的地方去了?"

我和小夏面面相觑。我其实也想到了一个地方,正要说出来。我付了司机车钱,要小林把车往抚威门开去。界田垅的长城这天在搞什么活动,人来得挺多,旌旗招展,锣鼓喧天。车到抚威门,我下去问了站在城门洞里守株待兔的那几个野马导游,问刚才有没有一辆皮卡车开过去。他们不假思索地说有。其中一个人还明确地说:"车上有一男一女,那妹子长得挺眼熟。"

我叫小林开着车往前走,到了金圆美容厅的门口又叫他停住。我叫小夏在车里等,我独自下了车走进店里,店里那些妹子都很眼生。铁打的美容厅,流水的妹子。我是两年前来的,这两年里金圆的妹子几乎换了一整茬。廖金悦当然不认得我,问我有没有熟悉的妹子,没有的话她将推介一个新人。

"铃兰在不在?"

"铃兰?你以前来过的啊。铃兰已经出门好久了,一直没回来。"

我哦了一声,扭头就走,廖金悦还在后面劝我不要这么痴情,别的妹子也是各有各的优点,然后她还母鸡下蛋似的笑开了,真不知道我什么地方挠着了她的痒穴。我上车时,小夏的脸色就变了。她问我:"怎么要去那里面找?那是什么地方?"

"不要多问了,"我说,"先把人找到再说。"

虽然仍没找到人,我心里已经明确了,叫小林继续往前开,开到油桐坡坡顶上去。只有那个地方了。小夏坐在后排,还要问些什么,我就蛮有把握地告诉她:"应该会在那里的,等下你就会看到他。"

车子盘旋着爬上油桐坡,阳光刹那间暗淡,天色恢复阴沉。阳光弥漫过后的那种阴沉,让人顿生心灰意懒的情绪。坡头空空荡荡,除了草树疯长,没有别的东西。

"你怎么想到他在这里?"小夏这才记起去年的事,恍然大悟地说,"是了,去年我们也一起来过这里。江标是不是跟你说过什么事情?"

我没有回答。虽然江标的那段往事,我转述起来嘴皮子都是麻溜的,但是现在我不想说。小夏一直朝我投来期盼的眼神,小林也迷惑地看着我。小夏脸上有些哀怨,轻声嘀咕着:"真是的,他有什么事,跟你说了也不肯跟我说。他把我当什么人了?"

我说:"只有在这里等一等,别的地方,我再也想不到了。"

"坐着等能有什么用?还是要去找找啊。万一他再消失,说不定就……"小夏说着说着,脸上已浮现将泣未泣的模样。

我仍然坚定地说:"要么我留在这里守好了。我们兵分两路,你俩去别的地方找找。"

小夏不好再说什么。见我如此坚持,她也没有离开,在道旁的枞树底下坐着。

这里太安静。我看看坡顶那截路面,估计了一下当年小女孩躺过的位置。接着,我走过去,就这么躺下了。小夏在一旁问我,你这是干什么。我只说是累了。她叫我躺到草皮上去,草皮上柔软,干净。我又说就这里好,我只喜欢睡硬床。我闭上眼,尘埃的气味立时扑进鼻头。再呼吸几个回合,尘埃里仿佛有铃兰的体味——反正,此时此刻我再次记起了她的体味,那份关于嗅觉的记忆,就像眼前的空气一样清晰。有了嗅觉铺底,别的一切记忆也迅速被激活起来,具体起来,透过眼皮晃进来的一点点微光,仿佛正在闭合的眼里汇聚成人形。我不得不睁开眼睛,让这幻象消失,然后看见天上有块旧云。

　　去年夏天,铃兰和我分开以后,没去找别的什么事做,白天找地方打牌,晚上则去城南广场唱露天卡拉 OK。只要在那里唱,总是有观众鼓掌,也有人殷勤地献花。作为长相和唱歌两样都出众的女人,她也乐意寻找听众,享受鲜花掌声。如此过得两个月,钱花得差不多了,她就挑出其中一枚夹在花里的名片,给那个老板打电话。两人见面后,相处融洽,用不了多久,两人就摆出务实的态度谈妥了条件。之后她被那个老男人包养。包养的时间一开始谈的是一年,实际上只进行了半年。

　　那半年的生活是她隐讳的部分。在随江标一同出游的二十来天,她没有谈到那半年的任何细节。当然,江标关心的也不是这些,他问她别的事。

　　铃兰在莞城治伤,伤愈又继续待得一阵,思来想去,还是打算回砂桥做事。在外面兜了一大圈,她仍觉得只有那个地方适合自己。

　　“……这妹子还算不错,知道哪个地方适合自己。有些人一辈子都不知道,和任何地方都建立不了感情,还当自己志在四方,是个人物。”毛一庚说到这里,意外地有了评论,而且是使用肯定的语气。

　　我安静听着,竟不感到奇怪。当毛一庚跟我说出铃兰这一年来的行踪,我仿佛早就知道了似的。顺着毛一庚不平不仄的讲述,我的思绪飘到合浦头,飘到砂桥,那些空洞的情景里闪烁着铃兰的身影。

　　毛一庚正坐在我对面,说着话,并把一个装喉糖的扁铁皮盒递过来给我。

　　“他托我把这个给你。”

　　我第一反应,以为里面会是他削圆的薄荷糖,不免有些惊诧。还

331

好,江标总是能令我始料未及。打开盒子看看,里面是那块相机储存卡。江标不肯见我,将这东西经毛一庚之手转给我。

我把铁皮盒合上,收进衣兜。

毛一庚嗫嚅着,还是问出来:"你和那个妹子应该是有,是有……反正女人们都不在,就我们三个人。是不是?"

除了我和他,伍光洲也在。我们三个人呈品字形围着咖啡圆桌坐定。我正犹豫怎么回答,毛一庚又在耳畔说:"当然,不是他告诉我的,但是从他的话里面,我自己听得出这层意思。"

我点点头,没有否认。

吼阿死了以后,江标的心情可想而知。他就这一个弟弟,忽然就那么死了,而且死得令人难以启齿。他徒弟小林家里人多,老婆小郭即使生了小孩,也用不着他照顾。小林的妈还有几个姐妹还有七姑八姨都挽着袖子排着队等着抱那小家伙。小林照样每天出车,往来于界田垅和市区之间,如果有人包车指定去的地方,他便照着做。江标逢周五就回界田垅,到了家又待不住,家里到处都是吼阿遗留的气息。于是,他跑去小林家,跟这个徒弟说:"把车给我开两天,我帮你赚钱。"那辆农用车是小林从他手上租去的,他有这要求,小林只得答应。小林也知道,心情不好的时候,把车开在路上不停地跑,可以减轻痛苦。

小林问:"要不要我陪着你?"

江标说:"蠢人,陪你老婆孩子。难道这也要我教你?"

七月初的一天,江标在市区南站等生意,有几个外地人包他车去飞机场赶班机。他开车穿过抚威门,抄近路把那几个客人送到机场。经过砂桥,他眼角的余光瞟见金圆的门口闪动着一个身影。车一晃便驶过了砂桥,但那一瞥而过的身影,却在他脑子里慢慢清晰起来。

送走那几个客人,他把车开回砂桥,停在金圆美容厅的门口,走进去。果然,他一眼就看见铃兰坐在靠墙对门的位置上打牌。

铃兰也看见了他,回报以微笑,并说:"你来啦!"那样子,仿佛他们昨天还见过面,昨晚才分开。江标不再说什么,挨着铃兰坐下来,看着她打完那圈牌,看着她打出一个炮牌被旁边的妹子捉个正着。然后,他把她拽到一边,要另一个妹子补上来。金圆美容厅的白天不会发生三缺一的状况,牌位总是很紧,只要有人下,马上就会有人抢着填补空位。

他把她拽到外面的树阴下,问她:"你怎么又回来了?"

"外面不是人待的地方。"她说,"比来比去,还是砂桥适合我。也许我天生就是长在砂桥的一棵草,离了这里的水土就会蔫掉。"

"你这样不好。"江标严肃地说,"去年,你亲口答应过我,不会再干这个事了。但现在,你怎么跟我交代。"

铃兰似乎早就准备好了回答的话。她平静地说:"是啊,我也觉得这么做不好。但去年答应你的时候,我确实有点不自量力……答应你的时候,我还年轻,不想事,不知道外面有这么艰难。再说,你也只给我一万块钱,又不是给足了我可以吃一辈子的钱。你给的钱花光了,我还要继续活下去。你说是吗?"

她的理由似乎也很充分,她脸上布满理直气壮的神情。

"你可以去干点别的……"

她双手交叉在胸前,考虑一会儿,然后反驳他说:"什么话从你嘴里说出来,总是很容易。马路上那么多捡纸的,茅坑里那么多淘粪的,难道他们都不想去干点别的? 为什么他们还是继续地捡,继续地淘?"说着说着,她竟然变得气呼呼的。她说,"我就喜欢在这里赚钱。"

"钱是吧？呃,好的。"

当天,江标撂下这么一句就离开了。

过得三天,江标拿着一把钱再次来到金圆,进门后把钱啪地扔在桌子上,说他要把铃兰包上一个月。廖金悦就走过来,说那好的,没问题。她把拍在桌上的钱拿起来翻了翻,又说:"用不了这么多。老弟,我认识你,难得你对铃兰这么一片痴情不改。我尽量争取少收你一点。"

一旁的铃兰却说:"你还没问我答不答应呢？"

廖金悦就很奇怪,说:"你这个呆头妹子,我看这帅哥对你是动了真感情的咧,钱也舍得掏又不吃你白食,你还有什么不肯答应的？"

铃兰有什么话开不了口,廖金悦会意,和铃兰走进里面的屋子。两人私语了一阵,廖金悦了解了情况,又走了出来,轻声地跟江标说:"老弟,有些事情大姐我就不明白了,要问问你,问到你忌讳处,你也不要生气。既然你从来不肯和铃兰妹子做那种事,又何必老花冤枉钱包她？你的钱也不是地上捡的,家里还有老婆孩子,是吧？我们也是凭良心做生意,只赚辛苦费,不捡冤枉钱。"

江标说:"我的钱,我想怎么花就怎么花,你别问那么多。"

"那不行,生意可以不做,话我偏要问个明白。我毕竟多吃几年咸盐,在你和铃兰妹子面前都算是大姐,要不问个清楚,出了事我要负责。"

"你问的是不是有点多了？"

"不多,要是你不是图底下快乐,把我的妹子带出去搞虐待,弄得遍体鳞伤,我怎么跟她父母交代？你要是没有合理的理由,我今天就帮不上忙了,请你自便吧。"

于是,江标就找理由说:"不是。……我跟你说实话,在你们这个地方,我打不起精神,一点状态都没有。我要把她带出去。"

"你这人倒还蛮挑剔,挑我手底下最漂亮的妹子,还要挑老娘的环境。"廖金悦扑哧一笑,算是放心了。在她看来,江标是个应该紧紧抓在手里的好顾客。她要江标等一等,铃兰那一头,她还要劝一劝。过不久,铃兰似乎被廖金悦做通了思想工作,不再找什么借口,答应跟江标走。

江标带铃兰走出店门的时候,别的妹子还冲她说:"看这架势,是要去搞一搞蜜月旅行是吧?铃兰,你的命真好,总是有懂味的男人打你主意咧。"

江标带着铃兰,开着车出了侴城,往东南方向漫无目标地走,每天都走得不远,碰到合眼的小镇就停下来,住下来。江标觉得,时间仿佛被谁的手拨慢了几个节拍。这一路上,他俩都变得懒洋洋。江标说走,铃兰就跟着走,江标要停,铃兰就随他住下来。晚上,江标仍是没有和铃兰做爱的想法。

"我是男人,和那妹子单独住一间屋子当然也会冲动,但总有什么东西搞得我很有障碍,关键时候,我就被当头泼了一瓢冷水。"江标跟毛一庚这么说的,毛一庚复述出来,就斜着嘴角露出微笑。他显然想不明白。

伍光洲突然插话说:"真看不出来,他平时看起来很结实的嘛,能有什么障碍?顾崖,你跟他那么熟,你知道吗?"

"不知道。我跟你那么熟,你有什么障碍我也不知道。"

毛一庚掰正嘴巴,收起那种笑,继续往下说。

江标包下铃兰,带她到处去漂,却又不打她的主意。要是换别的妹子,会认为自己碰到一个正人君子,既省力又不耽误赚钱,这是笔不错的买卖。这年头碰到正人君子,比碰到彗星撞地球还要稀罕。但是,铃

335

兰在江标面前一天一天地紧张了起来。她觉得,江标包下自己迟迟不肯动手,像是猫玩老鼠。猫玩老鼠,玩软了总是要吃的,但江标这只猫仍是不按常规出牌,不停地玩下去,偏不吃。老鼠胆小,有时候,宁愿被一口吃掉死个痛快,也不愿被猫搞来搞去搞出神经病来。

一路上,江标仍是不停地跟铃兰说起当年马路上的经历,然后问她:"告诉我,你是不是当年躺在马路上的那个小女孩? "

铃兰以前从不肯承认。这次就他们两人上路,去到陌生的小镇,开始几天她仍然习惯性地予以否认。那天,江标开车行至途中,天气晴朗,阳光明媚。他张开嘴,再次问那个问题,也准备听她再次否认。

铃兰突然告诉他:"是,我小时候是喜欢躺在马路中间。其实我早就记起你了。"

可以想象,江标对那件往事记忆如此牢靠,在铃兰耳畔反复地描述着,可以细致到令人窒息的地步。铃兰一遍遍地听,一遍遍予以否认,其实心里已然难以承受。她终于承认了,动因也许仅仅是让他闭嘴。

乍然问出了自己想要的答案,江标忽然又不肯信。他疑心铃兰是被逼无奈屈招的。于是,铃兰不得不爆料一些过往的生活细节,以佐证自己所言不虚。她家住在朗山。她父亲是养路工,在多处工班或长或短地干过。她生下来以后,她母亲带着她去到油桐坡,跟着父亲一起过日子。家里还有一个哥哥,由爷爷奶奶带。

江标终于确信是她。但是,那又能怎么样? 我估计,弄清了心底的疑惑后,江标只能得来一股萧索的滋味。

而这些情况,毛一庚不是那么说的。他只说,江标告诉他,自己和铃兰妹子以前认识,一开始铃兰不肯承认。江标把铃兰带出去,一路上反复问几次,铃兰就承认是江标认识的那个熟人。在毛一庚看来,这只是一个无关紧要的细节,但是在我面前,他尽量把知道的情况都原原本本复述出来。毛一庚记性本来就很好。我听着他讲到这里,耳畔就响起江标和铃兰一问一答的声音。只有我知道,他会怎么问,她又是怎么回答。

伍光洲当然也听得一头雾水,他问:"是就是,不是就不是,这妹子有什么不肯承认的? 他俩以前是不是搞过恋爱啊?"

毛一庚白了他一眼,说:"要是恋过爱的,哪有认不出来,老要妹子自己承认的道理? 破电视剧里玩失忆的情节,你肯定看得脑残了。"

行走在路上的那些夜晚,两人同居一室。由于紧张,铃兰甚至主动使出魅人之功,撩拨江标,希望他能够像别的所有的男人一样,在自己身体上疯狂一把。仿佛非得有此一着,她心里才会感到踏实。那一阵,雨下得勤快。两人在浦口镇停的时间较长,在那家旅社足不出户待了几天。终于天晴了,江标就开着车继续上路。

那天江标把车开到风间岭镇,进了镇,江标见有一个服装店面很大,就停下车。他要铃兰进去试试衣服,铃兰随身带的衣服都是红色的,粉红色洋红色紫红色,江标看着别扭。他觉得她有时也应该换换颜色。

江标说:"我想给你买条裙,豆绿色的。你老是穿红色的衣服,我看着累。"

铃兰漫不经心地说:"你想意淫是吧? 我就晓得你有这个毛病。"

他说:"你变聪明了,什么都瞒不住你。"

那家店里的衣服档次都不高,所以色泽异常鲜艳,像是用催熟剂喷涂过的果菜。选了半天,江标果真挑出一件豆绿色的连衣裙。他把连衣裙从衣架上取下来要铃兰去试,她就歪起嘴叽咕:"真土。"但她还是照他的话做了。白天她不肯穿,晚上睡觉时她把那条绿裙穿着当睡衣。

他要她脱掉。她打了老长一串哈欠,做了个撒娇的动作,说:"我要你帮我脱。"

在风间岭的那一晚,他真就帮她脱了绿裙,露出她的身体。她把身体扭曲成她认为他会喜欢的任何一款姿态,毫不含糊地挑逗着他。他坐在床边看着她身体的扭动,听着外面下雨。终于,他脱光了自己,压在她身上。

毛一庚说:"他说他那晚上干得很猛。"

"你们为什么要他说起这些事?"我不禁反感。

"他自己要说的。说话的时候他就当别的人都不存在,自言自语,甚至有点漫不经心。"

伍光洲把脑袋一点,又打岔说:"他这个人,总是有点漫不经心。"

是的,我也知道,江标确实容易让人产生这种感觉。

他带着铃兰越走越远,铃兰开始嚷着要回去。两人就像所有的小情侣一样,有了争执,扯起嗓子吵起架来。终于,江标觉得走得够远了,便踏上回程,但依然不紧不慢,走走停停。

某次争吵时,铃兰的手机被江标拍落在地,摔坏了。铃兰吵着要江标赔个新手机,江标答应会赔给她,却老是拖时间。他的手机早就关了,现在借这机会,巴不得铃兰也跟别人失去联系。手机如此重要,每天不打几个出去仿佛日子就变得不正常。铃兰的手机也摔坏以后,两人彻底成为公路上的游魂。

好在铃兰也没什么电话非打不可,摔坏了,她也并不焦急,把这笔账挂到江标头上,江标说迟早会还她一部手机,又劝她不必急着在沿途的小镇上买淘汰产品。

"未必你会给我买个名牌的？"

"好，买个名牌的。"

"最新款式的？"

"好，最新款式的，由你挑。"

"放心，价格上我会为你着想，不会让你太心疼。"她还搂着他狠狠地亲了一口。

我在博石镇查到他俩住处的那天，江标把车开过浦口收费站，到了广林，没有往佴城走，而是去了朗山。广林在佴城东南方向，朗山在佴城西南方向，中间都是一个半小时左右的车程，而朗山和广林之间，开车约莫两个半小时。

去朗山是铃兰提出来的，她坚持要江标把车往那边开。她小时候玩得好的妹子，嫁给城里一个开手机店的小老板。既然江标答应赔她一个手机，她便想到去照顾熟人的生意。江标依着她，把车开去朗山，找到那家店子，买了一个挺漂亮的手机，又去移动营业厅办了一个卡。以前卡上存着的电话号码全都掉光了，她换新手机后，也没给谁打电话。

两人在朗山又歇了一夜，被照顾生意的那个妹子要请两人消夜。她告诉那个妹子，江标是自己找来的男友，马上要结婚了。看见小时候的玩伴有了男人，她嘴皮子一痒，就信口胡诌了。那妹子夸江标一看就是实在人，夸铃兰有眼光。消夜之后，两人去宾馆开房，铃兰还把那妹子的评价说给江标听。

次日，江标问铃兰，要不要送她回家看看。她说不用。在砂桥做起这种生意以后，她一直不愿意见她父母，只是时不时把钱寄过去。两人径直往回赶。从朗山回界田垅，就很近了。出朗山就能到他再熟悉不过的油桐坡。

那天中午，他确实是把车开上了油桐坡。到了坡顶，他指着她从前躺过的那地方，要她再次躺在上面。日头焦毒，近地面的空气都膨胀变形，看上去有了几分虚幻。铃兰说："我疯了？你想让我晒脱两层皮吗？"江标也没坚持，稍停一会儿，开着车又下了坡。车到机场外的那个岔路口，他本想往左走，把铃兰送回砂桥。去砂桥那条路又窄又破，一连多日的雨致使路面进一步损坏，水一洼一洼地聚了起来。他看见前面那辆车半个轮子都滚进水洼里。

他扭过头，一看铃兰躺在驾驶副座的椅子上睡得很香。他忽然想到绕远路，经过界田垅，穿过抚威门再把她送到砂桥。这边的路新翻修过，还用水泥硬化了。这一绕要多走多少里，他懒得去计算。

车过槭树湾，那里很安静，午后的阳光把人们都堵在自家屋里。江标瞥了一眼自家屋子，却没看见徒弟小林正好从他家屋子走出来。他把车开走，小林和小夏开着车在后面追，他浑然不觉。

车过抚威门，铃兰已经醒了，她说身上全是汗水，要去溪里泡一泡澡，要不然很快就会发馊的。他当然满足她这个小小的要求，把车拐进右手边的支路，走一阵到得矾矿厂。他把车停在厂门口，陪着她去到后面那条小溪，找到一个僻静的水湾处，铃兰就脱衣下水。江标站在不远的石头上，帮她把风。一直没有任何人来。铃兰把自己身体泡透了，擦干身上的水走上来时，江标把那条豆绿色的裙扔给她，要她穿。

她只好穿上，因为她自己带来的准备换用的那身衣服，刚才被江标藏了起来。在她把身体泡在溪水里的那段时间，江标也不闲着，他可以干他想干的事情。她如果不肯穿这件豆绿的裙，就只能裸奔。

江标再次将车开动,往回走。回去的一路基本都在下坡,夹道的树比以前更为茂盛。他忽然又停下车,跟铃兰说:"你往前走两百米,然后躺到马路中间。我会把车慢慢地开过去,下了车再抱起你,就像你五六岁时那样。"

　　铃兰很无奈地说:"真拿你没办法,谁叫我亏欠你的呢?"

　　铃兰下车走得几步,又回来拧开后排车门,把后排条椅上的坐垫取下。她说路面还没有被晒干,有泥巴,底下要垫上东西,要不然她躺不下去。

　　江标看着铃兰慢慢地往前走着, 走一百米找块相对干爽的路面,就懒得动了,作势要躺下去。对于她要偷工减料的那点小心思,他一眼就看穿了。他不停地摁响了喇叭,示意她还得再往前走一点。他跟她说两百米,就是两百米。

　　她只得爬起来继续往前走一会儿,把坐垫铺在马路中间,斜躺了上去,面对着江标这一侧,并用手支撑着下巴,脸上挤出仿佛是挑逗,其实不无戏谑的表情。

　　"那时候她很干净,所以也不觉得马路脏。现在她觉得马路很脏,要铺东西。"他远远看着铃兰的躺姿,大概是在思考着诸如此类的问题,脑子必然有些督乱。铃兰还挥了挥手,示意她已经躺妥帖了。于是,江标把车开动起来,缓缓地往女人的方向移动。土路很不平整,车行驶在上面颠簸得厉害,犹如抽风。

　　他离她越来越近,看得越来越清晰。他努力想从她身上找到当年那小女孩的影子,哪怕只有稍纵即逝的一点点痕迹。车子离铃兰只有几米远了,她朝他眨巴着眼睛,更为妩媚地笑着。他甚至能够看清她嘴角笑出来的纹路。

他忽然加大油门，加到最大……

江标被带到公安局，爽快地承认了自己做过的事情，然后被关起来，等着宣判。会是什么结果，不用说，每个人心里都清楚。他表示绝不上诉，公安局很难这么轻松地办完一件命案，对他印象还不错。由于他配合得好，事后警察放宽了政策，亲戚朋友们很快得以进去看他。别的人他都同意见面，唯独不肯见我。

"他说，那天不应该逼得她换那身绿裙子。他说，当时他脑子突然想到别的事情，眼睛也就看到了别的一些事情。问是什么事情，他却说记不清了。反正他已经承认了，我们也不追着他问下去。"毛一庚又说，"这个江标，说车子轧过去以后，他闭着眼睛，过一会儿再睁开眼睛，只看见有绿色的东西溅到窗玻璃上了。我就奇怪，轧了人，溅上来的血怎么会是绿色的？他神经怕是有点问题了。他还说，闻到一股清凉油温，温什么的气味……"

"温润。"我说。

"是啊是啊，你怎么知道？他又不肯见你。"

我当然知道，这词还是我教给他的。我能够想象到，江标当时应该是说，车子轧上去时，他看见淡绿色的汁液飞溅上来，纷纷扬扬沾在窗玻璃上。风一吹，他依稀闻见了那年初夏，那股清凉温润的气味。

图书在版编目（CIP）数据

夏天糖 / 田耳著. -- 武汉 ： 长江文艺出版社，
2024. 12. --（田耳作品系列）. -- ISBN 978-7-5702
-3707-4

Ⅰ. I247.5

中国国家版本馆 CIP 数据核字第 20248FW499 号

夏天糖

XIA TIAN TANG

———————————————————————————————

责任编辑：李　艳　　　　　　　　责任校对：毛季慧
封面设计：颜森设计　　　　　　　责任印制：邱　莉　胡丽平

———————————————————————————————

出版：长江出版传媒　长江文艺出版社
地址：武汉市雄楚大街 268 号　　　　邮编：430070
发行：长江文艺出版社
http://www.cjlap.com
印刷：湖北新华印务有限公司

———————————————————————————————

开本：880 毫米×1230 毫米　　1/32　　印张：10.875
版次：2024 年 12 月第 1 版　　　2024 年 12 月第 1 次印刷
字数：251 千字

———————————————————————————————

定价：38.00 元

———————————————————————————————